P9-DUU-528

ELISA BENI

Pisa mi corazón

ALMUZARA

Primera edición en Almuzara: marzo de 2017

Editorial Almuzara • Tapa Negra

Director editorial: Antonio E. Cuesta López
Edición de Ángeles López
Diseño, maquetación: Joaquín Treviño
www.editorialalmuzara.com
pedidos@editorialalmuzara.com - info@editorialalmuzara.com

Imprime: CPI Black Print

ISBN: 978-84-16776-15-3
Depósito Legal: CO-623-2017
Hecho e impreso en España - *Made and printed in Spain*

A la memoria de Elisa Uzabal, mi madre, que pasó
por la vida derrochando amor.
(Bilbao, 1940-Madrid, 2016)

Hiretzat, Eneko, gizon ohoretsua zarelako.

A tu pie, tan espuma como playa,
arena y mar me arrimo y desarrimo
y al redil de su planta entrar procuro.
Entro y dejo que el alma se me vaya
por la voz amorosa del racimo:
pisa mi corazón que ya es maduro.

MIGUEL HERNÁNDEZ

Parecía creada para poner su pie en la nuca de la humanidad.

SACHER-MASOCH

Este castigo recibido de niño de manos de una mujer mayor, decidió mis gustos, mis deseos y mis pasiones para el resto de mi vida.

JEAN-JACQUES ROUSSEAU

ÍNDICE

CAPÍTULO 1

La oscura tarde del 12 de noviembre de 2015

¿Y si toda perversión tuviera como último objeto la muerte? La culpa siempre es anterior a la falta. Estas y otras ideas se agolpaban en su mente sin causarle angustia, ni nervios, ni tan siquiera incertidumbre o un asomo de duda. Aquel vestidor era demasiado parecido a la cabina de un avión a punto de partir. Tenía en sus manos los instrumentos y también la certeza de lo por venir. Abrió el armario donde se encontraba el equipo de música y seleccionó una lista de reproducción de Enigma: *Love Sensuality Devotion*.

Al otro lado del tabique, en el dormitorio principal, el sonido había comenzado ya a resbalar de los altavoces convirtiéndose en la señal para que el hombre adoptara la postura adecuada. Ella estaba concluyendo su liturgia. Se había revestido como la diosa que sería a partir de ahora. Frente al espejo colocó y elevó sus pechos dentro de un *top* de cuero cuyos tirantes tachonados de remaches cruzaban por delante de sus clavículas para enroscarse sobre su cuello. Los hizo sobresalir aún un poco más. No era una amazona. No haría falta que amputará ninguno de ellos para vencer. Ajustó también en sus caderas la cintura de la falda de gladiadora del mismo cuero marrón, cuyo tacto se hacía sentir en los muslos cada vez que las tiras de las que estaba compuesta bailaban con el movimiento. Perfecto. Ni Antíope lo hubiera mejorado. No era menos importante terminar de abrochar las sandalias espartanas que subían por su pantorrilla hasta llegar casi al borde de la rodilla. El alto tacón las hacía aún más temibles y adorables. Revisó sus pies. Nunca se debe ir a la guerra sin comprobar que los pies estén listos para soportarlo todo. Menos en una batalla así.

Los múltiples espejos le devolvieron exactamente la imagen que buscaba. La imagen que buscaba el hombre. En ese instante pasó por su mente la duda sobre quién tenía más poder: el que manda o el que consigue que le ordenen lo que desea. La respuesta era tan obvia, que se felicitó de ir a alterarla. Abrió el primero de los cajones y revisó su contenido. Escogió una primera fusta delicada y con el sello de Kaufman's. La golpeteó contra su palma. Al cogerla había dejado un espacio vacío entre una enorme hilera de paletas, cepillos y otras varas. Comprobó que en el resto de los cajones estuvieran los demás útiles. Desgraciadamente, no llegaría a necesitarlos todos. Sí comprobó que la *varita mágica* funcionara. Oyó cómo la electricidad chisporroteaba aún sin carne que lacerar. Estricta y precisa. Severa.

Por último, eligió un collar. No el más rígido ni el metálico con pinchos. Asió un hermoso y flexible collar de cuero negro con una única argolla en el centro. Esa que le permitiría elevar el cuello del hombre, cuando lo deseara, con un simple tirón. Con todo preparado, convertida ya en la reina de las amazonas, abrió la puerta que daba a un gran dormitorio en *suite*. La atmósfera era inquietante y serena. Las luces habían sido convenientemente atenuadas. En casi todas las esquinas y a lo largo de los rodapiés se podían ver manchas luminosas difusas, las suficientes para permitir que la escena fuera visible pero también para conformar una realidad adecuadamente onírica.

El hombre estaba en una de las esquinas. Arrodillado sobre la madera pulida del suelo. Con las manos en la espalda y la vista baja. Totalmente desnudo. La mujer dedicó un momento a desear que nada se escapara del guión. Lo había repasado una decena de veces. Se percató con desagrado de que la chimenea estaba encendida, lo que contribuía a crear un ambiente cargado de presagios. El hombre buscaba placer y el frío no entraba en sus planes. Era algo que tendría que solucionar más tarde. Lo apartó de su mente. Tenía que concentrarse. La única regla era que ella hacía las reglas. Tenía que hacerlas.

Caminó hacia él. Sabía que no intentaría siquiera levantar la vista hasta que no se lo ordenara. No dejó de sentir un cierto escalofrío placentero. El poder produce ciertos estremecimientos. Cuando estuvo junto a él, dejó sus pies justo bajo sus ojos. La potencia del ritual comenzaba a manifestarse. Ella misma estaba algo subyugada por la fuerza icónica que se estaba desatando. ¡Concéntrate!, se ordenó. Ningún actor debe dejarse llevar por la ilusoria realidad del escenario creada sólo para capturar al espectador, por mucho que el espectador fuera aquí parte del drama.

Golpeó levemente con los dedos que la sandalia dejaba desnudos los testículos del hombre. La erección terminó de completarse. Sólo entonces le ordenó con voz grave que pasara a la postura de inspección. Él apoyó sus manos sobre el suelo, entreabrió más las piernas y agachó la cabeza hasta quedar como un cuadrúpedo que exponía completamente sus órganos sexuales a la vista del ama. Utilizó la empuñadura de la fusta para señalar, mover e inspeccionar. Sabía con certeza lo que el hombre estaba sintiendo en ese momento. Era perceptible cómo temblaba de placer. Pequeñas gotas de líquido seminal caían sobre el parqué. Cuando llegó el siguiente estremecimiento, le golpeó con la fusta en los huevos. Todo había comenzado. No había marcha atrás.

Caricia. Golpe. Caricia. Golpe. Sólo cuando la secuencia amenazaba con volverse reiterativa volvió a rodearle para poner los pies bajo su cara. Apoyó la palma plana contra su nuca y de forma violenta le obligo a bajar la boca hasta sus pies. El hombre no necesitó instrucciones. Comenzó a lamerlos con deleite. Miró el reloj de la pared. No podía sobrepasar el tiempo de los preliminares, pero necesitaba llevarlo lejos antes de comenzar con su tarea. Repasó mentalmente el guión mientras le ordenaba que siguiera lamiendo sus pies. ¡Cerdo!, pensó. Se lo dijo. Aprovechó el momento para elevar el tono de la humillación verbal. Psicológicamente era muy efectivo y además aceleraría los tiempos.

La siguiente media hora se empleó a fondo. Sentía al hombre satisfecho. Tiempo tendría ella de reparar la marca que cada sevicia pudiera dejar en su recuerdo. Él no lo tendría para borrar las que el látigo había sembrado en su cuerpo. Ninguna en lugar visible, por supuesto, como había quedado estipulado.

Cambió sus guantes de látex por unos limpios antes de ordenarle que se sentara a horcajadas en una de las sillas previstas para ello. Entró al vestidor y tras coger cuerdas de uno de los cajones abrió su propio bolso. Sacó unas bridas. Buscó también entre las máscaras y encontró la que tenía una mordaza de pelota incluida. Había hecho bien su trabajo y conocía todo el material que iba a encontrar. De no haber sido el adecuado lo habría llevado ella, como había hecho con las bridas.

Volvió a entrar en la sala de sesiones con paso más decidido que nunca. El hombre tenía mucha resistencia, como él mismo le había preconizado. En realidad la mujer no estaba segura de que fuera a soportar todo el catálogo de castigos que él mismo había elegido. Le mandó ponerse la máscara. El hombre lo hizo con mucha pericia. Ajustó la bola de la mordaza en la boca y le ordenó que cruzara las manos detrás. Comenzó a trabarle con las cuerdas que debían quedar fingidamente firmes. Era un pervertido, pero no era imbécil. Le había ordenado estarse quieto mientras procedía al *bondage*. Ella también tenía su pericia. La que necesitaba. Una lástima que él no fuera a saber nunca cómo la había adquirido. Colocó las bridas sobre las cuerdas y las ajustó encima. Una brida es un camino sin retorno, pensó, sin ningún retorno. Notó perfectamente cómo intentaba hablar o decir algo. Seguramente la palabra de seguridad que habían convenido. Ya no podía oírle, ni él podía ya moverse. Sólo retorcerse hasta que ella le dijo con voz firme que parara. La figura entendió que era un paso más en el juego y se calmó. Ya no parecía un hombre. Una máscara de látex le había arrebatado su humanidad de golpe. Era ya un bulto cuyo corazón palpitaba cada vez más excitado. Cogió la cuerda que quedaba en el suelo mientras continuaba con la estimulación verbal a la que ya aquella cosa no podía responderle. Comenzaba el *edgeplay*. Su deseo. Su último deseo y su último juego.

Fue apretando y soltando la cuerda en torno a su cuello según el ritmo convenido. La erección continuaba y daba prueba de que el aquel bulto apreciaba su habilidad. En un gesto totalmente innecesario, pero inusitadamente generoso, comenzó a masturbarlo con su mano izquierda mientras con la derecha realizaba dos o tres apretones de cuerda más, retorciendo los dos cabos que tenía cogidos con ella hasta producir la semiestrangulación que el hombre había buscado. Él no tuvo tiempo de darse cuenta de cómo, al soltar el pene, las dos manos se ocuparon de nuevo de la cuerda, que esta vez se cerró sobre su cuello en un último abrazo. Mantuvo la presión aun después de saber que era imposible que siguiera vivo. No sintió nada. Al soltar los cabos de la cuerda, la cabeza se desplomó sobre el respaldo de la silla.

No había sido consensuado ni sensato ni, desde luego, seguro. Había sido su voluntad. La voluntad del ama. Por una vez el juego había acabado cómo aparentaba ser, con la victoria del dominante sobre el sumiso. Ese sumiso que pagaba porque otros ejecutaran sus deseos sin importarle a quién dañaba en ese vértigo imparable por romper límites y barreras cada vez más aniquilantes. Nunca había reparado en lo esperpéntico que podía resultar este juego de poder en el que para que un hombre gozara con la humillación debía de ser una mujer quien aparentara tener el poder. Un hombre que buscaba dolor y al que ella le había arrebatado para siempre la posibilidad de sentirlo.

Ahora no había tiempo que perder. Volvió su mirada hacia la chimenea y comprobó que el fuego estaba ya bastante amortiguado. Aun así pensó en abrir las ventanas para bajar la temperatura. No sabía cuánto tardarían en encontrarlo, puesto que nadie que le conociera sabía que estaba allí. Había una mujer de la limpieza pero no recordaba qué días pasaba. Ya en el vestidor se despojó de su traje de amazona. Adiós, Hipólita, pensó mientras lo metía en el bolso y lo cambiaba por su ropa. Repasó que todo estuviera dentro. Cortó la música. No se ocupó de las luces. Formaban parte de la escena. Recogió los guantes sucios de látex que estaban en el suelo. Parecía mentira que toda la parafernalia de una parafilia pudiera convenir tanto a los intereses del asesinato.

Salió sin dar la luz del pasillo y se aseguró de que la puerta quedase cerrada. Metió las manos en los bolsillos de la cazadora. Sólo entonces, y mientras se alejaba ya hacia la escalera, se quitó los guantes de látex que aún llevaba puestos y los guardó en el bolso. El descenso hasta la segunda planta fue rápido y, como había previsto, no se cruzó con nadie. En ese piso se detuvo y llamó al ascensor. Había un notario en el edificio. Nadie iba a fijarse en ella con aquel trasiego permanente de personas.

El crimen no le producía mayor sensación de realidad que el resto de la escena. Un todo onírico que no existía ya. Simplemente volvió al lado de mundo que consideraba correcto. Una vez en la calle se dejó absorber por el flujo incesante de anónimos transeúntes que le transportó hasta la boca de metro más próxima. El vientre de Madrid se tragó, al menos momentáneamente, su secreto.

***

Cuando el abogado levantó ligeramente la mano para llamar la atención del camarero, su colega pudo apreciar el nombre de toda una leyenda de la relojería en su muñeca. Aprovechó para comprobar que, efectivamente, los minutos de cortesía se habían acabado mucho tiempo atrás. Podían dar por sentado que Enrique González-Weimar no iba a sentarse a cenar con ellos. La situación era un poco violenta. Miró al compañero de despacho, pero éste seguía ocupado en procurarse otro *gin-tonic.*

—¡Esa reunión me ha dejado muerto de sed y este tío no parece verme! —insistió.

—Yo creo que más que otro aperitivo va a haber que ir pensando en pedir cena para dos, porque Weimar me parece que nos ha plantado.

—Resulta un poco increíble porque te juro que ha sido él, bueno, su secretaria, la que ha presionado como una posesa para conseguir que nos viéramos precisamente hoy. Ha dicho que habían surgido nuevos obstáculos para la transacción y que necesitaba nuestro parecer de forma inmediata.

—¡Pues ha debido responderse él mismo! Mira, me parece impresentable y me cabrea, por mucho que sea el mejor cliente del despacho. Por muchos años que trabaje con esta gente nunca me acostumbraré a esa forma desafecta que tienen de hacer lo que les sale de los cojones sin importarles lo más mínimo a qué o a quién fastidien. Ya me ha jodido que la cena tuviera que ser un día de partido, pero ya que no aparezca y no diga nada me parece fuera de todo tono y lugar.

—Lo está, pero nos lo comeremos. Él aparece en Forbes y tú y yo no. Por mucho que seamos la élite en lo nuestro. Sin ellos no pastamos. Mañana se lo contaré a Luis para que sepa lo que ha ocurrido, pero no creo que ni se lo comente al cliente. ¿Pedimos nosotros? Estar en Kabuki y largarme sin cenar me parece poco elegante y, sobre todo, un poco tonto.

—Espera, voy a llamar a su secretaria por si por un casual fuera de esas que trabajan *full time*…

—...........

—No coge. No conoce mi número y son ya las once de la noche. Cenemos y mañana será otro día. Al menos no tiremos del todo la noche…

Una noche que se filtraba ya, a base de luna gélida y de ruido metropolitano, a través de las abiertas ventanas de la habitación en la que González-Weimar había transgredido normas mayores que las que ellos le reprochaban. El viento movía las cortinas y el financiero esperaba. No hay nadie más paciente que un masoquista, porque sabe que el placer llegará al final y es la voluptuosidad de esa espera lo que le atrae. González-Weimar estaba abocado ya a una espera eterna.

***

La luz volvió por Torre Picasso. Decenas de jóvenes uniformados con traje y corbata poblaban el gran *hall* del edificio. Los ascensores bajaban vacíos y siempre encontraban una nueva camada que transportar. Subían hacia sus cubículos en los que se gestaba probablemente una vida más mediocre de la que querían soñar. Pilar estaba sentada casi la primera en el antedespacho de su señorito. Había oído en el buzón de voz el mensaje de los dos abogados que se habían quedado plantados la noche anterior. Don Enrique a veces desfasaba de más. Eran muchos años con él, pero seguía preocupada por los episodios de la vida oculta de su jefe. Los hombres… Y los hombres con poder, más. Mujeres. Parecían no tener nunca suficientes. Se consideraba también muy eficiente para tapar las grietas de esa doble vida. No es que don Enrique le hubiera hecho nunca confidencias. No era el caso. Pero ella era una profesional. Sin serlo, no se convertía una en la mano derecha de una de las mayores fortunas de España. Y como era una profesional se preparó para tener una cobertura por si el hijo del jefe o su mujer se ponían en contacto con ella antes de que apareciera por la oficina. Parecía que al señor se le *había complicado* la noche. Siempre había una cena en otra ciudad y un avión perdido que podían sacarles del paso. Estos capotes eran muy apreciados por don Enrique. Como para no serlo.

Pilar se puso a repasar la agenda del día. Quedaba una hora para la primera de las reuniones. Estaba bastante llenita la cosa. Iba a tener que atreverse a marcar ya el móvil o no le daría tiempo a llegar. Puede que se hubiera quedado dormido. Marcó. Remarcó. Saltó el buzón otra vez. Sólo dijo: «Don Enrique, soy Pilar, le recuerdo su cita de las once». Todo lo demás podía sobrar.

Empezaron a entrar llamadas. Toreó como tenía por costumbre. Altísimos directivos de la empresa querían pasarse un rato a ver al dios supremo. Disuasión y persuasión. Casi todo pasaba por ahí. Miró el reloj de la pared de enfrente y vio que en diez minutos estaría allí la primera cita. Empezó a sudar levemente sobre el labio. No podía llamar a casa del financiero para no despertar fieras que podría ser mejor que siguieran dormidas. Si era una de las suyas, en su casa no sabrían nada. Se preparó para pasar el trago con los visitantes, pero no sin pensar que quedaban cuatro citas después y una comida. Volvió a insistir en el móvil. Nada. Y los primeros ya estaban allí.

Dos citas anuladas, después se animó a dejar su mesa y dirigirse personalmente al despacho del vicepresidente. Cuando su compañera la vio llegar intuyó silenciosamente que algo pasaba. No preguntó nada. Cogió el teléfono:

—Don Gregorio, está aquí la secretaria de don Enrique y necesita pasar.

Colgó e hizo un gesto en dirección a Pilar. Ambas secretarias sabían que algo no marchaba y eso siempre era presagio de problemas y de más trabajo. Sin darse un respiro, Pilar tocó con los nudillos y entró.

Mientras recorría el enorme despacho, aquello era más grande que su apartamento, no pudo evitar que su rictus de preocupación se trasladara a las pupilas del vicepresidente.

—Sí, dígame, Pilar... ¿Sucede algo?

—Es don Enrique. No ha llegado. Todas sus citas y reuniones han tenido que ser suspendidas. No le molestaría por algo que es mi trabajo pero... No sé, don Gregorio, no contesta al móvil y su chófer está abajo. Hoy no ha pedido el coche. Anoche le despidió al salir de aquí. Ya sabe que, a veces, lo hace. Quedarse solo, digo. Yo creo que... usted... No creo que yo sea la persona adecuada si hay que hacer una llamada a su casa. No quisiera perjudicar a don Enrique... pero estoy preocupada. Nunca había tardado tanto en aparecer y, como usted y yo sabemos, está el piso...

—Tranquila, Pilar. Hable con confianza. Sí, usted y yo sabemos que existe el picadero. Yo no tengo ni idea de dónde se encuentra, pero sé que existe. Y hace bien en ser discreta. Molestar a la familia no tiene sentido aún. Enrique es Enrique... ¿Usted sabe dónde está ese pisito?, ¿tiene llaves en alguna parte?

—No, don Gregorio. No tengo ninguna llave de ninguna dependencia privada de don Enrique. Ni tampoco sé dónde está el piso. Él mismo se ha ocupado siempre de eso. Sé que existe porque envío una cantidad mensual por correo a una limpiadora. He supuesto siempre que si no lo hacía su ama de llaves o alguien desde su casa era porque era algo, digamos..., privado. Es todo lo que sé. Pero tengo un nombre y una dirección.

—Bueno, pues si pasa algo más de tiempo y no aparece iremos a buscarla. Cuando alguien entra a limpiar lo hace con una llave y sabe dónde se encuentra el lugar. Cancele la comida porque es evidente que ya no va a llegar. Esperemos hasta última hora de la tarde. Si no ha dado señales de vida para entonces, yo mismo iré en el coche a buscar a esa mujer. No le niego que también estoy preocupado... ¡Lo dicho! Siga llamando de forma periódica a todos sus móviles y si para las siete no lo ha contactado, me avisa. Páseme ya, si quiere, la dirección de esa persona...

—Gracias, don Gregorio. No sabe lo que siento haber tenido que molestarle... Me quedo más tranquila sabiendo que usted lo sabe...

—Tranquila, Pilar. No será nada. Supongo. Hagamos eso y mientras... no dejemos que esto se pare, ¿de acuerdo?

—Gracias, don Gregorio… Le envío ahora un *mail* con la dirección. Muchas gracias.

La secretaria desanduvo el camino con el espíritu más aligerado. Tenía el presentimiento de que algo no iba bien y no quería ser la única que llevara sobre la espalda la incertidumbre. Así las cosas, ni don Enrique podría quejarse por haber interferido en su vida ni, si algo iba peor que eso, nadie podría acusarla de no haber sido prudente. Era una profesional. Que no quedara duda.

Las únicas que llegaron puntuales a su cita fueron las siete de la tarde. Gregorio Valbuena sabía que ya no le quedaba otra. Avisó a su chófer que le esperara. Miró la dirección: calle Pedro Laborde. Que la buscara en el navegador… Salió del despacho y se despidió de su secretaria:

—¡Hasta mañana, Marina! Si llama don Enrique me lo pasa inmediatamente. Si llama cualquiera de casa de don Enrique, también. Anule mi cena.

Marina se quedó allí sentada con muchas ganas de ir a hablar con Pilar. Muchas. No era prudente. Aún no se sabía por dónde saldría todo aquello y no tenía demasiada confianza con ella. Siempre hay un poco de competencia cuando se vive entre testosterona y pasta. Marina también era muy profesional.

El Audi azul marino se deslizaba silencioso en un inusitado recorrido desde Vallecas. La limpiadora iba encogida junto al chófer en el asiento delantero. Les había dado una dirección en Chamberí. No lo había pensado mal este Enrique. La tal calle Ruiz era una bocacalle muy pequeña de Sagasta. Tan cerca y tan lejos. A él le hubiera costado decidirse a hacer una cosa así. Él era tranquilo. Amansado por la edad. Claro que había otros que no se dejaban amansar. No entraba en sus planes complicarse la vida. Un recuerdo de vez en cuando… podía ser. En algún viaje al extranjero. Algo discreto y sin consecuencias. Enrique se la jugaba demasiado.

El coche paró en la puerta. La calle era tranquila a pesar de estar al lado de los bulevares. Braulio abrió primero su portezuela y luego la de la intimidada mujer. No quería líos y veía venir que perdería uno de sus trabajos más cómodos. Nunca había visto a su empleador, aunque parecía desconfiado. Todos los armarios y cajones de la casa tenían llave y estaban cerrados. Daba igual. El piso era bonito y agradable de limpiar. Y por todo lo que estaba viendo, algo raro, muy raro pasaba. El hombre aquel la había convencido. Cierto era que si le había pasado algo había que entrar. Un resbalón en la bañera o un infarto eran cosas que se oían. Y esta gente debía de llevar una vida de mucho trajín. Subieron en el ascensor sin cruzarse con nadie. La mujercita le dio las llaves a Gregorio y éste fue el que las introdujo y abrió. Entraron. Notaron el frío que había invadido el apartamento. Aparentemente estaba vacío. Al menos el salón y resto de habitaciones. Cuando Gregorio entró en la *suite* dormitorio tuvo tiempo de girarse y ponerle una mano en la boca a la mujer para impedir que gritara. Bastantes problemas iban a tener a partir de ahora.

Aquel monigote antropomorfo desplomado sobre la silla con un *plug anal* aún metido había sido uno de los financieros más importantes del país y su socio. La palabra *amigo* fue rechazada por su cerebro. Esa cobardía no se la iba a reprochar nadie. Miró los ojos desorbitados de la mujer y la advirtió para que permaneciera en silencio. Con la mano libre, sacó el móvil del bolsillo de la americana y llamó al ministro del Interior.

Un mundo se había comenzado a derrumbar.

CAPÍTULO 2

Un año y medio antes en un lugar del centro de Madrid...

La vergüenza te señala con esa intensidad con la que tú crees que los ojos de todos están fijos en ti. Cuanto más sentía ese peso sobre él, más vergüenza soportaba Leo. El último tramo de la plaza lo recorrió con la cabeza metida casi en su cazadora. Como un delincuente, alcanzó el portal. Se sintió como un imbécil rogando para no cruzarse con el portero. No era ésta una vergüenza placentera como esas otras que podían llegar a estremecerle. Era una vergüenza ansiosa. Y estúpida. Era prácticamente imposible que se cruzara con nadie que le reconociera. El cancerbero de la finca no frecuentaba los suplementos de cultura chic de los diarios. Ni él ni sus vecinos.

El ascensor de la derecha llevaba directo hasta la zona reservada de la planta. Conocía el ritual. Empujar una puerta permanentemente abierta y avanzar por el pasillo hasta encontrar el despacho que le estaba destinado. Entrar y esperar. Sabía que no iba a cruzarse con nadie. Todo estaba estudiado para que jamás pudiera coincidir con otro paciente que estuviera haciendo el mismo viaje que él y, aun así, cada vez le costaba un mundo recorrer el camino. Entró en la habitación y cerró la puerta. Respiró. Otra vez se había obrado el milagro y nadie se había interpuesto en su camino. Se sentó a esperarla. Serían unos cinco minutos.

Husmeó alrededor. Era una especie de venganza. Esa necesidad de intentar desenmascararla a base de espiar su biblioteca. Obras completas de Freud. Tratados en inglés. ¿Algo más que un apunte de decoración interior?. Como el diván. Llevaba meses preguntándose qué cojones pintaba en el rincón aquel diván. ¿Lo usaba alguien? ¿Era un privilegio que no le había sido ofrecido? Se sentó en el sillón. Frente al de ella, aún vacío.

Reparó en la caja de clínex de la mesita auxiliar. ¿Los necesitaría algún día? Quizás derramándose en llanto volviera a sentirse parcialmente en paz. Caramelos de menta. Leo oyó los pasos de Irene y el ruido de la manilla abriendo la puerta y se levantó. Saludarla de pie le hacía sentirse en igualdad de armas. Como si tal cosa fuera posible.

Su psicoterapeuta entró. Irene le estrechó la mano igual que lo hacía cada semana y se sentó frente a él en otro sillón orejero. A pesar de la neutralidad de que se revestía, Leo sentía una especie de fuerza telúrica emanando de ella. Eso hacía un poco más interesantes unos encuentros teñidos a la vez de su escepticismo y de una suerte de lejana esperanza que a veces le parecía un resto de pensamiento mágico. ¡En fin, si al menos psicoanalizarse resultara *cool*! Nada recordaba a Manhattan en aquella tarde madrileña. Intentó soltar sus músculos y resistir unos minutos el silencio.

Ese silencio que era como un reto cada vez.

Ganó su primer *round*. Irene se aclaró la voz y, tras mirarle durante unos segundos, abrió la sesión.

—Bueno, Leo…, ¿cómo ha ido la semana?

Se instaló intensamente en aquella falta de respuesta. Como una especie de reto.

Irene sólo miraba. Con la libreta en blanco apoyada sobre el regazo.

Seguramente sintiendo que el tiempo corría en contra de su paciente. Iba a pagarle igual, empezaran cuando empezaran. Eso era cierto.

—Normal. No sé qué contarte. Nada que creo que tenga que ver con lo que nos ocupa

—Todo nos ocupa, Leo. Al menos todo lo tuyo…

Irene parecía dispuesta a hacer frente al silencio.

—Ha sido intensa desde un punto de vista creativo y profesional. ¿Te dije ya que estoy haciendo la nueva tienda que va a abrir *Petrossian*? La verdad es que no tengo la más mínima idea de cuánto caviar piensan que pueden vender en Madrid para compensar el proyecto que están valorando hacer.., pero todo esto no tiene interés. No he tenido reuniones con ellos en esta semana. He trabajado yo solo, así que no he sentido ninguna angustia especial. Y, no sé..., he pasado mucho tiempo ante el ordenador y haciendo yoga para reflexionar y...

A veces se sentía tremendamente gilipollas. Pagar para contarle a aquella mujer sus andanzas semanales. Podía escribirlo en *Facebook*. No, no podía. No podía porque eran precisamente sus sentimientos no confesables los que le habían llevado hasta allí. Dar entrevistas era sencillo. Las respuestas estaban dentro de un área de confort. Podía explicarle a un periodista cómo había llegado hasta dónde estaba: «Conoces tu trabajo, sabes venderlo y sabes ponerle un rostro que les guste a las élites» y él se iba feliz con un titular que contribuía a su leyenda. No sabía explicárselo a sí mismo. No entendía que todo aquello le pasara a él y precisamente a él. Era como vivir una vida prestada. Manejar a los treinta y cinco años una decena de proyectos que individualmente serían un caramelo para cualquier arquitecto del país, en plena crisis que había llevado a sus colegas a expatriar sus obras, era apasionante e irreal. Estar allí en Madrid, viviendo de lo que adoraba hacer y con lista de espera en su estudio para contratarle cosas... Claro que no todo era proyectar. No siempre podía mantenerse en su confortable soledad de creador. Había, como le había dicho al periodista, que *ponerle cara* y ésa era la obligación que le había llevado hasta aquella sala una media de dos días por semana. Una hora cuando iba muy, muy apretado.

Siguió dando la charla sobre sus ocupaciones semanales. Sabía que estaba girando en redondo sin aportar nada. Eran cuestiones que podía haber contado en cualquier parte. Conversación social. La suficiente para mantener la imagen de marca. Sólo que aquella psicoanalista no iba a comprarle nada. Era él el que quería atenuar la angustia que le producían cada vez más las relaciones sociales. Ese amago de fobia podía dar al traste con todo. Su público no iba a seguir pagando cantidades absurdas si además de unos diseños bien concebidos y originales no podía comprar también una porción de personaje. Ahora al personaje le costaba darles esa parte de él que también compraban con su encargo.

Irene escuchaba con las manos sobre los brazos del sillón.

Inexpresiva.

No tomaba nunca una puta nota. ¿Para qué paseaba su libreta sesión tras sesión?, se preguntó Leo. Y luego estaba el añadido de la vergüenza. Él no estaba loco ni desequilibrado ni siquiera desestabilizado. ¿Qué pasaría si se supiera que acudía allí habitualmente? Sólo de pensarlo volvió a sentir la punzada de la ansiedad. La sentía crecer y amenazar con subir hasta su respiración, así que volvió de donde estaba y se decidió a colaborar.

Irene recibió el material con un suspiro interior de alivio. No era gran cosa, apena un relato informativo de sus idas y venidas, pero servía para empezar. Se permitió percibir la sensación de ingenua ternura que desprendían los ojos de Leopoldo. Eran redondos, abiertos y negros. De un color que parecía una barrera que le protegía. Ella intuía qué podía haber debajo de aquel joven exitoso y de sonrisa cálida, pero no podía sino esperar a que él se lo entregara. De otra forma no podría ayudarle.

—¿No ha habido entonces fiestas, ni cenas ni salidas esta semana? ¿Ni con clientes ni con amigos?

—No..., sólo una cena con mi mentor. Los dos solos.

Su *mentor.* Irene vio venir de nuevo a aquella figura misteriosa que, semana tras semana, Leo le traía sin aclarar su identidad. «Me sentiría como un traidor si trajera aquí cuestiones relacionadas con él, sabiendo tú quién es. Lo dejamos en mi mentor. Así me siento más libre», le había dicho, e Irene, claro, no había podido hacer mas que acatarlo. Y tomar nota de ello. Porque entre relato y relato de cosas poco comprometedoras, Leo ya había dejado traslucir que ésa era una presencia muy relevante en su vida. Y era una presencia que prefería velar. Era por esas sendas por las que debían avanzar, pero intuía que tendría que esperar a que él pusiera el pie por su propia voluntad en ellas. La psicóloga se recuperó de su digresión y volvió a concentrarse en el relato de su paciente.

— ... siempre está muy interesado. No se trata sólo de que él me sirviera de trampolín para entrar en una bolsa de clientes que es muy exclusiva. Su confianza al contratarme, su forma de creer en mí, responden a un interés más amplio. Así que estuve poniéndole al día de los últimos encargos y de algunas dificultades con clientes que son amigos suyos a los que conoce bien. Siempre viene bien alguna indicación sobre el carácter de éstos para acertar a solventar escollos… —continuaba rememorando Leopoldo.

Una vibración de móvil impertinente rompió lo que podía haber comenzado a ser un momento terapéutico productivo. Leo se sobresaltó. Se azoró.

—¡Ayy, perdona, perdona! Pensaba que lo había silenciado del todo. Disculpa, por favor…

Mientras intentaba paliar un error que dolía a su extrema sensibilidad, Leo le dio la vuelta al móvil, que estaba a su lado sobre el famoso diván, para apagarlo. Quizá también para ver quién llamaba. La curiosidad ha sustituido a la necesidad en nuestra relación con estos artilugios. Al verlo, su cara se demudó. Irene alcanzó a leer un nombre. Debería de haber mirado para otro lado, pero no le dio la gana.

Claudia.

La perturbación de Leo era evidente, aunque intentó disimularla hablando. Hablando en un chorro para cegar salidas. Aun así, la psicoanalista había visto más de lo que él le había dicho en las últimas semanas. Por ahí. Se sentía un poco fracasada haciendo terapia con un hombre joven que aparentaba no tener relaciones o, al menos, no tenerlas más allá del trabajo y las élites madrileñas para las que proyectaba. Y eso que había acudido contando que estaba empezando a sufrir una especie de fobia social, que le costaban las relaciones públicas que tenía que hacer por su profesión. Había más relaciones. Al menos había una, o había dejado de haberla, porque aquel lenguaje no verbal no admitía duda para un ojo clínico. Bien, habría que traer hasta la terapia a aquella tal Claudia.

—¿Algo importante?, ¿necesitas que paremos? —fue lo único que dijo.

—No, no, en absoluto. No es importante ni urgente. Para nada.

—Bueno, es que me ha parecido que te perturbaba y por eso he pensado…—dijo Irene, aparentando no darle ninguna importancia.

Leo la miró e insistió educadamente en que podían seguir la sesión. No por ello dejaba de sentir cómo su corazón golpeaba fuertemente dentro de su pecho. Podía notar sus pulsaciones subir y una oleada de calor que lo invadía. La ansiedad se empezaba a hacer un hueco. Intentó controlar su malestar porque no quería para nada tener que dar explicaciones de aquello. No podía exponerlo a los ojos de nadie y menos de alguien que estaba buceando en su interior. Intentó atrancar la puerta que aquella llamada amenazaba con abrir. Siguió hablando de la comida de forma algo atropellada. No podía dejar de sentir aquella mezcla de ansiedad, miedo, deseo y rabia. O de lo que fuera. Ni siquiera era capaz de enumerar de una forma segura el cúmulo de sentimientos que se agolpaban con sólo una fugaz aparición de Claudia en su vida. Claro que era muy posible que ella lo hiciera precisamente para eso. Le funcionaba. Y eso porque, en bastante medida, la confusión que durante tanto tiempo había inducido en su mente, ese no saber si lo que sus sentidos veían claramente era verdad o no, debido a la manipulación constante y al uso arbitrario de la mentira hasta conseguir crear una nebulosa en la que nada tenía consistencia, esa confusión todavía le asaltaba. Todo era duda. Nada era fiable. Incluso lo que estaba pasando en ese mismo momento.

La psicoanalista intentó mostrarse firme para no dejarse llevar por el remolino que sentía estaba sucediendo dentro de Leo. La conversación sobre la estúpida cena seguía adelante. Sospechaba que analíticamente era buena señal que estuviera sintiendo la ansiedad y la angustia de su paciente. No necesitaba forzarse para crear esa empatía. Necesitaba que toda esa elaboración pudiera ponerse a disposición de Leo, para que él pudiera aprovecharla pero sin imponérsela. Revelar lo que ella estaba sintiendo podía tener un impacto negativo sobre aquel joven que estaba sufriendo, era evidente, una gran angustia emocional. Lo que sí podía hacer era escuchar ya de otro modo el material que fuera dándole. Atendiendo selectivamente a aquello que condujera a las regiones en las que era evidente que no quería bucear.

—¿Hablasteis de cuestiones más personales? —fue la única pregunta que, finalmente, dejó suspendida entre ambos.

—No, no. No es ese tipo de relación el que tenemos. Él es un hombre que me asombra por su fortaleza y su cultura. Le admiro por la capacidad de interesarse que tiene a pesar de que la vida ya se lo ha dado prácticamente todo. Además de todos sus negocios y de gestionar su fortuna, tiene su fundación, le interesa el arte y... le interesa lo que yo hago y lo que pienso y siento sobre las cosas. Las formas, la luz. Lo que me hacen sentir y el diálogo que establezco con ellas para poder plasmar los deseos de felicidad de mis clientes... pero no sé gran cosa de su vida personal, ni él de la mía. Sé que está casado, eso se ha publicado mil veces, y otras muchas cosas que cualquiera puede saber sólo con ir a Internet —explicó.

Irene sabía que al final lo haría. No entraba dentro del repertorio terapéutico, pero no podía contener la curiosidad por saber quién era el misterioso mentor. Era rico y poderoso. De mediana edad. Casado y con empresas y fortuna. Sólo con eso *Google* iba a tener que hacer milagros, aunque no pasaba nada por echar un vistazo. O sí. Tal vez no debería dar ni un paso fuera del tiempo destinado a la terapia. Sabía que era así, pero Leo, Leo le producía una gran ternura. Podría levantarse y acunarle entre sus brazos ahora para conjurar su angustia. Hostias, llevar eso a la práctica sería terriblemente inadecuado. Y es que no pudo dejar de reconocerse que Leo tenía esa nobleza en los ojos que tanto había amado en Rubén. Esa mirada despejada y sin nubarrones. Limpia.

—Vamos a ir terminando, Leo. ¿Cuándo te veo la semana que viene?, ¿cruzamos agendas? —dijo, profesional.

Él asintió y volvió a coger el móvil para buscar huecos. La cara se le crispó de nuevo. La psicoanalista supo que había algún mensaje en la pantalla. No dijo nada. Quedaron a una hora. Leo dejó distraídamente el dinero encima de su escritorio, como si no existiera transacción económica alguna, y le estrechó la mano para salir. No podía dejar que los cinco minutos se extinguieran. Eran su seguro para atravesar el pasillo como un fugitivo y lograr salir a un exterior en el que le esperaban todos sus demonios.

M. Claudia: «No esperes misericordia de mí, jamás ;)».

¡Pedazo de hija de puta! Leo leyó aun así un par de veces más el mensaje. Era increíble. ¿Cómo iba a poder escapar a eso? Iba a llevar razón ella. No iba a ser posible. ¿Y si la bloqueaba? El *WhatsApp*, *Facebook*, todo... ¿Y qué haría ella? Lo tenía en sus manos por tenerlo a sus pies. Esa baza no podría arrebatársela ya nunca. Aun así sabía que no había conseguido dominar aquello que le arrastraba hacia ella. Se controló. No iba a contestar. Al menos no iba a contestar inmediatamente…

Como si ella pudiera verle desde lejos, como si controlara el momento en el que hacerle mella, un nuevo mensaje entró en el móvil.

M. Claudia: «Aunque sigo pensando que no eres digno».

Un escalofrío le recorrió desde la nuca hasta la polla. En un último esfuerzo apagó el móvil y lo metió en la guantera. Puso desde el volante la música a toda mecha y sacó el coche del *parking* con una energía que no hubiera gustado a ningún municipal. El rugido del motor de fondo le recordaba el estado de su alma. Fue directo a su estudio. Sólo enfrascarse en sus bocetos podría calmarle un poco. Se sentía pequeño, solo, triste y desposeído. Todo ello caía sobre la ira de su corazón que le gritaba que sólo podría volver a ser un ser completo si terminaba con Claudia para siempre. Con ella y con lo que significaba, pero eso comportaba renunciar a los dos goces que había logrado amalgamar mediante operaciones complejas. Operaciones que le hacían parecer estable.

Nada más entrar en su estudio, se cruzó en el umbral con Valèrie, que salía apresurada, aún metiendo papeles en su *attaché*. Sus miradas se rozaron. Dulce la de ella y esquiva la de él. Se forzó a ser amable. Interesarse por su jornada. Salvar el escollo que, como una roca inmutable, estaba allí para dejar claro que había personas luminosas, alegres, puede incluso que buenas. Era lamentable su incapacidad para navegar por aguas calmas y transparentes. Tan triste que era mejor no reparar en ello. Tenía pues que alimentarse de ser un prófugo de la rutina, un rebelde de la convención o acaso un escapista de la felicidad. Valèrie era una más de sus colaboradoras, aunque tal vez era la que mejor encarnaba la remota posibilidad de que existiera la cara clara de la luna, la que todo el mundo podía mirar para iluminar sus tinieblas.

Recorrió el amplio espacio sobre el que caía la luz que entraba desde las placas de vidrio que recorrían el techo, y en el que se encontraban las mesas del resto de arquitectos, diseñadores y técnicos que colaboraban con él. Era su pequeño imperio. O su gran imperio, porque haber logrado lo que ahora recorría su vista con treinta y cinco años en un país hundido por la burbuja del ladrillo y por los recortes no era fácil. No. Leo era muy sincero consigo mismo. No sólo no era fácil sino que era altamente improbable. Obtener tanto y tan pronto, no verse obligado a luchar durante toda una vida para ello le resultaba a veces obsceno. Ese mordisco interno le hacía sentirse desazonado en algunas ocasiones. Y hoy era una de ellas. Ir a la consulta de Irene le producía una intensa sensación de haber sido removido por dentro. Sin que dijera nada especial, sin que la psicoterapeuta le indicara nada, por algún desconocido motivo salía siempre revuelto. Tal vez fuera ése el efecto que se buscaba. No lo sabía bien. Nadie le había explicado cómo actuaría en él la terapia ni cómo resolvería su pequeño problema. El pequeño, porque el grande, el verdadero, en ése nadie podría ayudarle porque nadie lo conocía. Y eso, llevar su secreto dentro bien amarrado, le producía también una inmanejable incomodidad cada vez que acudía a la psicóloga. Aun así, lo lógico era pensar que la terapia podía referirse a un fragmento de su psique y que había otros que podían quedar inexplorados. A ello había apostado.

A eso se había sumado hoy la aparición de Claudia. Claudia. ¿Qué iba a hacer con aquello? Era consciente del peligro de destrucción que se albergaba en esa relación. Por eso la había roto. Por eso y por intentar convencerse de que podía aún elegir ser otro tipo de persona. Pero no resistía tampoco este alejamiento. Simplemente los dos mensajes le habían hecho abonar una ansiedad sólo comparable a la que sentía cuando estaba con ella. No iba a contestar. Había tomado una decisión. Quería liberarse, también de él mismo y de sus instintos; pero retumbando bajo la inquietud de que ella no le dejase tranquilo, notaba el impulso que lo llevaría otra vez de vuelta en cualquier momento.

Era tarde. Valèrie había sido de las últimas en salir. En el *loft* que le servía de estudio apenas quedaban un par de personas recogiendo. Era su hora. Había jugado con el *batipin* en las paredes y las zonas con hormigón. Una gran pared tapizada de acero permitía colgar planos y fotografías con un ingenioso sistema de imanes. Simple. Lleno de materia pero no frío. Siguió hasta su estudio personal. Su ayudante se ocupaba de que hubiera la temperatura justa, las plantas, el agua mineral y todo lo que pudiera necesitar. Ahora se necesitaba a él mismo. Siempre había estado obsesionado por fabricar cosas. Crearlas y darles forma. Desde que recordaba. Era el motivo por el que toda aquella baraúnda de cosas que pendían sobre él no le desazonaba en absoluto. Estar solo y crear cosas. Nada podía extrañarle más de sus angustias ni volverle a la paz interior. La calidad de su trabajo, siempre se lo decía a los periodistas, no sólo tenía que ver con las ideas sino con las horas que estaba dispuesto a dedicarles. La calidad necesitaba tiempo y su mundo creativo estaba hecho de detalles perfectos. La perfección. Buscarla hasta en lo más nimio. No comprendía cómo su estructura de hacedor de espacio, luz y materia podía ser tan divergente del andamiaje con el que sentía construida su intimidad.

Noche por delante. Abrió el ordenador y ojeó en el programa informático los puntos en los diferentes proyectos que estaban pendientes de su supervisión. Manejar tantos proyectos a la vez y tener varias obras en marcha le producía cierta esquizofrenia artística que le llenaba de placer. ¡Ay, el placer!, se dijo. Hacía falta flexibilidad y mucha memoria. Recordar al saltar de uno a otro los nombres y gustos y conversaciones mantenidos con los distintos clientes. Empatizar con sus preferencias, sus deseos y su momento vital. Guardaba allí unas notas sobre la casa que estaba realizando en La Finca para un empresario extranjero. Repasó las propuestas para el cuarto de baño de su mujer. Leo adoraba el mármol, como la piedra y todos los materiales primigenios. En un *flash* se dio cuenta de que no debía proponer mármol en aquella ocasión. Había habido una conversación sobre el dolor que la mujer arrastraba por la muerte de uno de los hijos de su anterior matrimonio. Ése era uno de los motivos de que se hubieran mudado a vivir a España. No podía usar mármol. No era delicado en tal situación. Una mujer dolida intentando ponerse bella en un mausoleo. Piedra. Necesitaba piedra natural. Como la que hubiera podido darle cobijo en una cueva fresca durante el verano. Piedra y agua. Leo empezó a olvidarse de todo lo que le había inquietado. La felicidad empezó a invadirle de una forma indeterminada. Más como un hecho que como una sensación.

No tenía conciencia de agobio porque no sólo la casa de los Millicen le estuviera esperando. Además había problemas con las instalaciones del edificio de miniapartamentos de lujo y debía revisar algunos diseños de la nueva tienda y del restaurante. Sobre la mesa reposaba una de sus joyas que ya había cobrado realidad. La acarició distraídamente mientras daba vueltas a cómo podía conseguir que Dora Millicen se sintiera en su cuarto de baño como en un santuario de paz. Tal y como él se sentía ahora.

Pasaron tres horas. Tres horas de ensimismamiento.

Una bandera se deslizó por la esquina derecha de su pantalla. Mierda. Había silenciado el móvil pero no había desactivado las notificaciones del ordenador. Fue rápido. Sólo le dio tiempo a ver que era un mensaje de *Telegram.* Decidió continuar adelante. Un poco incómodo. Una hebra pequeña de su estado de gracia se había enganchado con la realidad. Prescindió. De pronto fueron apareciendo más. Una, dos, tres banderolas seguidas. En la última atinó a leer lo que sabía que pondría: Mistress Claudia. Estaba jodido. No quería pero sabía que iba a leerlos. Sólo pensándolo comenzó a tener una erección. Eran las dos de la mañana. Podía esperar cualquier cosa. La instalación eléctrica de los apartamentos estaba invertida. Era culpa de la empresa instaladora, pero nadie había reparado en ello hasta ahora que ya se había estucado. ¡Qué mierda le importaba ahora aquello! Clicó en *Telegram.* Eran cinco mensajes. Cinco. Indicaban urgencia.

Mistress Claudia: «Hay un amigo que acaba de bañarme y prepararme. Me ha ayudado a vestirme…».

Mistress Claudia: «¿Estás ahí, Leo? Quiero que me escuches bien. ¿Entiendes?».

Mistress Claudia: «Voy a aparcarlo en la habitación de al lado… Le derrite la idea».

Mistress Claudia: «Leo, ¡ven aquí! Ven a lamerme los pies mientras él nos observa».

Mistress Claudia: «Leo, tu ama exhibirá para él lo buen perrito que puedes ser…».

Leo respiraba con dificultad. Era lo que deseaba. ¿Por qué se negaba a él mismo algo que no dañaba a nadie? Sólo una vez más. Una última vez.

Mistress Claudia: «Me estás leyendo, pequeño. Veo que estás en línea. ¡Ven inmediatamente! ¡No me hagas esperar!».

Escribió febrilmente…

Leo: «Nada deseo más que rendirme a mi diosa. Dame quince minutos».

Entró deprisa en el baño anejo a su despacho. Se duchó aguantando la tentación de acariciarse. No fue difícil. La espera era parte del deleite. Algo le atenazaba ya la boca del estómago. Cogió una ropa limpia del armario y tras bajar en el ascensor privado al garaje, se subió a la moto.

Sabía lo que iba a pasar y sabía que se había prometido que no pasaría más. El estrangulamiento interior ascendió de la boca del estómago a la garganta. Mientras metía puño a través de las calles absurdamente quietas de Madrid, el viento fue arrebatándole las intenciones, los miedos, la rabia y hasta el germen de creador que le habitaba. Cuando detuvo la moto sobre la acera junto a la casa de Claudia, sólo quedaba un hombre cuya pulsión sexual se había apoderado de él, proporcionándole ya ese placer de descartar toda prevención, todo cuidado, todo pensamiento lógico. Sólo quería estar cuanto antes desnudo ante Claudia y recibir de su mano el castigo.

Clareaba ya cuando salió del portal. Se cruzó en la acera con un hombre de barba algo rojiza que le resultó familiar. Un vahído. No era nada. Imaginaciones. No se sentía muy satisfecho de él mismo pero sí estaba ahíto. La sesión había sido especialmente morbosa. Nunca antes había habido nadie más. Esa barrera estaba más allá de sus límites. Al menos así lo había pensado siempre. Ahora ya sabía que los límites de la fantasía sólo se definen al transgredirlos. Estaba algo intranquilo. Claudia no le había dicho quién era el otro hombre que llevaba máscara de cuero. A él, sin embargo, le había dejado la cara al descubierto. Tampoco pasaba nada. El silencio era un atributo que les convenía a ambos. La moto estaba al otro lado del quiosco recién abierto mientras el quiosquero se afanaba en desatar paquetes de diarios y revistas. Una imagen encantadora por casi anacrónica. De pronto se vio. Una de las pilas de ejemplares le reenviaba su cara como una broma.

El tipo de la barba roja compró una de las revistas con su reportaje. Le miró de soslayo y siguió apresuradamente en dirección a la boca de metro. Leo tocó el bolsillo del vaquero para comprobar que le quedaba dinero y se decidió a comprar otra. El quiosquero le miró divertido, pero no realizó ningún comentario. Era demasiado pronto para los chascarrillos con la parroquia. Cuando tuvo el ejemplar de *Vanity Fair* en la mano echó una ojeada alrededor y se metió a desayunar en uno de los bares que poblaban la zona. Café con porra. Muy propio. Abrió la revista y se permitió observarse. Se vio alto y adecuadamente estilizado con aquella simple camiseta blanca sobre unos *slim* impecables de color negro. Sobre su muñeca podía verse uno de sus diseños de joyería. Una impecable pulsera de cuero de avestruz negro con una estrecha lengüeta de plata para cerrarla. Algo demasiado inocente para que nadie pudiera sospechar el guiño. Había sido un éxito y la habían premiado; pero para él no era sino el diseño que había realizado para que su ama pudiera colocárselo en señal de posesión.

Leyó por encima preguntas y respuestas mientras mordisqueaba la porra.

Casi nunca eran originales. Sólo tenía treinta y cinco años. ¿A qué edad estaría absolutamente hasta los huevos de responder lo mismo? ¡Ja!, recordaba a aquel tipo. Un actor mayor que se batía con los periodistas diciéndoles que dejaran de preguntar chorradas. Aunque en este caso habían intentado profundizar algo más, no faltaban las preguntas y respuestas tradicionales.

P.-Hubo un proyecto que le cambió la vida. Uno que le trajo hasta donde ahora se encuentra. ¿Qué relación mantiene aún ahora con aquel primer encargo importante? ¿Volvería a diseñarlo igual?

R.- Sí, claro, es sabido que la visibilización de mi mundo creativo se produce cuando Enrique González-Weimar me encarga la rehabilitación y reforma integral de su piso frente a Los Jerónimos. Ahora pienso cómo lo hice y no termino de creérmelo. Una amiga me contó que el financiero estaba buscando arquitecto para su reforma y me animó a hacerle llegar mi proyecto. Había comprado también el piso de al lado y había una superficie de 420 metros cuadrados en la que todo debía ser hecho y replanteado de nuevo. Dejé el estudio en el que estaba y me dediqué ¡durante un año! a planificar ese nuevo apartamento. Sólo entonces le hice llegar mis ideas y ¡se entusiasmó! Me doy cuenta ahora de que podía haber perdido no sólo mi trabajo sino todo ese tiempo de dedicación, pero entonces no lo pensé. Entonces lo tenía claro. Fue además una gran experiencia para mi formación y, desde luego, el inicio de un camino que me ha traído hasta aquí. Por otra parte, el propietario, cuya amistad actualmente me honra, está muy satisfecho del resultado. Yo, también. Un proyecto no puede tener otro objetivo.

Ése era el relato oficial. Era el relato real. El relato que conseguía acallar las voces que en su interior se preguntaban si esa suerte de estado de gracia que le había llevado a recorrer ese camino era totalmente suya. Si realmente él era un tipo tan genial y tan loco y tan único como para haber visto solo el camino hacia la cima que miles de arquitectos de su edad buscaban. ¿Se lo merecía? Realmente él se sabía bueno, pero ¿tanto? ¿Mucho más que otros que seguían haciendo jornadas interminables como empleados de otros arquitectos que construían bloques anodinos al mejor postor?

No tenía clara la honestidad absoluta de aquel recorrido en el que había contado con información que otros no tuvieron. Ese recuerdo hacía que no se sintiera siempre limpio. Hoy menos que nunca. Ese amanecer que estaba despuntando le pillaba lleno de mierda y de culpa. No sabía por qué ya no era todo tan divertido como lo es simplemente coger lo que deseas. Lo había hecho, mas ahora se daba cuenta de que reeditar esos momentos amenazaba con ligarle a una vida que él ya no quería. ¡Cambiaba tanto! ¡Cómo el deseo le había puesto ante los ojos durante la noche un nuevo reto inaplazable y cómo lo percibía ahora! Claudia seguiría usando el señuelo y él seguiría picando. No obstante, todo era diferente cuando se parecía más a un juego de rol. Jugaban y ya. Fue después, cuando Claudia quiso sacar el juego fuera de las sesiones, cuando todo se descontroló. Cuando quiso dominar su vida. El placer de la noche había vuelto a abrir la espita para que ella intentara invadirlo todo. Pero no podía vender su vida a cambio de unos caprichos sexuales. No quería. Le saldría más barato pagar a alguien por ello que dejar que Claudia destruyera sus sueños.

CAPÍTULO 3

Por mucho que te acostumbres, una oleada de aplausos siempre te energiza. Enrique González-Weimar no era inmune a ellos. Un hondo y profundo pozo narcisista precisa de una suerte de alimento que no siempre es fácil de identificar pero que, cuando aparece, es rápidamente depredado. La herida acecha, presta a abrirse si no es nutrida. Miró al público que le jaleaba entusiastamente. La verdad es que se lo merecía, aunque dudaba de que la mayor parte de ellos llegara a darse cuenta de hasta qué punto. Echó hacia atrás su flequillo entrecano y sonrió. Entre dientes le susurró al anfitrión del desayuno: «unas pocas preguntas y no más de cuatro o cinco *selfies*, tengo prisa». Su propio director de Comunicación estaba ya alerta en las escaleras que descendían del estrado para impedir que su señorito fuera asaltado más allá de lo cortésmente necesario. Aun así, una cohorte de jovencitos trajeados esperaba ya móvil en mano. No pensaban irse sin luchar por una foto con su ídolo. Poseídos tal vez por esa atávica creencia de que con la imagen se roba una parte del alma, pretendían succionar el éxito y soñar con que allanaban así el camino hacia esa escurridiza fortuna que les habían enseñado a amar como todo objeto, destino y sentido. Weimar había llegado. Weimar estaba en *Forbes*. Tenía *jet* y *ferraris* y seguro que tías con tetas como montañas. Rozarse con su aura les servía para constatar que toda esa vida de estresantes horas serviles que llevaban tenía un objeto y que si perseveraban, lo lograrían.

Leo seguía desde una de las mesas del Palace la disertación. Siempre acudía a las citas públicas de Enrique y cuando le oía hablar del camino del éxito, de la voluntad de osar y de lanzarse a nuevas aventuras para lograr ganar dinero, de ir más allá para hacer más cosas y para ganar más, se sentía un poco más intruso en todo aquello. Era el colmo. De todos aquellos lechuguinos de su edad, y aún más jóvenes, que estaban allí esperando su oportunidad, arremolinados en torno al vencedor como una jauría de perros rodeando las piernas de su dueño y agitando la cola esperando alguna recompensa, él era el único ejemplo de que todo aquello era posible. Enrique no sólo se lo había mostrado sino que le había empujado, y con aquel viento de cola había llegado hasta donde estaba. Fuera ese lugar el que fuera. Esperó un momento para dar la mano a su mentor y que éste supiera que no había faltado. Esa suerte de detalles que uno nunca debe olvidar, por más confianza que se tenga.

Weimar se hizo cinco fotos justas y comenzó su avance hacia la gran puerta de salida del salón, apretando manos con presteza. Cuando llegó a la altura de Leo se detuvo un momento y le estrechó en un abrazo con sus golpetazos viriles de rigor. En ese momento le dijo al oído: «el jueves a las diez en Modesto Lafuente, te espero». Cuando la última palabra aún estaba calando en su cerebro, el financiero ya se hallaba a varios pasos de distancia. ¡Qué listo era! Todas las citas para ese tipo de reuniones las recibían los implicados siempre de viva voz. Sin posibilidad de que nadie guardara mensajes de *WhatsApp* o grabara conversaciones, o cualquier otro riesgo técnico que pudiera romper la ineludible privacidad de aquellos encuentros. Se quedó demudado. Otra vez. No le había contado nunca a su terapeuta que estas ocasiones *sociales* eran las que amenazaban con romper su equilibrio. Era absurdo porque si no centraba la cuestión, ella nunca podría ayudarle; si bien, por otra parte, no sabía hasta qué punto el secreto profesional cubriría la magnitud del secreto que tendría que revelarle. Y, además, un análisis real de por qué su fobia se disparaba en tales fiestas le dejaría tan desnudo como no pensaba tolerar. Pero iría. Iría como iba siempre. No podía negarse a ese supuesto privilegio que le ofrecía un hombre que había hecho tanto por él. Pero le había jodido la semana. Se la había jodido pero bien. No sólo por tener que ir y pasar aquel trago de nuevo, sino por la punzada en el estómago que le producía pensar que iba a tener que pasar una hora con Irene sin hablar de lo único que era importante. Salió con tan negros presagios del lujoso hotel, y comenzó a caminar mientras veía la nube de admiradores que aún rodeaban el coche del magnate. Seguían haciendo fotos. De pronto, algo se detuvo en su cerebro acostumbrado al análisis visual. ¿No había visto entre ellos al hombre de la barba roja? Se giró, pero el grupo se estaba deshaciendo y no pudo comprobarlo. Ahora, además, tenía la sensación de estarse volviendo un paranoico.

Weimar iba dentro de su mundo de lunas tintadas. Había hecho subir el cristal de separación que le aislaba del conductor y el escolta. Volvía hacia Torre Picasso, pero estaba ya despachando asuntos. Tecleaba frenético en su aplicación de mensajería más segura. Había fijado un periodo de tiempo mínimo para la desaparición de sus frases una vez vistas por el destinatario.

Juan Nadie: «Esta semana no podrá ser, diosa mía... Ansioso. A tus pies».

Un asunto menos. Aquel jueves iba a estar ocupado. Descolgó la llamada entrante mientras las solapas de los mensajes se sucedían amontonadamente en la parte superior del teléfono. El nombre no era despreciable.

—¿Cómo te pillo, Enrique?

—Bien. Voy en el coche hacia la oficina. Dime...

—Esto está jodido. He hecho una cata. Nadie lo ve demasiado bien, incluso sin conocer nada más que el tema, digamos, oficial. Los unos por unas cosas y los otros por otras. A unos les aprieta la cartera y a otros... Lo cierto es que la conclusión viene a ser que te jodas porque nadie va a darte ni el más mínimo apoyo —le resumió Gregorio Valbuena, el vicepresidente de Weimar Corporación.

—Bien, contaba con ello. Yo quiero salir de esa posición y lo haré. Los rusos están interesados y mantienen la oferta.

—Creo que deberíamos hablarlo con más calma. Cuando te digo *jodido* te digo *bien jodido*. —Valbuena hizo un silencio para subrayarlo—. Tanto tus socios como el Gobierno están muy cabreados con el tema. He hablado con el hombre de enlace y en Moncloa les pone muy nerviosos esa posibilidad. Quieren diálogo. Quizá ofrecerte otras opciones para que no vendas o ayudarte a buscar otros compradores. En caso contrario creo que usarán todos los recursos. El tema legal se te va a complicar mucho así...

—Comprenderás que ya contaba con eso. Nadie va a mejorar la oferta de éstos. Nadie. En todo caso son pamplinas lo que les preocupa. Pero lo hablamos en persona mejor, Goyo. Yo voy a ir a París en un par de semanas a encontrarme con ellos y para entonces quiero tener una posición firme, le pese a quien le pese.

—Bien, habrá que torear todo eso. Lo hablamos con calma... ¿Tienes comida hoy?

—La tengo cerrada, sí, pero ya paso luego a verte cuando llegue y tenga un rato.

—*Ok*, luego nos vemos.

Hacía casi tres décadas que Enrique controlaba a través de Weimar Corporación una parte mayoritaria de Global de Satélites S.A. Ahora tenía una oferta magnífica por su paquete de acciones por parte de Moscovasat y no iba a desaprovecharla. Cierto era que la empresa rusa estaba participada por un fondo detrás del cual había gentes aún más inquietantes, aunque eso no hacía menos interesante la transacción. Estaba harto además de ese sector. Si tenía la oportunidad de salir de él, con unos beneficios más que notables, nadie iba a pararle. El hecho de que Global de Satélites fuera accionista de una empresa de satélites militares era para él colateral, si bien era evidente que para otros muchos era un obstáculo central. Nada se consigue sin lucha. En todo caso serían ellos los que tendrían que pelear. Un paquete del 59% de las acciones le aseguraba que su voluntad sería, una vez más, la clave del negocio.

Tenía cincuenta y un años. Aún conservaba gran parte de un atractivo que nunca había dejado de cultivar sin escatimar gasto alguno. Entrenador personal. Médico de cuidado *anti-aging*. Lo mejor en materia de sastrería y revestimientos en general. Una familia ejemplar con un hijo excelente y una fortuna personal que le situaba en lo más alto. Era Enrique González-Weimar. No le iban a tocar los cojones. Nadie le había echado una mano cuando echó a rodar Global de Satélites; es más, nadie pensaba que España tuviera nada que decir en el mercado internacional de las comunicaciones por satélite. ¡Y ahora le iban a venir con pruritos patrioteros! Estaba harto de tontos. Había tontos en todas partes. Tontos de capirote en el Gobierno. Mediocres insulsos. Su socio en Global, el banquero, no era tonto pero había decidido hacérselo a mayor gloria de la caspa nacional. Que intentaran interponerse. Habría para todos. De todo. Para los que le tenían envidia, desde el Ibex 35 a los sillones de Gobierno. Tenía que darles. Y a los tocapelotas. Muchos de ellos podrían caer fulminados a un gesto suyo. Un gesto en el que no vacilaría.

Siguió tecleando mensajes en su móvil aunque su cabeza no dejaba de pensar en aquel escollo. Resistiría. Embestiría. Pensaban que iba a hacerles frente con su dinero, pero no, iba a hacerles frente con su voluntad. Su voluntad. ¿Quién era nadie para cuestionarla? Ni en lo público ni en lo privado. Ni en el mundo ni en su casa. Se lo había ganado a pulso. Trabajo e inteligencia. No todos podían ser como él, así que no todos podían actuar como él. Nadie podría doblegar su voluntad. Nadie. Así se había construido y así sobreviviría. Nadie. Sólo ella, pero aquello formaba parte de un pasado lejano. Madre. ¿Por qué nunca me abrazaste como hacían las demás madres? Perfecta. Bella y llena de poder. Altiva. Hubiera dado todo porque te fijaras en mi amor hacia ti, porque pusieras tu mano en mí más allá de aquellas azotainas con las que querías hacerme un hombre. Ya soy un hombre, pensó. Ya lo soy. Lo soy a los ojos de todos, madre. Ante todos los que nada me importan. Nunca lo fui ante ti. Te fuiste sin darme ese reposo. Fuiste mi valquiria, madre. Uní tu apellido al de tu esposo, porque tampoco fue nunca mi padre, para nombrarte. Tú lo llenabas todo. El financiero dejó su vista perderse en las calles de Madrid que se aceleraban tras la ventanilla. Se recompuso. Encerró su cara oculta y se dispuso a entrar en su reino.

El ascensor privado le llevó desde el garaje a la planta 45. No había querido otra. Sólo el cielo sobre él. Entró, como siempre, avasallando. Tan sólo con su presencia lo conseguía. Era imposible colaborar o simplemente vivir al lado de Weimar sin sufrir una especie de dolor interior. Su proximidad inquietaba, aturdía y eludía cualquier forma de paz. Pilar, su secretaria, lo sufría desde hacía años aunque no terminaba de identificar la causa. Pensaba que era la exigencia de un trabajo muy rápido, muy delicado, muy complejo, combinada con un jefe muy perfeccionista, lo que la había llevado a tener que vivir sujeta al alprazolam. No pasaba nada según su médico. Era normal. Un peaje de la vida moderna que el soma patentado permitía sobrellevar. Pilar era una víctima más de Enrique González-Weimar. Una víctima aislada puede hacer poco para considerarse una categoría. Por eso era una de las habilidades del manipulador hacer que todas permanecieran en una burbuja de ansiedad que les llevara a pensar que eran responsables de su estado, que era su falta de eficiencia o de valor la que les provocaba aquella inenarrable angustia. En la expresión de su rostro vio que iba a ser un día difícil y eso la tensionó ya antes de poder devolverle el saludo mientras entraba en el despacho dando una y otra y otra instrucción lanzadas como piedras que pretendían ordenar a la vez que presionar. A toda prisa descolgó el teléfono y empezó a hacer una tras otras las gestiones que le habían sido encomendadas. La necesidad de no fallar en ninguna la mantenía los suficientemente ocupada como para no sentir la ligera presión que una lágrima reprimida de rabia e impotencia hacía en la glándula.

Dentro del despacho, el financiero emprendió algunas tareas que nadie podía hacer por él. El gran vacío estaba apretando fuerte de nuevo. Se puso frente al ordenador y redactó un correo electrónico. No uno desde su cuenta sino uno que utilizaría los recorridos a través de servidores imposibles de seguir que ofrecía *Anonymus* de forma gratuita. No es que la destinataria de los mismos no supiera que Juan Nadie era él, pero lo cierto es que así jamás podría probar el origen de los mismos. Lo importante era no dejar rastros ni pruebas ni nada que en algún momento produjera la tentación de ser trocado por dinero. El miedo al chantaje no podía dejar de acecharle, aunque sus necesidades eran más imperiosas que éste. Los servicios de que le proveía exigían ese tipo de cuidados. No tenía pensado recurrir a ella en ese momento, pero el malestar creciente que sentía así lo exigía.

De: Juan Nadie
Para: Mistress Claudia

Texto: Como te he dicho, no tendremos sesión nuestra. Necesito no obstante tus servicios. Esta noche. Que sean cuatro o cinco. No quiero que estés tú. Sólo ocúpate de seleccionarlas y llevarlas allí. Una tarde escolar. Ocúpate de que estén perfectas. Si no hay suficientes uniformes o no son de la talla correcta, ¡cómpralos! No olvides los calcetines. ¡La otra vez lo hiciste y fue una cagada! Llegaré a las ocho. Estaré una hora y media aproximadamente. Tengo una cena. La tarifa acordada. Vete diez minutos antes de que yo llegue. Deja la documentación de todas cerrada en el cajón del vestidor. Yo se la devolveré… si todo marcha bien. No olvides explicarles bien su cometido. Odio tener que dar las instrucciones sobre la marcha.

Buen día

De ahí pasó al teléfono y marcó la extensión directa de su vicepresidente:

—¡Gregorio, ya he llegado! ¿Te puedes pasar ahora por aquí?

—Sí, claro, Enrique, voy para allí.

Mientras le esperaba dejó que sus ojos se posaran perdidos en los ventanales desde los que podían verse las sedes y obras de muchos de sus adversarios. Madrid se perdía bajo su vista y se sentía como un semidiós frustrado ante la imposibilidad de levantar los techos, como pequeñas tapaderas, para poder husmear dónde se cocían las conspiraciones contra él. Desde su despacho la ciudad no era sino el escenario de un *Risk* en el que las conquistas y las batallas se sobreponían sobre el hormiguero humano que las hacía posibles. Los cadáveres caían a su alrededor sin que nadie en aquella masa informe pareciera reparar en ello. Sólo los interesados alcanzaban a intuir hasta qué punto habían sido aniquilados.

Gregorio Valbuena entró en el despacho. A su edad conservaba una presencia regia con todo el aplomo y la paz interior que le faltaba a su socio. Se acomodó en uno de los rincones del sofá que había en la zona de visitas del despacho. Esperó a que Enrique se reuniera con él en el rincón opuesto. Retomó la conversación que el teléfono les había inhibido.

—Bien, Enrique, como te he empezado a comentar antes, las noticias que me traen desde Moncloa no son nada halagüeñas. No quieren ni sopesar la posibilidad de que Ibersat caiga en manos de los rusos y de sus socios. Y yo, en cierta manera, les entiendo porque perder el control español de los satélites militares no parece la mejor solución. No amenazan, aunque advierten de que pondrán todas las piedritas en el camino que puedan… de forma perfectamente legal, claro, al menos en apariencia. Que si Competencia ve tales dificultades, que si la Abogacía del Estado te busca en los contratos tales cosas que discutir…

—¡Oye, cojonudo, si a mí me parece muy bien que no quieran perder el control! Pero eso no significa que yo me tenga que amarrar a una actividad para el resto de mi vida. Vamos a ver, ¿por qué no compraron? Fue muy cómodo que Defensa se mantuviera con una participación no demasiado alta en el plan y conseguir que fuera el sector privado el que corriera con los riesgos y los gastos de dotarles de su satélite. El PAZ ya les está dando lo que quieren, incluido ese sistema de pago por volumen de imágenes… ¿Por qué no entraron de forma mayoritaria? A fin de cuentas, es cierto que se juegan ahí las bandas X y Ka de comunicaciones militares, el control de fronteras o las comunicaciones de inteligencia, pero eso no me imposibilita a mí para hacer con mis negocios lo que me dé la gana.

—Todo eso se lo hemos hecho llegar con toda precisión, Enrique. Pretenden que la participación que tiene Global de Satélites en Ibersat se la vendas a otro empresario español antes de consumar la venta de las acciones de Global al grupo ruso…

—¡Ya, perdiendo parte del valor de Global! No se puede jugar a eso de no hacer grandes inversiones y conseguir ser un país europeo puntero en este tipo de sistemas. Defensa ha minimizado los riesgos y ha obtenido su juguete. Correcto. Pero no era una boda, era un negocio y, ¡qué coño!, todo el mundo se divorcia cuando quiere… Yo ahora no voy a venderles esa parte exclusivamente haciendo el paquete menos atractivo. Seremos extremadamente cuidadosos con el tema legal. Los abogados ya están trabajando en ello —contestó Weimar dejando ver su indignación.

—Por muy bien que lo hagan, sabes que pueden ponerte trabas si quieren. En esa operación o en cualquier otra que tengas en marcha. Pueden buscarte las cosquillas y lo harán, aunque entiendo que no tenemos por qué perder dinero ni una buena oportunidad. ¿Has hablado de este tema con Marcelo? —preguntó Valbuena mientras se removía inquieto sobre sus posaderas.

—¡Marcelo, Marcelo...! Un gran tipo pero un *cagao* si cree que algo puede afectarle a la hora de su puesto de salida en las listas en las próximas elecciones. Ya sabes que no se lleva nada de bien con su colega de Defensa. No se llevan, sería más apropiado. Son de bandos distintos dentro del Consejo de Ministros. Le toqué levemente el otro día pero no quise entrar en profundidades. Volveré a verle esta semana de forma más relajada y ya le comentaré con más detalle. En todo caso, sabes que siempre nos va a avisar de los movimientos raros en cuanto tenga conocimiento. Eso siempre es un alivio...

—Entonces seguimos con todo según está previsto: plazos, fórmulas, etcétera.

—Seguimos. Como te he comentado, yo volaré en un par de semanas a París para volver a verme con ellos. O quizá los cite de alguna forma más discreta. Tal y como nos lo plantean, vamos a tener que jugar una partida mucho más silente. ¿No crees? —y Weimar le guiñó un ojo a su socio con un brillo muy suyo en las pupilas.

—Si tú lo ves claro, vamos a ello. No obstante seguiremos mostrando un perfil negociador y de proximidad todo el tiempo que sea posible, que será poco porque es evidente que ellos tendrán gentes trabajando en esa información aquí y allí —terminó Gregorio levantándose para salir—, pero supongo que no saben bien a quién tienen enfrente ¡Jajajajaja! —rió—. ¡Soy yo, Enrique, que llevo veinte años contigo y aún no me creo cómo eres!

Le dio una palmada en la espalda antes de dirigirse a la puerta para volver a su despacho.

Justo en ese momento, el móvil de Enrique comenzó a sonar. No creía necesario apagarlo durante estas conversaciones. Los barridos en busca de micrófonos se hacían cada semana y la posibilidad de escuchas con micrófonos direccionales era remota en una planta 45 del que había sido el edificio más alto de Madrid. Ninguno a su alrededor revalidaba sus dimensiones. Tampoco habían descuidado la posibilidad de drones.

Hastiado vio en la pantalla que la llamada era de su mujer.

—Dime.

—Perdona que te moleste, Enrique, pero como no te he visto esta mañana no he podido preguntarte si vendrás a cenar...

—A los que les interesa a efectos prácticos ya saben que no. Ya dispuse que sólo prepararan cena para ti y para Andreas, que estará esta noche en casa. Si vas a salir tú, lo arreglas —dijo desabridamente.

—No, no..., si era sólo por saber si te vería.

—No creo. Tienes fotos. ¿Qué más te da, Estefanía? No me llames más para tocarme las pelotas. Organiza tu vida.

El financiero cortó la comunicación sin ninguna clemencia. Al otro lado de la línea, una mujer lidiaba con la realidad. Ni siquiera le iba a conceder la cortesía o la apariencia o las formas. Los ojos se le arrasaron. Estefanía estaba en el baño de aquel famoso piso que había sido la comidilla de todas las revistas de arquitectura y diseño cuando lo remodelaron. Entonces aún le cabía la duda de si un nuevo entorno podría ayudarles a recuperar algo de lo que habían tenido. Todavía en aquel momento su marido era visible tras la fachada de aquel monstruo. González-Weimar no había terminado de tragarse a Enrique. A los episodios de intensa crueldad se sucedían momentos deliciosos que sólo él sabía preparar para ella. La delicadeza de sus caricias o las deliciosas locuras que el dinero permitía. Algunos tremendamente simples pero efectivos. Llenar de orquídeas aquellas estancias enormes, llenarlas hasta casi impedirle andar a través de ellas... En todo caso, hacía tiempo que ni siquiera esa ducha escocesa emocional estaba en marcha.

La señora de Weimar se recostó sobre una pared de su inacabable cuarto de baño. La luz le entraba desde la izquierda por aquel ventanal colosal. Todo era grande, limpio, cuadrado... y frío. Al menos para ella lo era. Una especie de sarcófago descomunal a la luz del día. Eran cosas suyas. Nadie lo interpretaba así. Al chico que lo diseñó le habían dado varios premios.

Premiado por firmar su tumba. A pesar de eso le caía bien. Él nunca supo sobre qué cimientos de daño y humillación estaba construyendo. En tal caso quizá hubiera diseñado un pequeño reducto, una salita, algo tan pequeño como un útero para que ella pudiera refugiarse ahora que se sentía tan desvalida. Pequeña, inútil, sola. No fue así. Estaba condenada a vagar por aquellas salas inmensas en la que se sentía tan huérfana como los enormes muebles de líneas muy sencillas y colores tierra que permanecían como abandonados o suspendidos entre aquellos espacios irreales.

Al menos esa noche cenaría con Andreas. Su hijo le proporcionaba el consuelo de volver a ver la esencia de Enrique antes de que la ocupara el mal. Sí, el Mal, porque su marido era malvado y perverso. No le cabía ninguna duda. Sólo así se explicaba aquella crueldad gratuita que utilizaba cuando la humillaba contándole sus conquistas o sus hazañas amatorias, o sus sórdidos entretenimientos. Ella callaba. ¡Qué remedio! Callar para que nadie pudiera comprender hasta qué punto se veía obligada a rebajarse. Callar para que nada salpicara la imagen del financiero que mantenía su tren de vida y el de toda la familia y callar, callar para que sus hijos no se quebraran sabiendo qué tipo de persona era su padre. Mientras pensaba en todo ello, Estefanía había ido dejando resbalar su espalda sobre la pared de mármol hasta acabar ovillada en el suelo frío, inhóspito y mortalmente caro sobre el que moría un poco más cada día.

Tan sólo un par de horas después, la señora de González-Weimar oficiaba en una reunión de asesoras de la fundación de la familia. El financiero tenía muy bien pergeñadas sus estrategias fiscales, aunque luego gran parte de la atención real que aquello precisaba corría a cargo de Estefanía. La mayor parte eran mujeres. Uno de los objetivos de la fundación tenía que ver con las políticas de igualdad de la mujer y por eso había una serie de iniciativas en marcha para la reinserción de mujeres víctimas de la explotación sexual y del maltrato. Nunca había dejado de pensar que aquel sarcasmo era una sevicia más que su marido había decidido infligirle. Que un tipo putero y vicioso pusiera a su mujer maltratada psicológicamente a presidir un organismo de ayuda a las víctimas era una vuelta de tuerca que sólo a un pervertido como Enrique se le podía haber ocurrido. La humillación era además privada y sólo les competía a ellos, lo que, paradójicamente, la hacía más terrible.

Miró aquellos rostros en la mesa de reuniones. ¿Cuántas la envidiaban? ¿Cuántas se hubieran peleado en el barro por arrebatarle su puesto y convertirse en las orgullosas señoras de González-Weimar? ¿A qué estarían dispuestas a llegar? Ni imaginaban lo que dormía bajo aquel manto de bienestar, felicidad y lujo. Es más, ni lo creerían. No querrían creerlo. Algunas eran jóvenes y ambiciosas, lo cual estaba bien. Ella también había sido joven, pero su ambición estaba demasiado modelada por su familia. Cuando cursaba sus estudios en aquella prestigiosa universidad sabía que, más allá de aprobar, tenía que probar encontrar al hombre de su vida, porque el hombre de su vida tenía que estar allí. Era el sitio conveniente al que acudían las personas adecuadas. Estefanía compatibilizó unos estudios que no le decían gran cosa con la vida social con los chicos adecuados. Conoció a Enrique y sus padres fueron felices. Y los de él, también. Todo era color de rosa. Abandonó en quinto la carrera para casarse. Sabía que no la necesitaría más allá de lo preciso para saber estar en el mundo en el que tendría que desenvolverse. Pero a ella le habían explicado que eso era lo habitual, lo que se esperaba de ella. ¿Y aquellas jóvenes? Ellas tenían una ambición urgente. Lo presentía. No estaba claro que fueran a esperar a satisfacerla por ellas mismas. Quizá dos o tres de ellas, sí. Las más concienciadas. Otras, estaba segura, darían un brazo por encontrar el camino fácil. Un hombre que ya estuviera arriba. Un hombre como Enrique. Suponía que así conseguía muchas de sus conquistas. Esas que debían flotar pensando que un hombre con una fortuna como la suya las convirtiera en las nuevas reinas de su universo. No podía buscarlas una por una y explicarles que aquello no pasaría nunca. Que Enrique ya tenía todo lo que deseaba. Que una mujer que estuviera dispuesta a callar lo que ella callaba no volvería a aparecer y que, por otra parte, tampoco podría permitirse el lujo de desprenderse de ella y abrir una grieta en su fachada.

Sonrío mirándolas mientras se acomodaban.

Luego estaban las otras. Un par de ellas que también estaban casadas con hombres de gran importancia. Socios de Enrique. Colegas de Enrique. Mucho más viejos que ellas. Nunca se habría atrevido a iniciar una conversación sobre esa cuestión, ni siquiera en un momento de intimidad. ¿Iban a reconocerle que una vez alcanzado el estatus, se les hacían muy cuesta arriba sus obligaciones? ¿Se atrevían a buscar fuera de casa el roce de una piel deseada o les daba demasiado miedo perder lo que habían conseguido? Porque ella sabía el tipo de soledad a la que estaban abocadas. No creía que nunca se lo dijeran unas a otras. Parte de la efectividad de la jaula dorada consistía en el autoaislamiento. Ninguna osaría confesarle a las otras hasta qué punto su fracaso vital era terrible. A cambio, comprarían. Comprarían objetos, joyas, bolsos y zapatos, decenas de zapatos. Competirían entre ellas por tener los objetos más caros, más bonitos, más deseados. Y así, mientras desde cada una de sus jaulas saliera un canto de reto y competición, los dueños de las llaves estarían seguros de que nunca unirían sus fuerzas para atreverse a volar solas.

Se sirvió agua y carraspeó para indicar que estaba a punto de comenzar.

Quedaban un par de ellas o tres que, según creía intuir, eran distintas. Más comprometidas y menos susceptibles de ser capturadas con liga. Estaban dispuestas a dar su pelea, pero Estefanía no sabía si las envidiaba. ¿Encontrarían un destino mejor? ¿Habría amor en sus vidas? Amor verdadero. ¿Existía siquiera? Aquellas reflexiones lograban calmarla un poco porque, si no lo había, si todo había sido un cuento desde el principio, entonces ellas pelearían en vano hasta quedarse solas y, probablemente, tendrían miedo por su futuro mientras que ella sufría su soledad en un mullido colchón de lujo.

—¡Señoras, empezamos! —dijo mientras se convertía de nuevo en la perfecta e inquebrantable señora de un hombre de éxito.

CAPÍTULO 4

Esperó retadora a que el hombre que se aproximaba a ella la asiera por los brazos. El puñetazo fue directo y certero. De un salto le asestó una patada limpia sobre el pecho y lo derribó. Un rápido giro la dejó enfrentada al segundo de sus contrincantes que intentó una, dos y hasta tres veces zancadillearla. El corazón de Irene golpeaba ya violentamente. Con la fuerza de sus piernas logró de un salto pisarle a la altura del muslo. Inutilizado momentáneamente; de otro salto, con un giro logró encajarle otra patada que hizo que besara el suelo. Sin apenas tiempo de recular, un tercer oponente se unió a la pelea. Para impedir que la apresara a su vez, le metió tres patadas en el estómago y, con un esfuerzo supremo, logró saltar hasta impactar con sus dos pies sobre el pecho, lo que provocó la caída del hombre rodando hacia atrás. A su espalda volvió a reencontrarse con el primer atacante. Uno. Dos. Tres. Descargó los puñetazos mientras sentía cómo el sudor resbalaba por su abdomen. Sabía que ése era el momento. Se elevó mientras giraba sus piernas en el aire y con una de ellas le derribaba de un golpe limpio en el cuello.

Se quedó jadeante en el centro de la habitación.

«¡Plas, plas, plas!», oyó que decía desde un rincón su entrenador.

—¡Magnífico, Irene, muy bueno! Has mejorado mucho ese salto. Mucho. Fíjate que hacía un par de semanas que no te veía entrenar y me has dejado muy sorprendido…

Irene se estremeció con placer. Las largas sesiones de entrenamiento solitario estaban dando resultado. Extenuantes. Saco. Flexiones. Saltos. Dominadas. Peso. Felicidad.

—¡Gracias, chicos! —les dijo a los compañeros que le habían servido de contrincantes esa tarde— ¡Espero que estéis enteros! ¡Jajajaja!

Era feliz. El esfuerzo físico, la rudeza y la precisión que le permitía el practicar artes marciales mixtas era uno de los secretos de su actual estabilidad emocional. Estaba empapada. Los pantalones cortos y ceñidos de tejido técnico para evacuar el sudor y el *top* estaban chorreando. Ver caer los goterones sobre el tatami era una recompensa. Pero precisamente por eso no dejó a los chicos que la abrazaran para felicitarla.

Uno de los *asaltantes*, Santi, lo había intentado hacía un momento. No obstante comprendió con un gesto la situación y prosiguió con el buen rollo del momento:

—Tía, ¿nos pegamos un duchazo y nos tomamos una birra? Tú te la has ganado por *fenómena* y yo por aguantarme las ganas de hacerte un combate de verdad.

—¡Anda, menos lobos! Te ibas a sorprender. A lo mejor hasta en combate te daba una paliza... pero, ya sabes, no competimos en el mismo campo... ¡Jajaja! —rió Irene, disfrutando de la camaradería del gimnasio.

—¡Venga, pues! A esa ducha... ¡Como seguro que termino antes, te espero fuera!

—¡Hecho!

Irene se despidió de su entrenador y se fue hacia los vestuarios de mujeres. Estaban prácticamente vacíos a aquella hora. Tampoco eran muchas las mujeres que acudían a un *gym* especializado en artes marciales mixtas. Las había, claro, pero no tantas como para llenar el vestuario. Se demoró unos minutos en el goce especial del agua caliente resbalando sobre los músculos que acaban de ser extenuados. Se fregó con energía. Eso era sentirse viva. Las endorfinas, el placer del agua, todo junto le estaba subiendo como un cóctel de mefedrona. Ella sabía exactamente lo que el deporte y la competición hacían en su cerebro y en su espíritu y lo celebraba.

Se secó con energía y volvió a ser la psicóloga urbana que había llegado hacía un par de horas. Dejó caer sobre su ropa interior un recatado vestido negro con florecitas. Holgado. Se puso los botines y agarró el petate para no hacer esperar demasiado a Santi. Este rato también iba a ser espléndido. Lo había conocido en la Escuela de Defensa mientras hacían el curso necesario para convertirse en psicólogos militares. Era un gran tipo y había sido un gran instructor y pertenecía a una parte de su vida que si no hubiera sido por... ¡Uff! Apartó de su cabeza aquellos pensamientos. Era precisamente no volver una y mil veces sobre la muerte de Rubén, sobre el dolor, lo que la había llevado a seguir entrenando como una posesa.

Salió a reunirse con Santi en la acera de la calle Arquitectos. ¡También era casualidad!, pensó sin saber muy bien por qué. Lo cierto es que tal pensamiento acudió a su mente. ¿Casualidad el qué? ¡Venga, tía, déjalo!, se dijo. Allí mismo, a un tiro de piedra, había un bareto correcto. Se sentaron en una mesa y pidieron sendas jarras de cerveza helada.

—¡Casi me sabe tan buena como en el imperio de la base de Afganistán! —exclamó Santi tras darle un trago largo. ¿Te acuerdas, Irene?

Irene recordaba perfectamente el bar del campamento que tradicionalmente se llamaba así en el Ejército Español. El imperio. Sin embargo, esquivó su mirada.

—¡Hostia puta, perdona! Lo siento mucho de verdad. Siento recordarte aquello... Es algo que me sale tan espontáneo que no me acuerdo de que para ti es una fuente de dolor. ¿Me perdonas?, siento ser tan poco delicado... —El comandante Cembrero estaba ya totalmente azorado.

—¡No pasa nada, tío! —mintió Irene—. Soy psicóloga, ¿recuerdas? Se supone que conozco los mecanismos para hacer el duelo y poder superar el dolor. No el recuerdo, claro, porque sabes que jamás olvidaré a Rubén, pero sí el dolor. Puedo recordar contigo lo bueno que tuvo aquel tiempo. No te preocupes.

Siguieron charlando. El comandante tuvo el tino de reconducir la conversación hacia el tipo de lucha que ambos amaban. Comentaron el último combarte de Miesha Tate que habían visto en *Youtube.* Irene admiraba su técnica, era una de las mejores luchadoras de MMA, y la perfección de su abdomen esculpido a base de horas de trabajo.

A pesar de todo, ella no pudo impedir que Rubén volviera una y otra vez a su mente. El amor de su vida. Siempre pensó en él en esos términos. Siempre. Hasta que el Improvised Explosive Device acabó con el futuro de ambos. Era curioso. Todo el dolor de su vida, la muerte de su alma, podía resumirse en unas siglas: IED. Pero no quería volver a la Base de Apoyo Avanzado de Herat. No quería y no lo haría. No volvería a un momento y a un lugar en el que la muerte segó todo lo que la mantenía entera. Rubén. Su cuerpo destrozado. La impotencia. La culpa. Se obligó a hacer volver su espíritu al cuerpo inerte que había dejado charlando con el comandante. Tomó posesión de su aparente normalidad de nuevo. Se oyó soltar una carcajada que resonó en su interior como si su cuerpo fuera una caja de resonancia. Vacío y muerto.

Había sugerido Santi que pidieran la segunda cuando se dio cuenta de que si no corría no llegaría a la consulta a tiempo. Las citas eran sagradas. La de aquella tarde, un poco más sagrada. Quería ver la evolución de Leo en aquellos siete días. Tenía la sensación de que algo se había descascarillado en su perfecta armadura y que, ahora sí, las sesiones entrarían en un campo más interesante y que podría hacer que Leo tuviera grandes avances. Por fin. Esta posibilidad también la ponía contenta. En líneas generales estaba siendo un gran día pero, eso sí, a las ocho tenía que estar sentada haciendo terapia, así que se despidió de Santi, no sin citarse para entrenar, de nuevo, la semana siguiente, y se encaminó presurosa hacia la boca del metro. Cogiéndolo en Delicias llegaba enseguida a Bilbao y, desde allí, un pequeño paseo la dejaría en la consulta.

Leo, mientras, estaba apurando el tiempo en su estudio antes de desplazarse a su vez. Casi sentía que tenía ganas de acudir en esta ocasión a terapia. Era una semana tan… tan desestabilizadora que, sentía que algo tendría que hacer. Quizá ser sensato y dejar de jugar a sabotearse a sí mismo. Era evidente que necesitaba ayuda. La había pedido ¿Qué sentido tenía impedirse participar en su propio rescate?

Miró aquel dibujo de un nuevo tipo de cama que estaba terminando. Justo once vigas de madera de obra sin desbastar, colocadas de forma vertical una junto a la otra. Estaba pensando qué tipo de imprimación se les podría dar para alterar aquella cotidianidad de la madera y darle un toque más inquietante. Sobre ellas un colchón no demasiado exuberante —¡qué horror de multimuelles!— dejaría superficie en el contorno para depositar la vida. Libros. Bandejas con desayunos. Copas y cubos de champán. El ordenador solitario de la noche. Quizá un buen lecho para compartir con alguien a quien lograra amar. No era un lecho para el sexo sino para el amor paciente y natural. Casero. Algún día. La alarma le sacó de aquel momento placentero de creación. Le encajaría unas mesillas negras en forma de L en la parte superior, pero eso sería en otro momento. Tenía que llegar con el tiempo suficiente para recorrer en solitario aquel pasillo.

Lo hizo. Llegó a su hora y entró en el aún vacío despacho de Irene. Se sentó sin rabia, como dejándose llevar. Aceptando que este momento tenía que llegar algún día. Que él mismo se había forzado a venir hasta aquí a sabiendas de que las espitas se abrirían aunque intentara apuntalarlas.

Irene entró con una cara extraordinariamente animada para lo que era habitual. Llevaba su ropa mezcla entre inocente y monjil y al cruzar sus piernas dejó justo frente a Leo los botines de cuero negro que éste ya le había visto otras veces. ¿Se pondría alguna vez unos zapatos de tacón?, pensó Leo. Fantaseó con que algún día Irene le sorprendiera con unos bonitos zapatos de tacón muy alto y muy escotados. Unos que dejaran ver el nacimiento de sus dedos. Que le dejaran acariciar con la vista el arco tenso del empeine. Unos *pep-toe* para poder escudriñar en la punta el color de su esmalte de uñas. ¿Se pintaría las uñas de los pies una seria terapeuta? Tal vez incluso podría sacarlos ligeramente del talón para juguetear un poco con ellos mientras conversaban... Dejó sus fetiches. Irene le estaba hablando. Leo se sonrió como un niño travieso al que han pillado en falta, aunque era evidente que ella no podía conocer el motivo. Simplemente pensaría que estaba más relajado de lo habitual. Nada más lejos de la verdad. Sí estaba más hastiado y con menos fuerza para oponer resistencia. Eso era real.

—Te veo contento, Leo. ¿Ha habido buenas noticias? ¿Alguna novedad? —Irene había iniciado ya su trabajo.

—No estoy especialmente contento. Simplemente he recordado algo que me ha hecho sonreír. Nada especial. Lo cierto es que ha sido una semana durilla...

—Mucho trabajo.

—Bueno, sí, pero no tanto por eso.

—Mucha actividad social, entonces. ¿Cómo te has sentido?

—Bueno, no demasiada o no en el sentido que podrías suponer. Intensa.

—¿Me cuentas?

Leo se planteó si seguir adelante o no. Se notó como laxo. Sin fuerzas para contenerse. Iba a dejarse ir, aunque más por cansancio que por convicción. Le costaba demasiado seguir creando una pantalla para estos encuentros semanales. Había venido porque tenía problemas con ciertas cosas y quizá había llegado el momento de poner las cartas sobre la mesa.

Probó a ir metiendo poco a poco el pie en el agua fría.

—Tuve que ir a una fiesta de las que organiza mi mentor. Una fiesta poco convencional y muy privada... una fiesta... incómoda. Muy incómoda. Perturbadora, diría yo...

Irene sintió que así, de pronto, estaban llegando al principio de algo. Dejó nacer un silencio en el que Leo pudiera ir construyendo su relato.

—En realidad no sé si debiera... Supongo que no pero, mira, lo cierto es que siento cierta necesidad de dejar de construir muros para defender este secreto...

—¿De mí? Sabes perfectamente, Leo, que todo lo que sea dicho en esta habitación, aquí se quedará para siempre. Eso no tienes que ponerlo en duda nunca —dijo seria Irene.

—No, no es por eso. Disculpa. No quería que pensaras que dudaba de tu profesionalidad, es sólo que... Es duro para mí.

—Fui a esa fiesta. No es la primera vez. Es probable que parte de la fobia que me trajo aquí arranque, precisamente, de esas fiestas. Es ese contacto social el que creo que se me hace muy cuesta arriba. El que me ha llevado a plantearme el encerrarme en mi concha para siempre. Hacerme un cascarón para crear... En fin, todo eso que ya hemos hablado otras veces...

—Una fiesta que organizó tu mentor... ¿esta semana? —La terapeuta intentó reconducirle hacia el camino que había emprendido.

—Fue el jueves pasado. Siempre se organizan en un... un palacete que hay en Modesto Lafuente. Es un palacete construido por Carrasco-Muñoz, uno de los arquitectos más representativos del primer tercio del XX. Fíjate que es suyo también el Hotel

Reina Victoria, de la plaza de Santa Ana, un ejemplo modernista. En este palacete se decantó por algo más ecléctico, entre regionalista y neoplateresco. Lo construyó para un marqués y supongo que tendría un gusto menos avanzado. Los clientes no siempre te permiten seguir el camino que tú desearías... Está rodeado de un muro de piedra y un precioso jardín. Casi anacrónico entre todos aquellos edificios de pisos convencionales...

—¡Me encanta oírte hablar de tu profesión! —apoyó Irene.

—Ya, ya..., me estoy yendo del tema. Vuelvo. Es un lugar muy discreto. Entre los árboles y la valla de piedra y las medidas de seguridad... Es muy discreto. No tengo ni idea de a quién pertenece. A mi mentor creo que no. Y lo creo por el uso que le da. Será alquilado... o, no sabría decirte...

Irene le sostuvo la mirada en silencio.

—Fui a la fiesta. Son fiestas con un número muy reducido de invitados. Sólo hombres. Este jueves fuimos ocho. Además de mi mentor y yo mismo había otros seis hombres, de los que no voy a decir nada más que todos pertenecen a un determinado ámbito social y de poder. Alguno es mi cliente o está a punto de serlo. Ése es uno de los motivos por los que mi mentor dice invitarme, para que pueda continuar haciendo relaciones y recibiendo encargos. Por eso a veces te he comentado que mi resistencia a acudir a algunos acontecimientos sociales podía perjudicarme desde un punto de vista profesional.

—Lo entiendo —dijo Irene.

—Como siempre, en el comedor del palacete había dispuesta una espléndida cena. No se escatima en nada. Eso sí..., llegados los postres comienza la parte, digamos, libertina. No sé cómo...

—Leo, puedes hablar con entera libertad...

—Bien, en cada fiesta siempre hay un número variable de mujeres que aguardan, normalmente en una salita anexa a la cocina. A ellas también les dan algo de cenar y para entretener la espera... Mientras, del comedor ya hemos pasado a un salón en el que se sirven copas y se ofrecen... en fin... otras cosas. Cocaína normalmente. Alguna cosa más novedosa si hay invitados que están por probar. Siempre hay alguien que se ha ocupado de todo. También de las mujeres.

—Bueno, Leo, no parece tan terrible..., ¿qué es lo que te atemoriza? —le instó la terapeuta, que quería mantener el hilo vivo hasta el final.

—A ver, que yo no soy un pacato. Las mujeres son siempre muy hermosas e incluso refinadas pero, dejando aparte si a mí me gusta o no compartir este tipo de cosas con un grupo de hombres mayores que yo, con los que tengo cosas de trabajo...

—Es cierto que ahí puede haber una incomodidad.

—Pero no es eso. No es eso. Perdona. Cuando se llama a las chicas, éstas acuden y los asistentes eligen subir a los dormitorios con una, dos, tres... No hay problema. Siempre hay muchas. Yo mismo lo he hecho alguna vez. No es que me sienta orgulloso, pero, bueno, así son las cosas.

—¿Entonces?...

—El problema es que he visto cosas que no me terminan de gustar. Cosas que no quiero compartir siquiera con mi presencia, pero, ya sé, soy un débil, no puedo rechazar esas invitaciones. Las chicas..., bueno, alguno de los asistentes creo que no se comporta bien con ellas. Yo he visto, la mayor parte de las veces me quedo abajo, he visto salir a alguna en muy mal estado. He visto... he visto que sus compañeras se la han tenido que llevar porque no podía sostenerse en pie. Son muy jóvenes. Demasiado. No me atrevería a decir que son menores, pero algunas lo parecen. Yo... sé que no debería...

—¿Has podido hablar con ellas alguna vez? ¿Se trataba de agresiones o...?

—Nunca he visto que ninguna intentase huir o que sus compañeras se sorprendieran de lo que veían... No te digo tampoco que no se trate de prácticas ya pactadas, pero...

—¿Sadomasoquismo?

—Sí, bueno, seguramente.

—¿Te perturba?

—Oye, no, no tengo nada contra ninguna práctica libre entre adultos.

—Aun así, te provocan un rechazo suficiente como para traerte hasta aquí...—apuntaló la psicoanalista.

Leo se dio cuenta de que él solo se había metido en un berenjenal. Pensaba que iba a poder aligerarse siquiera parcialmente de su carga; por el contrario, ahora se daba cuenta de que la lógica iba a llevarle precisamente hacia donde no quería ir. Porque tendría que contarle a Irene que era su propia condición de *bottom* la que le hacía empatizar con aquellas chicas de una forma mucho más profunda. Tendría que explicarle que no se sentía como un tío invitado a putas caras en un ambiente refinado, que sólo tenía que coger lo que le ofrecían. En primer lugar, porque lo que él quería tomar no quería exponerlo allí. Era evidente que dentro de la carta que ofrecían, su plato preferido no era compartido por ningún otro comensal. Claro que había subido alguna vez con una o dos chicas por no dar el *cante* y porque podía echar un polvo convencional si quería, aunque como sexo mercenario no pasaba de ser una especie de entretenimiento. Eso tampoco le hacía sentirse especialmente bien; con todo, podía soportarlo.

No, no era eso. Ni tampoco que no entendiera que entre los invitados hubiera quienes prefirieran el rol contrario al suyo. Le constaba que así era. Sólo que... él había visto a las chicas y sabía que no era el BDSM una transgresión que ellas buscaran por placer. No. Aquellas chicas no eran sumisas, sino mujeres que representaban aquel papel para recibir dinero y asumían los daños que, eso era otra, eran bastante terribles. Aquello no tenía nada que ver con Claudia y con él. Era algo completamente distinto y... le hacía daño. Precisamente él no podía verlo de otra manera. Los tipos luego se reían e incluso comentaban hasta dónde habían llevado sus sevicias. De igual manera que hubieran presumido del tamaño de un corzo. Sólo que hablaban de seres humanos que su dinero había comprado para disfrutar con su dolor.

Además Leo no era especialmente amante del dolor físico, sino más bien de la sensación de control y humillación que una mujer podía causarle. No era el dolor lo que le movía. Lo suyo era otra cosa. Por eso quizá no podía quitarse de la mente el rostro sufriente que colgaba de los brazos de sus compañeras cuando éstas se vieron obligadas a evacuarla. Sangre. Mucha sangre. Tampoco a Leo le gustaba la sangre. No podía olvidar su impresión. Al principio llegó a creer que estaba muerta, pero no sería así puesto que las otras chicas se comportaban como si estuvieran acometiendo una tarea rutinaria. Era ese rostro. Someterse era un acto tan íntimamente libre que él no podía imaginar esto. Se dio cuenta de que Irene estaba esperando su respuesta.

—Sí, me siento muy incómodo. Desearía no ir. Además, después me cuesta relacionarme en circunstancias normales con esas personas. Ya te he dicho que alguno ya es cliente mío. Incluso con los clientes potenciales tengo que quedar de forma profesional para ver si cerramos los encargos. Me resulta muy difícil sustraerme a lo que allí se vive, después, cuando los tengo delante. Es algo que sólo debe pasarme a mí. Por eso vine. El resto se desenvuelve conmigo como si el compartir ese secreto nos allanara muchos años de relación.

Irene volvió a tener aquel sentimiento de ternura. No podía contarle que ella había pasado diez largos años en el Ejército. Ni los lugares en los que había estado. No podía explicarle que nada que le contara sobre juergas masculinas iba a asustarla mucho. Había oído de todo. Con toda crudeza. En las conversaciones de cantina y también en consulta. Pero no, nada sabía Leo de su nivel de adaptación. Intuyó que tenía que darle, sin embargo, un pie en el que apoyarse para poder saltar sobre la inhibición que le estaba ganando terreno de nuevo.

—Hace tiempo, Leo, que dejó de ser un axioma que los hombres tengan que comportarse de determinadas maneras. Puedes permitirte sentirte mal... Incluso puedes rechazar algunas prácticas o encontrarlas criticables. No tienes que castigarte por eso. La libertad sexual supone no interponerse en los deseos de otros, pero no te obliga a compartir o aplaudir sus gustos...

—Ya, ya, lo sé. No es un tema moral. No tengo nada contra la práctica sana del sadomasoquismo. Pero esos tipos... no sé... Yo no empatizo con ellos sino con las chicas. No puedo conseguir cambiar eso y, por tanto, no puedo conseguir estar cómodo.

Y luego está el tema de mi mentor. Yo... yo le respeto. No me resulta agradable ver ese comportamiento. Hubiera preferido no pasar de su compañía intelectual. Cuando le veo en estas juergas me parece, no sé como decirlo, peor persona. Ya, ya sé que yo no soy nadie para juzgar a las personas. Y conozco a su mujer y a sus hijos. A ver, yo soy soltero, no tengo compromiso con nadie. Pero él, bueno, no me gusta ver lo que le hace a su familia. Máxime conociéndoles. No sé cómo explicarte, es como cuando no quieres imaginarte a tus padres en la cama... Supongo que todo eso será muy freudiano y eso... ¿Te dice algo?

—Me dice, Leo, que eres un hombre sensible, lo cual está muy bien. Sensible y empático... No hay motivo para torturarse por ello —le animó Irene.

Pero a la par que le decía la frase correcta, su mente empezó a derivar. No hubiera podido imaginar a Rubén en una situación así. Él siempre le dijo que nunca acompañaba a los otros cuando se iban de putas estando de maniobras. Y ella, ella le creía. Le creía por lo mismo que creía ahora a Leo, porque entendía lo que sucedía en su mente para rechazar aquello. Rubén era limpio y era bueno. Como lo era Leo. Leo, que estaba ahora frente a ella con aquellos ojos llenos de inocencia, a pesar de haber visto la cara oculta del mundo tanto como lo había hecho ella. No todos los espíritus se corrompen. No todos. Quieren vendernos que sí, que eso es lo que nos trae la era, pero ella sabía que quedaban hombres puros. La voz de Rubén sonaba a su alrededor. No, la voz de Leo. Era la voz de Leo y debía volver a ella.

—... y si fuera sólo eso, yo podría aceptarlo. Pero no se trata sólo de mis características personales. Eso incluso me halagaría. Y no lo hace. Sólo me hace estar intranquilo y desazonado. Un gran círculo sin principio ni final. Ni puedo dejar de ir a esos encuentros ni puedo encontrarme bien después de ir —dijo redondeando su explicación.

—Pero eso, Leo, es por como tú eres. No hay nada malo... Porque tú eres, como te he dicho...

Leo le cortó radicalmente y sin pensarlo.

—Porque yo soy sumiso, Irene, por eso, porque lo soy. Ya está. Está dicho. Lo he dicho. Ufff, era una presión terrible mantener ese dato fuera de la conversación. Quizá así se entiendan mejor las cosas. No es sólo que empatice con esas chicas, con aquella chica en concreto; es que siento lo que sienten, es que temo y pienso en qué sucedería si alguien decidiera excederse conmigo. Es que veo su cuerpo desmadejado llevado por sus compañeras y temo que algún día yo pueda ser el lacerado. Ya está. No me juzgues. Yo no lo hago.

Irene no lo hizo. Irene fue consciente de que tenía ante ella un caso de los que hay pocas posibilidades de ver en consulta. Los masoquistas erógenos no suelen consultar a un psicólogo. Su práctica es gozosa para ellos. No tienen motivo para acudir a aliviarse de ella. Al menos eso era así en la teoría. La punición benigna que reemplazaba a la pena temida.

—No es ésa mi misión, Leo. Claro que no te juzgo, pero creo que es bueno que contemos con todos los elementos que pueden influir en tu forma de vivir las experiencias que me cuentas. Todo está bien. No te preocupes. Ahora ha llegado ya la hora de dejarlo. Seguiremos la semana que viene. ¿El miércoles?

—Está bien. Tengo libre. A la misma hora...

Leo estrechó la mano de Irene, dejó el dinero sobre la mesa y salió. Se sentía extrañamente removido. Había algo en su interior que se había revuelto y le hacía sentirse fatal por un lado y liberado por otro. Hecho estaba.

Contra lo que tenía por costumbre, Irene no salió inmediatamente de su despacho. Era la hora límite de cierre del centro; sin embargo, se sentó ante su ordenador de mesa y se dispuso a hacer aquello que siempre había sabido que terminaría haciendo. Ahora no podía retrasarlo ni un segundo más. Abrió el buscador. Puso el nombre completo de Leo y dio al *enter*. Plas, plas, plas, plas..., alineadas una por una aparecieron referencias a él sobre la pantalla. Seiscientas ocho mil referencias. No creía que le hiciera falta recorrerlas todas. Entrevistas. Había decenas. En video, en texto. Fue un poco más allá. A lo mejor había suerte. Escribió: «Leopoldo Requero mentor». Y pensó que quizá todo fuera así de sencillo. Dio a buscar y... los resultados no incluían la segunda palabra. Probó de nuevo. «Leopoldo Requero ayuda carrera»... Abrió unos cuantos enlaces. Algunos contenían las segundas palabras, pero en otros textos. Aun así empleó su tiempo en leer la información que le ofrecían. Tenía una suerte de necesidad de conocer más cosas sobre él. Como el borracho que busca sus primeros tragos matinales para saciar esa sed inclemente y devoradora que le está devastando por dentro. Uno tras otro fue leyendo los artículos y las entrevistas que le acercaban a una faceta de su paciente que no había podido atisbar en la terapia. Fue descubriendo el mundo creativo de Leo, su amor por la perfección, su teoría sobre los materiales primigenios... Se preguntó por qué se suponía que un psicoanalista no podía indagar de forma externa en la vida de sus analizados. Tenía ante sí una fuente abierta y libre de información sobre lo que sucedía en la mente de Leo, la mente de un creador, que podía ayudarle a valorar el material que él traía a la terapia. La mente de un chico brillante, dulce y... masoquista. Máxime ahora que habían entrado en un terreno en el que todavía no había querido pensar. En el cerebro de Irene matraqueaba el tema de las orgías o fiestas o lo que fueran que organizaba ¿quién? Los pensamientos la asaltaban mientras seguía leyendo cosas sobre Leo. Viendo fotos de Leo. Lo encontró adorable sentado en aquella mesa de su estudio mientras la luz total que dejaba pasar el techo acristalado lo envolvía. Y, de pronto, leyendo aquella entrevista que incidía mucho en su faceta de diseñador de moda de las élites, lo encontró. «Sí, claro, es sabido que la visibilización de mi mundo creativo se produce cuando Enrique González-Weimar me encarga la rehabilitación y reforma integral de su piso...». Los ojos de Irene volaban ya sobre el papel. «... el propietario, cuya amistad actualmente me honra, está muy satisfecho del resultado. Yo, también». Levantó la vista, impactada. González-Weimar. O sea, ¿ése era el hombre de las orgías secretas? ¿González-Weimar? Y si el anfitrión era uno de los hombres con más poder del país, ¿quiénes eran los otros?

Irene se vio sumida en una espiral de curiosidad que le llevaba a ir de una referencia a otra. Abriendo y cerrando archivos. Abrió una carpeta y comenzó a guardar enlaces y documentos. La noche se cerró sobre su espalda en las ventanas que daban a los bulevares. Encendió el flexo y siguió. Sin hambre, sin sueño, sin cansancio, como una tarea que se le antojaba inaplazable, como una misión de combate.

CAPÍTULO 5

Los ocho hombres y la mujer estaban ya sentados en torno a la mesa ovalada. Habían llegado hasta aquella sala de reuniones solos y sin conductor, con los dispositivos de geolocalización apagados y de forma escalonada. Todos los teléfonos se habían depositado previamente en el interior del frigorífico que se encontraba en la cocina del chalé. Apagados y en una jaula de Faraday. Una zona privilegiada y protegida de Madrid y una edificación en medio de una gran parcela cubierta de árboles. Tres puertas diferentes daban acceso al jardín. Cada uno de ellos las iba rotando según un plan preestablecido. Todo el dispositivo de seguridad era propio. Nadie traía a sus propios escoltas. La reunión de *Los Berones* aquella tarde tenía un elemento nuevo. Esperaban a un invitado. Era una forma educada de decirlo. Todos eran personas educadas y pulidas. Exquisitas. Estaban esperando al representante de la agencia que habían contratado para un tema delicado. Le habían citado para una hora después, pero antes tenían que ocuparse de cómo iban a encarar la reunión con él.

Hacía cinco años que *Los Berones* se habían constituido como una sociedad no registrada. ¿Secreta? Quizá para el gran público pero no para el poder. Si el poder no hubiera sabido de su existencia, nada habrían podido hacer. *Los Berones* estaba integrada por un número variable de altos funcionarios, expolíticos y cargos públicos, exministros, periodistas influyentes, militares en la reserva y en activo convencidos de la necesidad de que las verdaderas élites españolas tuvieran los resortes del poder. Lejos de creer que existiera algún tipo de problema con las castas, todos los *berones* estaban orgullosos de pertenecer a alguna de ellas. De eso y de ser españoles. Por eso se habían decidido a constituir un grupo similar a los existentes en otros grandes países. Cierto era que la *Business Executive National of Security* norteamericana figuraba en todos los registros y era posible incluso consultar su página web. La transparencia americana lo permitía. Nadie iba a extrañarse allí de la existencia de un *lobby* de patriotas. No sólo no les extrañaba a los ciudadanos, sino que el gobierno norteamericano aceptaba de buen grado la ayuda que el grupo de cerebros procedentes de la industria, la universidad o el ejército le hicieran llegar en forma de sugerencias, planes e ideas para mejorar la seguridad nacional. En la década de los ochenta, cuando surgió por la iniciativa de un ex alto ejecutivo de la industria minera, los esfuerzos iban dedicados evidentemente a aliviar la tensión de la Guerra Fría y a trabajar en colaboración con el Departamento de Defensa. Las cosas habían cambiado y el terrorismo doméstico y las amenazas de ciberseguridad centraban sus trabajos.

Esa fórmula era muy difícilmente importable desde Europa. Por ese motivo, los franceses habían sentido también la necesidad de darle lo que consideraban un enfoque patriótico a las cuestiones estratégicas económicas, pero lo habían hecho de una forma mucho más opaca. *Les Arvernes* tenía una presencia misteriosa y escasa en los medios de comunicación franceses, si bien sus objetivos de ejercer un patriotismo económico en Francia eran conocidos. Y así como ellos habían elegido el nombre de uno de los antiguos pueblos galos, aquel cuyo principal caudillo fue Vercingetorix, los españoles habían optado por llamarse a sí mismos *Los Berones*, en referencia al pueblo celtíbero vecino de Numancia. Ambas formaciones compartían el anonimato como un mal necesario que permitía a abogados del Estado, jueces, fiscales, generales, catedráticos y políticos en activo hacer valer sus ideas sobre el rumbo que debía tomar España sin salirse de los cauces de reserva que marcaban sus profesiones. Al menos así lo veían ellos y así lo exponían de forma genérica en sus reuniones más generales. Otra cosa era el sanedrín que ahora se encontraba reunido en una recóndita sala.

Los nueve miembros del consejo de dirección de *Los Berones* eran conscientes de que en muchos casos la simple tarea de *lobby* e influencia no servía para lograr los objetivos. No eran, por otra parte, empresas en las que pensaran fracasar, así que no dudaban, si era preciso, en embarcarse en violentas operaciones de influencia e incluso de desestabilización en las que no se respetaban del todo las reglas de, digamos, urbanidad establecidas. Claro que la suya era una cruzada ante todo española. Nunca se movían sin el conocimiento del Gobierno, al menos de aquellos de sus miembros que aprobaban un comportamiento como el suyo, porque lo consideraban necesario.

Cuando Marc Ribas llegó no se sorprendió lo más mínimo de las medidas de seguridad que se tomaron respecto a él. No sólo se dejó cachear sino que entregó voluntariamente su teléfono apagado y se dejó conducir a una sala de espera de suelo y paredes insonorizadas con corchos y telas de la más alta calidad. Estaba acostumbrado a ello. Era parte consustancial de su trabajo. Su condición de consejero estratégico de empresas de la mayor relevancia le hacía convivir con una verdadera psicosis relativa a la seguridad. No era tal psicosis. Aún sería peor a medida que las tecnologías disruptivas fueran aumentando. Lo que no tenía tan seguro era si podría fumar allí dentro. Se pasó la mano por la barba de extraño color arena. No llegaba a ser pelirroja del todo. Un día en la playa se dio cuenta, mientras jugaba con ella, que la arena también está formada por granos minúsculos de tres o cuatro colores según la zona. Igual que su vello y su cabellera. No obstante, los demás unían esa característica a su blanca piel cubierta de micro manchitas pigmentarias y, sin duda, le hubieran definido como pelirrojo. No le importaba. Sabía que resultaba más inquietante. En su trabajo era bueno a veces poder inquietar a los demás.

Había emprendido un registro sistemático de la habitación para averiguar si había algún vestigio de que allí pudiera encenderse un cigarrillo. No había ceniceros a la vista o, al menos, nada que pareciera a las claras un cenicero pero, a saber, en aquel tipo de casas éste podía estar emboscado en cualquier artilugio de diseño que pareciera cualquier otra cosa. Nada. Pero faltaban aún sus buenos diez minutos para que le hicieran pasar. Había llegado pronto. Siempre que llegaba a Madrid tenía problemas para calcular las distancias. Prefería esperar a que le esperaran, sobre todo en la primera entrevista en la que debía cerrarse el encargo. Luego, ya si eso... En otras ocasiones serían ellos los que arderían en deseos de verle aparecer con el material requerido. Dejaría los retrasos para ese momento. Siempre le daban un toque de intriga a los informes. Por si el caso no la tenía de por sí.

Había conseguido olvidarse del puto cigarro cuando un armario con traje negro y pinganillo abrió de forma inopinada la puerta. Ribas no se achantó un milímetro. Se quedó allí parado mientras lanzaba una mirada inquisitiva al recién llegado. Le pareció correcto. Ni más ni menos. Él no lo hubiera contratado. Olía demasiado a parafernalia de Cuerpos y Fuerzas de Seguridad del Estado. O tal vez fuera un exsoldado al que la falta de reabsorción social le había llevado, terminadas las prórrogas de su contrato mercenario, a buscarse las habichuelas en la seguridad privada. Probablemente había servido con alguno de los miembros de *Los Berones*. El consultor había analizado bien lo que el cliente le proponía y, por eso, creía saber más o menos de qué iría la jugada. Era su primer encuentro con el comité, mas en el contacto previo con su interlocutor varias cartas habían quedado ya sobre el tapete. El gorila le indicó que le siguiera y él se despidió ya de la nicotina por otro largo rato. ¡Menuda putada jugar a los hombres duros sin un puto filtro entre los dientes!

Subió la escalera de la casa, flanqueado por dos *seguratas*, primos de la oveja Dolly. ¡Menos mal que se habían quitado las gafas de sol para estar dentro del edificio! A Marc casi se le escapó la risa. No le gustaban los remedos de nada, tampoco los de agente de seguridad. Pensó en cuántos asaltos le durarían los dos, allí en la propia escalera. Era una costumbre que tenía. Calibrar siempre, en cada situación, cómo lograría salir de ella en un combate físico. Una especie de manía, puesto que en muchos casos no existía la más mínima expectativa de violencia. No obstante, si Marc Ribas entraba a la reunión de un Consejo de Administración de una empresa del Ibex, siempre sabía qué tipo de defensa emplearía contra todos sus miembros.

Cuando los serviciales esbirros abrieron la puerta, el consultor encontró a nueve personas reunidas en torno a una mesa ovalada, en cuyo extremo quedaba una silla libre. El hombre que se encontraba en el extremo opuesto le señaló la silla, mientras le indicaba que entrara sin remilgos. Lo hizo. Se quedó un momento de pié mirándolos a todos. Y a ella, a la única mujer que había en la sala. Los escaneó. A varios incluso pudo ponerles nombre. Uno de ellos era el que había comido con él en Barcelona. A los demás los fotografió en su mente para poder ponérselo después.

—Tome asiento, Sr. Ribas —le dijo el que presidía, obsequioso.

Marc, finalmente, inclinó la cabeza en un gesto de saludo y se sentó.

—Ya sabe usted, porque se lo indicó nuestro compañero aquí presente, la naturaleza de nuestra sociedad y los fines que perseguimos. Sabe también por qué le hemos buscado. Como consejero estratégico usted está acostumbrado a buscar soluciones para problemas empresariales fuera de los, ¿cómo lo diríamos?, circuitos formales. Ése es nuestro problema, que quizás necesitemos utilizar otros cauces para llevar a buen puerto uno de nuestros empeños. —Esto fue, más o menos, lo que le expusieron—. ¿Tiene algún problema en continuar oyendo nuestra propuesta?

—Yo no me siento español —le espetó Ribas.

—Bueno, nadie le ha preguntado si lo es siquiera —le respondió el presidente.

—En la entrevista que mantuve con Goyo en Barcelona me explicó un poco las bases fundacionales de su sociedad. Sólo le indico que yo soy un profesional o, si lo prefiere, un mercenario. No me importa nada en realidad ese concepto del patriotismo económico que practican. Y eso, créame, es lo mejor. Si estuviera imbuido de un espíritu de ese tenor, estoy seguro de que no jugaría de su lado —dijo, mientras les miraba retador.

—Nada nos importa eso ahora, Ribas. Buscamos la excelencia profesional y usted se nos revela como el más apropiado para nuestro encargo. Sabemos que ha trabajado en *Salamandre* en Francia y que ha colaborado con Sellier. Si hay un maestro en el campo que buscamos es él y, fíjese, él es el que ha rechazado nuestro encargo por motivos patrióticos. Ellos trabajan en el campo del patriotismo económico francés. No estaba seguro de que no hubiera conflicto de intereses. En cualquier caso, le puedo asegurar que no existe conflicto de intereses catalán en esta cuestión y que le pagaremos muy bien, por si eso le deja más tranquilo —le explicó con una punta de ironía vibrante en su voz.

—Nada que objetar —se limitó a contestar el consultor.

—Pues vamos al grano. Usted ya ha sido informado de que la operación que nos ocupa afecta a un importante empresario de este país y que tal operación no puede llevarse a efecto bajo ningún concepto, ¿no es así?

—Sí, así es.

—Se trata de una operación de venta de acciones de la compañía Global de Satélites a un grupo de inversión ruso. Un grupo de inversores reales y legales, pero tras los que creemos que se encuentra una fortuna menos limpia de lo deseado. Esa compañía es una compañía española y, por supuesto, nos duele verla en manos rusas. No sabemos en qué acabará el actual devenir geoestratégico de Rusia, y esa incertidumbre usted tiene que compartirla también con nosotros, es un hombre muy bien informado.

Ribas lo miró con cierta sorna.

—Hubiera sido peor que fueran chechenios, ¿no? —le dijo sonriendo.

—Bromas aparte, Ribas, esa venta aún podríamos haberla sorteado. Tampoco Global es la líder del sector en España. No es exactamente eso lo que nos preocupa. Quede claro que en ese plural nosotros somos sólo un escalón más. Un escalón más ejecutivo, si se quiere, pero un escalón más. Insisto, lo que más preocupa a todos, incluido el Gobierno de la Nación, es el hecho de que Global tenga una participación destacada de Ibersat, la empresa que gestiona los satélites militares patrios —le informó el presidente sin que se le despeinara el bigote al utilizar esa palabra.

—Eso tiene su lógica. ¿De cuánto es esa participación?

—De un treinta y nueve por ciento. Lo que sucede es que junto a Global y al Ministerio de Defensa hay varios accionistas privados pequeños. Una oferta tentadora a alguno de ellos o a un par dejaría las comunicaciones militares españolas en manos de ese grupo de inversores… perturbador por denominarlo de alguna manera.

—Bien. ¿Han hablado con Weimar? —le espetó.

—Veo que es usted muy directo. Lo hemos hecho. No está dispuesto a renunciar a una venta que le resulta muy ventajosa económicamente. Además, está harto de su posición en Ibersat. Le metieron allí como una forma de estrechar lazos con el Gobierno anterior y lo cierto es que siempre se ha sentido maltratado. Por ellos y por éstos. Al final, cuando ha tenido otros temas de Empresas Weimar no se ha sentido lo suficientemente querido. Competencia le puso pegas para algunas fusiones. El Gobierno no presionó lo suficiente y tuvo que abortarlas. En fin, que Enrique González-Weimar es muy correoso respecto a perder dinero para ayudar a este Gabinete. A éste o al que sea. Al final lleva razón en el hecho de que los políticos no pueden ir pidiendo favores patrióticos a empresarios de su talla si luego no los van a mimar con las contratas, los requisitos legales, los conflictos empresariales o lo que sea. Así que, entiéndame, la postura de Weimar no me resulta incomprensible, pero sí inaceptable. Él también es español y no puede dejar de valorar las consecuencias de sus actos.

—A lo mejor las ha valorado ya —espetó Marc.

—Lo que ha hecho es pasarse por el forro de los cojones toda consideración —contestó encabritado ya el presidente de *Los Berones*.

—Correcto —insistió Ribas.

—No obstante, no se preocupe en exceso. Nosotros vamos a continuar por todos los cauces posibles con una tarea que sólo puede culminar con un éxito. Por eso necesitamos que usted estudie en paralelo otras opciones estratégicas. Queda claro que ninguna de ellas se pondrá en marcha sin la aprobación de este comité. No hace falta que le digamos lo que buscamos. Lo ideal es que Weimar se atenga a razones, pero si no se atiene a las que le demos…, tendremos otras más poderosas a las que tenga que plegarse, ¿no es así, señor Ribas?

—Así debiera ser. Como ya hablamos de las condiciones económicas en el primer encuentro puedo decirles que mi voluntad era ya aceptar su encargo. Me he permitido, incluso, comenzar a explorar el entorno del sujeto. Saben que, debido a su posición, no es demasiado fácil, pero sé cómo hacerlo. Sólo quería advertirles de que la estimación de gastos se ha hecho a mano alzada. En el supuesto de que necesitara activar colaboraciones de mayor calado para poner en marcha iniciativas estratégicas, siempre con el acuerdo de la junta, el coste de las mismas iría aparte. ¿Algún problema? —les miró un poco retador.

—Ninguno, desde luego. El tema económico no va a constituir un obstáculo. Ahora, al terminar, le entregarán una provisión generosa de fondos, un *dossier* económico-empresarial de la operación con todos los detalles, hasta los más nimios por si fueran necesarios, y el encargado de contactar con usted le explicará cómo puede hacerlo si fuera preciso —le dijo el hombre que comandaba todo aquello mientras se levantaba y abría así la veda para todos.

Puesto en pie, se acercó a Marc Ribas y le estrechó la mano.

—Sé que usted también pondrá el mayor interés en el asunto. ¡Suerte!

Ribas se llevó la mano a la sien a guisa de acatamiento, mientras por el rabillo del ojo alcanzaba a atisbar el culo de la mujer silente que había asistido a la reunión. Tenía un pálpito y, en efecto, era un culo regio el que salía en aquel momento de la sala de reuniones. Pena que fuera una clienta. Terminaron por dejarle solo en la sala esperando a que alguien le condujera a la salida. Se dijo a sí mismo que si tardaban más de cinco minutos, se encendía el cigarro allí mismo. Estaba ya hasta los huevos de aguantarse las ganas de fumar.

Era aún pronto para dirigirse al garito, así que se metió en cualquier sitio y pidió un sándwich de jamón y queso. Una mariconada, pero rápida. Podría escribirse todo un tratado sobre el maltrato feroz inflingido al *croque-monsieur* a lo largo y ancho del mundo. Claro que él no estaba en el Boulevard de los Capuchinos y con cosas peores había lidiado. Se metió uno primero y otro después. Los tipos de los *belengonios* o como coño se llamaran le habían dado hambre. ¡Vaya forma de emboscar en patriotismo sus ganas de poder! Esa bandera lo envolvía todo. En fin, a él *no li importava res.* Las pelas eran buenas y el trabajo no demasiado difícil. *De facto* había despejado ya parte de las incógnitas antes de aceptar de plano, así que tenía muy claro por dónde debía de empezar. Weimar tenía talones, no sólo bancarios, sino de Aquiles. Y más de uno. Así que allí estaba dispuesto a servirles en bandeja a su presa, siempre y cuando la tajada fuera buena. Y lo era. Había mucho en juego, de modo que no pondrían pegas. Lo del jamón y queso era un tropiezo porque pensaba prepararles unas buenas notas de gastos. No pudo impedir que la sonrisa sardónica se le dibujara de pleno en el rostro. El camarero le miró sorprendido, pero él aprovechó y le pidió la nota. Tenía trabajo.

Dio la vuelta a la manzana y entró en el Punk Bach. Era la tercera noche consecutiva en que se dirigía hacia los taburetes en forma de cono que se alineaban bajo las lámparas que se asimilaban a grandes sujeta cirios. Todo muy *cool*. Menos mal que le tocaba hacer guardia a la hora del *punk*. Tomó asiento y se pidió el *gin-tonic* de rigor. Como siempre eligió una simple Citadelle con Fever. Había abandonado ya las ensaladas alcohólicas. Tomó también un vaso de su paciencia proverbial. Se acodó y esperó. Saldría a fumar sólo cada veinticinco minutos. Palabra de *boy scout*. Llegó en la segunda copa y el tercer pitillo. Como lo hacía casi cada noche.

La vio entrar por el espejo de la barra. Comprobó cómo realizaba su paseo regio mientras recolectaba las miradas de admiración de todo bicho viviente. Mujeres incluidas. Aunque fuera una admiración con bilis, ella la apreciaba en igual medida. O tal vez le prestaba especial cuidado. Su larga melena negra y lisa le acariciaba el culo en cada paso. Se detuvo para echarla hacia atrás. En realidad, se detuvo porque había un tipo en la esquina de la barra que no la había mirado aún. Cuando estuvo segura de haber captado el pasmo, la admiración y el deseo en sus ojos, siguió caminando hacia el camarero que estaba lo suficientemente atónito. Le pasaba cada noche, pensó Ribas. Parecía nuevo. Marc, sin embargo, no hizo el más mínimo movimiento. Permaneció impasible, inamovible, inalcanzable, como tenía previsto. Era la tercera vez que jugaba sus cartas y sabía que cada noche estaba más cerca de conseguir su objetivo. Claudia terminaría por hablarle. No soportaría la sensación de no haber mellado su resistencia. Él le importaba un carajo, eso se daba por descontado. Era su indiferencia la que debía ser sometida y Ribas esperaba a que llegara el momento. Nada más conocer el encargo en Barcelona, puso en marcha a sus contactos en el vicio madrileño. Si quieres tener a un tío por las pelotas, es lo mejor que puedes hacer. Rió para dentro su propio chiste. Los chistes de Ribas eran un poco peculiares. De siempre. Por eso sabía de las incansables actividades del financiero. Consumía mucho material y no repetía. Eso estaba bien para no aburrirse, pero dejaba abiertas demasiadas bocas que sabían que ya no serían tapadas de nuevo. Así que allí estaba, esperando a que la ¿querida? de Enrique González-Weimar le entrara al trapo. Si hubiera sido una mujer, Ribas habría provocado que la fichara como putita de usar y tirar. Claudia era la encargada de asegurarse de que los deseos y caprichos del cabrón aquel fueran satisfechos. Como era un tío y un tío sin pasta, ni fama, ni recursos, tenía que conformarse con su conocimiento de la vida. Si era fuerte y aguantaba, estaba seguro de que la oiría decir algo a su espalda más pronto que tarde. Su hígado era de hierro y su paciencia legendaria. Dejó que la música le vaciara el cerebro y se aprestó a esperar a su presa.

No es que a él no le hiciera mella. Quizá más que a los otros, pero había aprendido a dominarse. Sin dominio no hay nada. Por eso le extrañaba que tipos como Weimar no hubieran llegado a esa conclusión y, sobre todo, no fueran capaces de ser consecuentes con ella. ¿Qué les llevaba a actuar así? Marc entendía lo del *folleteo* y las putas y el desmadre y todo eso. Pero, ¿qué les llevaba a dar esos pasos que los ponían al borde del abismo? Es que le daba igual Strauss-Kan que éste. ¿Por qué intentaban saltar todos los abismos? Si era evidente que en alguno terminarían por caer. ¿Qué o quién les había inoculado ese germen de autodestrucción? En todo caso él, como otros, sabía que si tienes un flanco débil, tus enemigos terminarán por descubrirlo y utilizarlo. Si eres avaricioso, lo usarán para hacer de ti un corrupto. Si eres vicioso, acabarán por tener pruebas y exponerlas públicamente. Así van las cosas.

Claudia estaba imponente. Sin paliativos. Marc era capaz de vigilar por el rabillo del ojo o a través del espejo sobre el que estaban colocadas las botellas en la pared, o bien simulando que leía el móvil y usando la cámara. Se recreó también en sus largas piernas, su culo perfecto y sus tetas imponentes. En la brevedad de su cintura, derramándose sobre unas caderas perfectamente cinceladas. Claudia era el prototipo de tía buena del momento. Habría tenido que meterle algo de pasta, claro, pues la naturaleza no proporciona tal volumen de grasa pectoral a personas tan delgadas, pero había quedado icónica. Una Pamela Andersen morena y alta con los ojos verdes. Ahí es nada.

Dejó de despistarse. Con la copa en la mano, Claudia se dirigió a una mesa en la que estaban sentadas dos chicas. Guapas. Frívolas. Sabía lo que iba a comenzar a suceder. Ella utilizaría todas las armas del depredador por encargo. Su propio rol con Gonzáles-Weimar dependía de la perfección que alcanzara en esta tarea. Eso estaba claro. Había muchas otras cosas que Ribas debía saber sobre ella y a esa misión dedicaría todo el tiempo necesario. No podía dejarla en otras manos. Cuando has encontrado la burbuja en el acero, no hay que parar hasta que la pieza parta, y él tenía ante sus ojos una hermosa burbuja.

CAPÍTULO 6

La excitación giraba en torno a Leo con la misma lentitud con que se desplazaban las agujas del reloj de la pared. El que él mismo había diseñado. Mientras el momento de la cita no llegara, todo se revolvía en impaciencias. La conversación con Valèrie sobre el diseño de la silla que le habían solicitado para una muestra conjunta no avanzaba. O sí lo hacía, pero él no podía asumirla en ese momento. La perspectiva de una artista plástica dedicada al *marketing* debería sumar; sin embargo ahora, todo lo que no fuera Claudia y el momento, sólo podía restar.

—Entiendo lo que me dices, pero yo no puedo afrontar este diseño desde esa perspectiva utilitarista... —le dijo ya en un tono molesto.

—A ver, Leo, que el diseño es tuyo, pero no puedes olvidar no sólo la funcionalidad sino incluso las posibilidades comerciales de lo que propongas. La Bienal es un acontecimiento artístico pero también comercial. ¡A ver qué es lo que no es comercial ahora! —contestó firme su colaboradora.

—No, no me vengas con ésas. Yo te he pedido tu opinión respecto a lo que estoy haciendo desde MI CONCEPCIÓN... —El tono se iba crispando porque la inquietud y la impaciencia le estaban ganando por momentos—. ¿Lo entiendes?, MI CONCEPCIÓN. He aceptado esta historia de diseñar una silla por encargo porque entiendo que todos los grandes arquitectos lo han hecho y por la oportunidad que ofrece de cambiar la perspectiva del volumen. ¿Queda claro?

—Lo sé, Leo, y no te alteres. Pero, ¿cuántas unidades crees que se han vendido de la *MR* de Van der Rohe?, ¿y de la Barcelona? O de la *Little Globe* de Paulin... o las de Starck... Los promotores de esta idea quieren potenciar eso pero en España... —le contestó Valèrie.

—Me toca los huevos, Valèrie. Voy a hacer MI silla. No sé si la de Zada Hadid ha vendido mucho pero, en todo caso, es su silla. Yo soy un constructor de espacios. Me interesa mucho trabajar a otra escala, pero mi mundo creativo debe reflejarse en ella. Eso sucede desde la Bauhaus... Y si no, la sacas de la exposición, ¿vale?

—Lo hablamos con calma, Leo. Ahora te veo un poco estresado, ¿te parece?

—Un poco los cojones, Valèrie, un poco los cojones. Lo que no voy a consentir es que me mangoneéis el trabajo los encargados de comercializarlo. ¡En absoluto! ¿Queda claro? Pues, ¡hasta luego!

Valèrie mostró con un gesto hosco su rechazo al trato que estaba recibiendo de su jefe, pero como lo conocía, como lo admiraba, decidió no echar más leña al fuego. Sabía cuándo era mejor comerse el orgullo y dejarlo estar. Salió sin decir nada.

Leo ni siquiera pensó en lo inconveniente de su actuación. Estaba excitado, inquieto y agitado. Oleadas simultáneas de deseo y excitación le subían por la garganta hasta darle algo similar a las náuseas. Notaba su pulso acelerado y su respiración ansiosa que apenas era capaz de disimular. Quizá por eso la había emboscado en un cabreo. Cada vez era igual. Sabía lo que iba a suceder en casa de Claudia y llevaba esperándolo días. Ni el diseño, ni el dibujo, ni el sueño conseguían quitarle de la cabeza el momento ansiado. Pero ahora, cuando la inminencia y la irremediabilidad hacían correr ya la adrenalina por sus venas, todas las sensaciones se desataban.

Y todo lo que quedaba hasta realizarlo transcurría como si fuera pura ficción. Llegó a casa de Claudia como en un sueño agitado y ansioso. Así que, al fin, toda ideación iba a plasmarse. El deseo acumulado durante días se había transformado en pura energía y nada existía ya sino la necesidad de saciarlo y agotarlo y dejarse llevar por él. No quedaba riesgo ni ese asomo de culpa que le había acompañado durante los últimos días, mientras se despertaba sudoroso pensando en lo que iba a suceder.

El momento que su mente había estado recreando durante tanto tiempo estaba de nuevo ahí. Allí estaba al fin. Arrodillado. Desnudo. Allí se encontraba dispuesto a someterse a la voluntad de Claudia. Sólo en ese momento comenzaban a apaciguarse todas las tempestuosas sensaciones que había tenido. Estaba nervioso, pero su cabeza consiguió calmar, poco a poco, la tortura anticipada que le había perturbado hasta resultar gozosa.

Su excitación, sin embargo, era cada vez mayor. Era visible a través de su miembro, que la iba reflejando en su ángulo de elevación, respondiendo al sonido de sus pasos, como en una danza de apareamiento. Los pies de Claudia enfundados en unos preciosos zapatos de tacón iban marcando el ritmo de una erección que cada vez era más grande, más húmeda y más ansiosa. A la vez que su miembro se humedecía, la boca de Leo se iba secando, su respiración se agitaba y una ligera tiritona tomaba posesión de su cuerpo. Un estremecimiento le recorrió al sentir la presencia de la mujer detrás y notar el contacto de su mano sobre su espalda. Claudia, que le rodeaba lentamente sin que Leo alcanzase a percibir, con su vista amorosamente humillada contra el suelo, nada que no fueran sus pies.

Claudia, su diosa.

Claudia, que cogía su cabeza con delicada suavidad y le obligaba a levantar la vista para mirarla.

—Hola, perrito.

—Hola, señora.

Al afrontar los ojos fríos de la señora, no pudo sino pretender adivinar también en ellos el deseo que, creía, a ella también le consumía. En ese instante nacía en él una irresistible necesidad de pegar los labios a su cuerpo, de sentir su olor, su piel, su calor. La necesidad de adorarla en toda su extensión. Adorar a la mujer y en Claudia a todas las diosas posibles.

—Lame mis zapatos, perrito. Acabo de llegar de la calle. Son preciosos y están manchados. Quiero que los dejes bien limpios. ¿A qué esperas?

Claudia no movió un músculo. Permanecía impasible mientras Leo se aplicaba a su tarea a conciencia, a pesar de que el nerviosismo le había secado la boca y apenas le quedaba saliva. La mezcla del olor del charol de los zapatos y de su saliva le resultó muy excitante. Mucho. Leo sabía que no era el olor de ella, pero su cerebro lo identificaba con el de ese cuerpo que quiere adorar, que desea adorar, que va a adorar sin límites. Saliva y charol. Su mente lo había convertido ya en el olor de Claudia. El olor de su dueña que le llegaba incluso cuando no podía ponerse a sus pies. Pero ahora sí estaba allí. Estaba realmente allí y disfrutaba de su tarea. Había perdido ya cualquier noción del tiempo. En el espacio sólo quedaban sus pies y sus zapatos. Fue justo en ese momento en el que Claudia comenzó a caminar hacia su silla. No necesitaba decirle a Leo lo que había de hacer. Leo lo sabía. Siguió sus pasos caminando a cuatro patas y se detuvo ante ella, esperando órdenes nuevas.

—¿Te he dicho acaso que pares? —la voz era dura y afilada, justo como él necesitaba.

Y él sabía lo que tenía que hacer. Lo sabía desde siempre. Leo continuó su trabajo. Le gustaba. No había posibilidad de que se confundiera. No tenía que elegir. No había nada que decidir. Sólo obedecer. Obedecer. La libertad. Saber qué hacer en cada momento le hacía liberarse de toda atadura. Y amaba ese momento en que se lograba sentir más libre de lo que había sido jamás. Obedecer. A veces ni siquiera precisaba de orden alguna. Un silencio le abría el camino de su tarea. Tan sólo un silencio de su ama. Leo hubiera deseado que esa sensación le gobernase el resto de su vida y lo expresaba pegando más aún su lengua a los zapatos. Pasaba el tiempo. La posición era incómoda para su cuerpo, pero muy satisfactoria para su mente. Los pies de su ama se movían frente a sus ojos y él seguía sus movimientos con la boca como si fuera su alimento después de una hambruna.

Leo se sintió plenamente conectado con su dueña. Sin palabras. Y de pronto volvió a oír su voz imperiosa:

—¡Date la vuelta! ¡Quiero jugar con tu culo!

Sin pensarlo, el joven y mundano arquitecto, el que acababa de maltratar a una colaboradora por atreverse a darle consejos, se colocó en postura de inspección. Obedecía. No sabía lo que iba a pasar, pero lo deseaba fervientemente. Escalofríos. Notó cómo las manos de su torturadora acariciaban sus nalgas y llegaban hasta sus testículos. Un estremecimiento de placer lo recorrió perceptiblemente. La palma de la mano de su diosa era suave y Leo la sentía en la parte más vulnerable. Claudia podía ser muy cruel. No existía certeza alguna sobre si en ese instante iba a recibir dolor o más placer. El simple roce se unía a la incertidumbre hasta hacerle casi tiritar. De pronto, notó algo que le penetraba y despertaba mil agudos cuchillos de placer. Leo acertó a adivinar que era el largo y estrecho tacón que hacía unos segundos había lamido. No pudo evitar visualizarse desde fuera. Verse a él mismo, un chico fuerte, decidido y triunfador en esa posición mientras le penetraban el culo con un tacón de aguja y le despreciaban como si se tratara de un despojo. Leo tembló.

—¿Qué te pasa ahora? —restalló la voz de Claudia.

—Nada, ama.

—¿Te gusta que te metan cosas en el culo, eh perra? ¿Es eso? ¡Jajajajaja!

La risa de la mujer lo llenaba todo.

Leo estaba callado. Por sumisión y porque no sabía que decir. «Sí, me gusta, ¡joder que si me gusta!», pensó, pero a la vez estaba avergonzado, profundamente avergonzado. Por más veces que atravesara por una sesión de este tipo, nunca conseguía eliminar esa sensación de vergüenza que le daba la consciencia del placer que le producía que le humillaran.

—¡Contesta, Leo!

—Sí, ama, me encanta.

Un sonido inesperado vino a dejarse caer sobre ellos. Claudia respondió la llamada de su móvil. Inmediatamente sacó el tacón del culo de Leo mientras lo dejaba revolcándose de placer en el suelo. La *dómina* se levantó de la silla y, agarrando a Leo por el pelo, lo arrastró hasta el sofá en el que pensaba seguir la conversación. Leo deseaba sentir su piel y su cuerpo. Deseaba ofrecerle toda su adoración. Un solo movimiento en las piernas de Claudia sirvió para decirle que, al fin, había llegado el momento.

—No, Silvia, no te preocupes, no me molestas en absoluto. No estoy haciendo nada importante. ¡Cuéntame, anda! —seguía diciendo ella mientras, con un gesto brusco, cogía la cabeza de Leo y la metía entre sus piernas. Su boca contra su sexo. Leo no entendía, ni oía, ni sabía qué era lo que Claudia y Silvia hablaban. Sólo estaba disfrutando el momento y la que sabía era su misión.

Ahora todo era sexo. Todo, el olor y la humedad, todo sabía a libertad. No había libertad sino entre sus piernas. Leo lo sabía. Sólo con los sutiles golpes con el pie en sus testículos, Claudia era capaz de marcar el ritmo deseado. Leo sólo existía ya en un tiempo eterno, aunque terminaría pronto. Mucho antes de lo deseado. Era un objeto. Era un juguete. Ésa era toda su responsabilidad. Notó entonces un ligero temblor sacudiendo a su ama y una mano cruel que le apretaba la cabeza contra su sexo, más fuerte, más rápido, hasta casi asfixiarlo. Leo sintió su placer como si fuera suyo. Lo recibió como un regalo. Hasta el gesto de desprecio con que fue apartado y arrojado a un lado le pareció un premio que no merecía. Su libertad se agotaba y volvía a ser un esclavo de la vida.

—¡Quiero que te vayas, perro! ¡Vístete y vete! ¡Tengo cosas que hacer!

Leo comenzó a incorporarse rápidamente para ir hacía sus ropas y cumplir los deseos de su dueña.

Sólo en ese momento su ama se volvió hacia él con la luz de la clemencia. Lo agarró con inmensa ternura y le hizo reposar sobre su regazo. Besos y caricias caían sobre él y él se asía a ellas con el mismo frenesí con el que un náufrago se agarra a un tronco para seguir a flote.

Claudia, al fin, le miró a los ojos.

—Hasta pronto, juguetito. Te llamaré.

—Hasta pronto, ama. Gracias. Muchas gracias.

Leo pasó a vestirse y salió de la casa con la misma extraña sensación que ya le era tan familiar y tan querida. Gozoso y satisfecho. Avergonzado y triste.

Llamó al ascensor y esperó con una impaciencia que no sabía si llevarle de vuelta a suplicar a los pies de la mujer o hacerle correr para huir de sí mismo y de su puta perversión.

Salía del portal cuando su móvil sonó con un tono familiar. Un *politono* que tenía dueña.

—Leo, cielo, espérame en la terraza del bar de abajo, que me cambio en un segundo y bajo, ¿tienes tiempo, no?

—Claro, Claudia, siempre lo tengo para ti. Te espero lo que haga falta. Tranquila.

Una sonrisa había acampado en su boca mientras retiraba la silla de una solitaria mesa cobijada entre los plásticos transparentes de la terraza de fumadores. La primavera que estaba terminando era dulce pero, aun con ello, caída la noche el refugio era más comprensible así, como una incubadora. A través del plástico vio llegar ajetreada a una Claudia en vaqueros desgastados y con una camiseta que ceñía su busto de estatua. Sonreía como un ángel cuando arrastró la silla para sentarse a su lado.

—Uhmmm, ¿qué me pido? ¿Tú crees que un *gin-tonic* antes de cenar me mata? Jajaja, ¡qué va! Me va a sentar genial... —dijo aposentándose.

—Yo no, ¿eh? Yo con un vinito voy bien, que quiero sacar tiempo para trabajar. Excepto que quieras que cenemos...

—No, cielo, he quedado para cenar. Cosas de curro. ¿Cómo te va a ti? Dime que estás construyendo un palacio para una princesa persa —le dijo con un brillo en los ojos que sólo dejaba opción para contestarle que sólo había una princesa y estaba allí a su lado.

—¡Ojalá!

—Sabes que haría para ti el lugar más bello de la tierra... Si tuviera el dinero que costara y el lugar ideal para hacerlo. No. Estoy terminando la casa que te dije en La Finca aunque, oye, estos extranjeros ricos son la polla. Primero vienen a mí porque les han dicho que soy lo más y les haré una casa exclusiva y acorde con su temperamento, y después quieren discutirte cada decisión para intentar hacer una obviedad..., en fin, no te cuento para no aburrirte. Y también estoy diseñando una silla para una bienal de arquitectura. Mira...

Leo sacó una servilleta del servilletero y con unos cuantos trazos esquemáticos trajo hasta los ojos de Claudia el diseño sobre el que había discutido con Valèrie. Claudia lo miró con ternura y movió la cabeza en señal de aprobación...

—Es... no sé... muy distinto. Distinto a todo. ¿Crees que será cómodo sentarse ahí? ¿No se da como una sensación de vértigo...?

—¡Exacto! Es lo que busco. Si la vida es vértigo, ¿por qué no sentirlo mientras esperamos a que pase? ¿Te gusta, pues? —le preguntó con voz de niño entusiasta que busca fervorosamente la aprobación del adulto.

—Me encanta, Leo, de verdad. Sólo de ti puede salir una cosa tan hermosa y a la vez tan profundamente inquietante —le contestó y sonó como un bálsamo.

—Silla Claudia, así va a llamarse. ¿A que suena fenómeno?

—No sé, Leo. A lo mejor no es buena idea ¿no crees? —y le guiñó un ojo que era un lago oscuro de significados.

—Para mí lo será, desde luego. Silla Claudia. Haré una sólo para adorarte —le dijo con otro guiño.

Mientras reían y se tomaban la copa, Madrid decidió cambiar su rostro. Las nubes que lentamente se habían cernido sobre un cielo que ya era como un gran tintero derramado, se rasgaron en un torrente de agua que comenzó a rebotar con un ruido atronador sobre la cubierta de la terraza. En un segundo, la calle apareció como un campo de batalla en el que caían obuses de agua, uno tras otro, estrellándose en un fragor que apenas les dejaba oírse.

—¡Vaya por Dios! ¡Qué putada! Con los zapatos tan ideales que me iba a poner para esa cena… y el pelo se me va a poner perdido…— se dolió Claudia.

—No provoques, no provoques —se rió Leo.

—Voy a tener que irme corriendo, pequeño. Tengo que conseguir que me envíen un coche y que entre al garaje para poder subirme y bajarme en seco. ¿Me perdonas, verdad, cielete?

—Claro que sí, Claudia, ya lo sabes —le dijo acariciando con un dedo su mejilla—. ¿Cómo voy a querer que mi diosa no sea la más hermosa de la fiesta y que llegue mojada y horrible? Anda, vete ya! Pago yo…

—¡Gracias, eres un amor! —le dijo mientras ya se preparaba para alcanzar su portal de una carrera.

Leo la vio alejarse mientras sentía cómo la lluvia se iba convirtiendo en una cúpula que lo arropaba. Adoraba la lluvia. Amaba aquella sensación de protección que le proporcionaba. Ese manto que no permitía ver nada que no fuera las gotas cayendo duramente sobre el asfalto y ahora sobre su cara. La alzó dejando que el beso del agua le limpiara de todo. De sus pequeños y de sus grandes pecados.

El aparcamiento no estaba muy lejos. Entró algo escalofriado, ya que la lluvia había conseguido traspasar su cazadora. Subió al coche y dejó que el rugido del motor le terminara de reafirmar. Lo dejó fluir. Metió la primera y suavemente se dejó llevar hacia su vida al ritmo intrépido de los *limpia*. Era seguro que los diseñadores de su coche habían contando con que algo así se produjera. Al menos él lo hubiera buscado en su lugar. Parado en el semáforo, se sintió en un útero. La lluvia rompía sobre la carrocería sin posibilidad alguna de alcanzarlo. A su lado un coche muy parecido al suyo aguardaba también su turno para surfear. Logró distinguir el color. Feo color marrón. ¿Quién compraría un coche así de ese color? En un gesto muy masculino metió la primera para lograr salir el primero. Rugió el motor y lo logró. Victoria pírrica pero agradable. No sabía si volver al estudio o subir directamente a casa. O quizá dar una vuelta conduciendo. Dejándose llevar así. Entre el gruñido leve y elegante de los limpiaparabrisas y el golpe impío de la lluvia.

Volvió a parar ante una luz ámbar. Por el retrovisor divisaba los *ojos de ángel* de un coche que le parecía el mismo al que había logrado sacar delantera en el semáforo anterior. Uno que se había picado. Avanzó metiendo el pie en el pedal un poco más de la cuenta. Notó cómo su perseguidor se acomodaba rápidamente a su nueva velocidad. ¿Por qué lo había llamado perseguidor? ¿Era un lapsus mental o era una percepción intuitiva? No sabía bien por qué aquellos faros le resultaban inquietantes. No entendía que la marca los hubiera bautizado así. Vistos en la noche, fijos tras la lluvia inclemente, parecían las pupilas de Belcebú. Probó a hacerse el remolón. El vehículo le rebasó. ¿Ves, idiota?, ¡eran cosas tuyas!, y aún no había terminado el pensamiento cuando se dio cuenta de que el otro BMW se pasaba al carril derecho y ralentizaba la marcha para dar lugar a que él volviera a ponerse delante. Otro semáforo los dejó de nuevo alineados. Intentó ver a través de la lluvia al conductor. No pudo. Las lunas del jodido coche marrón estaban tintadas. No podía ser un coche español. No con esas lunas. Un idiota de turista. Leo siguió adelante y comenzó a relajarse. Salió de la Castellana y se adentró en las calles de su barrio.

El corazón le dio un respingo. Las luces del demonio seguían detrás y la lluvia arreciaba.

Toda la adrenalina que había soltado en su encuentro con Claudia volvió a segregarse en su cuerpo. Sin placer alguno. Sólo como lenitivo de la tensión. Notó sus manos crispadas en el volante de cuero.

El altavoz rompió el miedo con un tono de llamada. *Claudia's song*... Lo había hecho con cierta sorna. Ponerle al número de teléfono de Claudia un tema de *Entrevista con el vampiro*. Para recordar lo que ella era cuando su amor le hacía olvidarlo. Se tranquilizó. Eso era lo más peligroso que había en su vida y, sin embargo, no dejaba de tentar la suerte. Descolgó el *manos libres* moviendo el dedo pulgar en el volante.

—¡Hola, preciosa! ¿Pasa algo? ¿No hay carroza? ¿Irás en calabaza remojada?

—¡Naaa, tonto! Sólo que estaba pensando en ti y no he querido dejar de decírtelo. Desearía colgarme ahora de tu brazo para ir a esa cena... Por cierto, ¡estoy preciosa!

—Lo estás siempre. Eres una diosa. Recuerda...

—Era sólo para eso. Te dejo que voy tarde...

—Un beso, diosa mía. Pásalo bien.

—Lo intento. Un beso.

Colgó y se quedó satisfecho mirando al oasis de luz que sus propios faros dejaban ante él. Giró a la derecha y de nuevo a la derecha. ¡Maldita Claudia, cómo te adoro! Instintivamente elevó la vista al retrovisor... y allí estaban. Otra vez los faros. Decidió que aquello podía ser más serio de lo que pensaba. A fin de cuentas... trabajaba para tipos ricos. Mantenía algunos secretitos con ellos. A saber. Por si acaso no iba a conducirles hasta su casa. Eso era una medida de precaución de primero de *serióflo*. Y él lo era y mucho. Pasó por delante de su edificio y avanzó unas manzanas más. La lluvia que tan amorosamente le envolvía en otras ocasiones se estaba convirtiendo en un problema. Necesitaba visibilidad para asegurarse de lo que veía. Aun así llegó a percibir las luces de un *parking*. Se decidió. Metió el coche. La barrera se cerró tras él y sólo entonces ralentizó deliberadamente la marcha. Nadie se acercó a la barrera. Bajó dos plantas y aparcó. Se dispuso a buscar la salida más lejana a su punto de entrada. Había varias. Era difícil que alguien intuyera cuál iba a usar. De las cuatro salidas a las distintas calles que abrazaban la manzana cogió la opuesta a su entrada. Al salir, la lluvia continuaba azotando inclemente las aceras. Apenas nadie transitaba en esos momentos por allí. A lo lejos vio a un par de personas refugiadas bajo una marquesina, esperando a que pasara lo peor. Decidió dirigirse hacia aquel punto. Necesitaba sentir que no era el único. No pensaba hacer nada ni decir nada, sólo sentir la gratificante presencia humana. Esa de la que huía tan a menudo.

Se aprestó a pasar por delante a paso vivo. Ellos continuaban bajo el saliente con los paraguas abiertos. Miró de reojo hacia la carretera y no vio ningún vehículo cerca. Aunque aún lejano sonaba el inconfundible sonido de unos neumáticos, apartando el agua de la calzada. Se detuvo y esperó a que el coche se acercara, pero no vio sino unos faros vulgares y respiró. Cruzó ya por delante de los refugiados con una sonrisa de suficiencia. ¡Pringados! No saber disfrutar de un buen chubasco. Ya no los necesitaba, así que incluso pensó en sonreírles.

La sonrisa se le heló en la boca.

El hombre que había bajo el gran paraguas negro era pelirrojo.

CAPÍTULO 7

No iba a moverse. No tenía objeto. No había para qué ni para quién. Aquella cama era todo su horizonte. Tenía que soportarse, eso sí. Vaya mierda. Estaba de mierda hasta el cuello. Siguió pasando su muro de *Facebook*. Atontándose a base de estupideces. Ahogándose en videos anodinos. Olvidándose en chistes sin gracia. Por tercera vez vio al chino gordo estrellar la cabeza contra un muro sin razón aparente. ¿Qué cojones le importaría a él aquel chino? Ni el chino ni el muro ni la madre que los parió a todos.

Ascazo. Ni siquiera tenía ganas de ver porno. Eso menos que nada. Era la película de su vida la que quería ahogar en imágenes insulsas y narcotizantes. Claudia le hacía hacer cosas que le asqueaban. No era ella. Era él mismo. Ahora le asqueaban. No en el instante en el que sólo el deseo gobernaba. Pero existía un ahora. Existía un después. Existía ese espejo en la pared, esa terraza en la que aún había flores, existía un cielo de azul Madrid y existía el riesgo de no volver a respetarse jamás. No podía evitar que el *YouTube* de su cerebro le obsequiase con imágenes que le sonrojaban. La humillación real no funcionaba. Había intentado durante mucho tiempo convencerse de que aquello era un *hobby*, algo que compartía con muchas personas que habían decidido llevar ese tipo de vida. No sabía cómo lo lograban. No sabía por qué él no lograba integrarlo en su vida. Quizá porque se había dado cuenta de que su maldito *hobby* iba camino de arruinársela.

Claudia era la respuesta a sus plegarias pero también su puerta al abismo, a su vacío interno. Nadie le colmaba de placer de esa manera, pero tampoco nadie le dejaba tan hueco. Y el amor. Leo tenía que plantearse alguna vez que aquello no podía ser amor por más necesidad que sintiera. Estaba atrapado. Estaba jodido. Había mañanas como aquella en las que hubiera necesitado fuerzas para dejar atrás un lodazal. Buscar algo limpio, aunque le matara de aburrimiento. Rendirse a la convivencia y a las caricias aunque su deseo languideciese eternamente. ¿Por qué había tenido que pasarle a él? Nunca había querido pararse a pensar en ello. Simplemente no quería mezclar la reflexión con aquello. Aquello era una fuerza capaz de moverlo todo. También de destrozarlo todo.

Era evidente que tenía un problema. Había leído miles de blogs y de chats en los que se comunicaban personas con las mismas tendencias que él. No había encontrado reflejada su tortura. Así que algo en él no era igual que en los demás. ¿O es que nadie era capaz de confesar que se arrancaría a aquel otro de sí, si pudiera? A fin de cuentas era el signo de los tiempos. Todo era válido. Todo deseo era lícito. Toda opción era aceptable sobre todo si iba más allá de los límites. Por tanto algo fallaba en él. Ir tras el horizonte para luego sentirse una basura no tenía objeto. ¿O le pasaba a todo el mundo? ¿Todos sentían esa punzada de arcadas al recordarse haciendo cosas que sólo bajo la luz de las copas y una erección parecían tan necesarias?

Eres un *moñas*, Leo, se dijo. Un puto *moñas*. Menudo descojono tendría la peña si te leyera ahora el pensamiento. Pareces un pureta, tío. Aquí el que más y el que menos es un guarro de campeonato. Realmente es como si lo hubiera: un campeonato. Sólo había que reparar en Enrique. Lo de Enrique también le tenía jodido. Por si en su vida no hubiera ya suficiente fango. ¡Qué curiosa figura! Le producía a la vez un enorme agradecimiento, incluso admiración, y simultáneamente una aversión profunda. Hubiera deseado poder mantener su relación sin mucho contacto. Probablemente eso no era sino una manifestación de egoísmo. Contar con su protección y su consejo, pero saltarse la mugre que se le adhería en el espíritu cada vez que era testigo de la cruda realidad en la que se movía él y muchos otros hombres de las élites madrileñas. No existía esa opción. O estabas con él o no estabas. Tampoco la relación era horizontal. Debía tragar con toda la intimidad que le fuera regalada. Ni más ni menos. ¿Pero de qué iba a dolerse ahora un tipo que había dejado que le dieran por el culo con un arnés mientras un desconocido miraba? Casi era la hora de comer, aun así se decidió a saltar de la cama y buscar algo que le devolviera una brizna de respeto por sí mismo. Un poco de soma. Benzodiacepinas para soportarse. No era nada mejor que los otros. ¿A qué negárselo?

***

Simultáneamente, lo que se estaba tomando Weimar era un champán bien frío. No lo hacía para soportar a ese tipo tan maravilloso con el que convivía día a día, del otro hacía tiempo que había prescindido, sino para enfrentarse a aquel otro yo externo al que no sabía si quería o envidiaba. Su hijo Andreas era como un reflejo de cómo se veía él aún. Le devolvía esa imagen de tipo joven y emprendedor, seductor y fresco que aún sentía como propia aunque el jodido espejo le enviara a un hombre ya un poco ajado y con un rictus que no quería reconocer. Andreas era su Dorian Gray. Él hubiera deseado intercambiar sus espíritus de envoltorio y encerrar a su hijo en su propio retrato para revestirse él de su piel gozosamente nueva. Sólo la piel, porque a su hijo le faltaban muchas de las virtudes que él mismo tenía.

No era tan brillante ni tan emprendedor. Ahí la herencia genética de su madre debía de haber primado. Le daban ganas de vapulearle a veces para espabilarlo. ¡Ay, si él hubiera podido empezar desde donde estaba Andreas! ¡Si hubiera contado con la dulzura que su madre le regalaba desde niño! No le hubiera quedado cima por escalar. Pero este chico era un buen chico, otra cosa es que le faltara chispa. No le iría mal porque él se lo iba a dejar todo hecho. Lo perdería. No había tensión en él. No tenía fuerza. No tenía carisma. Era un pobre buen chico. Ni siquiera tenía el don que tenía Leo. No siendo un tiburón, el joven arquitecto poseía un don. Algo que se podía admirar en él. Enrique necesitaba reconocer en los demás una característica que él no poseyera en mayor medida para sentir una brizna de admiración por alguien. Sin admiración no era posible ningún reconocimiento. No empatizaba con la mediocridad.

Weimar no sabía lo que era empatizar pero quería hacer como si sí. Andreas era, cierto, un buen chaval, pero no parecía ésa una virtud que su padre estuviera dispuesto a reconocer. Claro que su imagen presentaría una grieta si no fuera un padre amantísimo. Así que lo era. A su manera.

—Entonces —le dijo sorbiendo lentamente el vino—, ¿no te vienes esta tarde conmigo a París?

—No puedo, padre, lo sabes. Tengo que asistir a ese seminario en el que tú mismo me has hecho apuntarme —dijo Andreas manejando con prudencia los impulsos de su padre.

—¡Pues no vayas!

—Tengo que ir. No puedo estar de aprendiz en tu empresa y luego saltarme todas las normas porque soy tu hijo.

—Sí puedes. Eres mi hijo.

—¡Tú mismo insistes en que aprenda el negocio desde abajo! Y es lo que estoy haciendo. No puedes reprocharme que lo intente con todas mis fuerzas —le dijo Andreas, abanicando sus ojos con aquellas pestañas tupidas que eran para Enrique un guiño constante de su madre.

—Yo insisto en que lo aprendas, no en que te comportes como uno más porque no lo eres. A fin de cuentas, lo heredarás todo. No tienes por qué jugar con ellos a que eres un igual que está en las mismas circunstancias... Eso es una ficción muy bonita para vender a los empleados y que te vean como un chico guay pero es sólo una ficción. ¡Anda, vente! —le insistió.

—Si no es una orden, no. Así la próxima vez que te acerques a mi departamento no podrás avergonzarme ante todos señalando que soy un niñato que sólo está jugando a trabajar.

Andreas le sostuvo la mirada. A veces intentaba ser algo más que una marioneta de su padre. Al menos durante unos minutos.

—¡Bah, no, déjalo! Era sólo una idea. A veces me gusta pensar que tengo un hijo con el que puedo conectar intelectualmente y compartir cosas como hacen los padres. Es evidente que eso no es así, pero no te preocupes, ni siquiera es importante para mí.

Enrique había tenido un pensamiento fugaz sobre cómo mejorar su cobertura en el viaje pero estaba claro que el inútil de Andreas no iba a servirle ni para eso. ¡Qué fraude eran a veces los hijos! Debería estar asegurado que siempre iban a ser ese paso más allá sobre uno mismo que uno busca cuando se quiere eterno. Revivir en otro ser para verse más estúpido, más irrelevante, más pusilánime no tenía ninguna gracia. Ninguna. Sin planteárselo activó su plan B. Puso un mensaje a Leopoldo Requero.

W.: «Leo, al final sí salgo esta tarde. Te recojo en un rato como quedamos. No podemos retrasarnos por el *slot*».

Pasó el resto de la comida dando clases magistrales a su hijo. Un poco de todo. Ponencia sobre el sentido de la vida, sobre los negocios, sobre las mujeres, sobre la caza, sobre la ópera, sobre los mejores libros para leer al llegar el otoño. Andreas acogía todo aquello sin un gesto que le delatara.

Al salir del restaurante, el chófer le estaba esperando, plantado de pie junto a la portezuela del Maybach. La belleza del coche le confortó. Como siempre, había una discreta cohorte de viandantes admirándolo. No creía que hubiera muchos en Madrid. Probablemente tampoco en España. Era inservible en cuanto a discreción, pero hoy no la necesitaba. Hoy quería resultar especialmente ostentoso para aumentar su trazabilidad. Dio un beso a Andreas y se introdujo en su asiento con función de masaje y ocho ventiladores. Respiró. Braulio sabía su destino. Con el cristal de separación subido, Weimar se sintió en un útero protector. El lujo proporcionaba siempre ese consuelo. Braulio arrancó y puso rumbo a la primera parada que era el estudio de Leo para seguir después a la Terminal Ejecutiva de Barajas. Él se reclinó en el cuero blanco con la vista perdida en la pantalla apagada que tenía frente a sus rodillas. Al parar en la acera, Leo estaba ya esperando con un ligero *troller* de viaje. El escolta se bajó para abrirle la otra portezuela y el arquitecto se introdujo en el coche, estrechando la mano de su amigo. Salieron por la N-II para llegar al antiguo pabellón de Estado en el que se encontraba ahora la terminal.

Fueron depositados pertinentemente a la misma puerta para dirigirse presurosos hasta la sala que tenían dispuesta para la espera. No era el día para hacer sociedad en los pasillos. Enrique le pidió una infusión de hierba luisa a la azafata y se puso a ojear la prensa internacional mientras pensaba en la puerilidad que destilaban los subterfugios que iba a utilizar.

Al menos sembrarían un poco de humo. Si *La Casa* le estaba siguiendo los talones, acabarían por saber de su viaje. Tampoco se lo iba a poner fácil y los otros exigían también un mínimo de privacidad. Sus servicios puede que les siguieran los talones también. Los estados se habían vuelto una especie de perros de presa que terminaban por entorpecer los movimientos que deseaban aunque no lo supieran. No veía diferencia entre estos liberales de pacotilla que querían inmiscuirse en sus operaciones y los anunciados riesgos intervencionistas. Ambos conversaron sobre banalidades. Leo sabía que la invitación respondía a una necesidad concreta de Weimar de no ir solo a París. No había preguntado mucho. No quería saber mucho y no le era dado negarse. Por otra parte, un par de días en París para visitar las exposiciones de la nueva temporada y comprar libros y algunas cosas no hacían mal a nadie.

El Gulfstream 450 estaba ya dispuesto y el *slot* se abría en quince minutos. Cuando todo estuvo listo, apareció una chica monilla pero prescindible a indicarles que iban a acercarles ya al aparato. Mientras se dirigían hacia él, Leo contó hasta cerca de treinta *jets* privados estacionados en la plataforma. No iba tan mal aquel país. Entraron al que era propiedad del financiero y se acomodaron en dos de los seis asientos tapizados también en cuero blanco. La azafata les sirvió un champán como ya tenía costumbre y se preparó para despegar.

Mientras rodaban por la pista, Weimar pensó que, en realidad, ni siquiera aquel negocio era tan importante. Era su voluntad la que estaba en juego. El poder en la cumbre es un juego duro en el que sientes el éxito circularte por las venas con la misma intensidad que te muerde la carne el fracaso. Tener poder no era sencillo. No como lo imaginaba la plebe. Ese tenerlo todo y ordenarlo todo y no dar cuentas a nadie de los caprichos con el que la chusma fantaseaba. Disfrutar el poder era todo menos estar. El poder es un movimiento, una agitación. Sólo los jefecillos y los mandos intermedios tienen ese poder que consiste en sentarse en el despacho a mandar. En la liga de los grandes había otras reglas y una de ellas era no morder el polvo de la humillación cuando uno ha tomado una determinación. También había que saber disfrutar la ira y la rabia que te producía el fracaso y utilizarlo para sacar fuerzas para la venganza. Todo lo que iba a hacer desde este momento tenía sobre todo que ver con la adrenalina de medir sus fuerzas no sólo con sus competidores sino con el propio Estado.

Estaban llegando ya a Le Bourget. El aeropuerto privado de París era el más próximo a la capital aunque, esta vez, Weimar no iba a pisarla. Lo hacía muy a menudo. No sólo por negocios. Había ese punto libertino de los franceses que no tenía parangón. Se tomaban realmente en serio los parisinos lo de ser unos golfos. Recordaba buenas veladas con Claudia en *Les Chandelles* de las que, claro, nunca había hablado a Leo. En aquellos tiempos arriesgaba más, aunque no habían dejado de conocer y de encontrarse con personas francesas bien de su mundo. Ahora eso se había quedado pequeño y muy atrás pero fue *bien amussant.* Enrique sonrió por primera vez aquel día.

Lo que si era una buena cosa de su situación es que, una vez dadas las instrucciones, sólo tenía que dejarse llevar. Su *jet* se quedaría allí. Aprovechó esa pequeña ventana para consultar sus correos y mensajes. Respondió varios para asegurarse de que su localización bajo un poste francés fuera clara. Después bloqueó el teléfono y se lo dio a Leo.

—Te vas a quedar con esto. Tienes habitación reservada a mi nombre en el Crillon. Soy un habitual. Espero que no te importe —dijo sonriendo de forma ladina y bastante grimosa.

—¡Enrique, qué cosas tienes! Sabes que te agradezco mucho estas deferencias que tienes conmigo. Pienso aprovechar bien estas horas para ponerme al día.

—Puedes hacer lo que quieras. Ya lo sabes. Sólo te pido el favor de que cargues también con mi móvil y no me lo pierdas…

—No hay problema, Enrique, y no voy a preguntarte nada. Lo sabes.

—Lo sé. Por eso te lo pido…

—Tus razones tendrás.

—Las tengo. *Bussines is bussines* —bromeó.

Leo estaba convencido de que el plan de su mentor tenía que ver con sus debilidades más que con sus fortalezas, así que tampoco quería ser cómplice de mucho más.

Un coche de operaciones les recogió al pie de la escalerilla y les llevó, como estaba dispuesto, primero a la terminal a dejar a Leo y después al Cessna 750 que Weimar había alquilado. Iba a ser algo más incómodo, pero ahora se trataba de ser todo lo discreto que fuera posible. Subió y volvió a sentarse, esta vez solo. La azafata había preparado ya toda la prensa francesa posible y le preguntó qué deseaba. No iban mal avituallados aquellos avioncitos de alquiler. En Le Bourget, el despegue podía ser casi inmediato y así se hizo. En menos de media hora, Enrique González-Weimar se encontraba camino de Menorca. La isla dibujándose en el mar era hermosa. Divisar islas desde un avión era una experiencia que le conmovía. Siempre le había parecido que reavivaba el deseo que le producía de niño jugar con el globo terráqueo. Cuando te aproximabas a una gran costa no se producía aquella sensación de emoción por el descubrimiento. Las islas se dibujaban sobre el mar como una promesa. Lo mismo fuera un atolón del Pacífico que una de sus hermanas mayores en el Mediterráneo. Sentía siempre el deseo gozoso de descender sobre ellas y poseerlas en toda su extensión. Subir hasta su cumbre más alta y controlarlas con la vista como un robinsón.

Tomaron tierra en el aeropuerto de Mahón. Un SUV negro de alquiler le esperaba con su chófer. Se instaló deprisa y salieron hacia el puerto deportivo. Una vez allí bajó muy rápido y se dirigió hacia el muelle en el que estaba amarrada la lancha auxiliar de su velero. Saludó a los marineros con el brazo desde lejos y se aprestó a embarcarse, no sin cierto esfuerzo —la marea estaba baja—, en la neumática. Intercambió unas frases con los dos marineros y se sentó a popa mientras los potentes motores le rugían casi en las entrañas. Acostaron en poco más de diez minutos. Subió a bordo y se quitó los zapatos. Contempló un minuto la cubierta del *Yardi*. Recorrió sus cuarenta metros de eslora con una delicadeza que nunca empleaba con sus amantes. El capitán salió a estrecharle la mano y darle todos los detalles. Aquella breve conversación de navegantes le aligeró el alma más que cualquier caricia. Respiró el aire yodado que le movía los cabellos y comenzó a desear levar el ancla y partir aunque esta vez fuera sólo para una corta singladura.

Mientras la tripulación procedía a ponerse en marcha, Enrique pasó a su cámara y se sacó todo vestigio de ciudad. Abrió su armario, eligió un pantalón cómodo y una camiseta, y enganchó también un cortavientos ligero para que la anochecida de septiembre no le pillara por sorpresa. Como un niño feliz salió a cubierta y se apresuró a disfrutar de la sensación de deslizarse sobre las aguas, aunque fuera a motor, ya que su destino no le permitía en ese momento dedicarse el placer de izar el velamen. Aun así, después de Madrid y los aviones, cualquier soplo de libertad le iba a sentar mejor que una *raya*. Tenía una noche por delante para disfrutar su soledad. Ni siquiera estaba conectado por teléfono. Usaría el del capitán si era necesario. No obstante dejó que la paz que sólo le daba la mar le llenara por completo.

El viento contra el cuerpo en la proa. Las elevaciones y los pequeños pantocazos sobre las olas, ya dueño de ellas. Quien no haya sentido el mar desde un velero no ha vivido. El *Yardi* fue recorriendo la costa tan cerca que Enrique pudo ver en la roca la Cova d'en Xoroi. Le llegaron fugazmente imágenes de veraneos de adolescencia gozosa en los que el amanecer le sorprendía entre música y belleza. La sensación le dejó un poco desarbolado. Fue gozosa y fue inocente. Le hizo sentir como cuando la vida, la belleza de las chicas, la diversión y el amor eran aún un experimento arriesgado y luminoso. El pozo negro en el que había convertido su corazón tragó en un instante cualquier referencia a aquel Enrique aún humano.

El yate rebasó Cala en Bosch y se dirigió hacia Ciudadela para dejarla también atrás. El ocaso se inmiscuyó en sus pensamientos y lo trajo a la realidad. ¡Cuánta belleza! Se sintió redimido por la belleza. ¿Qué era su vida sino una permanente carrera en su pos? Aunque luego al llegar la mancillara y la ajara y la exterminara. Siempre había más y más belleza que perseguir. Nunca sería la de ella. Ésa la había perdido para siempre. Serían otras que jamás lograrían alcanzarla.

Estaban ya muy cerca de Cala en Morts. El capitán era muy experto y perfectamente capaz de encontrar la entrada aunque estuviese casi anochecido. La boca de la cala podía llegar a confundirse desde la lejanía con los acantilados en que se abría. Aquella cala era lo más parecido a un circo de piedra. Apenas un ensanchamiento para entrar la embarcación y luego un remanso de agua turquesa y traslúcida rodeada por enormes farallones, que dificultaban de forma extrema alcanzarla desde tierra. Por mar no eran más de dos barcos grandes los que podían fondear allí. Y eso no siendo demasiado grandes. El cielo era ya una olla de estrellas. En Cala en Morts no había ninguna cobertura de teléfono ni de 4G. Sólo los teléfonos satelitales de las embarcaciones podían permitir algún tipo de comunicación en caso de emergencia.

El *Yardi* se deslizó silencioso como un calamar gigante horadando el agua. Un agua traslúcida que ahora era espesamente negra. Como las almas, pensó Enrique. Cuando llegaron al centro de la cala, la tripulación dejó que el barco se aproara. Normalmente, además del ancla, tendían dos cabos a popa hasta las rocas para evitar que el barco rolara durante la noche. El armador se desentendió del fondeo. Pensó en el único superviviente del naufragio del transatlántico francés *General Chanzy*. Tuvo que trepar aquellas escarpadas rocas y descansar en una gruta. Luego, hacer la ruta a pie y exhausto hasta el primer lugar habitado para dar noticias del naufragio en el que murieron ciento cincuenta y siete personas. Pensó en los cadáveres desmembrados flotando sobre el agua límpida y pura. El fuego y la sangre llenando un espacio que ahora era un remanso de paz. Eran cosas de otros siglos. Ahora la sangre y el fuego iban a correr sólo metafóricamente y por cuenta de la avaricia de los hombres. Algo mucho más civilizado.

Menorca, la que los marinos llaman *la isla invisible*. La que no posee relieves ni alturas que puedan verse desde la lejanía. El paraíso doméstico y buscado desde la infancia. Weimar atendió a la cocinera y le indicó el vino que iba a tomar para la cena. A la vez diseñó el desayuno que encargó para cuatro personas, aunque sólo dos lo tomarían en cubierta. Él y su huésped. Él y el objeto del viaje.

Por la mañana, los primeros reverberos de luz le despertaron. No había corrido las cortinillas de las escotillas de la cámara principal. Deseaba que fuera al orto el inicio de su día. Sin pereza, se puso un bañador y salió a cubierta. Caminó por babor hasta la proa y de un limpio salto entró de cabeza en el agua vigorizante. Cuando salió a la superficie notó el frescor romperse en torno a sus brazadas. Nadó hacia las rocas obviando la cadena del fondeo. Volvió y continuó paralelo al casco. Al llegar a la popa se quedó en suspensión mirando sus pies a través del agua cristalina y, más allá, el fondo rocoso y lleno de vida que ya se podía divisar. ¡Qué hermosa salida de aguas tenía aquel barco! Luego su vista se fue hacia los acantilados que rodeaban la cala. Imaginó el privilegio de despertarse viendo aquel verde turquesa abrirse bajo el balcón. Imaginó eso y el dinero que produciría al que lograra construir en aquella zona. De momento se alegró de que el ímpetu especulativo se hubiera frenado y le permitiera disfrutar de tales sensaciones, aunque tampoco hubiera hecho ascos a promocionar un gran hotel allí arriba. A fin de cuentas, pensó, la nieve virgen siempre nos emociona porque sabemos lo delicioso que será hollarla.

Enganchó con la mano la escalerilla en la popa y se izó de nuevo sobre cubierta. El frescor de la mañana de septiembre le estremeció un poco, así que abrió uno de los cofres en el que había toallas limpias y extrajo una para secarse. Dos marineros estaban ya estibando cosas y uno de ellos estaba disponiendo los servicios para los desayunos. Miró su magnífico reloj sumergible. Tenía media hora para aclararse y ponerse algo más adecuado. Entró y se dirigió a su cámara. Una ducha, un rasurado, unos pantalones livianos y un polo. Volvió a salir a cubierta. Como si estuvieran cronometrados, una embarcación auxiliar embocaba en aquellos momentos la entrada de la cala. Oleguiev habría fondeado más lejos de la costa. Su barco era el tercer yate deportivo más grande del mundo. Nada que ver con los gustos de Enrique. Era en realidad un pequeño transatlántico con sus casi ciento sesenta metros de eslora y varias decenas de personas de tripulación. En todo caso, era mucho más incómodo que el *Yardi* para una cita discreta; sin embargo, Oleguiev llevaba dos meses de vacaciones por el Mediterráneo, así que no podía sorprenderle a nadie la presencia de aquel mastodonte en los alrededores de la isla.

La lancha les abordó por popa y, cegando los motores, uno de los marineros asió la escalerilla para mantener un acceso cómodo. Enrique vio subir primero a uno de los hombres de Oleguiev y, después, al propio ruso protegido a su espalda por un segundo hombre. El tercer marinero se quedó en la lancha. Todo según había sido convenido.

Llevaban calzado náutico, pero a Weimar le hubiera gustado pedirles que se descalzaran. Él mismo lo hacía. No le gustaban las suelas sobre la teca de la cubierta. No dijo nada. Al contrario, se dirigió sonriente hacia el ruso y le estrechó la mano.

—¡Bienvenido a bordo, Oleguiev! —le dijo en inglés—. Ven, pasa por aquí. No te preocupes por tus hombres, mi tripulación se ocupa de ellos.

Oleguiev le dedicó una sonrisa excesiva y le estrechó la mano.

Ambos tomaron asiento en la mesa dispuesta para el desayuno. Todo se había preparado para que el servicio no fuera necesario. Las bandejas con las frutas, el jamón y la sobrasada, las tranchas de pan recién hecho en el horno del barco, las *viennoiseries*, el yogur, los cereales, los huevos revueltos en su bandeja térmica... Todo lo que podían necesitar. Los dos permanecieron un momento mirándose, mientras el agua hacía bailar a su ritmo el barco fondeado con un chapoteo intermitente.

El reverbero del agua que en esos mismos momentos veía Leo era diferente, si bien no menos seductor. Desde la terraza en la que se había instalado veía el gozo del sol reventando contra el Sena, a pesar de que el verano estaba quedando atrás y la temperatura había cedido considerablemente. París se preparaba para caer subyugado bajo el gris de un cielo otoñal y quedaba poco para que la vida se acunara al compás de las gotas rebotando sobre los bulevares. Quedaba poco pero aún faltaba, y Leo disfrutaba de esta suspensión temporal de las hostilidades del clima.

Era su segundo café del día. Más allá del desayuno del Crillon no había podido resistirse al regocijo de sentarse a ver pasar la vida. Pensaba atravesar el Sena inmediatamente para perderse en la *rive gauche*. Era estupenda la invitación de Enrique, pero él no iba a reprimir el disfrutar de este pequeño descanso como mejor le viniera. Ni siquiera tenía claro que fuera a seguir el programa que oficialmente se había diseñado para darse permiso y saltarse el trabajo un par de días. Buscaba, en efecto, inspiración, pero en mayor medida se buscaba a sí mismo. No sabía si podían ayudarle más unas exposiciones o un vagabundeo intensivo por las orillas de su alma en el que París podría ayudarle con eficacia.

Justo enfrente tenía las calles en las que se agolpaban los mejores anticuarios de la ciudad. Le parecía sugerente dar una vuelta por sus escaparates y olisquear entre sus tesoros. No tenía que rendir cuentas a nadie. A su alrededor la vida seguía. Observó con nostalgia las miradas de ensoñación que acunaban el desayuno de la parejita que tenía en la mesa de al lado. Intentó verse a sí mismo en aquella situación y tuvo que reconocerse que le gustaba pensar que alguna vez podría ser él el que se reconociera en el alma de otro ser humano. Sin torturarse. Con aquel gozo sereno que veía ahora mismo en los ojos de aquellos dos jóvenes franceses. Era imposible no plantearse qué cojones estaba haciendo con su vida. Con su vida. No con su profesión o su reputación o su éxito o su carrera. Con su puta vida. Por mucho que elaborara en su interior discursos de libertad y de opciones, en los que creía, la sombra de que una decisión libre le procurara tanta zozobra le rondaba permanentemente. ¿Era realmente la elección de su rol una opción? Si lo era, ¿por qué se sentía atrapado por ella? ¿Por qué su relación con Claudia era la respuesta a todos sus deseos más profundos y, sin embargo, le dolía y le asqueaba y le remordía cada instante en el que su sexo no le teledirigía? Esto no había sido siempre así. Era una sensación reciente y pujante. Ya casi no podía refugiarse en su cómoda convicción de que sus gustos sexuales eran una elección personal de una forma de vida menos convencional que otras, pero perfectamente normal y válida.

Siguió paseando por Saint Germain como seguía paseando por su propia existencia. Sin un rumbo fijo, mas con la sensación de hacia dónde debía orientar sus pasos. Se tocó el bolsillo y comprobó que los dos teléfonos móviles iban en su sitio. No había querido preguntarle a Enrique por qué tenía que llevar encima su teléfono mientras se movía por París, pero Leo no era tonto. Sabía que así el móvil de Weimar estaba quedando registrado bajo los postes de la ciudad mientras que él no estaba allí. Era evidente que en los tiempos que corren, la libertad y la falta de control pasaban por partir donde fuera sin móvil o con él apagado. Esperaba que el paseo no le estuviera exponiendo a nada. No le parecía posible que Enrique le hubiera metido en una encerrona, aunque era evidente que le estaba sirviendo de cobertura para algo.

No quiso pensar sobre qué podría tratarse. Bueno, eso era mentira. Claro que había hecho sus especulaciones al respecto, sólo que le daba miedo dejarse llevar por ellas. Quizá su cabeza era demasiado calenturienta. ¿Había cosas que ni él podía saber? Estaba seguro. Había sorprendido algunos fragmentos de conversación espoleados por el polvo blanco en aquellas noches de crápula. Sabía que había otros encuentros a los que él no había sido convocado. No quería pensar qué sucedería en ellos, sabiendo, como sabía, lo que sucedía en los otros. ¿Dónde había ido Enrique?, ¿para hacer qué? ¿Lícito? ¿Ilícito? ¿A qué estaba contribuyendo él con su simple paseo? Había posibilidades que se le agolpaban en la mente, llamando a grandes voces a su conciencia. Era un peliculero. La generación de las series y los juegos audiovisuales debía latir por debajo de sus miedos. Era mejor dejarlo correr. Habría alguna amante extranjera. Casada. Algo morboso pero con cierto riesgo. La mujer de un socio...

Los pensamientos circulares y obsesivos se estaban adueñando de él. Procuró concentrarse en la magnífica escultura de un jurisconsulto romano que exhibía el escaparate de uno de los anticuarios de la rue de Jacob. Llevaba años allí. Leo sabía que, si hacía una locura, podía intentar adquirirla. Quizá algún día. Comenzó a dejarse llevar por la idea de colocarla en su *loft* y dejó así arrumbados sus miedos y sus recelos. La vida consiste a veces en nuestra capacidad para apartarnos de donde debiéramos centrarnos.

Quedaban aún unas horas para la cita con Weimar en el aeropuerto de negocios, para regresar en su *jet* a Madrid. Se juró que las iba a disfrutar. Sólo en el presente es factible alcanzar una brizna de felicidad. Leo se aprestó a no dejarla marchar.

CAPÍTULO 8

Un aire como de francachela recorría el salón donde habían colocado una enorme mesa en forma de herradura en la que se iban a acomodar, en cuanto todos los asistentes hubieran llegado. Entre tanto corría la cerveza en la barra para los exmiembros de la Agrupación Libertad. Faltaba aún el coronel. Ya no era coronel. Estaba ya jubilado. Sería siempre su coronel.

Hasta Irene se dejaba llevar por el reencuentro en el que recobraba rostros y voces que le eran muy lejanos, pero de los que no había olvidado ni una pizca del sufrimiento que la rudeza del día a día en Afganistán les había deparado. Irene había sido la psicóloga de todos ellos. Había oído sus miserias y había volado sobre sus mentes. Los psicólogos eran los *pater* de los ateos. El *pater* también estaba allí, caña en ristre. No hubiera podido decir si don Pablo había sido más efectivo con su parroquia que ella con la suya. Ese pensamiento la taladró. Ella había fallado de una forma tan garrafal que no había comparación posible. Sólo plantearla merecía un anatema. El cura no llevaba ninguna muerte a sus espaldas.

Estaban raros todos así de paisano. Viéndolos echó de menos las palmadas sobre los uniformes de camuflaje de los que siempre, siempre, salía polvo y arena. La misión. Toda su vida había cambiado en aquella misión. Ninguno de ellos sabía hasta qué punto. No sabían que su amor había muerto allí. En un camino de un país remoto en el que con toda probabilidad no se les había perdido nada. Siempre la habían tratado con mucha consideración. Pero ellos no sabían. Nadie sabía.

Los conocía bien. Podía sentir lo que estaban pensando en cada mirada que le dirigían. Los había estudiado bien durante los meses finales del llamado 4+2. Era el periodo de entrenamiento de las unidades antes de ser enviadas a la zona de operaciones. Durante cuatro meses, los efectivos se adiestraban en su unidad con una fuerte preparación física, de tiro y de procedimientos operativos. Después había que encajar las piezas. Dos meses de integración de toda la fuerza, de distinta procedencia, para que al llegar a Afganistán fueran como el mecanismo de un revolver bien engrasado. En ese momento los psicólogos se incorporaban al contingente y comenzaba su labor. Nadie con problemas podía salir en misión. Les había hecho test y evaluaciones para asegurarse de que no hubiera ningún cuadro que les impidiera participar. Era un trabajo de gran responsabilidad. No podía permitir que un efectivo con algún problema que pudiera poner en riesgo su vida o la de los demás o siquiera la convivencia viajara. Por otro lado, todos sabían que para muchos salir en misión era bandear algunos problemas económicos o, simplemente, poder conseguir el dinero que les era imposible ahorrar de su sueldo. No podía joder ni al Ejército ni a sus compañeros.

Los conocía bien y ellos confiaban en ella.

Finalmente fueron tomando posiciones en torno a la mesa. Ella fue reconducida hacia un puesto próximo al del coronel. Había sido oficial de la agrupación y, en su caso, reportaba directamente al jefe de la misión y sólo a él. Todos los que habían constituido el equipo de apoyo al mando se fueron sentando en la cabecera de la mesa. Ni en una comida de confraternización pasados los años, dejaba el Ejército de hacer sentir las jerarquías. La excapitana podía ver desde la mesa a todos aquellos hombres y mujeres que habían sido testigos del mayor drama de su vida.

Ellos también la veían a ella.

Entre jarras de cerveza que iban y venían, un grupo en la esquina practicaba una de las disciplinas que no faltan jamás en la milicia. El despelleje.

— …La capitana, la psicóloga, se fue del Ejército, ¿no, mi comandante? —preguntó un brigada correoso a Santi.

—Sí —respondió el amigo de Irene—, volvió a la vida civil.

—¿Y cómo tiene los huevos de venir aún a estas cosas? —la boca del suboficial era un pozo de resentimiento.

—Bueno, Montes, la vida da muchas vueltas, pero lo que hemos pasado juntos ahí queda. A mí me parece un gran gesto por su parte no faltar nunca…

—Es una puta desertora…

—No hable así, brigada… Es injusto —dijo calmoso el comandante.

—¡Lo es! Es una cabrona. Se puso el uniforme y se hizo profesional con nosotros y después se ha ido a ganar pasta fuera con lo que aprendió aquí… Lo que aprendió con nosotros que seguimos aquí ganando una puta mierda mientras ella se forra.

El brigada Montes miró retador al comandante. La mirada tenía una traducción inmediata. «Me la pela que seas un oficial. Éste es un acto civil y voy a dar mi opinión porque me da la real gana». Santi sabía en qué terreno se movía y no pensaba tirar de estrella, pero se sentía incómodo con un planteamiento tan sesgado y poco favorable de las decisiones de la que era una buena amiga y una buena persona.

—No todo es dinero en la vida, Montes. Nosotros lo sabemos mejor que nadie. Por dinero muy pocos estaríamos en esta empresa. Quizá hubo quien se apuntó a la misión para tener un pellizco que a ninguno nos vino mal, pero el dinero no es lo decisivo ni para entrar ni para salir…

—Yo me siento traicionado —insistió el brigada.

—Pues no tiene ningún motivo.

—Lo tengo. Abusó de mi confianza. Hay cosas que ni yo ni otros compañeros le hubiéramos contado de haber sabido que iba a dejar de ser uno de nosotros. Le contamos lo que nos roía el coco. Le hablamos…, bueno, le hablamos de otras misiones en las que habíamos estado. De cosas que nos carcomían. Cosas que un capitán puede entender pero que una pija psicóloga que atiende a parejas con problemas no debería saber. ¿Eso lo entiende, comandante?

—Eso no debería preocuparte, brigada. La profesionalidad de la capitana es irreprochable. Todo lo que le dijiste está custodiado por el secreto profesional. Lleve o no uniforme —le explicó.

—¿Y por qué cojones se fue? ¿No sería porque se acojonó? ¿No será de las que cuando topan con la realidad se desmoronan?

Para mí es una cobarde. Huyó. Huyó de lo que sabe y de lo que representamos... No sé cómo tiene el cuajo de venir.

Santiago no podía explicarle que todo tenía una razón y que esa razón no enlazaba con sus experiencias ni con sus revelaciones. No podía decirle que Irene había dejado su espíritu hecho trizas en un camino de Afganistán. Que su futuro había reventado en mil pedazos cuando aquel explosivo de circunstancias se llevó al capitán Rubén Azpiroz y a los soldados que le acompañaban. No podía decírselo porque nadie sabía que aquella relación existía. Ninguno de los presentes podía pensar que aquella mujer que se reía abierta y francamente con las bromas del coronel había muerto también en Afganistán. No había podido llorarle sino en el silencio de su habitación. No había podido acompañar a aquel cuerpo que había adorado en su último vuelo antes de que una bandera lo entregara cubierto al olvido. No había podido. Santiago hacía algunos años que había recibido esta confidencia y sólo entonces había sido capaz de reconocer la enorme entereza de Irene. Él sabía que no podía continuar en el Ejército después de aquello. La comprendía. Se dolía con ella. Rubén era un oficial a ratos querido y a ratos odiado por la tropa pero, sobre todo, era un soldado. Su alma de soldado sabía qué tipo de sudario cubría desde entonces el corazón de Irene y aún tenía la esperanza de que la vida le devolviera su ilusión y algo de futuro. Pero todo aquello no se lo podía explicar a un brigada bocazas, así que zanjó la conversación.

—Fue su decisión entrar y fue su decisión salir. Fue una buena oficial y se portó como una jabata en unas circunstancias difíciles para todos. Eso debe merecer nuestro reconocimiento. Lo demás son ganas de joder, Montes...

—Ganas de joder o no, no soy el único que lo piensa —remató el brigada, que no pensaba dejar que el oficial le restregara la última palabra. No en aquella cuestión.

Ni él ni otros compañeros que habían confiado en los servicios profesionales de Irene tenían exactamente miedo aunque sí algo de precaución. Lo había hablado con los demás. Con los que, como él, habían estado en la misión de Irak antes de incorporarse a la de Afganistán. Lo hizo cuando se sintió un cobarde y un flojo y un indeseable por haberse sacudido parte del peso de su conciencia hablando con la psicóloga. No había sido el único. Los demás también habían buscado cierto bálsamo cuando en las noches de espera, de vacío, las imágenes terribles de Irak irrumpían en su cabeza como cobrándose venganza. Era parte del trabajo. Alguien tenía que hacerlo. No sabía quién ni cómo había llegado a convencerles de ello. Quizá un puro estado de necesidad. Pero si fuera así, no entendía por qué sentía tormento cada vez que las escenas volvían a su cabeza. Y era muy a menudo. Curiosamente, aun más a menudo ahora.

Montes había pateado a más detenidos que los recogidos en el video. Era un video de mierda el que el jodido imbécil de Santos había grabado. Sabía que tenía a todo el sistema detrás protegiéndole. El procedimiento se había archivado. No eran reconocibles. Cualquiera que les conociera de verdad les hubiera identificado. El libro de detenidos había desaparecido convenientemente. La Justicia militar había pasado página. Pero aún quedaba su puto cerebro y el relato pormenorizado que la jodida psicóloga desertora llevaba también en el suyo. Ella sabía quiénes habían sido. Ella sabía cuántas veces más había sucedido. Ella les había visto llorar perseguidos por los gritos, los infernales gritos, de aquellos cabrones de terroristas. Todos estaban encerrados en aquella mazmorra de silencio y de insomnio. Todos menos la hija de puta de la tía que se había largado del Ejército para pisar moqueta lejos de tanta mierda. Sabía que no podía hablar. Eso destrozaría su carrera. Estaba obligada por el secreto profesional. No podía hablar pero podía juzgar. Podría mirarle ahora y saber qué mierda anidaba en su corazón y eso al brigada le sacaba de quicio. Le daban unas ganas inmensas de darle su merecido también a ella. ¡Joder, lo habían hecho por España! ¡Era necesario! ¿Por qué encima tenían que soportar aquella tortura interna? ¿No eran ellos unas víctimas del deber?

—¡Venga, hombre, no te hagas la estrecha! —le decía mientras el coronel a Irene al otro lado de la mesa mientras rellenaba su copa una vez más.

Irene le miró seria, pero no pudo impedir que la cerveza corriera de nuevo. Tampoco que el coronel retirado siguiera diciendo bravuconadas y yendo más allá de los límites que ella consideraba asumibles.

—Este puto país no tiene remedio. No lo va tener hasta que no se meta en cintura a unos cuantos. Ya no son ni los rojos. ¡Nooo, qué va!. Ahora hasta la gente de orden no piensa más que en su interés y en sus cuentas de resultados. Y eso no puede ser. No puede ser. Van a acabar vendiendo este país al diablo. Se la sopla. ¡Con tal de tener la cartera bien rellena y las cuentas en Suiza bien engrasadas! Ya no hay cojones. No los hay para dar un zapatazo y evitar que esos españoles de mierda sigan comportándose como si nada fuera con ellos...

Algunos de los militares aún en activo que rodeaban al coronel retirado comenzaron a removerse con incomodidad en las sillas. Sabían que si aquello salía de allí tendrían problemas. ¿Algún idiota grabando con el móvil? Nada se podía desestimar.

Su exjefe seguía desbarrando. Hablaba ahora de una asociación de patriotas que intentaba controlar todo esto desde la sombra. Un teniente coronel y un comandante se levantaron con sigilo. No iban al cuarto de baño sino a largarse. No pensaban arriesgar sus carreras escuchando silentes una especie de llamada a la asonada y un relato de sociedades secretas y fuera de la ley. El coronel estaba tan emocionado hablando de Viriato que no se dio cuenta.

Irene, sin embargo, era perfectamente consciente. Dolorosamente consciente de que aquello ya no iba con ella. Todo el dolor giraba en su alma entre aquellas carcajadas estruendosas. Su culpa. La pérdida de su amor. El dolor de los inocentes. El discurso hueco y fanfarrón estaba terminando de machacarla. No podía ser cierto que hubieran arriesgado su vida a las órdenes de un tipo como aquél. Resultaba absurdo. «Era nuestro deber». La voz brotó de pronto. Rubén. Se le llenaron las entrañas de él.

—¡Tú, muchachita! ¡Éstos no pueden, pero tú sí! ¡Tú ya eres libre para servir a España de verdad como hacemos muchos! —le espetó el coronel clavándole el codo en las costillas.

Ni reparó en la inconveniencia de que la llamara *muchachita*.

—Ya me contará con calma, mi coronel —le respondió con un guiño que pretendía obtener una tregua.

No pensaba escuchar ni una sola palabra sobre aquella locura de *Los Berones.*

Miró con desesperación hacia el rincón en el que se hallaba Santi para buscar una suerte de rescate. El comandante aparentaba estar discutiendo con un brigada. ¡Vaya, era aquel brigada...!

Irene sintió como todo su ser daba una vuelta y supo que tenía que escapar. Supo también del único sitio al que podía ir, del único refugio que podía buscar.

Se levantó casi en trance.

El bocazas del coronel seguía hablando a gritos de misiones secretas. El vino lo había poseído como, por otra parte, no era inhabitual.

Nadie se interpuso entre ella y la puerta.

Los que la vieron pensaron que salía un momento. No detectaron la huída.

No veía nada. No sentía nada. No pensaba nada.

Tomó un taxi.

Le dio una dirección en modo casi automático.

Sólo le dio tiempo a poner un mensaje de *WhatsApp* y a recostarse en el asiento rogando por llegar.

Mauricio.

Sólo tenía que llegar hasta él.

Mauricio estaba en el salón de su casa de La Guindalera fumando una pipa. Tenía abierta la puerta que daba sobre el jardín delantero. Entraba ya algo de frío, pero era su peaje por el placer de exhalar humo de buen tabaco holandés. Oyó vibrar el teléfono pero no le hizo ni caso. No era el momento. Los momentos había que rescatarlos del mundo que nos querían imponer. Se pasó la mano por el agreste pelo entrecano que le hacía parecer un viejo león tumbado bajo su árbol de la sabana preferido. Los ojos oscuros chisporroteaban de alegría por el buen momento que había robado para él mismo en aquella tarde frenética de Madrid. Cuando compró la casa sabía que en cada segundo que pasara en ella iba a ser consciente de la incoherencia que suponía dentro del fárrago de Madrid. Por eso la amaba. Si hubiera sido así, tranquila y calmada, aislada en sus diferentes niveles pero en cualquier otra parte, no le habría producido ni la mitad del efecto que le ocasionaba.

Estar allí, junto a una chimenea, viendo los árboles del jardín y sabiendo que en unos minutos podía estar en Castellana o en la Milla de Oro le seguía haciendo estremecer.

Volvió a sentir todo aquel placer en un segundo mientras su libro reposaba sobre su regazo aún abierto. Cuando iba a volver a retomarlo, levantó la vista y vio a una mujer parada junto a la verja de entrada. Alguien iba a llamar y a romper la calma. Fue consciente del desastre en un segundo en el que asumió también que sólo su finitud había hecho tan intenso aquel minuto.

Sonó el timbre.

Se levantó y se acercó al video teléfono de la entrada.

Nada en su exterior denotó la sorpresa que le produjo ver a Irene en la puerta.

Irene. Fue consciente de la agitación de su discípula antes de apretar el pulsador.

Abrió la puerta y se quedó bajo el dintel esperando a que ella atravesara el jardín.

Constató su apariencia frágil y liviana, aunque hacía años que sabía lo que se escondía tras ella. Esbozó su mejor sonrisa de acogida, prolongada en magníficos surcos de sabiduría hasta el borde mismo de sus ojos.

—¡Pero bueno, mira quién aparece ahora sin avisar! ¡Benditos los ojos, querida! —le dijo mientras la abrazaba.

—Siento ser tan desastre, Mauricio, lo siento de verdad. Te acabo de poner un mensaje. Sé que es un asalto pero, no te rías, es como si una fuerza irrefrenable me impulsara a venir a verte. Perdona, de verdad —le dijo consciente ya de que su actitud podía resultar chocante.

—No tener que pedir disculpas es uno de los regalos que nos podemos ofrecer tú y yo, ¿no crees? —dijo el psicólogo mientras la conducía hacia el salón.

Se quedaron sentados allí por un instante. Mirándose a los ojos. Irene buscaba esa sensación de serenidad absoluta que siempre transmitía Mauricio. Sentada allí, parecía absurda toda la agitación interior y el dolor que la habían estado trastocando. Eso era lo que buscaba fundamentalmente, aunque no era lo único. Había más sabiduría en su maestro que necesitaba imperiosamente.

—En serio, Mauricio, sé que no son formas. Sé que hace mucho tiempo que no sabes de mí a pesar de ser mi supervisor. Sé que no he hecho las cosas bien, pero soy tan egoísta como para venir a reconocértelo a la cara y volver a pedir tu ayuda.

La sonrisa de Irene era vaga y desdibujada y Mauricio lo notó.

—No vienes pues de visita, sino a supervisarte...

—Vengo a todo y quizá a nada... —musitó Irene.

—Eso en nuestro caso resulta demasiado ambiguo, querida. Si vienes a ver qué tal sigue tu viejo profesor y a tomarte un té rojo, está bien. Si has venido a buscar a tu supervisor: está bien también. Sólo intento delimitar el contenido de nuestro encuentro y buscarle un entorno adecuado. Si vamos a supervisar, será mejor que pasemos a mi despacho, ¿no crees, Irene?

Asintió dócilmente y se levantó de la silla. Era una profesional y entendía perfectamente la distinción que estaba estableciendo Mauricio. Ya era complicado en sí como para empeñarse en hacerlo imposible. Le siguió hasta su sala de consultas que era a la vez su despacho. Contempló con afecto el escritorio de madera oscura con su sillón de cuero antiguo que rezumaba horas de trabajo y de escritura. Tomó asiento en uno de los *chester* de cuero mientras él lo hacia en el que se encontraba enfrente. Lo miró de nuevo antes de que la palabra rompiera la intimidad para devolverles a sus respectivos roles. Vio la inteligencia en sus ojos, brillantes aun cuando seguro que ya había coqueteado con los sesenta; vio la sabiduría que le recorría agradablemente la cara en forma de surcos de experiencia, vio... vio justo lo que necesitaba.

—A ver, Irene, cuéntame... Como si ayer mismo te hubieras levantado de ese sillón...

—Sí, te cuento. Tengo un caso que me está perturbando más de lo que esperaba. Creo que el proceso de transferencia es muy grande y aunque pienso que puedo manejarlo, no estoy segura de que sea una idea brillante. No sé, Mauricio, estoy confusa y por eso quería hablar contigo. Tú formas parte de ese coro interno que me ayuda a soportar mi trabajo. Necesito sentarme aquí y oír tu voz. Una voz distinta...

Mauricio supo inmediatamente a qué se refería. La tarea del psicoanalista producía muchas veces una enorme soledad interna y la supervisión era similar a una sala de ensayo en la que un clínico podía escuchar una voz distinta a la que le retumbaba dentro. Irene además confiaba en el efecto poderoso que la integridad de su supervisor producía siempre sobre ella. Mauricio era un buen supervisor. Era, de hecho, considerado memorable por los que habían sido sus alumnos. Había frases magistrales que habitaban continuamente en el interior de decenas de psicólogos y psicoanalistas de todo el país. Irene recordaba perfectamente cómo él le había enseñado que lo más importante en el análisis era mantener la esperanza en ambos participantes. Esa frase revivía en su interior en muchas ocasiones. «Sin suficiente esperanza en que el proceso llevará a una vida más rica, ninguno de los dos será capaz de movilizar el aguante que se requiere para llevar a cabo el análisis», le había dicho muchas veces. Ahora quizá ella llegara en busca de esperanza para ella misma.

—Te escucho, Irene...

—Tengo un paciente, varón, joven, profesional de éxito, que acude manifestando sentir fobia a los eventos sociales que son precisos en su profesión. Durante meses mantiene las visitas sin dar referencias que permitan avanzar en cuáles son las razones de esta fobia. Ni tan siquiera llega a explicitar realmente en qué consiste o cuándo se produce. Estaba a punto de abandonar el caso. No veía forma de trabajar en él y empecé a darme cuenta de que a pesar de nuestra falta de avance, él experimentaba una gran transferencia. Notaba cómo se sentía atraído por mí y empecé incluso a pensar que ése era el motivo de que siguiera acudiendo a consulta, puesto que no colaboraba demasiado en el proceso terapéutico... Así las cosas, intenté manejar esa intensa transferencia a favor de la terapia.

—¿Hablaste con él de ello?

—No, Mauricio, no le he preguntado por si él es consciente de esa atracción hacia mí y no le he explicado la relación con la terapia. No lo he hecho porque creo... Verás, deja que te lo siga explicando.

—Perdona, claro, continúa...

—No lo he hecho porque hubo un momento en que la cuestión reventó. Es decir, su desidia a la hora de traer materiales a la terapia, su falta de colaboración, se quebró con una confesión que, es evidente, cambia todo el sentido del trabajo con él. Bien, te resumo. En un momento dado pudo reconocer qué actividad social es la que le preocupa. No rechaza todas las fiestas, sino unas orgías a las que es invitado a asistir por la persona que le ha impulsado en su carrera y le ha ayudado a triunfar. No puede negarse a aceptar esa confianza, pero se le veía terriblemente conturbado con lo que allí sucedía...

—¿Tiene rechazo al sexo, al sexo en grupo...? ¿Problemas de inhibición moral o religiosa? —preguntó el supervisor.

—No, no, a eso voy. Tras intentar llevarle a ese mismo campo de introspección en el que tú avanzas, resultó que él se quebró. No tendría una palabra mejor para explicarlo. Estaba preocupado por supuestos daños y lesiones recibidos por alguna de las prostitutas...

—¿Estamos hablando de encuentros en los que se producen lesiones y daños? Quiero decir que si lo que le preocupa es estar tapando la comisión de delitos...

—No, no es eso. Espera. Eso mismo pensé yo pero, como te digo, algo se quebró y acabó confesando su propia condición de masoquista. De hecho, las lesiones de las chicas, aceptadas por su pago, no por placer, le conturbaron terriblemente dada su condición de sumiso.

—Vaya, es muy raro ver a un masoquista en consulta. Muy, muy raro y lo sabes. Es interesante la cuestión...

—Por eso. No sé si lo es realmente. A ver, Mauricio, él practica el sadomasoquismo y se identifica con ese rol sexual, pero es como si yo detectara que lo que busca es ser rescatado de ello...

—Cuidado con eso —apostilló su antiguo maestro.

—Si, lo sé. ¿No ves que he venido a verte? —le dijo con una impaciencia no disimulada en la voz—; sé que es un terreno muy resbaladizo. Creo que enamorándose de mí está buscando a gritos ser rescatado de una realidad que le desagrada y ambos sabemos que a los masoquistas no suele sucederles eso, puesto que su perversión les proporciona un gran goce. Por eso creo que hay algo que hay que tener en cuenta más allá de que él se defina de una forma o de que haya tenido encuentros sexuales de ese tenor...

—Bien, como terapeuta puedes guiarle para que explore esa ambivalencia en su interior. Forma parte del trabajo analítico. Si es debido a lo que apuntas o a otra cuestión, sólo podréis averiguarlo si continuáis adelante. ¿Qué te preocupa en concreto, Irene?

—Sé que tiene un ama, aunque él no me lo ha dicho —espetó finalmente Irene.

La mirada de Mauricio se quedó suspendida entre ellos, lo que magnificaba la ligera bizquera que afectaba a uno de sus ojos cuando se concentraba.

—¿Cómo sabría un analista cosas que su paciente no le ha contado, Irene? —su voz sonó como si la forzara para resultar neutra.

—Coincidencias. Su teléfono que estaba sobre la mesa se iluminó con una llamada en la que se leía *Ama Claudia*…

—No tendrías que haber mirado, Irene…

—No sé, Mauricio, ¿no tengo quizá alguna responsabilidad? ¿No tenemos nada que hacer si vemos que nuestros pacientes se precipitan hacia acciones o dejaciones que pueden lastimarles? ¿Debemos asistir paralizados a cómo se destruyen? —El discurso de Irene iba ya *in crescendo* y sin control emocional alguno, y Mauricio lo detectó inmediatamente.

—Nosotros no somos demiurgos, Irene. De nosotros no depende el futuro ni podemos intervenir en él. Eres una buena profesional. ¿Qué te está pasando? Esto no es un problema de manejo de una transferencia, ni siquiera lo es de tu propia contratransferencia, que también la hay. Esto es otra cosa. ¿Quieres hablar de Rubén?

Mauricio era consciente de que tenía ante él algo muy diferente a lo que la profesional había afirmado ir a poner sobre la mesa. Tenía la suficiente información y formación para detectarlo.

Irene permaneció en silencio.

Una única lágrima llena de vergüenza y de miedo se deslizaba a través de su mejilla. Desvalida. Mauricio supo exactamente dónde y cómo tenía que recogerla.

—Irene, querida, ¿has pensado que quizá no necesites solo supervisión para un caso concreto? ¿Quieres que retomemos tu terapia?

La mirada de Mauricio no estaba exenta de ternura y, desde luego, no reflejaba en absoluto la sombra de preocupación que se había cernido sobre su estado de ánimo. Nunca hubiera pensado que Irene diera marcha atrás tras haber tenido una terapia rica y útil tras dejar el Ejército, pero lo cierto es que no podía negarse a percibir lo que tan limpiamente le ponían delante.

—No, no, Mauricio, perdona. No me interpretes mal. Sé lo que estás pensando. Piensas que vuelvo a atormentarme con el tema de Rubén. No, no es eso. En serio. Es cierto que este caso es complejo y que me interesa especialmente. Necesito que me ayudes con ese sentimiento tan fuerte que advierto en mi paciente. En Leo, Leopoldo. Se llama Leo, él... Necesito estar segura de que lo estoy manejando y convirtiéndolo en algo productivo para la terapia, ¿no crees?

—Como tú veas, Irene. Sabes que si realmente no llegaras a manejarlo tendrás que tomar determinaciones. Nunca puedes interpretar fuera de la transferencia y la contratransferencia. Lo hemos hablado muchas veces, pero si bien por tu paciente, bien por ti misma, estos sentimientos tan potentes se van de las manos, tendrás que dejarlo en manos de otro compañero. Sé que lo sabes perfectamente... —le dijo con dulzura.

—Desde luego que sí, Mauricio. Como ves, no he tardado en pedirte ayuda y consejo en cuanto he topado con la dificultad. Todo está bien, en serio. Ya verás que es un caso que tiene mucho interés analítico —le respondió, ya en tono disciplinal, Irene.

El profesional maduro que era no insistió. Sabía que ése no era el camino. No fallaría en su papel que era el de estar allí. Estaría. Como supervisor de un caso complejo o como terapeuta de una mujer que había sufrido experiencias traumáticas importantes, que quizá no había terminado de dejar atrás.

Durante una larga terapia a la que Irene se había sometido al regresar de Afganistán, muchas cuestiones le habían sido reveladas. Cierto era que el secreto profesional las abarcaba de forma completa e incuestionable, pero también que en su mente permanecía tal conocimiento.

Pocas personas sabían el porqué real de la salida de Irene del Ejército. No se trataba sólo del estrés derivado de realidades muy duras a las que había tenido que asistir durante su desempeño en Afganistán. Ésa era la primera capa de cebolla que casi todo su entorno quería adivinar en su defección. Probablemente era la explicación que ella misma animaba a adoptar a los que preguntaban más de la cuenta.

Había una segunda capa de conflicto que sólo las personas muy próximas sabían. Era la muerte de Rubén, su gran amor, durante la última misión en Herat. El dolor había sido inmenso. De una inmensidad que tuvo que agotarse en un espacio pequeño y asfixiante. Un espacio tan pequeño como su propio corazón. No pudo compartir su duelo. No pudo repatriar su cadáver. No pudo velarle ni despedirse. No pudo. No pudo, no más allá que el resto de los integrantes de la Agrupación Libertad. Nadie sabía de aquella relación entre los dos capitanes. Habían decidido que era mejor mantenerla a raya mientras estuvieran en misión.

Y luego estaba el núcleo. Ese núcleo que sólo había quedado al descubierto en la terapia. Como en un reactor nuclear, ésta era una circunstancia de consecuencias imprevisibles. Irene se sentía responsable de la muerte de su amado Rubén, y ahí estribaba el problema, ya que con bastante probabilidad lo era. Era responsable de la muerte de Rubén y de los dos soldados que iban consigo. Aquel error profesional la acompañaría siempre. Y lo había cometido a sabiendas y por amor. Mauricio lo sabía y creía que algo se había vuelto a remover en el interior de la psicóloga, aunque si ella lo negaba no había nada más que hacer que esperar.

La historia era tan simple de relatar como difícil de soportar.

El amor mata.

¿Lo hace?

La capitana Irene Melero había sido convocada como miembro del Equipo de Apoyo al Mando de la Agrupación Libertad para su misión en Afganistán. Feliz de poder trabajar en una misión en el exterior, se incorporó a los dos últimos meses de adiestramiento, en los que se iba a producir la integración de todos los efectivos que participarían en ella y que habían sido entrenados previamente cuatro meses en sus bases de origen, en cuestiones puramente militares. Los dos últimos meses eran fundamentales para crear un equipo compacto que fuera capaz de actuar de forma conjunta, y era en ese momento cuando era determinante el papel de los psicólogos. Allí, sobre la marcha, y mientras todos concluían su preparación, ellos debían de descubrir si alguno de los integrantes tenía algún problema o alguna característica que fuera a ser conflictiva en una situación de estrés importante.

Intimó con Rubén. El capitán Azpiroz era guapo y buen militar. Un chico brillante y con una capacidad de liderazgo que le hacía mágico para sus subordinados. Siempre era *el que más*. El que más caminaba. El que más peso levantaba. El que más se ocupaba de la tropa. El que más se sacrificaba. El que más había logrado llegar al fondo de la capitana Melero en su vida. Nunca hasta entonces había sentido ella aquella sensación de fusión con un hombre. Nunca se había sentido tan imbricada en la misma esencia de otra persona. No importaba nada que hiciera muy poco tiempo que estaban juntos, porque era como si fueran uno. Para Irene se abrió todo un mundo. Vivió por vez primera un amor como los que siempre le habían relatado. Profundo, arrebatador, tempestuoso. Un amor que estaba por encima de todo, por encima de ella misma. Un amor que daba sentido a todo y que no dejaba resquicio para nada más.

La labor de Irene Melero era sencilla y a la vez crucial. Mediante test y pruebas, conversaciones y observación, en sus manos reposaba la responsabilidad de detectar cualquier problema psicológico en los integrantes del contingente. Si algo aparecía fuera de lugar sólo tenía que ir directamente al coronel y exponerle el caso. Podía proponer directamente la baja para la operación o bien referir el problema al jefe y que éste decidiera. En el fondo, era lo mismo. Ningún jefe se arriesgaba a llevar a una operación a cualquiera que presentara un mínimo problema.

Por este motivo, era fundamental ser muy estricta. Irene sabía que para muchos de los soldados y oficiales, aquella misión era o una ilusión profesional muy grande o una ayuda económica decisiva para ellos y sus familias. Sacar a alguien de ella era una putada que había que dosificar con pulso firme. Lo que no esperaba era que el problema le llegara de una forma tan desgarradora. Los test comenzaron a dibujar ante sus ojos un capitán Azpiroz algo más egocéntrico de lo que ella hubiera deseado. Eran test. Ella sabía cómo era su amor. También apuntaban a un cierto carácter ciclotímico del que los manuales alertaban, ya que podía dar lugar a episodios de irresponsabilidad en situaciones de estrés supremo. Pero Rubén no era así. Era la persona más responsable, cariñosa, atenta y pendiente de los demás que había conocido. Aun así, Irene hubiera preferido que las pruebas hubiesen sido más limpias, más claras, menos inquietantes.

Empezó a pensar que la detección de ciertas condiciones psicológicas a través de pruebas no era demasiado certera. En todo caso, su alma profesional era más psicoanalítica que conductual, así que podía permitirse pensar que tal vez todo no se podía medir a base de juegos de prestidigitación de psicólogos. No quería ni plantearse sacar a Rubén de la misión. No podía imaginarse el dolor que sufriría él al perder esa oportunidad profesional, ni el que sentiría ella al no tenerlo a su lado durante todo aquel tiempo.

Pasó página mental. Ni siquiera indagó en aquella capacidad de brillar por encima de todo, ni estudió si en realidad ésta ocultaba inseguridades o complejos que en alguien con responsabilidad de mando resultarían inaceptables.

El amor no es ciego, pero nos ciega.

Salieron hacia Afganistán. Todo podía haber transcurrido sin más incidentes que los producidos por una situación complicada y casi bélica que no se había explicitado como tal al país. El trabajo era sofocante para los militares y también para todos aquellos especialistas que les acompañaban. La dureza de la misión y los daños que algunos de sus miembros conservaban de misiones anteriores en Irak le habían dado mucho trabajo a la capitana Melero. Pero lo peor había sido ir descubriendo los pequeños histerismos de Rubén cuando estaba bajo mucha tensión. No dijo nada. Prohibió a su mente que formara los pensamientos para los que estaba entrenada. No procesó lo que en otros era una señal de alarma clara.

Era su amor. No podía pasar nada. No había nada como aquel sentimiento total.

Hasta que al capitán Azpiroz alguna de sus *orejas* le dio un chivatazo sobre la situación de un depósito de armas de los insurgentes. No le dijo nada a Irene. Él era el mejor. Él era el más valiente. Él. En mitad de la noche decidió salir por su cuenta acompañado de un conductor y un operador de radio de su compañía. Ninguno de ellos se cuestionó siquiera seguir las estrellas del capitán más luminoso que habían conocido nunca. Ellos también pensaron que se apuntarían un tanto increíble cuando lo localizaran. Azpiroz no había informado a su jefe ni había contrastado la información con la sección de Inteligencia. El capitán bonito no montó el dispositivo de seguridad reglamentario ni siguió las tácticas y procedimientos estandarizados. ¿Para qué? Se sentía invulnerable y quería demostrar que era el mejor.

Salieron en plena noche en busca del depósito y nunca llegaron a saber si existía o si era una simple añagaza. Algo explotó bajo sus ruedas y se los llevó del mundo. Todo recibió su nombre en el informe y los IED, los explosivos de circunstancias, eran la pesadilla de aquella misión. Sólo Irene pudo identificar aquella acción irreflexiva. Sólo ella sabía que todo aquello se podía haber evitado dejando a Rubén en casa.

Mauricio había asistido al intento de perdón en el que Irene se tuvo que embarcar para seguir viviendo y para seguir ejerciendo. Había sido muy duro y muy costoso. Habían triunfado a pesar de todo, pero el experimentado psicólogo siempre temía que el armazón que la terapia había construido no fuera suficiente algún día. No obstante sabía que Irene era una magnífica profesional y una gran persona. Nunca la desanimó de su intención de seguir ayudando a otras personas. No había por qué. Quizás ahora se estaba preocupando en demasía. Tal vez estaba poniendo parches donde no había aún heridas y sólo se vislumbraba su empeño en no dejarse pasar nada.

Irene era una gran chica. Le gustaba verla. Quería ayudarla.

CAPÍTULO 9

12 de noviembre de 2015

Marcelo Soto estaba a punto de salir de su despacho. La noche se había desplomado ya del todo sobre el palacete del Paseo de la Castellana, 5. Dispensaba un último repaso a algunos informes que sus colaboradores le habían dejado para preparar las reuniones del día siguiente. Un día relativamente tranquilo. Tenía buen cuidado de introducir siempre en su pensamiento un adverbio que matizara. Uno se acostumbra a todo. Hasta las tensiones y los problemas de Estado admitían una gradación que te podía llevar a respirar satisfecho, simplemente con que no hubieran convertido tu poltrona en una puta silla eléctrica. Había sido uno de esos días y la cena tampoco se presentaba complicada. Compromisos más de sociedad y representación que de otra cosa.

No había terminado de completar el pensamiento cuando uno de sus móviles comenzó a sonar sobre el cuero verde que cubría parte de su mesa de trabajo. Levantó la vista sobre las gafas de ver y miró. Era el semiprivado. No era el oficial ni era el privado ni el secreto, sino el semiprivado. El que les daba a aquellas personas que debían sentirse suficientemente valoradas y cercanas pero sin pasarse. Ya el hecho de tener un móvil del ministro del Interior les debía de gratificar el ego suficientemente. Lo miró con renuencia. La vibración continuaba dejando ver iluminado el nombre del contacto: Valbuena. ¡El bueno de Valbuena! No llamaba nunca. ¿Qué tripa se le habría roto a las nueve de la noche de un jueves? La llamada cesó. Soto se despreocupó y volvió a la línea que le ocupaba. El teléfono volvió a interrumpirle. Era de nuevo Valbuena. Pues era raro. No llamaba nunca y ahora insistía. Claro que para algo importante le hubiera llamado Enrique al privado o al otro, dependiendo de para qué fuera. Algo raro pasaba. El ministro del Interior echó la mano, asió el móvil y finalmente atendió la llamada.

—¿¿¿¿Síiii????

—Hola, Marcelo, buenas noches. Disculpa que te moleste a estas horas, pero no me queda otro remedio...

—Dime, dime, Gregorio. No molestas en absoluto. Cuéntame...

—Marcelo, ¿puedo hablar sin problemas?

—Mis teléfonos son revisados casi cada día. Están limpios. Sí, dime sin preocupación. ¿Qué te pasa, Gregorio? —le dijo el ministro cada vez más inquieto. Aquello sonaba a problema a la legua.

—Acabo de encontrar muerto a Enrique.

El tono de Gregorio Valbuena intentaba ser neutro, pero sonaba lleno de malos augurios. Por encima del sentimiento más o menos fugaz que le produjera el saber que su amiguete y compañero de fatigas les hubiera abandonado, le pesaba la certeza de que Gregorio había sentido la necesidad de llamarle a él. Esto no presagiaba nada bueno.

—Muerto, dices.

—No le ha dado un infarto precisamente. Digo muerto porque ignoro si debo decir homicidio, asesinato o qué demonios. —Valbuena no se sentía capaz de seguir entrando en la piscina poco a poco—. Estoy en su picadero. Está muerto. Lleva una máscara y tiene un consolador o algo así metido en el culo. ¡Esto va a ser terrible, terrible! Para la empresa, para la familia, para el entorno... ¡No te imaginas, Marcelo!

Marcelo sí se imaginaba. No era ministro de Cultura. Podía imaginarse casi todo. Conocía a Enrique lo suficiente como para no mover un músculo al oír aquello. Sintió, no obstante, un retortijón de miedo. ¿Aquel cabrón no habría guardado nada comprometedor? ¿No habría llevado al piso a las mismas chicas que a Modesto Lafuente? El escándalo iba a ser de los que un país no olvida; pero el pobre Enrique ya estaba muerto. Otros seguían vivos y corrían más riesgo. Él corría riesgo. Aquello iba a ser complicado de manejar.

—Tranquilízate, Goyo. Has hecho muy bien en llamar. ¿Quién lo ha descubierto? ¿Tú, o te han avisado?, ¿cuánta gente lo sabe? —intentó transmitir calma.

—Estoy yo con una mujer de la limpieza. He tenido que traerla porque conocía la dirección y tenía llave. La tengo en la habitación de al lado. Está en estado de *shock.* No la he dejado moverse de aquí. Abajo está mi chófer y no hay nadie más... Te he llamado inmediatamente.

—Has tomado una decisión muy acertada. Vas a tener que esperar a la policía, pero voy a mandarte a un comisario con unos hombres de confianza. Ellos te explicarán. Yo no puedo acercarme. Lo haría con gusto para darte un abrazo y apoyarte, pero no debo. Vas a tener que esperar allí con la mujer esa. Los policías cuando lleguen te explicarán mejor de viva voz..., ¿de acuerdo? Siento que no te puedas ir de allí ya... No avises a nadie aún. Espera en otra habitación. ¿Me das la dirección exacta?

Mientras tomaba nota, tenía ya la cabeza en los siguientes pasos que debía dar. El comisario Rominguera se desplazaría hasta allí con un par de inspectores. Evidentemente no iba a ser alterado nada sustancial en la escena del crimen, si bien ellos serían cuidadosos para diferenciar lo que era policialmente relevante de cualquier otra cosa que pudiera comprometer a terceras personas. No a todas las terceras personas, sino a las que interesaban. Una muerte violenta es como un huracán arrancando casi todas las barreras que protegen la intimidad de la víctima y de sus allegados. Lo peor de que te maten, al menos para los vivos, es perder el honor y el respeto. Todo era visible. Eso acababa con la poca dignidad que quedara alrededor de cualquiera. Nadie está libre de culpa y todas quedaban al aire en una investigación. En el caso de Enrique González-Weimar, eso era aún más crudo. Enrique era más rico, más importante, más poderoso y más golfo que ninguno. Bien lo sabía él. Nada podría impedir que su asesinato revolviera los cimientos de su emporio y de su familia. Incluso los de la aún pacata sociedad española. Lo que había que conseguir ahora era que esa bomba atómica no afectara con su radiación a nadie más. Y mucho menos a su carrera política.

Cogió el teléfono interior del Ministerio y ordenó que buscaran a Rominguera y que se presentara urgentemente en su despacho. No quería dejar rastro de sus instrucciones.

Al otro lado de la línea, Gregorio Valbuena sintió una sucesión de escalofríos. El aire nocturno seguía agitando las cortinas. Se había olvidado de preguntar si podían cerrar las ventanas. Se estaban helando. Luego pensó que siempre se dice que no hay que alterar la escena del crimen, así que se sacó los guantes del bolsillo y se los puso. En la cocina estaba la mujeruca que se había hecho una infusión de las que encontró allí. Tampoco sabía Gregorio si aquello era aceptable. ¡Estaban tocando cosas! Ya lo explicarían. Mientras, le dijo a la mujer que debían esperar a la policía y le pidió un poleo menta. Hubiera querido un güisqui, pero las bebidas estaban en pleno salón y aquello sí era territorio de la investigación y, además, no quería volver a ver a Enrique o a su despojo de nuevo. No podía quitarse de la cabeza la visión ignominiosa de su socio.

Goyo sabía que Enrique era un faldero. Más aún, sabía que Enrique no sólo tenía amantes sino que era un putero rayano en la obsesión. Intuía que había saltado muchos límites hacía mucho tiempo, pero... no lo imaginaba así. No hubiera apostado nunca porque le gustara... le gustara ¡lo que fuera que fuera aquello! ¡Un hombre como Enrique! Incluso no le habría sorprendido si hubiera sido él el que empuñara el látigo, pero aquello, ¡aquello era una porquería! Un hombre como él... Sodomizado. Enmascarado y con aquella pelota metida en la boca. Atado. Era indecente. Para Valbuena era peor que indecente. Era inasumible. No lograba predecir lo que podría significar para Weimar Corporación. ¡Iba a dar la vuelta al mundo aquello! No había imagen corporativa que soportara tener un presidente al que le gustaba que le humillaran y maltrataran. No, no la había. Y luego estaba Estefanía. No era sólo que su dolor y su vergüenza fueran a ser del dominio público, no. Cuando se enterase de lo que había, hasta ella desearía que todo hubiera quedado en que se supiera que era una cornuda. Esto superaba cualquier expectativa. Tendría que ser él el que le diera la noticia. Una punta de acidez le remontó el esófago.

Dejó que la infusión le abrasara el gaznate. Valbuena tenía su propia puntita de masoquismo irracional. Le consolaba sentir el dolor liviano que el líquido le proporcionaba, como si aquello le hiciera ser más consciente de que todo lo que pasaba era absurdamente real. El silencio sólo se acompasaba con las rachas de viento que irrumpían a ratos por las abiertas ventanas. Una llamada llegó al fin.

—¿Don Gregorio Valbuena? —le preguntó una voz de hombre que sonaba como si un gargajo se le hubiera quedado atravesado en la garganta.

—Yo mismo.

—¡Buenas noches!... Perdón, es la costumbre. Soy el comisario Rominguera. Estoy en la calle Ruiz con dos de mis mejores inspectores. Vamos a subir. Le rogaría que estuviera atento y nos abriera cuando demos unos ligeros golpes en la puerta. No nos hacen ninguna falta vecinos curiosos alrededor...

—Cuente con ello, comisario —musitó Gregorio.

No le quedaban fuerzas al vicepresidente para ser menos lacónico. Era evidente que en ese mismo instante terminaba el interludio del drama que iba a tener que vivir en primera línea.

Los golpes sonaron como los toques de batuta de un director.

Gregorio Valbuena, vicepresidente de Industrias Weimar, abrió la puerta presto a exhibir la desgracia que se había abatido sobre todos ellos.

Los policías penetraron en el apartamento subrepticiamente, como si ellos fueran los delincuentes.

Una vez cerrada la puerta, Rominguera tomó la palabra.

—Aquí estamos. Tengo entendido que hay otra persona con usted, ¿no es así?

—Si. La mujer de la limpieza. Está en la cocina...

—Bien. Bustos, vaya usted con ella. No se muevan de la cocina hasta que yo se lo indique. Apacígüela. Ya sabe...

El comisario y el segundo de los inspectores se quedaron a solas con Valbuena.

—Señor Valbuena, ahora nosotros vamos a entrar con usted en la escena del crimen —le dijo con su voz atiplada el comisario. Gregorio les siguió sin réplica.

Allí seguía el cadáver de Enrique, entre cortinas movidas por el viento. La escena tenía en sí misma un efecto teatral no exento de cierta belleza tétrica.

—¿Está seguro de que es su socio incluso con esa máscara puesta? —le espetó el policía.

—No se me ha pasado por la cabeza otra cosa. Ha desaparecido, éste es su apartamento de soltero...

—¿Puede acercarse e intentar una identificación siquiera somera por las partes del cuerpo que están descubiertas?

Gregorio no supo decirle que nunca le había visto la polla ni el culo al presidente de la compañía. En lugar de eso, se acercó modosito y se aprestó a mirar los ojos del cadáver. Eran inconfundiblemente los ojos de Enrique. Vacíos y abiertos. Se estremeció contemplando la mirada perdida de la muerte. No obstante, aquellas pupilas habían pertenecido a su socio. Las había mirado muchas veces en vida. Las suficientes para saber que eran capaces de mentir sin inmutarse, como quizá iban a seguir haciendo incluso después de muertas.

—Es él, sin duda. Uno de sus iris siempre viró un poco más al gris que el otro. No tengo duda sobre eso —dijo lentamente.

—En ese caso vamos a proceder a realizar una preinspección. Nosotros no somos competentes para la investigación de este caso. Sólo vamos a hacer... haremos lo que podemos llamar una labor previa. Nadie quiere que cualquier cosa ajena al crimen acabe colándose en los informes policiales o se filtre a la prensa, ¿estamos de acuerdo?

La mirada del comisario no dejaba lugar a dudas: no era una pregunta.

En cualquier caso, Gregorio se había puesto en manos del ministro y confiaba en que tomaría las medidas adecuadas.

Se quedó de pie e inmóvil mientras los policías, pertrechados con guantes y gorros, recorrían el apartamento. Les oyó entrar en el vestidor y les siguió hasta allí. Con algún tipo de instrumento fueron abriendo los cajones y armarios cerrados.

—Nadie lo notará...

Todo el arsenal de instrumentos al servicio del placer y del dolor se desplegó ante sus ojos. Rominguera no hizo comentarios coñones por respeto a Valbuena, pero no dejó de pensar para sí en la cantidad de vicio que tenían algunos. Eso y el escándalo que se iba a formar, que iba a ser de aúpa. Colgados había monos de látex y en una de las hojas, baldas con diferentes tipos de máscaras. Algunas producían verdadera claustrofobia. Vieron también una sucesión de *dildos* de bolas de cristal —algunos realmente enormes— y también de silicona junto a arneses con miembros de varios tamaños. Dilatadores, *plugs* anales. No faltaba un detalle.

En uno de los altillos de los armarios apareció una caja de seguridad. No estaba encastrada. Los policías la bajaron y la dejaron sobre el suelo.

—Esto se viene con nosotros. No creo que lo necesiten para nada los de homicidios...

Siguieron su recorrido por el apartamento. No prestaron atención al cadáver. Estaban en otra dinámica. Entraron al dormitorio y en el armario encontraron la ropa que el difunto había llevado puesta antes de empezar la sesión. Allí estaba su documentación, su cartera, pero no había ningún teléfono.

—Perdone, don Gregorio, ¿solía su socio andar por ahí sin teléfono? —preguntó el inspector.

—No, no lo hacía nunca. Está en el frigorífico. Lo he visto antes cuando nos hemos preparado algo en la cocina y he estado buscando a ver qué había para beber —musitó el vicepresidente con cierto deje de derrota.

—¡Qué precavido! ¿No lo habrá tocado?

—No, no. No hemos tocado más que las tazas y el microondas. Hacía mucho frío y no sabíamos si podíamos cerrar las ventanas, así que...

—Tranquilo —dijo el comisario mientras el inspector ya se había ido a la cocina y traía sobre sus guantes de látex un móvil de última generación.

—¿Es el teléfono corporativo?

—Es su teléfono. Enrique sólo llevaba uno. No sé si simultaneaba varias líneas o no; el caso es que siempre usé el mismo número. Todo pasaba por ese móvil y lo que no le interesaba lo gestionaba a través de su secretaria. No creo que exista otro teléfono, o al menos yo no lo he visto nunca.

—De acuerdo. Pues éste se viene con nosotros. Usted no lo ha visto aquí. Dejemos que piensen que se lo han llevado..., ya aparecerá si es menester después, cuando estemos seguros de que no hay nada comprometedor para terceros aquí.

—Ustedes buscan algo concreto, ¿no es así? —inquirió Gregorio.

—Sí, evidentemente. Buscamos fotografías o material comprometedor. Para él o para otras personas. Cálmese y déjenos hacer. Eso es bueno para usted, para la empresa y para la familia. Bastante va a ser gestionar esto. No dejemos que toda la vida privada de su socio y sus conocidos inunde el país. ¿No le parece? —susurró persuasivo Rominguera.

—Me parece. Todo me parece si controlamos algo las consecuencias de esta deflagración. La vida de mucha gente va a saltar por los aires en cuanto esto se sepa...

Habían vuelto a desplazarse hasta el lugar donde se encontraba el patético cadáver. Rominguera se quedó plantado frente a él, pensativo. Se acercó al oído del inspector y le susurró algo. Éste asintió.

El inspector se aproximó a la parte trasera del cuerpo y sacó una bolsa de plástico de las utilizadas para pruebas, del bolsillo de la americana. Se detuvo un momento y... de un movimiento rápido extrajo del culo el *plug* y lo metió en la bolsa. Miró con cierta expresión de asco al comisario, como para refrendar que la misión había sido cumplida.

—Se habían dejado algo, don Gregorio. Así está más presentable, ¿no cree? Por si alguien habla más de la cuenta o alguna cosa se filtra. No queremos a la cuarta fortuna de España en la portada de los medios financieros internacionales con esta cosa metida en el culo, ¿verdad? En las portadas, desgraciadamente, va a estar. Les ahorraremos a los vivos esta humillación suplementaria.

Gregorio asentía como un perro polvoriento de los que se llevaban en la luneta trasera del coche en su infancia. No le quedaban fuerzas para más. Aun así, su mente no podía parar de funcionar.

—Pero ¡la mujer de la limpieza lo ha visto!

—No se preocupe demasiado. Está muy nerviosa y lleva un rato hablando con Bustos. Lo único que querrá es tener el menos lío posible y olvidarse de esto rápido. Déjelo en nuestras manos.

Valbuena era un hombre de acción, mas nunca antes había ansiado tanto delegar un asunto en otras manos. Asintió de nuevo.

—Bien, pues ahora ya puede hacer la llamada —dijo en una pura flema el comisario.

—¿La llamada?

—Sí, claro, hay que llamar a la policía.

El vicepresidente le miró con estupefacción no contenida. Estaba deseando largarse y una gota de sudor le recorría la calva a pesar del frío que hacía allí.

—Hay que llamar a la policía y que la llamada entre en la mesa del 091 como todas. No se preocupe, le insisto. Hágalo como le decimos y todo irá bien.

—Pero, ¿ustedes van a estar aquí cuando lleguen?

—¡Desde luego que no! Usted se va a quedar aquí esperando y les va a recibir como uno recibe a la policía cuando ha descubierto un cadáver, ¿de acuerdo?

—Pero está la mujer. Ella les dirá que ha habido otros policías antes...

—No, ella no dirá nada porque Bustos se la va a llevar a su casa. Ella está convencida de que ya ha prestado declaración. Su testimonio de momento no va a aportar nada. Cuando sea necesario hablar con ella, el jefe de la Brigada de Homicidios sabrá de qué se trata y todo quedará claro. No hace falta que todos los efectivos se enteren de que nos hemos dado una vuelta por aquí, ¿no cree, Valbuena? No queremos que el ministro se vea complicado en esta cuestión, ¿no es cierto? Queremos que nos siga echando una mano para que esto no se lleve por delante a su empresa, a los trabajadores, a la familia de este hombre y quién sabe a cuánta gente más, ¿no le parece?

—Me parece complicado, pero tienen toda mi confianza. Marcelo, el señor ministro, tiene toda mi confianza. En todo caso me preguntarán cómo he entrado...

—Dígales que consiguió una llave de la limpiadora. En realidad no tenía por qué haberla traído con usted —dijo, sibilino, el policía.

Sonó como un reproche a su torpeza. Valbuena no contestó.

—Perfecto, pues. Nosotros nos vamos. Primero, Bustos con la limpiadora. La llevará a su casa. Un instante después, nosotros. Cuando se cierre la puerta, saque su teléfono y marque el 091. No hace falta que interprete. Ningún policía esperará que un hombre como usted pierda la sangre fría ante una tragedia como ésta —concluyó Rominguera.

Valbuena volvió a asentir, doblegado por la practicidad del comisario.

No dijo nada.

Simplemente se quedó detenido en mitad de la habitación mientras oía un primer golpe de puerta que se llevaba a la mujer y al tal Bustos; y un segundo, un poco más fuerte, que hizo desaparecer al comisario Rominguera, al otro inspector y unas cuantas cosas que deberían haber estado allí. Suspiró. El ministro sabría lo que hacía.

Marcó el 091 por primera vez en su vida.

Esperaba estar a la altura. Con toda frialdad notificó que acababa de encontrar el cadáver de su socio, Enrique González-Weimar, en su apartamento *de soltero*. Al otro lado del teléfono todo debió ponerse en marcha. Sólo le dijeron que esperara, que en un momento estarían allí los de homicidios.

Miró su reloj de pulsera. Llevaba tres horas en aquel apartamento y le parecía que le habían caído encima tres años de golpe.

CAPÍTULO 10

El sueño no terminaba de alcanzarle, pero Mauricio tenía ya la sabiduría suficiente para descansar en su insomnio. Controlaba perfectamente los nervios irritantes que le producía antaño estar contra la almohada sin esperanza alguna de lograr dormir. Ni siquiera saber que al día siguiente tenía que rendir le inmutaba. Ahora, cuando llegaba el tiempo en vela, se limitaba a guardar consciencia de él mismo y de su entorno. Estiraba sus piernas para sentir las sábanas de algodón limpias. Oía el silencio que penetraba la casa a pesar de hallarse en el centro de Madrid. Era plenamente consciente del estado de beatitud al que había conseguido llevar su existencia y que le permitía tener momentos casi perfectos a los que había convenido en llamar felicidad.

Marta dormía a su lado. Su presencia constituía parte de esa sensación de confortabilidad, de contento en la propia existencia que le invadía. La breve luz que entraba por las rendijas de la persiana le permitía ver la curva de su joven cuerpo extendido y confiado. Le gustaba recrearse en aquellas líneas definidas y firmes. Podía tocar levemente su piel aún ignorante del tiempo. No era lascivia, era paz. En eso Mauricio se elevaba por encima del ruido de los machos de su generación. Marta era quince años más joven que él, eso era cierto, mas no la amaba por su juventud o por su belleza sino por la serenidad que le aportaba. No le creerían si explicara que hubiera deseado que fuera algo mayor para evitar precisamente lanzar la imagen de una relación prosaica y convencional entre hombre maduro que aportaba estatus y mujer bella y joven que daba aquello que no se puede recuperar. Marta era joven y era atractiva, al menos para él. No era una belleza convencional ni un *pibón*, como decían ahora. No se trataba de la atracción otoñal por una tía buena, como se decía en su época. Era una comunión mayor y no deseaba que nadie la manchara con otro pensamiento. Por eso habría deseado que no fuera tan joven. Pero lo era y a Mauricio le gustaba descansar su vista sobre su juventud sedosa sólo por sentir que la vida seguía latiendo con ritmo a su lado.

Marta era una joven madura y asentada y —pensaba a veces su amante— tal vez un poco antigua en sus convicciones. Marta tenía convicciones. Las tenía más allá del culto a la experiencia, de la prisa por experimentar y hacer muescas en una supuesta mochila de vida devorada a dentelladas, que eran la bandera de su generación. Aun así, había sido capaz de devolverle la paz a Mauricio, de restaurarle el sosiego, de inundarle no de ella sino de él mismo recobrado. La miraba en su desvelo con ternura y reconocimiento, con un deseo no de protegerla sino de alumbrarle el camino, pero simultáneamente, con el ansia de dejarse arrastrar por ella a ese terreno en el que cada día es tan emocionante como un estreno.

La sentía a la vez, no debía engañarse, como un imán de deseo y de placer en el que se dejaba llevar sin mantener consciencia alguna de que entre ambos mediara un abismo cronológico. No lo había para ellos aunque jugaran a recordarse, entre bromas y dolor, que habría mares que sería imposible ya surcar juntos. Mauricio depositó un leve beso junto al cuello de su amor —lo era, Marta era su amor— y se dispuso a girarse sobre el otro costado, seguro de que sería más factible intentar llamar al sueño en aquella otra postura. La vida irrumpió en forma de sonido. El móvil de Marta, que estaba en la mesilla seguramente silenciado, la despertó casi sin sobresalto, como si estuviera entrenada para entrar y salir de los brazos amorosísimos del sueño sin pena y sin remisión. Mauricio pensó de forma fugaz en que quizá algún día la vida le llamara para salir de los suyos con la misma premura. La voz de ella le sacó de estos vericuetos peligrosos y amenazadores.

—Sí, sí, soy yo... Ya supongo que es algo urgente, Blas, si no, no me llamarías a las cuatro de la madrugada —dijo sin ni siquiera un leve toque de somnolencia en la voz.

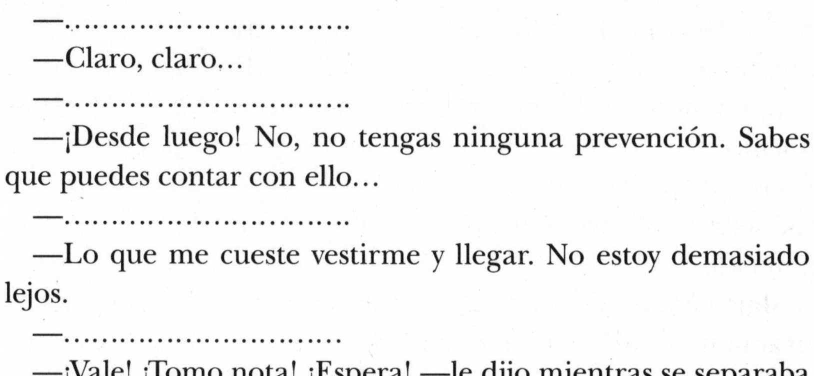

—..............................

—Claro, claro...

—..............................

—¡Desde luego! No, no tengas ninguna prevención. Sabes que puedes contar con ello...

—..............................

—Lo que me cueste vestirme y llegar. No estoy demasiado lejos.

—.............................

—¡Vale! ¡Tomo nota! ¡Espera! —le dijo mientras se separaba el teléfono de la oreja y apuntaba algo—. ¡Hecho, te veo allí en un rato!

Cortó la llamada y miró a Mauricio con un rostro serio pero sereno.

—Me tengo que ir, cielo. Hay un homicidio con detalles y circunstancias muy particulares. Creen que va a ser muy importante en este caso nuestro papel, así que quieren que llegue a la escena del crimen para poder hacer una autopsia psicológica completa y para que pueda obtener impresiones de primera mano...

—No hace falta que me expliques —susurró Mauricio mientras se apartaba hacia atrás su pelo leonino y entrecano.

—Me han pedido, de momento, la mayor reserva. Quieren conseguir que el tema salte a la prensa lo más tarde posible.

—No necesitas decirlo. ¡Anda, date prisa! —le dijo con comprensión y afecto.

Marta saltó de lecho y pasó en un santiamén por la ducha. Se calzó sus vaqueros y su jersey y se puso unas botas planas de caña. Iba a pasar mucho rato de pie. Selló la complicidad con su pareja con un beso tierno y, tras bajar las escaleras, salió cogiendo al desgaire un anorak que estaba en el perchero de la puerta de entrada.

Mauricio se quedó plácidamente solo. Pensó en lo teatralmente que se trata la soledad a veces. No sólo en el arte sino en la vida como remedo de éste. Lo sabía por sus pacientes. La soledad alimentada por la certeza de que Marta formaba parte de su vida le pareció tan confortadora que le fue amodorrando poco a poco hasta vencerle finalmente en un sueño profundo.

La psicóloga de la Sección de Análisis de Conducta llegó enseguida a la calle Ruiz. Cuando le abrieron la puerta del piso detectó la actividad frenética que ya estaba acostumbrada a ver cuando sus compañeros de la Científica desmenuzaban los elementos de una escena del crimen. Marta, sin embargo, se quedó un segundo quieta en la puerta del dormitorio. Al principio los compañeros que estaban allí ni siquiera repararon en su presencia. No dijo nada. Era parte de su método. Marta permaneció un momento allí contemplando de forma neutra el cadáver del hombre importante para intentar asimilar una primera sensación que para ella era fundamental. Desde el primer momento se dio cuenta de que estaba ante una situación muy peculiar. No tanto por la identidad de la víctima, a eso se dedicaría más tarde, sino por la constatación de que aquella escena del crimen no había sido decidida por el o la homicida, sino que su elección había sido determinada por la propia víctima. Era normal que ante un crimen violento, el propio cuadro en el que se había producido aportara elementos psicológicos del autor. Por qué el agresor había elegido un espacio y no otro, por qué los objetos o la víctima aparecían dispuestos de un modo u otro, todo ello arrojaba información psicológica sobre el agresor. Un escenario de masoquismo masculino de un hombre de aquellas características hablaba más de lo que la víctima había buscado que de la elección de la asesina. Marta ya estaba pensando en femenino. Era la información primaria que suscitaba aquel cuadro. El viento seguía moviendo las cortinas para completar la escenografía y las luces indirectas estratégicamente dispuestas hablaban de un decorado muy estudiado, pero no para el crimen sino para la perversión.

La psicóloga se sustrajo al curso de sus pensamientos y se obligó a circunscribirse al método que le habían enseñado en la Policía. No era un escenario complicado por su violencia o por el ensañamiento o por lo nauseabundo del resultado de la acción homicida. No había sangre, no había vísceras, no había excrementos ni vómitos ni putrefacción. De todos esos elementos había tenido experiencias suficientes. Era otro tipo de sensación amenazante la que se respiraba allí. No era sino un estrangulamiento; aun sin autopsia, sus compañeros no tenían duda, pero la escenografía ritual lo llenaba todo. Por eso les habían llamado a todo correr. Bueno, por eso y porque el cadáver maniatado y enmascarado en látex era el de la cuarta persona más rica del país.

Marta se acercó todo lo que pudo al cadáver. Del cuerpo emanaba una vaharada que mezclaba el sudor almizclado que debía haber producido la adrenalina en los últimos instantes de su vida y el del líquido seminal que sin duda se había llegado a derramar. La psicóloga se obligó a no ver una escena de crimen sino una de placer. Inicialmente lo había sido. Repasó con la vista la máscara que cubría la cara del hombre. Puede que él hubiera dado las instrucciones, aunque también que algunas de ellas hubieran sido acometidas por la asesina en función de sus necesidades o sus motivaciones. Había estudiado las perversiones con cierta profundidad en su tesis. Las conocía psíquicamente y también prácticamente. Era evidente que por ese motivo su jefe la había llamado a ella y no a ningún otro de sus compañeros de unidad. Había muchos tipos de máscara de sumiso. Las había de cuero y de látex y hasta las había visto con forma de animal, incluso de cerdo, para acrecentar el sentimiento de humillación. Aquella destacaba por ser de las que incorporaban también una mordaza. Eran relativamente comunes, pero no le cabía duda de que si la elección había sido hecha por la *dómina*, ésta había escogido la que evitase cualquier tipo de queja cuando llegara la hora de la verdad. Aunque...

—¡Gordo!, una pregunta, ¿tenéis alguna duda respecto a si fue un accidente dentro de una sesión que se fue de las manos? —preguntó al compañero de la Científica que estaba en la habitación.

—¡Míralo tú misma, bonita! —le dijo con una sonrisa—. ¡Mira las muñecas, anda, no me seas!

No era la primera vez que trabajaban juntos.

Marta dirigió la vista efectivamente hacia las muñecas del cadáver. No le costó ver, porque iba buscando algo, que además de las cuerdas utilizadas para el *bondage* se podían ver unas tiras negras entre ellas. Bridas. Aquello era, desde luego, definitivo. Era muy extraño que un masoquista se hubiera dejado maniatar con un elemento del que, una vez se tiraba de él, era imposible deshacerse sin ayuda. Aun así, ella no lo vio tan claro como su compañero. Puede que estuvieran ante un juego extremo, muy extremo, tan extremo que hubiera sido dispuesto expresamente para flirtear con la muerte.

—Veo las bridas, pero eso no es definitivo, ¿cierto? Podría haberlas pedido él, aunque, desde luego, no es lo habitual.

El Gordo la miró con una mueca de escepticismo.

Marta, sin embargo, en sus notas dejó un lugar para la duda. En su momento había estudiado casos de masoquismo que resultaban increíbles, si bien eran tan reales como inasumibles. Había trabajado teóricamente sobre el testimonio médico de un hombre que había sido tratado en un momento dado por médicos de un servicio de urgencias. Ante ellos, tras un accidente de coche, había llegado un cuerpo que les dejó estupefactos. Un cuerpo de un hombre vivo. La descripción que habían hecho en su manual no dejaba lugar a dudas:

«Hombre de mediana edad con cinco tatuajes dispuestos sobre su cuerpo en zonas no visibles con ropa. Los tatuajes, escritos en español, rezan:

Soy una sucia
Soy una mierda viviente
Hago que me cagues y me mees en la boca y lo hago con placer
Soy una guarra, dame por el culo

El cuerpo no presenta ombligo sino una especie de cráter vacío. El hombre relata que es producto de haber introducido en él plomo fundido y haberlo remetido con una vara. Mostraba signos de que le habían sido arrancadas tiras de piel de la espalda. El hombre relata que le habían sido introducidos varios ganchos para colgarle mientras un hombre le penetraba. Falta un dedo de la mano derecha que afirma le ha sido amputado con su consentimiento. El ano presenta un índice de dilatación que no permite su vuelta a la normalidad. El cuerpo presenta marcas de agujas que lo han atravesado por todas partes. Las radiografías muestran agujas de fonógrafo introducidas en la piel del escroto y en los testículos. Presenta un glande que ha sido cortado con una cuchilla de afeitar para agrandar el orificio. Ante los resultados de los análisis, el hombre refiere una ingesta diaria de orina y excrementos.»

Marta sabía que era la descripción más extrema que había leído de un caso de masoquismo masculino. Aunque resultara incomprensible para muchos, el masoquista es una persona que sufre una intolerancia particular hacia la angustia. No soporta que ésta aumente y es por ese motivo, según algunos expertos, por el que huye del placer: para ponerse a salvo de la angustia.

Sabiendo que las cosas podían llegar realmente a tal extremo, ¿por qué negar la posibilidad de que Weimar hubiera querido realmente ser inmovilizado de una forma irreversible?, ¿por qué pensar que él mismo no había solicitado ser silenciado para evitar una eventual marcha atrás en sus intenciones?

Esto daba también datos para cuando llegara el momento de establecer el retrato psicológico de la agresora, porque ésta debía de haberse mostrado dispuesta a realizar ciertas prácticas que no parecían de puro jugueteo.

Tendría que esperar a la autopsia para saber realmente qué había pasado antes de que la vida del empresario se precipitara un paso más allá del placer, camino del aniquilamiento. Eso le permitiría también saber cuánto tiempo duró la sesión. El tiempo no era una cosa baladí en un acto homicida.

Se dirigió después al vestidor colindante con la habitación. Allí había dos cajones abiertos y un armario que precisaban de todo un estudio aparte. Había todo tipo de instrumentos para la práctica masoquista que si bien no habían sido utilizados en esa ocasión, si estaban allí es porque eran del gusto del dueño de la casa, por decirlo de una forma absurdamente doméstica. En cualquier caso era evidente que quedaban muchas horas de trabajo para poder tener un cuadro claro de lo que la escena podía revelar tanto de la víctima como de su agresor o agresores. Marta se puso a ello.

***

La mañana del 13 de noviembre estaba ya terminando cuando Leo bajó al estudio desde su *loft* en el ático. Había estado trabajando hasta muy tarde. Nunca había intentado controlar su ritmo de búho. ¿Para qué? Era tremendamente productivo y, además, no había cliente dispuesto a pagar sumas terribles que no apreciara alguna excentricidad de su arquitecto. Nunca había perdido un proyecto por haber anulado o faltado a citas por la mañana después de una noche de trabajo brutal.

Cuando pasó hacia su despacho nadie hizo ningún comentario más allá de levantar la mano en señal de saludo silencioso. Era la marca de la casa, así que no había aspavientos que hacer. Entró y se sentó tranquilamente frente al ordenador. No pensaba dar un palo al agua. Así de claro. Empezó a picotear en el ordenador. Ningún correo de Claudia. Nada del otro mundo en el resto de mensajes. Le dio a la pestaña de *favoritos* para buscar en los digitales noticias del resto de la humanidad.

Allí estaba.

Como un grito.

El titular.

Weimar aparece muerto vestido de látex

El cuerpo del empresario ha sido hallado estrangulado con una máscara de látex provista de mordaza. ¿Prácticas masoquistas o montaje? La Policía explora todas las posibilidades mientras que el juez que instruye el caso ha ordenado dar el mínimo de información posible.

Arsenio Nogales

MADRID.- Enrique González-Weimar, figura de las altas instancias empresariales y financieras del país, ha sido encontrado muerto en un apartamento del barrio de Chamberí. La muerte ha sido violenta y la escena del crimen presenta características que la hacen poco corriente. A pesar de que la policía, siguiendo instrucciones del juez instructor, niega a la prensa todo tipo de datos, se ha podido saber que el cadáver apareció desnudo y sólo cubierto con una máscara de látex con una mordaza incluida, de modo que una pelota impedía a la víctima proferir cualquier sonido. Según todos los indicios, el empresario, considerado la cuarta fortuna de España, ha muerto estrangulado mientras sus miembros permanecían amarrados con lo que los iniciados llaman *bondage.*

El apartamento no presentaba ningún indicio de haber sido violentado y no era su residencia habitual. Hasta el momento sólo ha sido descartada, por motivos obvios, la tesis del suicidio. No obstante, según fuentes policiales que han pedido ser preservadas, quedan abiertas las hipótesis del accidente fatal en el transcurso de una sesión de sexo sadomasoquista, o bien que el asesinato se haya producido por motivos desconocidos y que la escenografía haya sido dispuesta por el asesino o asesinos para desviar las investigaciones policiales.

El mundo financiero y empresarial español se ha mostrado consternado. No sólo por la muerte violenta de un hombre tan próximo como Weimar, sino también por la sombra que sus comportamientos privados pueda arrojar sobre un colectivo tan conservador como el que nos ocupa.

Enrique González-Weimar tenía cincuenta y un años, estaba casado y tenía un hijo.

(Seguirá ampliación)

Leo se quedó boqueando frente a la pantalla.

Por todo.

Y tenía que reconocer que la muerte de su mentor y amigo no era lo primero que le había dejado paralizado. Látex y *bondage.* La evidencia que la muerte le ponía ante sí le hacía batir el corazón en golpes sordos y nerviosos. ¿Cómo no lo había notado? ¿Qué significaba? ¿Cómo le hacía sentir? Leer aquel relato, tan cauto aún, hacía que su interior se diera la vuelta como en una náusea de miedo gigante. Casi era sentir que su propia naturaleza había sido expuesta al mundo dejándole desnudo y desvalido.

Volvió a leer palabra por palabra la noticia. Desgranó los significados. Pensó. Un apartamento de Chamberí; o sea, el palacete de Modesto Lafuente no era el único sitio que había usado Enrique. Tenía aún sus facetas más privadas que guardaba exclusivamente para sí. Después sólo se hablaba de una máscara con mordaza y un *bondage.* En su mente se fue abriendo paso una escena. Una escena que le llenaba de zozobra y, cómo no, de excitación. ¿Qué se había atrevido a hacer Enrique?, ¿qué habría encontrado allí? Junto a esas fantasías que pugnaban por abrirse paso, la parte práctica de Leo le recordó que el temor también debiera de enseñorearse de él. A fin de cuentas, él también estaba a expensas de otra persona muchas veces, aunque nunca había aceptado que las ataduras fueran más allá de simbólicas, pero, ¿no llegaría el día en que sintiera la necesidad? No estaba seguro de que aquel deseo que se despertaba en él como una ola brutal e imparable no fuera a ir reclamando cada vez más. Recordó en una onda de malestar las líneas rojas que había cruzado con Claudia en algunas sesiones últimas. ¿Y si en vez de aceptar la presencia de otra persona, ella le hubiera ordenado otras cosas? ¿Realmente conservaba su capacidad de volición mientras le devoraba el deseo?

Sintió que sus vísceras se comportaban como una madeja de algas. Revueltas y con un extraño movimiento que sólo podía ser mental. Aún no se había parado ni un segundo a pensar en el hecho cierto de que Enrique estaba muerto. Muerto. Se obligó a centrarse en aquella cuestión. Descubrió que tendría que forzarse a sentirse triste. No había sentimiento alguno en él en aquel momento. ¿Era Enrique su amigo? Sí, lo era. Había hecho grandes cosas por él. Entonces, ¿por qué no sentía dolor al conocer su muerte? Ya no habría más conversaciones sobre arte y arquitectura, ya no habría más ayuda para conseguir clientes, ya no habría… ya no habría tampoco invitaciones poco convenientes. Y eso le alivió.

Volvió a forzar el pensamiento. Lo han estrangulado. Estrangulado.

Creía poder asegurar que Enrique no habría buscado de forma expresa la muerte, aunque lo cierto es que estaba reparando en lo poco que sabía realmente de él. Leo no había avanzado del todo en el camino de su perversión. Ni él mismo sabía si era porque no entraba dentro de sus gustos o por temor a lo que encontraría más allá. Eso no significaba que no se sirviese de chats especializados en sadomasoquismo o que no viera porno que se situaba mucho más allá de sus propias prácticas. Por eso se preguntaba si Enrique, estando más allá, se habría sometido a una sesión de resistencia. Una sesión que aceptara la fantasía última, la de los actos no consentidos. Las fantasías referidas a juegos límite habitaban en esos extraños recovecos oníricos en los que se nutre la excitación pero, en la mayor parte de los casos, nadie quería que se convirtieran en realidad. Sin embargo, sabía que en ocasiones la gente llegaba a obsesionarse con una de ellas, que de pronto llegaban a considerarla como una posibilidad y que, más tarde, llegaban al sí definitivo y a la búsqueda activa de una dominante que estuviera dispuesta a llevarles a donde querían, ya sin remisión, ir. En los chats había siempre sumisos en busca de quien les inflingiera castigos límite. Sumisos en busca de sesiones de tortura con electricidad, de penetraciones extremas con puños o brazos y, de forma más excepcional, de juegos de asfixia. Todos en busca de esa excitación que surge de la pérdida absoluta de control y... del miedo.

Notó el inicio de una erección.

Notó el inicio de una erección y una sensación de pánico le recorrió por ello.

Buscó nerviosamente su teléfono móvil y puso un wasap a Irene. Necesitaba hablar de todo aquello. Necesitaba desahogarse. No podía guardar todo aquello para él sólo. Sólo a Irene le había contado algo sobre su verdadera esencia. Sólo ella podría entender este estado entre frenético y asolado en el que se encontraba en aquel momento. Una cita. Necesitaba ir a hablar con Irene. Necesitaba ir a terapia, se rectificó a sí mismo. Tenía permiso para usar el wasap en caso de urgencia. Nunca lo había hecho. Era evidente que durante mucho tiempo la terapia le había parecido más que nada un subterfugio. así que era imposible que necesitara de ella con premura.

Ahora era distinto.

Escribió de forma casi frenética. Tuvo que corregir varias veces el pequeño texto.

«Irene, algo ha sucedido. Necesitaría que buscáramos hora para una sesión cuanto antes. Dime cuándo tienes hora libre. Yo me adapto y cancelo lo que haga falta. Gracias».

Dio a *enviar* y sintió una pequeña brisa de alivio.

La respuesta no se hizo esperar. Fue casi instantánea.

«Veo que es una urgencia. Cambio una cosa de esta tarde. Vente a las cinco».

Le pareció que su psicoterapeuta era muy profesional. Le ofreció una especie de servicio de urgencia y, realmente, había funcionado. Esto le permitió aplazar la angustia hasta primera hora de la tarde y dedicarse a recorrer Internet buscando más información sobre el luctuoso suceso. Una muerte como aquella tenía que tener en ebullición a toda la prensa: de la económica a la rosa pasando, claro, por la de la víscera. Sólo en ese instante reparó en otro pequeño detalle que no se había abierto paso entre los retortijones de su espíritu. Enrique había muerto y toda su vida iba a ser abierta en canal. La inquietud comenzó a abrirse paso y le espoleó para encontrar todo el material que hubieran publicado sobre el tema. No abrigaba ninguna certeza de que su nombre no fuese a acabar también en un titular. En uno completamente distinto a los que estaba acostumbrado a dar.

Pasó el resto de la mañana ensimismado con la capacidad que distinguía a los periodistas para enmarañar y dar vueltas a una cuestión cuando no tenían casi datos que ofrecer. A falta de otro material, las cadenas de televisión habían montado piezas en las que se repasaba la dilatada y exitosa vida profesional de Enrique González-Weimar. Era realmente terrible. Uno le veía inaugurando cosas, recibiendo mucetas, dando conferencias o saludando al rey y, por otra parte, se veía obligado a imaginarlo desnudo y atado con una extemporánea máscara de látex y una pelota metida en la boca. En los reportajes también aparecía junto a Estefanía. Sólo al verla Leo recordó que Enrique tenía también toda una vida familiar que se iba a ver eviscerada ante los ojos expectantes y ansiosos de la chusma. Pensó que su matrimonio y su propia persona iban a ser escudriñados, juzgados y llevados en procesión clavados en una pica por todos los caminos que la moderna tecnología abría a los indeseables. ¡Pobre Estefanía y... pobre Andreas! Leo intentó imaginarse en el papel de este último. Sentir lo que iba a ser ver la intimidad de tu padre expuesta al público con redoble de tambor y una intimidad a la vez tan bochornosa. Al pensar esto último, se quedó pasmado. Incrédulo, se dio cuenta de que se había adjetivado a él mismo. ¿Era bochornosa su vida privada? ¿La de Leo Requero también? ¿Por qué había pensado eso? El pensamiento lógico hubiera sido el de que su intimidad quedaba al descubierto. No el de su intimidad bochornosa. En su cabeza soplaba galerna.

Cuando estuvo frente a Irene, sintió una cierta paz. Era la primera vez que percibía esta sensación. No se dio cuenta de que lo que iba a hacer era arrojar sobre ella todo el peso que le llenaba el corazón como si de una colada de hierro fundido se tratara.

Esta vez fue él el que rompió a hablar.

—Te he llamado porque mi mentor ha muerto —le espetó.

—Lo siento —respondió Irene, lacónica y dispuesta a dejar que el río se desbordara.

—Lo han encontrado muerto. ¿No lo has visto en la prensa?

—Recuerda, Leo, que nunca me has dicho quién era tu mentor... —El tono de Irene fue perfectamente neutro.

—Lo sé, pero, ¿has visto la prensa o la tele?

—Eso no importa mucho, Leo. Cuéntame tú... Me has llamado porque querías traer aquí lo que sucede en tu interior —le dijo casi susurrando, aunque hubiera deseado levantarse a consolarlo.

—Llevas razón. Han encontrado a Enrique, mi mentor y amigo, muerto en unas circunstancias que, no sé si habrás leído en la prensa, pero que me han perturbado mucho.

—Entonces González-Weimar era tu mentor y amigo. Estate tranquilo. Sabes que todo lo que has hablado y lo que hablemos quedará aquí. Entiendo perfectamente el motivo por el que te reservaste el nombre —dijo Irene.

Leo no tenía ninguna duda sobre su psicóloga. En realidad sabía que confiaba en ella desde el principio, así que comenzó a desgranar sus dudas. Le explicó hasta qué punto le había perturbado descubrir que su mentor tenía los mismos gustos sexuales que él. Nunca lo hubiera deducido ni de las conversaciones mantenidas ni siquiera de las *fiestas* a las que había acudido con él. Se dejó ir. Le contó cómo sus pensamientos se habían volcado sobre el efecto que tendría en su entorno que se supiera lo que estaba haciendo cuando murió y... hasta se despojó del peso de haber pensado él mismo que tal conducta era de algún modo vergonzante.

—Ha sido así, Irene. De pronto me he descubierto pensando en que había quedado en una situación vergonzosa y abyecta y que ésta salpicaría a todo su entorno. Y... creo que me he debido de volver loco para pensar eso. ¿Cómo puedo cuestionarme yo que la elección de las conductas sexuales, de las parafilias, de los roles es totalmente personal y perfectamente libre siempre y cuando no se fuerce la voluntad de nadie? ¿No será que aunque no me lo confiese a mí mismo, yo mismo veo así mi propia conducta?

Leo miró por primera vez desde que iniciara la terapia la caja de clínex. Fue una sensación que logró sin embargo controlar. Espero el veredicto de ella en silencio. No llegó.

—¿Eso te hace sentir mal contigo mismo? Me refiero al hecho de que tú mismo te juzgues tan duramente...

—Déjame pensarlo. No sé si es exactamente eso. Puedo pensar que se debe al hecho de que yo no identifico mi rol sexual con el de Enrique. No puedo sentirlo como uno de los míos. Para nada. Quizá sea esta idea la que me corroe. Pero tendría que empezar desde más atrás para poder expresar lo que siento... No sé... —dijo dubitativo pero firme.

—Ve hasta donde sea preciso, Leo. No hay problema. Estamos aquí para eso.

—Hay muchos más hombres que fantasean con la sumisión de los que quizá estemos dispuestos a admitir. Socialmente, digo. Y hay menos mujeres dominantes que hombres sumisos. Eso es así. También tengo que advertirte que es muy difícil que un hombre sumiso le cuente sus sentimientos a su pareja para intentar explorar juntos ese mundo. Hay quien lo hace y encuentra eco, eso también es cierto, pero la mayoría de los hombres que fantasean con la Dominación Femenina tienen que acabar recurriendo a profesionales. Cada vez hay más oferta en ese sentido, porque muchas mujeres con vista comercial se han dado cuenta de que hay un gran mercado en el que obtener mucho dinero exponiendo poco o nada su cuerpo o su intimidad. Yo nunca he aceptado la posibilidad de acudir a los servicios de una *dómina* profesional. Nunca. Yo preciso y necesito y ansío encontrar a una mujer a la que adorar. No la llamaría mi diosa, si no. Una mujer que contenga en ella todo aquello que me hace sentir la fuerza real que me invita a la sumisión. Sólo una mujer verdaderamente dominante podría satisfacer mi naturaleza sumisa. Sólo una mujer que verdaderamente tenga el carácter, la fuerza, la experiencia, la potencia y la belleza para que yo sienta que es superior a mí y necesite ofrecerle mi sumisión total. Alguien a quien pueda entregarme porque sea merecedora de esa esclavitud. Verás que estoy contándote hoy cosas muy íntimas. Y es que el descubrimiento de esa faceta de Enrique realmente me ha dejado muy tocado. Yo conocía algo a Enrique. Su forma de ser y su forma de comportarse con las mujeres. La he visto en otras ocasiones. No entiendo que pudiera desear ser dominado por una mujer en el sentido en que yo lo deseo. Es preciso sublimar lo femenino para poder adorar como yo deseo adorar. Enrique maltrataba generalmente a las mujeres. Psicológicamente en muchos casos. Yo le he visto despreciarlas. Así que, no sé, creo que lo que me ha perturbado tanto es la idea de que llevado por su insaciable necesidad de probarlo todo, de romper todas las barreras, también quiso fulminar ésta. Por eso creo que al saberlo me he enfadado, porque se atrevió a caricaturizar lo que para mí es casi sagrado. Puede que ése sea el motivo por el que he pensado que era bochornoso. Si hubiera sentido que era algo, cómo explicarte, genuino o auténtico, no creo que esa calificación se me hubiera instalado en la mente en primer lugar. ¿O sí? ¿Crees que me estoy engañando? Estoy hecho un lío, Irene, un lío total.

Leo no dejaba de pasarse la mano con los dedos abiertos por el pelo en un falso gesto de apartar los cabellos de una frente en la que no caían.

Irene no pestañeaba. Intentaba mantener su postura hierática sin que se notara que por dentro las palabras de Leo estaban formando también una suerte de remolino. Ella era fuerte. Suficientemente fuerte.

—Tranquilo, Leo, es normal. La cuestión es que has recibido un fuerte impacto emocional por la muerte o el asesinato de una persona que se ha portado bien contigo, pero sobre la que siempre has tenido sentimientos contradictorios. No te preocupes por eso. En los próximos días es muy posible que todas esas sensaciones avancen y se muestren incluso de forma más virulenta porque, como sabes, vas a seguir recibiendo información sobre las circunstancias de su muerte y ésta te afectará sin duda. ¿No crees que vamos a tener que incrementar la frecuencia de las sesiones durante estos días?

—¿Por qué has dicho *asesinato*? ¿Crees que lo han podido matar de forma premeditada? No he pensado sobre eso. Mi primera impresión es que se habían propasado en un *edgeplay*, en un juego al límite... pero esto que dices me abre otra perspectiva que ahora que veo es lógica.

—Bueno, Leo, se trata de la persona de la que se trata. Es posible que tuviera enemigos o enemigas. Según me cuentas, parece que tenía cierta habilidad para creárselos, ¿no? —le expuso sutilmente Irene.

—Sí, claro, si llevas razón. Es sólo que no lo había pensado bien. Eso puede ser aún peor de lo que yo había imaginado... Te agradezco que me ofrezcas tu tiempo y lo voy a aceptar, porque sin duda esto va a ser difícil —dijo mansamente, poniéndose en manos de Irene.

Leo sabía que iba a necesitar hablar y no había otra persona sobre la faz de la tierra con quien pudiera hacerlo. Miró a Irene con agradecimiento y con una chispa de entrega que no pasó desapercibida a la mirada entrenada de la psicóloga.

CAPÍTULO 11

Toda víctima ha sido elegida por su agresor. Ella y no otra. Encontrar el motivo de tal elección es tanto como haber resuelto el principal interrogante en una investigación. Marta Carracedo era consciente de que su misión era arrojar luz sobre ese aspecto. ¿Qué necesidad del agresor había satisfecho Weimar? ¿La codicia? ¿El odio? ¿Los celos? ¿La rivalidad? ¿El poder? ¿Qué pasión humana buscaba apaciguar el homicida acabando precisamente con su vida? Responder a esta gran pregunta era el objetivo de lo que en la unidad llamaban una autopsia psicológica. Su vida iba a girar en las próximas semanas en torno al financiero. Debía intentar saberlo todo sobre él y no iba a ser fácil.

Sobre el escritorio de la UCIC tenía una carpeta con la copia de la autopsia forense que ya se había realizado al cuerpo de Enrique González-Weimar. Todo había ido muy rápido. Las altas esferas se habían ocupado de poder entregar a la familia el cadáver lo antes posible para una incineración tan reservada como una tenida masónica. Abrió pausadamente la carpeta y comenzó a leer de forma experta. La descripción de la víctima le sobraba pero no así la de las lesiones o marcas que habían sido encontradas en el cadáver. No había ninguna duda sobre la asfixia como causa de la muerte. Había sido producida por una cuerda que había dejado sobre el cuello diferentes marcas de presión. El forense estimaba que la cuerda había sido apretada sobre el cuello de la víctima varias veces con presiones crecientes hasta llegar a la que resultó mortal. El dato podía apuntar perfectamente a un juego de asfixia erótica que se había ido de las manos. Marta pensó que había que ir con prudencia en las conclusiones, pues lo cierto era que se había producido una sesión sadomasoquista en toda regla.

«Se aprecian marcas y excoriaciones, algunas sangrantes de diversa intensidad, que han sido provocadas por un objeto flexible y duro —compatible con vara o fusta— sin llegar a revestir gravedad. Todas se encuentran distribuidas en espalda, nalgas y tórax sin afectar a puntos vitales», leyó.

La sesión había contenido una parte de disciplina y ésta había sido hecha de una forma bastante profesional. Ninguna zona peligrosa había sido afectada. Ni las articulaciones, ni los ligamentos, ni las zonas próximas a órganos internos. Todos los golpes se habían dirigido hacia zonas seguras y que iban a quedar posteriormente cubiertas con las prendas de vestir. Las zonas carnosas, como las nalgas, habían sido las más afectadas. El informe de autopsia iba trazando el mapa que el *spanking* había dejado en el sumiso. Podían reconocerse en la descripción médica los golpes iniciales y suaves que se habían utilizado para sensibilizar. Esta toma de contacto servía no sólo para preparar al sumiso sino para dotarle de confianza en su *dómina* y establecer relación entre ambos. Marta había estudiado profusamente estas cuestiones y ahora las veía dibujarse ante sus ojos, vertidas en forma de literatura médica. Los golpes, según los doctores, eran más compatibles con una caña o fusta que con un látigo. Eso indicaba de nuevo cierta profesionalidad. Utilizar el látigo era más fácil para los principiantes. La fusta requería cierta pericia. Además, la descripción del forense permitía precisar perfectamente los golpes de calentamiento y los golpes duros que se habían administrado desde el filete de la nalga hasta la curva superior. Irene sabía que las fustas producen dolor en dos niveles diferentes: el inicial, cuando la fusta cae sobre la piel y, unos segundos más tarde, un dolor más intenso y ascendente en el músculo. Intentó imaginarse las sensaciones de Weimar durante esa parte de la sesión.

Siguió repasando el informe con ojos entrenados para poder visualizar la sesión a la que se había sometido el financiero. Sin duda había jugado fuerte. También detectaban los técnicos algunos juegos con cera caliente que habían dejado huella, así como marcas compatibles con el uso de pinzas de pezón. La dilatación anal probaba los juegos anales y la penetración. Habría que esperar a ver si alguno de los arneses o *plugs* que se habían encontrado en el apartamento conservaba muestras biológicas. Por último, el informe se refería a descargas eléctricas leves en los genitales. Recordó haber visto una varita violeta en el vestidor. Descargas eléctricas producidas en una varilla de cristal rellena de gas, cuya potencia se podía modificar. Imaginaba a Weimar temblando de placer al oírla chisporrotear antes de que fuera aplicada.

Cerró el informe. A sus efectos quedaba claro que Enrique González-Weimar se había sometido a una sesión de BDSM radical. No había síntomas de resistencia activa. El inicio había sido voluntario. Ahora quedaba por saber todo lo demás.

La psicóloga se dirigió a la reunión de la Brigada Judicial sobre el Caso Weimar. La tensión no iba a faltar. Estaba segura.

Al entrar en la sala encontró al jefe de la Brigada sentado en la presidencia de la mesa. Eso tampoco era tan habitual, pero nada en este asunto iba a serlo.

—No hace falta que os diga que es un caso muy delicado y que todos los ojos están puestos sobre nosotros para que haya una resolución rápida y, no menos importante, discreta, y que no prolongue el sufrimiento de la familia ni entorpezca el funcionamiento y la vuelta a la normalidad de una empresa que da empleo a miles de personas. Sois responsables y profesionales; con todo, tengo el deber de recordároslo —les arengaba el jefe de la Brigada Judicial.

Marta, como psicóloga de la sección de Análisis, acudía más como oyente que otra cosa, pero su adiestramiento profesional le permitió percibir con precisión la tensión que vibraba en la voz del alto mando y también la que se empastaba en el silencio del quienes le escuchaban. Había muchos culos en juego y cuando las investigaciones y la Justicia se acercaban al núcleo mismo del poder, todo crujía y crepitaba como una nao arrojada en el centro de una galerna.

—El juez instructor ha hecho un especial hincapié en el respeto al secreto de sumario. Recordad que ha sido expresamente declarada secreta la investigación. Ni a él ni a esta jefatura va a temblarle la mano a la hora de investigar cualquier filtración de detalles, no sólo de la investigación sino de las circunstancias de la muerte de Weimar, ¿queda claro? No os toméis la advertencia a chirigota porque iremos hasta las últimas consecuencias si alguien incumple el deber de secreto. Hasta la última… —y dejó que la amenaza sobrevolara la cabeza de todos los presentes hasta convertirse en algo casi corpóreo.

El silencio se instaló por unos instantes de forma eficaz.

—No obstante, también quiero advertiros de que vamos a utilizar todo tipo de métodos informáticos y de marcaje para poder averiguar quién ha tenido acceso a cada dato. También vamos a segmentar el acceso a la información para poder tener una trazabilidad en caso de que salga indebidamente del seno de la Brigada. Contamos incluso con presupuesto adicional de la Dirección General. Este caso ha sido considerado como prioritario a todos los efectos —continuó.

Todos eran perfectamente conscientes de que el control de la información se había enseñoreado de una reunión que debería haberse centrado en primer lugar en cuestiones operativas. Todos entendían lo que aquello significaba más allá de las palabras más o menos crudas de su jefe. Sabían que les había tocado el premio gordo. Presiones, represalias, dificultades para hacer su trabajo, dirección desde instancias políticas, vías cegadas, presión de la opinión pública. El Gordo y la serie.

Cuando estuvo seguro de haber metido el miedo en el cuerpo a todos sus efectivos, el jefe de la Brigada comenzó a distribuir los turnos de palabra para poder oír los datos que tenían que darle sus policías y establecer la dinámica operativa. Pasó a un segundo plano consciente, dejando ya que la reunión fuera conducida por el comisario que había sido puesto al frente del caso. Lo suyo estaba ya hecho.

No había sospechosos ni detenidos. Una parte de los efectivos fueron dedicados a seguir pequeñas pistas de los indicios materiales. Se consideraron las líneas de investigación y se distribuyó el trabajo. Indudablemente era imprescindible saber quién o quiénes habían estado en el apartamento de la calle Ruiz con Weimar. Por otra parte, se estableció la toma de declaración del entorno de la víctima. Los efectivos dedicados a ello se harían acompañar por la psicóloga.

Marta escuchó en silencio el listado de declaraciones que se pensaban tomar y esperó al turno de preguntas. No pensaba hacerlo, pero tomó la palabra:

—Perdón, señor, pero hay algo que desde el punto de vista del trabajo de análisis que yo debo realizar y, dadas las circunstancias especialísimas del caso, me parece que debería ser abordado de forma algo diferente —dijo con voz clara y firme. Su condición de psicóloga no le producía ningún complejo.

—¡Diga, inspectora Carracedo, le escucho!

—Yo voy a necesitar realizar preguntas e indagaciones de índole muy íntima en el entorno del financiero. Algunas que quizá no tengan relevancia directa policial, pero que necesitaré hacer para trazar el perfil psicológico de la víctima. Las personas son reacias a revelar cuestiones tan sensibles. Si somos varios en la entrevista, se puede complicar la cosa. Me gustaría poder hablar con esas mismas personas en solitario. Puedo asistir a la declaración y después permanecer con ellos yo sola o bien ir a visitarlos de forma independiente, sin que sea en comisaría. Creo que me sería de mucha ayuda .Nos sería de mucha ayuda. Puedo obtener datos que incorporar a mi informe que quizá no salgan durante un interrogatorio más convencional —dijo de un tirón.

El comisario consultó en voz baja con el jefe de la Brigada.

—Bien, inspectora. Está bien visto. Estableceremos su participación en la investigación de una forma adecuada para este caso —dijo sin comprometerse demasiado.

—Una cosa más —apostilló Marta—, en la lista de las personas próximas a Weimar no he oído mencionar al señor ministro del Interior, pero es sabido que eran amigos y la prensa lo ha publicado. Me gustaría poder hablar con el señor ministro, ya que puede que él conozca facetas de su personalidad precisas y me interesa su opinión.

La estupefacción se dejó sentir entre la plantilla. Había mentado a la bicha.

—¡Carracedo! —el nombre sonó más como un reproche que luego el comisario se obligó a suavizar— Iremos viendo las necesidades, ¿de acuerdo? ¡Ahora todos manos a la obra! —y dio por concluida la reunión no sin dirigir una mirada torva al jefe de la Brigada, de refilón. Marta sintió que sus pulmones se expandían. Le pasaba siempre que saltaba por encima de sus propios miedos.

Salió de la sala con la cabeza alta y sin mirar atrás. Repartiendo saludos y adioses como quien da las cartas en un casino, sin pasión alguna. Llevaba en la cabeza un plan para su trabajo que podía no cuadrar con el de su jefe, pero que iba a poner en práctica ya. Contaba con su asentimiento tácito. Lo demás lo torearía después. El caso no iba a seguir las normas para nada. Acababa de oírlo. Ella también tenía las suyas; además de una excusa incuestionable: si la información más privada no aparecía en los atestados, tampoco figuraría en los tomos del sumario y, por tanto, habría menos riesgo de que se filtrara. Nadie iba a echar cuentas de la pequeña psicóloga. O al menos estaría menos señalada que el resto de sus compañeros. Sabía también que se la jugaba, puesto que si alguna de las confidencias que pensaba obtener acababa publicada, todos los misiles iban a apuntarle a ella.

Ya en la calle, cogió un taxi. Le dio la dirección de Torre Picasso.

Marta quería captar cuanto antes parte de la impronta que la muerte del presidente de Weimar Corporación había dejado en su entorno. Su muerte y las circunstancias de ésta. Quería hacerlo antes de que sus compañeros le malearan la sensación con declaraciones, preguntas, interrogatorios y toda la habitual y necesaria maquinaria policial. Ella buscaba otra cosa. Buscaba al propio Weimar y sólo iba a poder encontrarlo en los ojos y las lenguas de quienes habían convivido con él. O de quienes lo habían sufrido.

Se bajó frente al imponente arco de entrada al edificio. Espectacular. Levantar la mirada desde allí para intentar ver los ciento setenta y un metros de altura producía un vértigo extraño. Una especie de vértigo invertido. Hermoso lugar en el que sin duda mucha esperanza moría. Pensó en lo poco que le hubiera agradado tenerse que sumergir en el mundo de hormigón y acero de la ambición. Estaba bien donde estaba. En el control de la torre mostró su placa de inspectora para franquearse el acceso. Ya en el ascensor, los empleados que subían hacia sus puestos comentaban sin demasiada precaución la cuestión del día. No detectó sino sorpresa y crítica por las actividades desconocidas del que había sido su dios, más la preocupación por el futuro de la empresa y, evidentemente, de sus puestos de trabajo. No esperaba encontrar consternación pero tampoco halló respeto en los chascarrillos y comentarios que los grupos de jóvenes realizaron en el ascenso hasta la planta 45. Entraban y salían. Eran personas distintas, con trabajos y misiones diferentes, pero con el denominador común de no preocuparse tanto por la injusticia radical de una muerte violenta y sí por la trastienda que la muerte dejaba abierta en canal.

Hubo incluso un chico con barba *hipster* y mirada casi adolescente que le dijo a su compañero sin rebozo:

—No se para qué irse a pisos secretos... ¡si quería latigazos, aquí hubiera encontrado a muchos dispuestos a dárselos con gusto! —bromeó y ambos se dejaron llevar por una carcajada.

Marta llegó sola a la última planta. Nadie más pintaba nada allí. Los jefes subían por el ascensor privado y los demás empleados no eran admitidos en el Olimpo sin llamada previa. Al abrirse la puerta del ascensor se sintió golpeada por una orgía de luz. En aquella planta, la recepción se abría directamente sobre los ascensores públicos en un espacio diáfano sobre el que se volcaban varias de las ventanas, ofreciendo al visitante un aperitivo de las vistas de Madrid que podría disfrutar si su acceso era permitido. Se sintió privilegiada por poder contemplar aquello. Sabía que era lo que se había buscado al distribuir la planta.

Mostró la placa de nuevo y preguntó por la secretaria personal de don Enrique González-Weimar. La chica se azoró. Policía. Se retiró a los teléfonos y comenzó una serie de consultas a media voz. De una extensión pasaba a otra. Finalmente colgó el teléfono y se dirigió a ella con cierto temblor en la voz.

—No tenemos constancia de que la policía fuera a visitar nuestras instalaciones hoy. El vicepresidente no está aquí y... nadie se hace responsable de autorizar su acceso. No puedo dejarle entrar —terminó con un temblor patente en la voz.

Marta sopesó los pros y los contras de forzar la entrada. No valoró sólo los problemas que podría acarrearle con sus jefes. sino también el bloqueo que podía producir en las personas con las que quería hablar el que su presencia fuera impuesta de aquella forma. Decidió que era mejor recular, si bien sólo para coger impulso.

—Podría decirle que tiene que dejarme entrar. Soy inspectora de policía en una investigación por homicidio, pero no voy a ponérselo difícil. Lo gestionaré desde la Brigada de Policía Judicial. En todo caso, yo soy la psicóloga del equipo policial. Volveré con la gestión de acceso hecha. Gracias.

No dio lugar a que hubiera una respuesta.

Marta se giró y pulsó la llamada del ascensor. No eran tan rápidos como ella había esperado. Volvió a llegar vacío y se preparó para una larga bajada con paradas en todos los pisos intermedios, en los que volverían a subir y a bajar empleados y jefecillos de las distintas divisiones de la Corporación que aprovecharían para comentar lo único que les ocupaba. Algunos se mostraban artículos de periódicos o informaciones en las tabletas y *smartphones.* Cuchicheos. Alguna risa.

Cuando llegó de nuevo a la planta de abajo y salió por los tornos, se dio cuenta de que se había metido en un pequeño lío para nada. Como tantas veces. Encaminó sus pasos de nuevo hacia el arco, jodida por su propio atolondramiento. En ese momento una voz la alcanzó. Una voz que se materializó en un par de toques en el hombro.

—¡Oiga, oiga! —dijo la voz de una mujer ligeramente jadeante.

Marta se giró y la vio agitada, y no sólo por las medidas del *hall* que acababa de atravesar para alcanzarla.

—¿Es usted la psicóloga? Me ha dicho mi compañera que es usted psicóloga de la Policía…

—Sí, lo soy. Soy la inspectora Carracedo, psicóloga de la Sección de Análisis de la Unidad Central de Inteligencia Criminal del Cuerpo Nacional de Policía —le respondió no ahorrándole ni un centímetro de su empleo y cargo.

—¡Encantada! Soy Pilar, la secretaria de don Enrique o… del difunto don Enrique… su exsecretaria… No sé lo que debería decirle ahora.

—No se preocupe. Eso no es importante…

—He bajado a buscarla en uno de los ascensores directos después de que Rita, la chiquita de la recepción, me haya dicho que era una psicóloga… —explicó la secretaria.

—Lo soy. Soy una psicóloga de la Policía —insistió Marta, que comenzó a ver la grieta para entrar.

—Por eso. Por eso he bajado. Creo que necesito una psicóloga. Nadie ha pensado en nosotras. En mí sobre todo... ¡No sabe lo que es esto para mí! Pero es como si fuéramos maniquíes de un escaparate. Pues no, somos personas. Y yo soy una persona a la que todo esto le está afectando mucho... —se atropelló Pilar.

—Es lógico, Pilar —Marta se decidió a entrar por la grieta sin reparos—, pero estamos aquí en medio de este *hall* inmenso... ¿Te parece que vayamos a tomar un café por aquí cerca? Te tuteo, ¿te parece? Me llamo Marta, Marta Carracedo.

—Sí, sí, claro. Vamos a charlar un momento. Necesito hablar y contigo no peco. Nos han dado esta mañana instrucciones muy precisas sobre la discreción y la reserva que debemos tener. Y lo entiendo... pero, ¡no sólo los Weimar tienen problemas! ¡Yo también tengo mis necesidades!

—Está bien, Pilar. No, no pecas por hablar conmigo. Vamos a buscar un café, ¡anda!

La psicóloga tomó ligeramente el codo de la secretaria. Lo justo para infundirle el calor humano que estaba demandando a gritos. Le propuso alejarse un poco de Torre Picasso para no ir a dar sobre los bares en los que podían encontrarse a algunos de los cientos de empleados de la empresa. Encaminó los pasos de ambas hacia una cafetería de la calle Orense. El viento soplaba fresco al salir de Azca.

Una vez instaladas, las dos mujeres se miraron.

Marta puso especial cuidado en hacerlo de forma franca. Era evidente que Pilar estaba acostumbrada a ser la mujer invisible. Imprescindible pero invisible. Alguien que se convertía en un botón necesario cuando se trataba de llegar al jefe pero que no había sido en toda su vida sino ese escalón de camino hacia lo que de verdad importaba. Los que le hacían bromas o eran simpáticos con ella, probablemente sólo estaban engrasando un resorte que podrían tener que pulsar para acceder a Weimar.

Las secretarias de dirección parecían contagiarse muchas veces de una parte del poder desmedido de sus señoritos.

Algunas llegaban a creérselo. Cancerberas del poder y bastón sobre el que otros se apoyaban sin conmiseración para ejercerlo, pero... nada más.

Si algo necesitaba aquella mujer era ser reconocida como tal. Morena, de facciones amables. Unos cuarenta y cinco años. Arreglada y muy correcta, pero sin un asomo de creatividad. Una secretaria con aspecto eficiente y adecuado para resultar agradable. La psicóloga pensó que, tratándose del tipo de hombre que era, si se había alejado del estereotipo de secretaria neumática y tía buena vestida para regocijo de los ojos de su señor, lo había hecho a conciencia. Tenía ante sí a la mujer que Weimar había querido que fuera su puerta de acceso.

Pilar tampoco se recató de mirar a aquella psicóloga. Tenía cara de buena persona y unos ojos color Coca-Cola en los que se podía confiar. Sería policía, pero no se parecía en nada a lo que la secretaria había identificado en su consciente con un uniforme.

Cuando tuvieron sobre la mesa los cafés, Marta abrió la veda.

—Pues aquí estamos mucho más tranquilas. ¿Cómo te encuentras, Pilar? ¿Quieres contarme?

Sabía que tendría que rendir peaje a las necesidades psíquicas de Pilar y que lo primero que iba a llegar era una oleada de quejas y recriminaciones por las consecuencias que todo aquello iba a traer para ella. Marta la dejó formarse y hacerse grande mientras avanzaba. Sabía que terminaría rompiendo y lamiendo suave la arena de la orilla. Sólo tenía que esperar. Cuando las oleadas de indignación y autocompasión se fueron haciendo suaves y livianas, casi sin espuma, decidió dirigir los flujos hacia donde ella quería.

—Yo, Pilar, no soy una investigadora al uso. Como te he dicho, soy psicóloga y mi papel en este caso pasa por conocer mejor a los implicados para poder hacerme una idea de quién o quiénes pudieron querer matar a un hombre como tu jefe. Para eso es muy importante saber cómo era él.

La mirada de la secretaria era una mezcla de sorna y estupefacción. No dijo nada y le dio un sorbo a su café.

—¿Quién o quiénes pudieron querer matar a Weimar? —Estaba desmelenada y se apeó del formal *don Enrique*—. No sé quién le mató, pero si la pregunta es quién pudo querer… ¡entonces no te van a faltar respuestas! —Pilar rompió a reír. Una risa sarcástica que a la vez servía de punto de fuga de la tensión—. ¡Por Dios, Marta, medio mundo debió pensar alguna vez que tenía ganas de estrangularlo! ¡Hasta yo lo he pensado mil veces!

La psicóloga no esperaba que los muros de la represa emocional se fueran a derrumbar con tanta facilidad.

—¿Cómo era tu jefe, Pilar? —dijo suavemente.

—Era un cabrón brillante. Un cabrón brillante y asquerosamente rico. ¿Te dice algo eso?

—Me dice, pero me gustaría más que tú misma me lo explicaras. Te hará bien.

—Llevo, o llevaba, no me acostumbro a la idea de que ha muerto, muchos años con él. Era casi una cría cuando empecé en su secretaría personal. Primero como una más y al poco elegida como secretaria personal. Debes saber cómo es eso. Ser la secretaria de un hombre de la importancia de Weimar es una mezcla de sacerdocio y matrimonio. No sé cómo decirte. Te conviertes en sus ojos, sus manos, su memoria. Acabas sabiendo hasta lo que no quieres saber. Se te pide eficiencia pero también fidelidad. La relación acaba siendo tan estrecha que lo normal es que vayas siguiendo a tu jefe de empresa en empresa y de cargo en cargo. Para ellos perderte es un drama, porque todo debe empezar de nuevo. Nosotras somos un poco como un disco duro externo. Durante años vamos aprendiendo quiénes son sus amigos, quiénes sus enemigos, con quién se pelearon, qué mujeres les gustan, qué mujeres ya no son de su agrado, sus gustos en comida, bebida, viajes… todo. Somos las depositarias de todos sus secretos. Y ellos lo saben y les resulta muy conveniente, aunque, a la vez, creo que nos odian por ello. Al final, cuando llevas muchos años, todo viene a parecerse a la relación de un viejo matrimonio. Incluso en el hecho de que nos la pegan. Sí, sí, a veces también se ven obligados a engañarnos a nosotras para mantener una parte de su privacidad. Te engañan entonces como si fueras una esposa… —La mente de Pilar se fue un momento a algún tipo de ensoñación personal.

—Entonces, Weimar era tan brillante como aparecía en los medios… ¡Habrá sido muy interesante trabajar con él! —la jaleó Marta.

—Era brillante. Muy brillante. Tanto que a veces aturullaba a los que no eran capaces de seguirle el ritmo. Yo ya estaba acostumbrada, pero he visto a ejecutivos de la empresa sudar al no poder asimilar y responder a sus sugerencias y preguntas con la ligereza con que él las analizaba. Era brillante y se regodeaba en mostrarlo. Tampoco se cortaba a la hora de hacer sentir a otros su torpeza o su estupidez. No soportaba la estupidez. Mil veces me lo ha dicho. Sólo que para él la estupidez comenzaba muy cerca de la línea de su enorme brillantez. Eso le hacía ser muy injusto. Mucho. No sólo en el trabajo sino también en su vida personal. Ésa era una de sus paradojas. Se jactaba de ser un hombre escrupulosamente justo, pero lo era, ¿cómo decirte?, lo era en el sentido en el que cuando era niña nos contaban las monjas que era justo Dios, de una forma terrible. Inmisericorde.

—Eso te habrá hecho sufrir… —deslizó Marta.

—No te niego que el jefe me estresaba. Lo hacía. Su sola presencia era estresante. No hacía falta que pasara nada. Incluso si todo iba bien, si no había problemas, un día a su lado te quitaba cualquier tipo de calma interior. Yo me acostumbré a vivir en esa especie de zozobra. Sabía ya muy bien cómo bandear cuando las cosas se complicaban e, incluso, cómo derivar las iras hacia otros cuando se ponían muy feas. Podía pasar de ser encantador a ser un monstruo con sus subordinados. Te voy a contar un detalle. Es una tontería, pero verás cómo te ayuda a verlo. Hace años que entendí que era necesario tener siempre una caja de pañuelos de papel guardada en el cajón de mi escritorio. Te sorprendería a qué gente de esta empresa le he acabado por ofrecer uno tras un encuentro con Weimar. Y no pienses sólo en mujeres. Él siempre sabía dónde arrear. A cualquiera. Era su forma de controlar el negocio. Era su forma de controlarlo todo y a todos. Acababa por detectar la debilidad de cada persona y, llegado el momento, te arreaba una leche en el mismo centro de tu herida. Preciso y certero como una bala. ¿Ves por qué te digo que me hace gracia que me preguntes que quién podría haberle querido matar? A ver, entiéndeme, me refiero a que las ganas de que reventara de una puta vez se le debían de haber pasado por el ánimo a miles de personas.

—¿Era sólo con sus subordinados? o también con sus iguales... O sea, lo que te pregunto es si tenía relaciones de mayor afectividad con personas que le eran próximas...

—No sé si me estoy explicando bien. En realidad él era en apariencia afectuoso y empático, hasta que llegaba el momento de lanzar el ataque.

La psicóloga se empleó en llevar el tema hacía el lugar al que había apuntado.

—Ya, entiendo lo que dices, pero me preguntaba si con sus socios o familiares esto también era así o si con ellos mantenía otro tenor de relaciones. Claro que entiendo que tú eso a lo mejor no has tenido la oportunidad de verlo —dijo echando el anzuelo de la provocación de forma ostensible.

—¿Cómo que no? —se medio indignó Pilar—. ¿No te he dicho que yo era casi una parte de él? Había secretos que sin duda me guardaba, pero a la larga tenía que estar informada de sus relaciones con sus próximos porque a él le resultaba útil. ¿Cómo si no le iba a servir coartadas o iba a apaciguar las consecuencias de sus actos? ¡Ayyy, Marta, qué poco sabéis de estos tíos!

La inspectora Carracedo la miró con su mejor cara de sorpresa e interrogación. Sabía que estaban llegando.

—Yo tenía que saber de sus andanzas. ¡Y menos mal, porque si no llego a tener que pagar su picadero no sé yo cuándo hubiera aparecido el cadáver! Yo era la única que tenía alguna forma de llegar a averiguar dónde estaba, por eso le dije a don Gregorio cómo podía encontrar a la limpiadora para que le llevara hasta allí. También te voy a decir una cosa, yo no tenía nada que ver con la parte sucia de todo esto. Nada. Nunca me hubiera comprometido en algo así. No soy una *madame* ni nada por el estilo, pero por eso mismo te digo que debía de haber alguna. Conozco bien a Weimar. Lo conocía. Hazme caso. Era un vicioso. Un putero. Un mujeriego. A la vista ha quedado. No corro el riesgo ahora de que no me creas. Por eso mismo, porque le conocía, te digo que debe de haber por ahí una especie de secretaria personal para todo esto. No creo que él perdiera el tiempo persiguiendo sus vicios. Insisto, le conozco muy bien. No entra dentro de sus planes. Es seguro que alguien se ocupaba de todo eso. No tengo ni idea de quién, pero estoy segura de que tenía que haberlo. En su vida siempre había alguien que se ocupaba de todo. Esto no podía ser una excepción.

—Tú de lo profesional y ¿quién más?

—Pues Valerio, de su imagen personal y sus prendas; o Estefanía, su mujer, de la familia y de las fundaciones e instituciones que él creaba para sembrar su buena imagen, y Alberto de todo lo que se refería a deportes, entrenamiento, viajes de caza... Créeme, siempre había alguien que se ocupaba de la intendencia tanto del trabajo como del ocio. Tiene que haber alguien que le descargara del peso de organizar todo eso...Yo no tengo ni idea de cómo van esas cosas, pero si había putas, látigos o droga, no era él quien los compraba o contrataba —terminó de forma contundente la secretaria.

—Comparto totalmente tu opinión —aseveró la inspectora—. Has hecho una magnífica descripción de este tipo de caracteres. —Marta se había dado cuenta de que aquella mujer había llegado a una conclusión importante y que se la acababa de brindar alegremente. No sabía cuánto tiempo les llevaría a sus compañeros llegar por otros vericuetos a esa misma realidad o incluso ponerle nombre, pero para ella ya se trataba de un personaje que debía de haber tenido un papel no desdeñable en el drama y al que, sin duda, era preciso poner cara y voz.

—Fue Valbuena el que se alarmó ante su ausencia, ¿no? ¿Era normal que no avisara? ¿Le gustaba teneros en ascuas?

—Nada de Valbuena, fui yo. Yo fui la que me di cuenta de que la ausencia no era como la de otras veces.

—Había pasado otras veces, pues...

—Había llegado más tarde al despacho de lo habitual. Incluso había avisado diciendo que no iba a llegar. A veces la juerga se le iba de las manos. No obstante, en esos casos siempre había una llamada más o menos sorprendente en la que me daba órdenes de dejar el campo libre. Recuerdo una vez que yo pensé que había conocido a una mujer especial porque le mantuvo tres días alejado de todo. Tres días en el jefe eran toda una vida. Yo entonces no sabía lo que ahora sabemos. Pensaba en historias de sexo incontenible, de esas que salen en las novelas tórridas. Esta vez, sin embargo, no hubo ninguna llamada. No me pidió que le diera largas a su mujer o que desconvocara reuniones. Silencio. Cuando el silencio fue insostenible fui a hablar con don Gregorio y ya él se hizo cargo. Cogió el coche y se fue a buscar a la mujer de la limpieza que era la que tenía llave del picadero.

—¿Tú la conocías?

—No, no, pero estaba encargada de mandarle los ochocientos euros cada mes en un sobre a su domicilio. Por eso tenía la dirección de Vallecas anotada. Le mandé a la calle Pedro Laborde, 5, y le cedí el testigo. Hice muy bien. Así yo quedé al margen de semejante papeleta.

—Mucho mejor para ti, Pilar. Podría haber sido un golpe muy importante. Nada de lo que relaten los medios o imagines es comparable a la visión real de la escena de un crimen.

Pilar se quedó un instante reflexionando antes de lanzarse a saciar sus más humanos instintos.

—¿Te puedo preguntar algo, Marta? Es pura curiosidad…

—Puedes, aunque ignoro si te podré contestar por cuestiones de secreto profesional —dijo suavemente la inspectora. Le interesaba mucho conocer qué provocaba aquel interés en la secretaria.

—¿Tú estuviste allí? —dijo al fin.

—Sí, estuve —contestó Marta, escueta, esperando la siguiente oleada de preguntas.

—¿Puedo preguntarte…?

—Ya te he dicho que puedes, pero que es posible que yo tenga vedado contestarte.

—No me lo tomes a mal… Quizá es demasiado morboso, pero…

—Pero ¿qué? —incitó Marta.

—¿Qué era lo del culo? —soltó en una exhalación compacta la secretaria.

—¿Cómo lo del culo? No entiendo tu pregunta, Pilar.

—No sé. Una tontería. Perdona. Es que cuando don Gregorio llegó por fin a su despacho, su secretaria, Marina, le oyó rezongar a través de la puerta. Decía algo así como «¡el cabrón se podía haber ahorrado lo del culo!». Ella no lo entendió y me lo contó y yo tampoco lo entendí y por eso ahora te preguntaba. Perdona, es una curiosidad que no debería haber tenido.

—¡Oh, vamos, Pilar, que yo no soy Weimar! Todos tenemos curiosidades morbosas. Es normal. Lo malo es que no puedo contestarte porque yo tampoco entiendo a qué se refería. Puede que no tuviera que ver con el crimen o que se refiriese a otra cosa. En todo caso, nos vamos a quedar con la duda…

—Tampoco pasa nada. La curiosidad a veces nos hace dar pasos en falso y más en nuestro trabajo —dijo pesarosa la secretaria, mirando el reloj porque su ausencia de la oficina era ya más larga incluso que el café de un funcionario. Ella no lo era.

—¡Venga, mujer! Tú ahora vuelve tranquila. Te voy a dejar mi móvil por si necesitas algo. Incluso, si te cursa muy mal, puedo derivarte a alguna compañera que te ayude, ¿te parece?

—¡Muchas gracias, Marta! ¡No sabes lo bien que me ha venido este rato contigo!

Claro que Marta lo sabía. Lo que no le dijo es lo bien que le había venido a ella. Cuando la vio alejarse mientras pagaba la cuenta, remachó en su cabeza las dos cuestiones que le habían abierto los ojos. Un hombre así no andaba buscando sesiones extremas de sexo por las esquinas y fuera lo que fuera lo del culo, no había que olvidarse de ello.

CAPÍTULO 12

El director volvió a pegar un grito justo en el centro de su cerebro.

«¡Es tan delicado que no se nos permite ni un milímetro más allá de lo que verás en el *cue*! He hablado con Nogales, pero si ves que patina lo más mínimo ¡córtale!».

La sintonía había arrancado y la regidora iniciaba la cuenta atrás. Ernesto la sentía como si fuera la de su propia ejecución. Ni la seguridad de que una apertura así iba a darles una cifra récord de audiencia le compensaba del sudor frío que le nacía en la nuca y amenazaba con desbordarse cerca de sus axilas.

No sabía si brillaba ni le importaba.

¡Dos, uno! ¡Dentro! —gritó la regidora.

Buenas noches. Bienvenidos como cada noche a las noticias de Ene Tv. El panorama económico, político y social del país continúa marcado por la consternación producida por la muerte del magnate Enrique González-Weimar, cuyo cuerpo fue encontrado ayer de madrugada en un apartamento del barrio madrileño de Chamberí.

El juez que instruye el caso ha decretado el secreto de sumario y pocos detalles más se han podido conocer más allá de la escenografía masoquista que fue hallada en torno al cuerpo sin vida del banquero.

Nuestra compañera se encuentra en la puerta del edificio de apartamentos del centro de Madrid.

—¡Buenas noches, Natalia! ¿Hay movimiento aún en la zona?

—No mucho más de lo habitual en una noche de invierno. La policía culminó ya sus tareas de investigación en el apartamento, que ha sido precintado. El mutismo ha sido total. Pocas cosas más se han podido saber en torno a la muerte del financiero.

Aquí los vecinos han mostrado su estupefacción. Se trata de una finca tranquila y burguesa en la que nadie esperaba que fuera a darse un hecho de estas características. Los vecinos no habían detectado ningún movimiento especial en el inmueble ni en el apartamento en cuestión. Muchos de los pisos de la casa están alquilados a personas que ni siquiera residen de forma regular en Madrid y, por otra parte, en la primera planta se encuentra una prestigiosa notaría, por lo que el movimiento de personas era grande y tampoco hubiera chocado encontrarse con hombres de negocios entrando o saliendo del portal.

—Bien, ¡gracias, Natalia! Vamos a conocer ahora de la mano de un experto como Arsenio Nogales las últimas noticias que de la investigación se hayan podido filtrar a esta hora.

«¡Ojo, ahora!», atronó el pinganillo.

—Y bien, Arsenio…

—¡Buenas noches! Pues el secreto que rodea la investigación es total. Casi es mayor que un secreto bancario suizo…

Nogales sonrió él solo su propia broma y continuó.

—Hasta el momento sólo sabemos que la causa de la muerte ha sido indudablemente el estrangulamiento en el contexto masoquista que ha sido descrito. Es cierto que el banquero llevaba puesta una máscara de látex y, según la autopsia, había recibido disciplina y algunas descargas eléctricas en los genitales…

«¡Párale ahí! Ya vale de descripción. Ya está claro de qué va el tema, que no se recree», dijo su dios.

—¿Es hacia esa característica hacia la que orienta la policía sus pesquisas, Arsenio?

—Los investigadores mantienen abiertas todas las líneas de investigación. Indudablemente se piensa en un homicidio ligado a prácticas sadomasoquistas, pero también de una puesta en escena para confundir a la policía e, incluso, de un crimen por encargo. La policía investiga tanto la vida privada del financiero como su vida profesional y económica. Los investigadores saben que es preciso también rebuscar en las relaciones financieras que últimamente tenía el empresario con Moscú. Tenía fama de ser un *killer* financiero y entre ser un *killer* de los negocios y hacerse matar por ellos, a lo mejor no hay mucho trecho. Todo ello con el añadido de la proximidad personal del fallecido al ministro del Interior…

«¿Pero... qué cojones? ¿No le he dicho que no toque ese tema? ¡Párale!», atronó la voz.

—Bien, Arsenio ahora lo que nos ocupa también es cuáles son las consecuencias de esta muerte tanto en el emporio de Weimar como en el entorno de su familia...

—Sí, claro, pero déjame que te diga que una de las cuestiones que han llamado la atención de la policía es que no hay ninguna traza de que la cerradura del apartamento haya sido forzada. Eso sólo puede significar que él abrió la puerta o bien que la persona o personas tenían su propia llave. La cerradura correspondía a una llave de seguridad de las llamadas *incopiables*, de la que, según fuentes próximas a la investigación, sólo había tres ejemplares. Una estaba entre los efectos del propio Weimar y otra estaba en posesión de una mujer de la limpieza; ¿quién tenía la tercera llave? Ésa es una de las grandes preguntas que está intentando contestar la policía... La otra es quién fue la última *dominatrix* del financiero.

—Muy interesante esta novedad que nos comentas, Arsenio, puesto que parece que abre algún campo claro para proseguir las pesquisas...

—En realidad también aparece otro campo muy claro que tiene que ver con las actividades profesionales de Weimar y con la incomodidad que en el Gobierno y en otros sectores económicos había producido la intención del empresario de dejar que parte de la empresa militar de satélites españoles fuera controlada por los rusos.

«¡Me *cagüen* la puta, hostia! ¡Sácalo de ahí! ¡Sácalo ya! Vamos a publi...», retumbó el pinganillo de Ernesto.

Estaba entrenado para que su rostro no reflejara ni la más mínima emoción que pudiera traslucir lo que ocurría en su oreja. Al principio le costó. Si las indicaciones que llegaban desde el control le disgustaban, se le notaba en el gesto. Le había costado Dios y ayuda convertirse en una esfinge. En eso que todos llaman un busto parlante. Sólo el sudor era incontrolable y ahora manaba hasta depositarse en el bozo del bigote. Seguro que le estaba arruinando el maquillaje y llenándole de brillos. Dio un pase. Él también necesitaba la publicidad.

—Perdona, Arsenio, pero el tiempo nos marca la pauta. Sólo seis minutos de publicidad y estamos de vuelta con ustedes. No nos fallen.

«¡Seis minutos!», gritó la regidora.

—¡Joder, Arsenio! No nos habías dicho que ibas a entrar en eso. Arriba tenían claro que íbamos a hacer una información con los datos oficiales y poco más. ¡Joder, tío, sabes que Weimar Corporación tiene una parte en este grupo! ¿A qué coño sales con lo del ministro y con sus negocios rusos? ¡No queremos exclusivas en esto! Ya te lo han dicho. Vamos a darlo pero vamos a darlo todo lo neutro que sea posible... Me has puesto en una situación difícil y a lo mejor a ti mismo también...

Nogales estaba calmado y no parecía sentir ningún miedo. Ni al director del programa ni a posibles represalias. Miraba a Ernesto vociferarle y le parecía estar viéndolo a través de una pantalla. No tenía ninguna realidad para él. Había cumplido con su misión y todo lo demás se arreglaría más tarde. Le daban un poco de pena aquellos jefecillos despóticos que creían saber cuáles eran los intereses reales de su cadena y qué podía molestar a sus jefazos. No alcanzaban a entender que quizá los que aún se sentaban por encima de los superjefes tenían otras ideas sobre cuáles eran sus intereses y cuál debía ser el desarrollo de los acontecimientos.

La familia Weimar prefería pensar que a su cabeza visible le habían dado matarile para vengarse por cuestiones económicas. Era un tiburón y esa imagen era perfecta. Todo menos asumir que habían rendido pleitesía y adoración a un hombre al que le gustaba que le sodomizaran mientras estaba atado y cubierto de látex. Era el Gobierno el que no quería oír hablar de los satélites y era el ministro el que no quería oír hablar de vicio ni de sexo. Arsenio Nogales llevaba haciendo información de sucesos suficiente tiempo como para saber que era más interesante fijarse en lo que prefería tapar cada sector. Eso le permitía hacerse una idea muy atinada de cómo iban en realidad las cosas. En este caso era aún más necesario. El sellado de fuentes era brutal. Ni siquiera sus amigos de siempre dentro de la policía estaban dispuestos a largar nada. Aun así, siempre quedaban puertas a las que llamar. Favores que cobrar. Pequeños chantajillos que utilizar. Nogales sonrió porque sabía que contra el malestar creciente en el plató, alguien, al otro lado, estaría agradecido por su intervención. Ya se lo cobraría.

Finalmente contestó al conductor del programa.

—Mira, están buscando a la *dómina*. Ya sabes, *cherchez la femme*, pero en este caso con más razón. Si hay un sumiso alguien ha tenido que someterlo. Si lo ha hecho por gusto, por dinero o por encargo de alguien será algo que habrá que dilucidar luego, pero hay que buscar a la *dominatrix*. Y os guste o no, cuando la detengan, habrá que dar la información. Y puede que ella cante. Así que no está de más que vayamos avanzando cosas que no se van a poder ocultar, ¿no crees? Porque lo cierto es que hay digitales y otras cadenas que van a darlo con todo lujo de detalles. Dile a tu jefe que los tiempos en los que podías silenciar los marrones se acabaron con las redes sociales...

Ernesto señaló al micrófono y lo cubrió con una mano.

—Si yo, Arsenio, lo tengo muy claro, pero ya sabes tú...

Nogales le lanzó una sonrisa cínica y se dio la vuelta para salir a quitarse el micro y a desmaquillarse. Tenía aún que ir a dos programas más. Tenía un trabajo por hacer. Una misión que cumplir. Y él era un cumplidor. De eso no cabía duda.

El periodista era ajeno al efecto de sus palabras. Nunca pensaba de forma individual en las personas que podían estar viéndole al otro lado. Allí, *el otro lado* era una especie de entelequia que, aunque había sido parcialmente violada con la aparición de las redes sociales, permanecía idealmente ajena a su actuación. Esta vez sabía que actuaba para un pequeño y selecto auditorio concreto, al que esperaba hubiera satisfecho su intervención, pero no podía imaginar qué otros elementos decisivos para sus investigaciones se contaban también entre los impulsos del audímetro.

Uno de ellos, claro, era Leo. Llevaba más de un día chutándose en vena toda información o desinformación que apareciera en los medios sobre el caso. No había hecho otra cosa. Ni tan siquiera aquellas que quizá tendría que haberse planteado hacer. No había llamado a la familia para darles el pésame. No sabía cómo hacerlo. No sólo por su incompetencia básica para manejar la expresión de sentimientos en ocasiones formales sino, sobre todo, por la circunstancia de que no había podido alejar de su corazón ni una ligera sensación de alivio y libertad por la muerte de Weimar, ni otra simultánea y de signo contrario que se hacía pesada y tenebrosa al posar sobre él la mano opresora del miedo a la información que podría hacerse pública.

Este último informativo lo había visto en el gran ordenador de su despacho mientras desmigaba trozos de *pizza* sobre la caja de cartón que la había contenido. No había reparado en la sensación de caos y desistimiento que se desprendía del estado en el que estaba dejando su lugar de trabajo, siempre hasta ahora impoluto y lleno de energías positivas. La idea que aquel periodista había dejado flotando en el éter le roía ahora a él las entrañas. La *dómina.* Enrique había tenido un ama. Leo sabía bien cuál era la relación con un ama, por eso había intuido desde el minuto uno que la tercera llave del piso la tendría ella. ¿Qué tipo de mujer sería la que Enrique había elegido para adorar? ¿Había tenido algo en común con sus propios gustos? No se imaginaba a un hombre como él tirando de vulgares prostitutas disfrazadas de ama para complacer al cliente. No, Enrique era más exquisito para todo, cuanto más a la hora de elegir ante qué pies postrarse. Y no había elegido bien. Su señora le había matado o bien había cobrado por hacerlo o por franquear el paso a otros. Una impostora. Una *dómina* de verdad siempre escucha a su esclavo, es su guía y su musa. Un ama de verdad comprende el temor que siente el sumiso durante el juego. Es lo bastante fuerte como para causar dolor y lo bastante amante para no usarlo sino como arma de placer. Imaginativa y creativa, una dueña de verdad cuida del bienestar emocional y físico de su esclavo. Sabe que la sumisión que se le ofrece es un regalo y que la entrega es voluntaria. Un ama respeta los límites y valora la enorme confianza que se deposita en ella.

Un ama de verdad es... como Claudia, pensó inmediatamente Leo.

Le faltaba Claudia. Había intentado contactar con ella, pero no respondía a sus mensajes. Solía pasar. A veces formaba parte del juego de dolor y espera que practicaban. Por otra parte, tampoco sabía si quería verla. No estaba seguro de poder jugar de nuevo, con el cadáver de Enrique sobrevolando sobre su espíritu. Quizá era mejor así. Dejar un espacio de duelo para que *tánatos* no fagocitara a *eros*.

La pregunta volvió a su cabeza. ¿Qué tipo de mujer era capaz de utilizar tal entrega para asesinar? Era como una doble muerte. Doblemente culpable de un asesinato con un prevalimiento inusitado y fuera de toda norma. También resonaban en sus oídos las referencias a la disciplina y a los juegos con electricidad. No sabía si sentirse cobarde o alegre por no haber necesitado explorar aún ese terreno. ¿Qué más habría hecho Weimar? ¿Hasta dónde había llegado? La pregunta era del todo morbosa. Podía imaginar una y cien escenas. Intentaba no obtener placer de ello. En todo caso, todos los interrogantes no le habían hecho perderse la frase en la que el tal Arsenio había relacionado directamente a Weimar con el ministro del Interior. ¿Estaban a salvo? Siempre había pensado que su pendiente suave hasta el éxito no era del todo limpia. Quizá se aprestaba a conocer el momento en el que la vida se iba a cobrar de golpe por todo lo que le había dado.

Buscó unos archivos en el ordenador y comenzó a ejecutarlos. Fueron pasando ante sus ojos las diversas partes de la reforma que le había lanzado a la fama. La casa de Weimar. Vio aquel baño lleno de luz que ahora le pareció demasiado frío. Un dormitorio que él imaginó para aventuras cómplices y que ahora descubría que tenía que haber sido una fría mazmorra para Estefanía. Estefanía. ¿Qué sabría? ¡Cuánto tenía que haber sufrido al conocer la noticia! Él conocía perfectamente el nivel de su humillación. Él sabía cuántos hombres y cuántas mujeres sabían que alojaba en su casa y en su vida a un traidor. Y habría más. ¿Había alguien que no supiera que Estefanía era la única parte de un matrimonio cuyos vínculos habían sido retorcidos y avasallados una y mil veces por Enrique? No había sido honorable. Leo no quería entrar en valoraciones morales. No tenía claro si la fidelidad era un concepto real. No sabía si era exigible o siquiera ofrecible. Quería pensar que sí, aunque la vida hacía por apearle de su convicción cada día. El engaño poblaba el desamor de demasiadas de las parejas que habían desfilado por su vida. No obstante, siempre era un engaño. Engañar, ocultar, poner todos los medios para que la otra parte no supiera lo que sucedía. Esto pasaba por no dejar sembradas pistas ni, desde luego, testigos. Pero Enrique no había sido así. Enrique sólo era fiel a su propio espíritu de traición. No era honorable lo que hacía. Estefanía. Contra lo que otras personas pudieran estar murmurando en ese preciso momento, Leo sintió cómo su imagen crecía ante su mirada. Ella era la víctima, pero eso sólo la hacía aún más digna. Ella había cumplido con su parte. Nunca había entendido ese uso social consistente en menospreciar al cornudo. ¿Qué es lo que se buscaba con ello? El engañado era señalado y estigmatizado. Causaba hilaridad. El traidor, por contra, solía aparecer como un héroe de novela. El *burlador*. Estefanía era una mujer honorable. Leo supo entonces que ya había obtenido las fuerzas necesarias para hablar con ella.

Unos tímidos golpes en la puerta le despertaron de su febril monólogo interior.

Una cabeza asomó tímidamente.

Era Valèrie.

Hizo un gesto de aprobación con la cabeza para permitirle entrar.

La joven entró sin dejar casi rastro en el aire, como una especie de presencia luminosa que a Leo le produjo cierto consuelo en aquel momento.

Al llegar a la altura de la mesa miró sin disimulo la pantalla en la que en ese momento se veía en una vista de 360º el invernadero de la Casa Weimar.

Valèrie no dijo nada. Puso una mano sobre el hombro de Leo. Una mano por la que fluía afecto y comprensión. Una mano en la que el joven arquitecto pudo detectar a la vez la asunción de sus dudas y la oferta de apoyo para sus miedos.

Nunca había sentido así la presencia de su colaboradora.

Por primera vez la miró y vio al ser humano. Lo que contempló le llenó de una extraña sensación de plenitud que duró apenas un segundo. Una sensación de esas que uno pasa toda una vida queriendo volver a sentir.

Leo levantó su mano del ratón y sin decir palabra la hizo reposar sobre la que Valèrie sostenía en su hombro. Ella de pie, él sentado. Pasó un tiempo que no tenía origen ni destino.

Detenidos también los sonidos. Suspendidos ambos en un continuo espacial en el que Leo sólo percibía serenidad.

Arsenio Nogales era del todo ajeno al efecto que sus palabras podían haber causado en el entorno del muerto. No le interesaba lo más mínimo. Él sólo quería cumplir su misión y cuando salió del plató y descendió de nuevo a la Castellana desde la Torre Kio, sabía que iba a encontrar a aquellos que sí le importaban. Hacía frío y la noche hacía mucho que se había instalado entre las farolas y los focos de los coches que pululaban por la gran avenida. Avanzó un poco más allá de la parada de taxis que había justo en la acera bajo la torre. No necesitaba ninguno. Iba a caminar. Comenzó a descender por el lateral cuando, como estaba convenido, a su paso se acompasó el de otro hombre al que había precedido una ligera nube de vapor producido por su exhalación.

—Ha estado bien. Podías haber remarcado más algunas cosas pero ha sido suficiente —le dijo el hombre sin que mediara saludo.

—No podía ni debía remarcarlas y lo sabes. Todo tiene su medida. Yo sé cuál es y por eso me pagas. Si no, te hubieras dedicado a intoxicar tú directamente desde ese *lobby* que tenéis.

Sacó un puro de uno de los bolsillos interiores y se detuvo un momento sobre la acera para cortarle la punta con un instrumento que salió de su navajita. Hizo todos los aspavientos necesarios para prender fuego en el cigarro y, mientras, dejó a su interlocutor que rumiara lo que acababa de decirle.

—¿Y bien? —le dijo finalmente al otro hombre.

—Para ellos es muy importante que esté sobre el tapete el tema de los rusos. No tienen muy claro que su muerte haya acabado del todo con el peligro de que la operación se lleve a cabo. ¿Qué harán los herederos? De hecho, puede que el riesgo se haga aún mayor porque no está claro que vayan a querer seguir adelante con la corporación, al menos en toda su amplitud. Si de pronto les entra la prisa por deshacerse de ella o escindirla, ¿qué mejor que ejecutar una venta que ya estaba muy avanzada? Convirtiendo la operación en un posible móvil de su muerte, la envenenamos —dijo.

—Está claro. De todos modos, a mí me da exactamente igual.

También imagino que hacer entrar en escena su amistad con el ministro del Interior sitúa a éste en una posición de debilidad en el Gabinete frente al de Defensa, que es el que juega con vosotros, ¿no? —preguntó sin ganas Nogales dándole una húmeda y salivosa chupada al habano.

Marc Ribas se removió en el abrigo de *loden* verde que contrastaba con su color de pelo.

—Mis clientes querían que se hiciera así y tampoco a mí me va nada en esto. Somos ambos meros intermediarios. No por eso menos importantes, sobre todo para nosotros mismos. Te seguiré dando datos según veamos cuál puede ser la deriva de los acontecimientos. Aún no ha habido ningún movimiento por parte de los herederos y ni siquiera se ha abierto el testamento. Habrá movida, ya lo verás. Cuanta más haya, más necesarios seremos y más subirá nuestra cuenta, ¿no? —dijo alegremente.

—Así es, estimado amigo, así es. Te dejo ahora porque aún tengo que ir a una emisora de radio. Allí me será más fácil ahondar en el mensaje. En su consejo no se sentaba nadie de Weimar Corporación. A éstos lo que no les interesa nada es remover la relación de Marcelo con un hombre al que le gustaba que le arrearan las mujeres. Demasiado pecaminosa, si me quieres entender...

Ribas le entendía perfectamente, pero tampoco le cabía duda de que sabría cómo colocar el paquete que tenía encomendado. Le dejó alejarse hacia el borde de la acera y dejar que levantara la mano en un perfecto saludo nazi para detener un taxi. Cuando comenzó a alejarse, Marc Ribas paró un segundo coche mientras maldecía en su interior el puto frío que hacía en Madrid.

Entre tanto, acababan de apagar el receptor de televisión en una sala privada anexa al despacho del ministro del Interior. Marcelo Soto permaneció pensativo unos momentos, como intentando asimilar las consecuencias de lo que acababa de ver. El comisario Rominguera no interrumpió tales cavilaciones. Él no era mucho de darle al magín aunque entendía que un político tenía sus propios canales de asimilación. Para el comisario todo era más sencillo. Lo que había. Lo que no querían que hubiera. Lo que se podía hacer. Junto a eso la evidencia de que estaba entrando en un apartado nuevo en su relación con el ministro. Estaba ganando claramente posiciones en su confianza. Iba a tener que ponerse en sus manos si, como sospechaba, era él mismo el que estaba en riesgo si salían a la luz las miserias de Weimar. Pero Rominguera era más perro que diablo y no dejaba de ser consciente de que esa misma fortaleza le convertía en objetivo. Iba a hacerle favores muy grandes a su jefe y, muchas veces, que el poderoso se sienta en tus manos es lo más peligroso que existe. Iba a verlo y a envidar.

Sobre la mesita baja, que junto con los sofás quería convertir la salita en algo más familiar y menos ministerial, estaba el objeto de todas sus cuitas. Un solitario *iPhone* con una funda de piel de oveja. El comisario tuvo la sensación de que parecía que les observara. A pesar de su dilatada trayectoria seguía sufriendo ciertos escalofríos cuando la razón del poder le obligaba a hacer ciertas cosas. La de llevarse una prueba de la escena del crimen no era la peor. Allí estaba. Mostrando una inocencia que se contradecía con el hecho de que dentro de él albergaba la ruina para más de uno.

—¿Y bien, Rominguera...? —abrió fuego el ministro—, ¿en qué punto estamos?

—Pues en un punto jodido, señor ministro, si me permite usar la expresión.

—Se lo permita o no, ya la ha usado, Rominguera. Hable como quiera pero, en lo posible, déme más información que opinión —le espetó.

—Tenemos la caja. Como sospechábamos, contiene material fotográfico comprometido. La he hecho descerrajar sin intervención policial. En este oficio uno hace amigos de todo tipo, incluyendo a quien sabe hacer ciertas cosas y no tiene motivos para preguntar...

—Incluso quien no quiere conocer los detalles como es mi caso —le cortó Soto.

—Perfecto. Al hueso. La caja contiene fotos escabrosas. En ninguna está el propio Weimar. Podemos concluir que las guardaba para tener en sus manos a ciertos personajes. He reconocido a otros empresarios, algún juez y otros profesionales. En total hay unas diez personas diferentes.

Rominguera se calló en un gesto sádico perfectamente calculado. ¿Iba a preguntarle el ministro si estaba él? Sentía cómo la inquietud le mordía por dentro, mas estaba seguro de que no podía arriesgarse a ser tan claro. Sería tanto como confesarse ante él. No lo estaba, pero el comisario intuía que tenía motivos para estar inquieto. Lo dejó cocerse.

—¿Y bien, comisario?

—Quiero saber qué destino le damos al material. No sé si quiere destruirlo o conservarlo usted mismo para lo que pueda suceder.

—Lleva razón, Rominguera, la vida es muy larga y la vida política muy intensa. A ninguno de los dos se nos pasaría por la cabeza hacer un uso espurio de tal material, si bien es cierto que esas personas podrían intentar perjudicarnos en algún momento y no estaría de más poderles recordar que tienen mucho que callar. Creo que no vamos a destruir las pruebas, de momento.

—Muy bien, señor. No hay más que una copia de cada fotografía y le voy a hacer entrega de ellas ahora mismo. También quiero informarle de que en el consolador que le sacamos antes de la llegada de homicidios no había ninguna huella. Es evidente que la *dominatrix* usó guantes de látex, lo cual no debe extrañarnos, vistas las cosas que suelen dedicarse a hacer…

—Sin regodeo en los detalles, Rominguera. Ya me hago cargo.

—Pues entonces ya sólo nos queda un problema por solucionar… —dijo el comisario.

—Y lo tenemos aquí delante —contestó, escueto, Soto.

—Sí, señor ministro, lo tenemos justo aquí delante. No tengo ni que decirle el frenesí que tienen en la Brigada de Homicidios buscando un móvil de Weimar. Han dado por sentado que se lo llevó la asesina o los asesinos. Han solicitado los postes en los que estuvo registrado y quieren revisar el cruce de llamadas, aunque sabemos que no les servirá de nada, y poco más podrán hacer en esas condiciones.

—Es una pena, pero poco más podrán hacer ellos —dijo, pensativo, Soto.

—¿Y nosotros? Porque nosotros sí tenemos el teléfono, señor.

El ministro se levantó del sofá y se dirigió hacia las ventanas. Apartó un poco el visillo y dejó que la mirada se le perdiera entre el reverbero de las farolas de Castellana sobre los charcos y la imagen de la enorme bandera de la Plaza de Colón, pendiendo fláccida por el peso de la lluvia. Se metió una mano en el bolsillo del traje, al que había desposeído de la corbata hacía ya varias horas.

El comisario siguió esta vez sin respetar su introspección.

—Usted ya sabe que el móvil de Weimar tiene instalado el COMSEC-VIP, exactamente igual que el suyo, señor.

—Lo sé, Rominguera. Fue una compañía suya la que desarrolló la tecnología...

—Cierto, aunque no es el único empresario relevante cuyo teléfono la tiene, y está también garantizado en su confidencialidad por el Centro Criptológico Nacional, aunque yo ignoro quiénes sean.

—Yo sí lo sé, comisario. Uno de ellos es Weimar, que es lo que nos importa ahora.

—Correcto. En esas condiciones la comunicación de voz está protegida y la mensajería instantánea es segura totalmente, incluyendo la transmisión de archivos. Tenemos el cifrado extremo a extremo AES256 y las claves aleatorias para cada llamada y sesión...

—Conozco las medidas de seguridad de las que yo mismo estoy dotado. Gracias, Rominguera. El susto de Merkel con la NSA nos pilló a todos en bragas, pero ya está solucionado. Weimar estaba tan blindado como yo.

—Entonces, ¿vamos a intentar averiguar qué tenía o no el teléfono? —bisbiseó el comisario ante tamaño reto.

—Eso es lo que estaba valorando, comisario, y creo definitivamente que no nos trae cuenta.

El comisario detectó el *nos* mayestático. A él sí le hubiera traído cuenta saber si el sistema era vulnerable y tenía algún resquicio. ¡Menuda mina!

—Quebrar esa protección es difícil, por no decir imposible, y peligroso. Nos veríamos obligados a movilizar expertos que acabarían por saber que tenemos algo que no debemos. Abriríamos las puertas al sistema operativo que usamos nosotros mismos. ¡Tendría que desprotegerme yo para intentar conseguirlo! No, Rominguera, no. Carece de sentido. Si nosotros no podemos penetrar en ese *iPhone*, nadie podrá hacerlo. El problema es que tampoco conviene deshacerse de él. Es un riesgo también. De momento se va a quedar aquí con las fotos.

—Convendría destruirlo.

El ministro también pensó que quizá en circunstancias extremas podría ser interesante violar el sistema. Si a él ya no le quedaran puentes que quemar, por ejemplo. En todo caso, para machacarlo físicamente siempre había tiempo. La policía no iba a hacer una entrada y registro en su despacho. La idea le provocó una sonrisa que el comisario no entendió.

—Más adelante, veremos. De momento voy a depositar todo esto en mi caja de seguridad.

—Es comprometido quedárselo, señor —insistió Rominguera.

—No se preocupe, comisario, he entendido la situación. Usted recogió el teléfono del lugar de autos y me lo entregó para mi custodia —dijo recalcando el hecho de que era el comisario el que había hecho desaparecer la prueba. Rominguera no precisaba de tal recordatorio—. Sin embargo, dejo a su criterio qué hacer con el *dildo*, comisario. Puede destruirlo si lo desea.

—Ya comprenderá que no voy a reciclarlo —dijo Rominguera, algo molesto por la broma.

—Como vea, comisario. Lo dejamos aquí. Estoy muy cansado. Agotado. Un minuto para dejar esto a buen recaudo y después me voy a casa. Haga usted lo mismo. Aún nos quedan días muy duros —dijo dando por terminada la reunión.

—De acuerdo, señor. ¡Buenas noches y que descanse!

Soto le deseó lo mismo y se quedó un rato aún para meter el material en una caja empotrada, cuya combinación sólo pasaba de ministro a ministro. Él incluso la había cambiado. Una caja con historia. La caja de los fondos reservados. Introdujo allí las fotos y el teléfono, pensando en el problema añadido que suponía aquel objeto. Los móviles que tenían instalado aquel sistema de seguridad precisaban de una clave o de la huella también para ser apagados. Un añadido de seguridad para que no pudieran ser sacados del sistema de detección en caso de robo o pérdida. El ministro sabía que el comisario encargado de la investigación acabaría por saber que la localización del teléfono estaba en el Ministerio. Sabía que tendría que tener una conversación tranquila con él, pero no le preocupaba demasiado. Cerró la caja y se aprestó para irse.

Cuando el comisario salió de la salita, abandonó la parte del palacete de Alcalá-Galiano que estaba reservada al señor ministro del Interior y que incluía su despacho, su secretaría, el comedor privado y otras dependencias privadas anexas. Iba algo calentito cuando descendió la rumbosa escalera que le regurgitaría sobre el Paseo de la Castellana. No le habían gustado nada de nada las últimas insinuaciones de aquel cabroncete. ¿A qué venía recordarle que era él quien había sustraído una prueba de la escena del crimen? No necesitaba que le machacaran con el hecho cierto de que estaba en aquello hasta el cuello. Había sido juego sucio por parte de un tipo del que nunca había tenido claro si merecía ocupar aquel despacho y ser el jefe de la seguridad de todo un Estado. Era claro que él mismo estaba metido de alguna manera en aquello. Era imbécil si pensaba que un hombre como él no iba a seguir el hilo hasta llegar al ovillo. Si al señor ministro le gustaba la sensación de tener por las pelotas a empresarios y jueces, a él, a Domingo Rominguera, le gustaba la de tener por los cojones al señor ministro. Y le iba a dar el primer aviso. Mientras caminaba remontando la calle Génova, sacó el teléfono del bolsillo del abrigo y envió un mensaje a otro personaje al menos tan viscoso como él mismo. Estaba seguro de que el regalito que pensaba hacerle le iba a poner contento.

Quedó con Nogales en un punto conocido por ambos y se dirigió a él jugando a arrojar el vapor que el contraste de temperaturas sacaba de su boca, con la misma satisfacción con la que había visto al periodista hacerlo con sus puros.

Cuando lo tuvo a su lado le explicó sucintamente de qué iba aquello.

—¡Buenas noches! Me alegro de que hayas podido venir tan rápido —dijo a modo de saludo.

—¡Y cómo no si esta historia está sellada por todas partes! Porque… no espero otra cosa que algo sobre Weimar, ¿estamos de acuerdo?

—Correcto. Mira, Nogales —ambos hombres remontaron por la solitaria acera de Santa Engracia—, en este asunto hay algo que puede ser la pesadilla de la familia y de todos aquellos que han compartido los *hobbies* de Weimar...

—¡No me jodas que hay imágenes! —al periodista se le encendieron los ojos.

—Las hay. Supongo que Weimar las guardaba, bien para protegerse, bien para matarse a pajas, ¡vete tú a saber! Estaban en una caja fuerte en el piso. Los investigadores no saben nada de esto. No vas a poder citar ninguna fuente, así que no sé si te interesa... —dijo resoplando el comisario.

—Bueno, el simple hecho de insinuar que existía material de ese tipo... Además, podía tenerlo otra persona y no haber estado en el lugar de autos, ¿no? Ya me busco yo la vida... Eso y ser prudente es oficio puro —señaló rotundo.

—Tampoco te lo voy a dar —espetó el comisario.

—¿Entonces, qué es lo que me estás contando?

—Te estoy contando, Nogales, que existe material que puede comprometer a grandes empresarios, políticos, jueces y profesionales cuya carrera se podría ver truncada, y te lo voy a probar enseñándote una de ellas. He elegido ésta por una característica que ahora verás... —le explicó mientras introducía la mano en el bolsillo de plastrón de su abrigo para sacar una fotografía en papel.

Se la mostró al periodista sin soltarla de su mano.

Nogales la miró haciendo un amago de ir a asirla, que fue rechazado por Rominguera.

—¡Mirar no es tocar! ¿La ves bien?

Nogales vio una copia en color en la que se apreciaba una baraúnda de cuerpos enredados en una escena de sexo clara. No era posible distinguir los rostros de muchos de los hombres debido a las posturas que mantenían. Sólo un rostro, el del último participante en un acoplamiento múltiple, era reconocible.

—¡Hostias, tío! ¡Esto puede hacer estallar el país! Esto es peor que cualquier historia de rusos y mucho más desestabilizador... Entiendo además que en otras fotografías sí se les ve...

—Entiendes bien. Sí se les ven los rostros en otras fotografías... —le dio la razón Rominguera.

—¿Y tú, cabronazo, las has visto y sabes quiénes son? —dijo con una emoción patente.

—Las he visto y sé quiénes son, pero no te lo voy a decir.

—¿No?

—No, Nogales, no. Te he enseñado una para que puedas tener constancia profesional de que existen, y te afirmo que son personas muy importantes de este país las que participaron en estas orgías. ¿Te parece poco?

—Siempre me parece poco, pero también sé amoldarme a lo que hay —dijo el periodista—, aunque no te voy a negar que sí he reconocido a una persona.

—Sabía que sería así, pero no tiene mayor importancia. Digamos que es morrallita en comparación con los otros.

—Bien, es probable que así sea. Por cierto que lo poco que se ve de la habitación también es bastante curioso… —dijo pensativo.

—Lo es. Puedo decirte que no encaja con el apartamento en que apareció muerto.

—Ya, ya… Esa chimenea y esas molduras en la pared… son de un edificio de más raigambre.

—¡Siempre has sido listo y observador, Nogales, tenías que haberte hecho policía! —le aplaudió Rominguera.

—¿Para qué?, ¿para cobrar menos haciendo la misma mierda? —le replicó, dándole una afectuosa palmada en la espalda.

El comisario ya estaba guardando la fotografía en el mismo bolsillo en el que había viajado, mientras que el periodista guardaba en su memoria una imagen precisa de lo que había visto, incluyendo el rostro de un joven con la estrella de la fama en la frente.

CAPÍTULO 13

De repente en la mañana, la paz. Ya no estaba pendiente de nadie. Ya no estaba pendiente de él. El *Salve Regina* de Haydn se abría paso en su mente serena. Casi había olvidado que una podía sentirse así de estupenda. A partir de ese momento lo que hiciera no dependía de nadie. Nadie iba a jugar con su estado de ánimo. Nadie iba a obligarla a volver a instalarse en la desesperación. Estefanía suspiró y dejó la cerveza sobre la mesita del saloncito privado que había pedido que le hicieran junto a su dormitorio. Aquel chico, el arquitecto, había entendido la necesidad espiritual que ella tenía de aquel recinto. Tal y como había dispuesto el acceso, era raro que Enrique se aventurara en aquel gineceo, así que era una parte de la casa que no apestaba a él.

El miedo había terminado. El miedo a estar con él y el miedo a que la dejara por cualquiera. Todo había acabado. O tal vez todo acabara de empezar. ¿Por qué no había salido del infierno ella sola? ¿Por qué había tenido que ser la muerte la que la liberara? Sola. Ella sola. Ella, que sabía. Sabía que su vida había sido una larga huída de la soledad. Una búsqueda frenética de amor y compañía. Luego, cuando ya no cabía ninguna esperanza para el amor, Enrique aún era la compañía. Ni eso. Enrique sólo era el marchamo que la salvaba del fracaso porque para ella la soledad siempre había sido una especie de fracaso. ¿Cómo es que ahora se consideraba libre? Ahora empezaba la verdadera soledad. ¿Podía seguir sola? ¿Se puede vivir con la soledad? ¿Tenía la vida entonces sentido? ¿Sería capaz de hallarle alguno en su interior?

El vacío. ¿Cómo llenarlo ahora? Allí estaba en medio de la cuarentena y descubriendo que llevaba toda la vida huyendo de sí misma. Ahora que sabía que tendría que seguir sola y que pensaba en ello, una punzada de dolor hasta físico comenzó a remontar desde sus tripas. Ya estaba sola. Él la había obligado a aislarse. No hubiera podido dejar que nadie traspasara su barrera de seguridad para descubrir que su marido era una especie de psicópata psicológico y que ella… ella era solamente una pobre desgraciada que esperaba a que el demonio con el que habitaba acabara con ella de un zarpazo.

Sintió el pavor que le producía su propia soledad interior.

Unos golpes en la puerta la sacaron de su angustia. Creyó sentir cómo su corazón se aceleraba, aunque alcanzó a decir con una voz absolutamente normal: «¡adelante!». Vio asomar por el dintel el rostro de su hijo Andreas.

—¿Puedo pasar, mamá? —preguntó en un volumen deliberadamente bajo.

—¡Claro, cariño! —le contestó, obligándose a esbozar una sonrisa que sólo la ternura que le producía su hijo era capaz de provocar.

Andreas, bello como la mañana, entró en el pequeño *boudoir* donde su madre acababa de terminar de tomar su desayuno. Su media melena castaña, sedosa y rizada brillaba con los débiles rayos invernales que atravesaban la ventana. Iba vestido con ropa cómoda, como si no hubiera salido en toda la mañana de casa. Tampoco le sorprendía. Aún no habían decidido cómo afrontar el tema de la gestión de la corporación. No era pertinente que acudiera al trabajo como becario. Vio un rictus de preocupación en la cara de su hijo que casaba poco con tanta juventud. Resultaba curiosamente anacrónico, como si el estado de ánimo que tendría en unos años se le hubiera instalado ya en las comisuras de una boca demasiado jugosa aún.

—¿Cómo estás, hijo? —preguntó con dulzura.

—No sé decirte. Bueno, sí sé, pero me resisto a decirlo en voz alta —susurró.

—Sabes que a mí puedes decirme cualquier cosa. Supongo que crees que no te sientes lo suficientemente triste por la muerte de tu padre o algo así…

—¿Cómo lo sabes? Es algo parecido. No es que no me sienta triste. Me siento triste e indignado porque su muerte me parece injusta, pero también me descubro sintiendo que mi preocupación flota por encima de toda esa otra panoplia de sentimientos y no debería. ¿No crees que no debería?

—Los sentimientos, hijo, son lo que sentimos. No existe un control racional sobre lo que debemos de sentir. Déjate ir. Si estás preocupado es que hay motivos en tu interior que te hacen sentirte así. Podemos hablarlo. ¿Qué es lo que te preocupa exactamente? ¿Qué te preocupa tanto como para perturbarte en tu duelo? —le respondió con cariño.

—Mamá, sé que es egoísta, pero me preocupa lo que me vaya a salpicar de... Mira, déjame que sea un poco bruto, ¿va? Joder ¡mira lo que estaba haciendo papá! ¡Las cosas que dicen en los medios! Insinúan que sus actividades sexuales eran, perdóname madre, abundantes y... ¿qué va a pensar todo el mundo de nosotros, madre? De mí pero, sobre todo, de ti. ¡No tenía que haberse comportado así! Aunque no fuera más que por no dejarme este legado de mierda encima. No sé cómo voy a poder volver a atravesar el *hall* de Torre Picasso y mirar a la cara a nadie después de esto...

—Es probable que lo atravieses como presidente de la compañía aunque sea con la tutela de Goyo. Ya lo veremos. Si es así, lo verás todo de otra manera. Desde la planta 45 todo se ve de otro modo, créeme. Si no fuera así, tu padre se habría comportado de otra forma. Tengo más miedo a que ese virus te ataque también a ti y te convierta en un monstruo que a lo que te pueda hacer sufrir la mirada de los demás —le explicó.

—No hablemos de eso, madre. No quiero pensar en la empresa ni en el futuro. Aún no. Estoy demasiado ofuscado con el presente. He visto en algunos medios en Internet rumores sobre el miedo en ciertos sectores a que papá conservara fotos de algunas orgías. Perdona, madre, de verdad, perdóname por hablar contigo de esto, pero no puedo hacerlo con nadie más —imploró.

—No te preocupes, Andreas. Si alguien sabe de la bajeza moral de tu padre, soy yo. Si por alguien he callado, ha sido por ti. No tienes por qué hacer caso a todo lo que se diga, pese a que, como has heredado la inteligencia de tu padre, no te va a servir de nada que te diga eso. Tú, como yo, sabes que este colofón sólo podía proceder de una representación más larga y probablemente tanto o más ignominiosa para nosotros.

—Exactamente, madre. Me preocupa que hablen de fotografías y videos. Me preocupa pensar hasta qué punto hoy en día, aunque son cosas de las que tú, madre, estás afortunadamente apartada, todo el mundo se envía cosas, recibe cosas, ya sabes. No me termino de creer que mi padre, que ha demostrado que quería jugar fuerte, no jugara también a eso.

—Yo tampoco lo creo mucho, Andreas, si te sirve de algo.

—¡Entonces, estamos vendidos! ¿No te han informado de que no ha aparecido el móvil de papá? Si se lo han llevado los asesinos o la asesina o quien estuviera con él, vamos a vivir con esa angustia durante años. ¿Y si luego nos intenta chantajear? —Andreas no intentaba ocultar la conmoción interna que le anegaba.

—¿Y qué podemos hacer, hijo? Sólo pensar que quien lo tenga no pueda acceder a él —tu padre era muy escrupuloso con la seguridad— o si lo hace, que tenga tanto que callar como para destruir el material. ¿No crees?

—Mamá…

—Dime, Andreas, hijo.

—¿Puedo confiarte algo? No puedo llevar este peso yo solo encima…

—¿De qué peso me hablas, hijo? ¿Es que tienes que ver algo con todo esto? No me asustes, ¡por Dios!

—No temas, madre, no es eso. Verás ¿te acuerdas cuando papá decidió que iba a dejar la *Blackberry* para pasarse a los teléfonos inteligentes?

—No, Andreas, no recuerdo nada de eso. Probablemente ni me lo comentó. Hacía años que no me comentaba nada —respondió neutra.

—Yo sí me acuerdo. Empezó con los *iPhone* porque yo le había dado mucho la tabarra con lo genial que era Apple. Arrancó con uno de los iPhone3 y, nada más comprarlo, estuvimos trasteando con él. Me pidió que le ayudara. Él no había manejado aún nada de Apple —explicó Andreas.

—Sí, recuerdo esos tiempos en los que aún teníais complicidades.

—Bien, a lo que te iba diciendo, él ignoraba en aquel entonces qué era el ID de Apple, que es necesario para gestionar luego todo. Así que creamos uno.

—¿Y? Yo también tengo un ID de Apple, Andreas…

—¡Que se lo hice yo, mamá! ¡Que me sé el ID y la clave que le pusimos, salvo que él la cambiara después y, la verdad, no es muy común cambiar eso! —dijo descubriéndole triunfal a su madre su revelación.

—Andreas, entonces… ¿me estás diciendo que puedes localizar el teléfono? —aventuró cuidadosa.

—Sí, madre, que puedo intentarlo con la aplicación de Buscar mi *iPhone*…

—¿Lo has hecho? —inquirió.

—No, madre, aún no. Necesitaba tu aquiescencia. No podía dar un paso así yo solo. Me daba mal rollo… No sé, a fin de cuentas era algo privado de mi padre. Nunca hubiera pensado en hacerlo en vida; es más, sólo he recordado ese extremo cuando he leído que no se encontraba el teléfono…

—Hazlo —dijo Estefanía con voz ausente.

—¿Estás segura? De todos modos es posible que hubiera cambiado la clave…

—Prueba.

Andreas llevaba en la mano su *Ipad*. Era cuestión de minutos entrar en la aplicación y teclear el ID de su padre y también la clave que recordaba. En la pantalla apareció una brújula…

—¡Pues no lo había cambiado! ¡Lo está buscando! —dijo triunfal—. Aunque si lo han apagado, no servirá de nada…

La imagen se detuvo sobre un sector del mapa de Madrid. Andreas miró la pantalla sin que pudiera ocultar la estupefacción en su rostro.

—¿Qué pasa, hijo? No me asustes…

—Pasa que está encendido aún. No lo entiendo pero es así.

—¿Y dónde está, Andreas, dónde está? —preguntó ansiosa.

—¡En pleno Paseo de la Castellana!

Estefanía le arrebató el *Ipad* a su hijo y miró. Inmediatamente lo dejó sobre su regazo y miró a Andreas con resignación.

—¿Sabes qué edificio es ese, hijo? Es la sede del Ministerio del Interior. ¡Es Marcelo quien lo tiene! —dijo en una exhalación de aire profunda.

—¿El ministro? —preguntó atónito.

—El ministro, pero eso debe aliviarte, Andreas.

—¿En qué sentido? —El chico no salía de su sorpresa.

—En el sentido de que lo que tú temes está seguro. Si alguien tendría que estar preocupado con la existencia de cierto material sería Marcelo. Créeme. Si de alguien estoy convencida de que ha sido compañero de fatigas de tu padre, es él —le confesó.

—¡Me dejas loco, madre!, —exclamó Andreas.

—No sé por qué. Si eres capaz de asimilar el comportamiento de tu padre, en el sentido de darlo por veraz, ¿por qué pensarías que ese tipo iba a ser mejor? ¿Por ser ministro? No me seas ingenuo, hijo.

—Visto así..., seguro que llevas razón. ¿Y qué hacemos? —preguntó mirándola con una actitud que asumía totalmente su autoridad.

—Nada.

—¿Nada?

—Nada. Esperar. No somos nosotros los que tenemos que mover ficha, Andreas. Ya verás como el resto del mundo se encarga de moverla. Hay veces en la vida en las que no tiene sentido intentar tomar las riendas. Éste es uno de ellos. Sólo nos haría sufrir. El río baja crecido y tumultuoso. No tiene sentido ponerse a nadar a contracorriente. Ya, ya sé que tu padre te daría el consejo exactamente contrario, pero yo no soy él. Déjate llevar por la vida un poco, hijo. Ya iremos viendo qué escollos se presentan. ¿No crees? Eso sí, aléjate de la prensa y a tus amistades diles que pensamos que es un ajuste de cuentas por temas empresariales, ¿te parece?

—No tengo criterio, madre, estoy dispuesto a hacer lo que tú digas —contestó dulce.

—Habrá cosas que te inquieten o te hagan sufrir. No dudes en venir a hablarlas conmigo. Al menos ya hemos pasado el trago de hablar con la policía. Con todo podremos, pequeño mío —dijo mientras le revolvía cariñosamente el pelo.

—Gracias, mamá. ¡No sabes la falta que me hacía esto!

Estefanía sí que lo sabía. Ella también hubiera necesitado una presencia protectora que le marcara el camino y la liberara de tomar decisiones. Era el gran dolor de crecer. Ya nunca volvías a sentirte seguro y ya nunca nadie te arropaba y te liberaba del peso del mundo. Aun así, sabía jugar su papel de madre y estaba dispuesta a hacerlo. Andreas era la empresa que más le importaba en el mundo.

La información que por azar acababa de llegarle le daba vueltas en la cabeza. Así que Marcelo tenía el móvil de Enrique. ¿Cómo había llegado a sus manos? Los de homicidios le habían dicho personalmente que en el apartamento no había ningún teléfono cuando llegaron. De hecho, habían sido especialmente pesados con el tema de si habría algún otro aparato o número que usara su marido. La policía, pues, no había sido capaz de dar con el *iPhone* de Enrique y, sin embargo, su jefe máximo parecía tenerlo. Sólo se le ocurrió la idea de que hubiera sido Goyo el que se lo hubiese guardado antes de que llegaran los efectivos y se lo hubiera hecho llegar al ministro, aunque, ¿por qué habría hecho eso el vicepresidente de la compañía?, ¿él también tenía miedo a lo que podría contener? La cuestión le producía una gran inquietud. A fin de cuentas, Valbuena estaba llamado a asegurar y afianzar el relevo en la compañía y era además el albacea testamentario. Tener que desconfiar también de Goyo le abría una sima bajo los pies. Quizá estaba yendo más deprisa de lo debido, pero, no obstante, se prometió a sí misma volver a revisar todo bajo la luz de aquel nuevo dato. Todo lo que había sucedido y todo aquello que fuera a suceder. Sobre todo, aquello que Goyo propusiera a partir de ahora.

Sonó en ese momento el teléfono interior instalado en la habitación. Al otro lado, la voz de una de las doncellas:

—Señora, hay una llamada de una mujer que dice ser psicóloga de la Policía. No le he dicho que estaba hasta recibir instrucciones...

—¿Ha dicho qué quería? La policía ya ha estado hablando con nosotros.

—Sí, sí, señora, se lo he dicho. Sólo ha insistido en que quería hablar con la señora y yo no sabía tampoco qué hacer...

—No se preocupe, Lucinda. Una psicóloga me dice..., pero policía, ¿no?

—Sí, sí, señora, eso me ha dicho. Inspectora Carracedo, me dijo. Sólo ha dicho que quería que la pasara con la señora y yo, claro, señora...

—No se preocupe. Pásemela, por favor, Lucinda —ordenó Estefanía. Quería saber qué pasaba ahora y por qué volvían a rondarla después de haber soportado horas de conversación que se habían convertido también en declaración.

—Estefanía González-Weimar al habla. ¡Dígame!

Al otro lado de la línea, Marta tuvo su primer contacto con la voz de la viuda de Weimar. Le sonó presuntuosamente aplomada, dadas las circunstancias. Tuvo la sensación de que la mujer había hecho un esfuerzo por exteriorizarse tal y como se esperaba de ella. Mientras paladeaba la sensación, le explicó cuál era su papel en la investigación y cómo precisaba tener una charla con ella algo diferente a la que sus compañeros de homicidios habían mantenido.

—Mi papel, señora, es establecer el retrato psicológico de su marido. Conociendo los rasgos psicológicos de su esposo, su personalidad y forma de ser, podré establecer su modo de actuar y analizar sus comportamientos de riesgo. Sólo a través de ellos podré inferir cómo fue posible que el agresor llegara hasta él y la vulnerabilidad que presentaba. Quiero insistirle en que lo que nosotras hablemos no constituirá una declaración ni yo tendré que realizar un informe concreto con sus afirmaciones. Yo, simplemente, al final orientaré a mis compañeros hacia el tipo de agresor o agresora que deben buscar, si bien puedo reservar todas sus confidencias al respecto. Digamos que no tengo que precisar de dónde he sacado los datos, sólo tengo que dirigirlos hacia el lugar adecuado. Quizá incluso le venga bien tener una conversación de ese tipo en este momento...

La frase quedó suspendida en el hilo telefónico entre las dos. Marta la lanzaba como un hilo que las uniese y Estefanía la recibió con la sensación de que aquella mujer sabía lo que estaba sintiendo exactamente en aquel momento. Era verdad, necesitaba hablar con alguien sobre quién era exactamente su marido y qué había pasado entre ellos. Ni su hijo ni su entorno podían en modo alguno ser destinatarios de tales confidencias. Aquella mujer, sin embargo, decía que nada iría a parar a un papel oficial. Sólo sus conclusiones.

—Bien, no tengo inconveniente en que nos veamos, inspectora. En todo caso, si viéramos que tal conversación no me hace bien, siempre podríamos concluirla, ¿no cree? —dijo, buscando dejar un camino en la retaguardia.

—Efectivamente, podríamos hacerlo en cualquier momento. Por cerca o lejos que nos quedemos, siempre tendré que agradecérselo, porque sus percepciones tienen más valor que ninguna otra para mi trabajo —remarcó Marta para reafirmarla.

—De acuerdo. Lo hacemos así. Nos podemos ver esta tarde si lo desea. Hacia las cinco. ¿Le parece?

—Perfecto. Allí estaré.

Marta se quedó un momento en silencio tras colgar. Acababa de conseguir la que quizá fuera la entrevista más importante para su trabajo de autopsia psicológica. Ahora pesaba sobre ella la responsabilidad de obtener todas las confidencias que sus compañeros de investigación no habían sido capaces de obtener. El reto la ponía a mil.

Y lo de los retos era algo que compartía con otros muchos. Era una característica tan humana que podía ser perfectamente manipulable. Precisamente por eso, Nogales no consentía sino los que él mismo se formulaba. El que ahora le ocupaba tenía una doble función. Buscaba en él una satisfacción personal, y también llevar ventaja. Si conseguía salir exitoso de ese empeño, no solamente iba a ir por delante de la Policía en esta investigación, sino que iba a sacar una buena rentabilidad económica de ello. El periodista tenía claro que en una sesión de *sadomaso* no bastaba sólo el masoquista. Así que Nogales se había propuesto ser el primero en dar con la mujer. A él no le importaba tanto, por el momento, si había actuado por su cuenta, si la habían pagado o si simplemente había servido para dejar entrar en escena al verdadero asesino. A él lo que le avivaba era ponerle cara y cuerpo a la mujer. Y contarlo.

Había pasado casi toda la mañana metido en Internet hasta lograr cerrar una cita con la dueña de una mazmorra, de las que se alquilan por horas para sesiones sadomasoquistas. Faltaba apenas media hora para el encuentro, así que bajó a la calle y paró un taxi para que le llevara al Barrio de la Concepción. No tenía ni idea de por qué había una acumulación de lugares para llevar a cabo prácticas sadomasoquistas en ese barrio. Supuso que sus vecinos no tenían ni idea del tipo de especialización comercial que se estaba implantando allí.

Al llegar se apeó ante un bajo de aspecto inocente en la dirección que le habían dado por teléfono. Llamó a la puerta y esperó. Le abrió una mujer extranjera que hablaba el castellano casi sin acento. Le invitó a pasar como si fuera una anfitriona, haciendo los honores de una casa de familia burguesa. Apartó con la mano una cortina negra que circundaba un espacio que servía de pequeño recibidor y esperó a que pasara. Arsenio imaginó que ese pequeño recibidor tenía como objeto que no salieran corriendo el cartero o los proveedores cuando llamasen. En su mente había abierto una pequeña libreta en la que iba registrando cada dato.

Tras la cortina, había una especie de sala de estar demasiado gótica. Sobre un suelo de parqué color madera habían colocado unos sofás, una mesa baja y nuevos visillos en las ventanas, todo de color negro. Sobre su cabeza, una lámpara de cristales como la que recordaba había en el salón de su abuela. Los orejeros de alto respaldo y patas color plata y el candelabro terminaban de darle a aquello un toque que no sabía identificar si era tétrico o le provocaba una sonrisa. Desde luego, los decoradores no se habían dejado un detalle que cualquier soñador evidente hubiera podido imaginar. Se dio cuenta de que lo que le hacía gracia era relacionar en su cabeza un lugar como aquél con un tipo como Weimar. Ni de broma. Lo cierto es que no había ido allí para buscar al financiero.

—Siéntate, siéntate —le dijo la mujer baja y morena que hacía las veces de cicerone.

—¡Gracias! La verdad es que te agradezco mucho la amabilidad de mostrarme el local, pero es que antes de decidir dónde hacer la fiesta, prefería verlo —le respondió el supuesto cliente.

—¡Oh, claro que sí! Mucha gente lo hace. No hay ningún problema. Ya sabes que son cincuenta euros la hora de alquiler y que puedes reservar las horas que necesites. La mazmorra está dotada con todo lo necesario, pero entendemos que puedes necesitar alguna cosa especial o querer agasajar a tus invitados, y te ofrecemos también darte ese servicio que se factura aparte —le dijo la mujer.

—Bueno, yo... en realidad vamos a necesitar una *dómina* especial y antes de andar por ahí mirando, prefiero preguntarte si vosotros también podéis facilitarnos eso —le dijo, intentando reconducir el asunto a donde quería cuanto antes.

—Claro, claro, por supuesto. Tenemos unas cuantas que suelen trabajar con nosotros o participar en las fiestas que nosotros mismos organizamos. No hay problema por eso.

—Verás, no sé si con eso nos va a bastar. Cómo decirte, somos un grupo de amigos que buscamos algo realmente especial. Muy, muy especial...

—Tan especial como... ¿cuánto? —preguntó abiertamente la mujer.

—Tan especial como que uno de los hombres que asistirá sólo acepta lo mejor. También en esto. Necesito buscar a la mejor ama de Madrid. Es extranjero y queremos agasajarle —se le ocurrió decir.

—Mira, aquí vienen hombres de todo tipo, también hombres importantes de Madrid. Cierto es que abundan más los que suelen pedir chicas sumisas. Nunca han tenido queja de las personas que les hemos suministrado cuando ellos no traían a sus propias esclavas. Y por aquí han pasado gentes importantes, ¿eh? Hasta jueces han pasado por aquí —le dijo bajando la voz.

—No me gusta mucho eso de que se sepa quiénes son los clientes.

—Podemos no saberlo. Te he comentado antes que existe la opción de que se retire la llave de forma discreta y no haya nadie aquí cuando entréis y salgáis.

—Sí, sí, eso lo sé. Entonces, ¿quién podríamos decir que es la mejor ama de Madrid? Si no trabaja con vosotros, la buscamos, pero seguro que tú me puedes ayudar en esto —le dijo, suave y convincente, Nogales.

—Pues déjame que piense mientras te enseño esto.

Era evidente que la mujer prefería mantenerse en actividad. Nogales se dispuso a seguirla sin dejar de lado lo que verdaderamente le interesaba.

Atravesaron una puerta que, esta vez sí, simulaba ser la de una mazmorra medieval. Al otro lado descubrieron una cama armada para un dosel inexistente, forrada, cómo no, de cuero negro. Las paredes, menos una, también lo eran. En la que restaba se había colocado un papel pintado con medallones similares a los que poblaban las casas allá por los años setenta. Eran medallones negros sobre fondo blanco. Luces indirectas le daban el pertinente toque lúgubre al tema.

Se notaba que habían intentado darle estilo a la escenografía. Comparado con otras cosas que había visto en Internet tenía más caché, aunque no cabía duda de que era demasiado forzado e impostado. Suponía que si llegabas cachondo, eso te debía importar menos. Él no soltaba la presa.

—Pero entonces, ¿no existe algún ama realmente especial en Madrid? —insistió.

—Las hay muy buenas. Puedo darte el teléfono de dos o tres. Son guapas y formadas. No son putas que se dediquen a dar latigazos, no. Nosotros no trabajamos con ese tipo de gente que, por cierto, cada vez abunda más. Se han dado cuenta de que esto da dinero sin tener que dejar que te follen babosos y se han lanzado en manada. Tienes que tener cuidado con ello porque si la persona a la que quieres agasajar es una persona que sabe de verdad, se dará cuenta enseguida de que éstas sólo simulan. No, yo voy a darte el contacto de un par de ellas que son amas de verdad. Nada de sexo. Sólo *Femdom*, que es lo que seguro que esa persona tan principal está buscando.

—Yo no te he dicho que sea principal.

—Lo he deducido yo sola, que no soy tonta —le dijo la mujer mientras seguía mostrándole el local.

Así vio en la siguiente sala una pared de ladrillos en la que lucía una Cruz de San Andrés junto a la que aparecían todos los elementos necesarios para una buena zurra. Había también una jaula para inmovilizaciones y hasta unos armarios en los que podía encontrarse vestuario adecuado para los gustos más variados dentro del fetichismo establecido.

Nogales volvió a la carga.

—Esas amas de las que me hablas suelen trabajar entonces habitualmente..., ¿no?

—Sí, claro, son profesionales y lo cobran bien. Unos doscientos euros la hora. Tendrás además que hablar con ellas con tiempo, porque suelen hacer viajes fuera de Madrid.

—¿Y no hay nada aún más especial? El dinero no es problema. ¿No has oído hablar de alguien que aunque no trabaje con vosotros sea lo más exquisito que hay en Madrid? —preguntó ya a bocajarro el periodista.

La mujer se quedó un momento pensativa. Finalmente le contestó:

—Yo te recomiendo a éstas, que las tienes aseguradas y te harán quedar muy bien. Sobre lo que me preguntas... bueno, yo no la conozco ni sé quién es pero, al parecer, sí hay una *mistress* muy especial en Madrid. Sólo que dicen que no trabaja. No se decirte a ciencia cierta y ni siquiera sé su nombre. Lo que sí sé es que es una *owk* y que ésas no abundan.

—¿Una *owk*? —preguntó Nogales.

—Sí, son las siglas de The Other World Kingdom. ¿Oye, tú vas de este palo y no sabes eso? —dijo mientras la desconfianza se apoderaba de sus pupilas.

Nogales se dio cuenta de que había resbalado. Debería de haberse guardado la duda para Internet, pero ahora había que salir del embrollo como fuera.

—Me vas a perdonar, pero yo estoy iniciándome. Realmente nunca había sacado el juego de mi fantasía y alguna intentona, pero ya te he dicho que quiero agasajar a alguien muy importante para mí y por eso me he puesto en tus manos. ¿Te importa ayudarme? —contestó poniendo cara de inocencia y rogando que colara.

—Pues OWK es la fantasía llevada a la práctica. Un estado real en el que la supremacía femenina es la regla. Está en República Checa y en él rigen las normas de la reina. Ésta es la explicación teórica, lo cierto es que es una especie de parque temático de la Dominación Femenina. La reina tiene una corte de *mistress* que son su guardia personal. Teóricamente son lo más exquisito en materia de dominación. Bellas y entrenadas, son verdaderas *dóminas*. Ya sabes, nada de representación, sino verdaderas mujeres dominantes que obtienen placer de la dominación de los hombres. Lo más a lo que puedes aspirar. Lo cierto es que al parecer en Madrid vive una de estas guardianas de la reina. Te digo que al parecer, porque es algo que se cuenta y se comenta, pero no se ha podido constatar.

Evidentemente ella no trabaja por horas ni acude a sitios como éste ni a fiestas u otras reuniones BDSM. Hay algunas, como de las que te voy a pasar el contacto, que afirman haber pasado por *owk*, pero la guardiana es más exquisita que todo eso y tiene sus propios esclavos. ¿Te vale la explicación?

¡Vaya que si le valía! Él iba a seguir adelante con la representación; si bien ahora, ya sabía a quién tenía que buscar. Si alguien se ocupaba de las fantasías de Weimar sólo podía ser la guardiana en cuestión. Iba a encontrarla. No había quien se ocultara en Madrid de las pesquisas de Arsenio Nogales. Demasiada gente lo sabía. Ahora sólo quedaba salir de allí sin patinar demasiado.

—¡Ufff, eso es toda una tentación! ¿No hay forma de dar con ella? ¡Sería perfecta para mi invitado! —dijo con un entusiasmo que procedía de su excitación periodística.

—No lo creo. Según cuentan, es una mujer dominante que se mueve en círculos muy altos de la sociedad madrileña. Ella misma debe tener un trabajo importante. Cuida mucho su identidad de *mistress*. No puedo comentarte más que lo que he ido oyendo aquí y allá en los últimos años... Pero a lo nuestro, que es lo que importa, ¿sabes para cuándo sería la reserva?, ¿te paso esos números?

El periodista se centró en negociar lo que supuestamente le había llevado hasta allí. Los contactos no le vendrían mal para seguir avanzando en busca del ama de Weimar. ¡Si llegara a ella antes que la policía! Tampoco era tan difícil. Pondría a quienes sabían detrás de la pista. En España y en Chequia o donde fuera menester.

Una vez tuvo en su poder los datos, terminó de darse una vuelta por la mazmorra y quedó en llamar para cerrar la fecha de la fiesta. Su cabeza ya no estaba entre los látigos y los uniformes de nazi o de colegiala que colgaban en un vestidor a la espera de un fetichista que los supiera apreciar. Estaba pensando en los hilos que tendría que mover. No le iba a bastar sólo con sus contactos del mundo de la noche madrileña. Necesitaba algo más. Pensó en Ribas que, a fin de cuentas, estaba tan interesado como él en abrirse paso en este asunto. El catalán había estado poniendo cerco a Weimar desde antes de su muerte. No era improbable que hubiera detectado algún movimiento que ahora, a la luz de lo que sabían, pudiera ser de interés. Intentaría sacarle lo que tuviera. Ahora tenía la información sobre el material gráfico como materia de canje y eso, sin duda, ayudaría.

CAPÍTULO 14

Era la segunda noche que cenaba con Valèrie y se sentía bien. La conversación que habían iniciado tras la muerte de Weimar había supuesto un viraje, al menos aparente, en una relación que sólo había sido linealmente profesional hasta entonces. Al menos por parte de Leo. Mientras la miraba a través de la luz cálida del restaurante, que ella misma había sugerido, el arquitecto había pensado que tal vez aquella expresión en los ojos de su colaboradora llevara más tiempo instalada de lo que él mismo quería reconocer. La luz. Quizá había sido su suave tamizado, exquisitamente logrado, el que le había puesto en aquel estado de ánimo. ¡Qué poco consciente era la gente del poder omnímodo de la luz! De la inquietud de espíritu que podía producir el frío de un fluorescente, de la paz que otorgaba un aura indirecta que envolviera los sentimientos como en fieltro. El mundo era luz para Leo. Había lugares cuya comida adoraba a los que había dejado de ir por el desastre de iluminación que tenían. Terrorífico. Aquella noche, sin embargo, Valèrie había acertado con la luz.

Leo estaba sorprendido de que ella hubiera sido capaz de captar el estado tan sutilmente desestabilizador en el que le había sumido el asesinato de Weimar. No sólo de que lo hubiese captado sin saber nada de lo que había que saber, sino de que hubiera sido tan rica en matices como la luz de una vela a la hora de manifestar su empatía. Aquella noche, cuando lo pilló volviendo a repasar la reforma del piso de Enrique, sólo le había dicho una frase: «Has sido tú solo, Leo. El artista que llevas dentro se hubiera dado a conocer de una forma u otra», y en ella había demostrado no sólo que había captado su zozobra sino que tenía su propia opinión sobre ella.

Esta segunda cena había sido también muy agradable. Tenían mucho de qué hablar ambos y Valèrie era una mujer atractiva y con ese toque francés tan estimulante. Qué pena que... Era lo de siempre. Qué pena que, si todo seguía su curso, llegaría el sexo y con él la decepción. Y vuelta a empezar. Y mientras, Claudia sin dar señales de vida. Esta vez se estaba pasando con su castigo. No era momento para juegos.

Ahora lo sensato sería acostarse y disfrutar de la calma que le había proporcionado el rato con Valèrie. No era tan sencillo encontrar personas cuya presencia remansara. Sabía que no iba a poder. Desde que habían matado a Weimar se movía compulsivamente en busca de cualquier nuevo detalle que se hiciera público. Empezaba a ser obsesivo. Así que antes de apagar la luz, cogió la *tablet*. Era sólo un momento. Buscar en Google «Weimar» y ver si había algo nuevo.

Dicho y hecho.

Y allí estaba. Se quedó clavado. Notó cómo la ansiedad se apoderaba de su estómago, de su esófago, de sus pulmones y de su cerebro. Su corazón empezó a palpitar mientras hacía un doble *click* para abrir la primicia del diario digital.

Pom,pom,pom.

Iba a reventar. Todo saltaría por los aires. Pero no podía dejar de mirar.

Weimar guardaba imágenes de orgías en las que participaron políticos, empresarios, jueces y arquitectos

La muerte del potentado puede comprometer a las élites madrileñas

Arsenio Nogales

MADRID.- La agitada vida del financiero y empresario Enrique González-Weimar comienza a salir a la luz después de que la aparición de su cadáver, tras una dura sesión de sadomasoquismo, estremeciera a la sociedad española. Al parecer, no sólo las sesiones de BDSM formaban parte de las experiencias sexuales que se regalaba el potentado y que gustaba de compartir.

Este diario tiene constancia de la existencia de un importante número de imágenes captadas durante estas fiestas en las que se practicaba el sexo en grupo, que fueron guardadas por Weimar. En las imágenes puede apreciarse e identificarse a más de una decena de conocidos políticos, empresarios, jueces y arquitectos en actitudes sexuales grupales y de todo tipo. Se desconoce el motivo por el que el financiero las habría conservado, aunque podría ser incluso como protección propia. Weimar también aparece en las imágenes. De la visión de las instantáneas puede colegirse también que fueron realizadas desde cámaras ocultas en las propias dependencias en las que se producían los encuentros, por lo que es lógico pensar que el empresario era el anfitrión de las mismas.

En las imágenes pueden verse estancias de un inmueble que no se corresponde con el apartamento en el que fue encontrado su cadáver. La presencia de chimeneas y de ciertas grecas ornamentales de las paredes y escayolas hace pensar en un edificio más señorial y más antiguo que el funcional apartamento en el que dieron muerte a González-Weimar.

Las imágenes no han sido incorporadas de momento al sumario judicial. Tal circunstancia pondría realmente en peligro la intimidad de estos prohombres patrios, ya que, como es sabido, casi todo lo que entra en un sumario, por muy secreto que sea, acaba siendo filtrado. Es de esperar, además, que la oligarquía se cierre en torno a este grupo de sus miembros para intentar proteger su identidad.

No es la primera vez que en este país se relacionan crímenes sexuales con la existencia de grupos de hombres de poder que participan en orgías o en encuentros sadomasoquistas extremos. Hasta el momento estas hipótesis han quedado siempre sin investigar y sin aclarar. Puede que de nuevo asistamos a una ocultación similar. Mientras, es seguro que una parte de la alta sociedad madrileña está preocupada y tremendamente inquieta: aquella que acudió a las orgías de González-Weimar.

Y arquitectos. Y arquitectos. Leo leía y releía una y otra vez el titular de la noticia. Él sabía que la *ese* sobraba, pero no le faltaban preguntas apelotonadas en una inquietud que estaba tomando forma de náusea. ¿Por qué Enrique había hecho fotos de aquellas fiestas? Toda su repulsa a acudir quedaba justificada ahora. No sabía si los periodistas se atreverían a dar nombres, aunque estaba claro que habían visto el material del que hablaban. La descripción cuadraba. Era evidente que los demás, que tenían más poder, comenzarían a moverse inmediatamente y que eso a él le protegía también, pero no podía evitar pensar que Irene iba a darse cuenta de que no le había contado toda la verdad. De subir a una habitación de vez en cuando con una chica a participar del todo en aquello iba el trecho de lo que su propio ego consideraba no confesable. ¿Qué iba a hacer?, ¿qué tío de su edad, o de cualquier otra, hubiera dicho que no a aquella experiencia?, ¿lo hubieran hecho? Él no lo hizo. Él tenía su propia cuenta corriente de nuevas vivencias y estaba deseoso por llenarla. Digno hijo de su generación. Aunque luego se sintiera una puta mierda. Como en aquel instante. Otras personas podrían atar cabos. Todas aquellas que conocieran su estrecha relación con Weimar. Valèrie. ¿Por qué había pensado en primer lugar en ella? Estefanía. Y, cómo no, Claudia. También su madre. Se dio cuenta de que las mujeres se le habían agolpado en el miedo como un ejército de damnificadas por descubrir a un Leo que no esperaban. ¡Qué jodido! No había temido por muchos de sus clientes, que también conocían su privilegiada relación con Weimar y que nunca habían sido invitados a las fiestas, ni por su padre ni por ninguno de sus amigos. Sabía que, aunque hicieran aspavientos en algunos lugares, en el fondo no podrían sino convenir que a ellos también les hubiera seducido la propuesta. Las mujeres habían tenido que acuñar el concepto de la *sororidad*, pero no era preciso para ellos, cuando la hermandad del macho funcionaba desde la prehistoria.

Aun así, eran sospechas. No había nombres. ¿Qué pasaría si llegaban a publicarlos? Tenían las fotos. Él sabía que la descripción era exacta. Si todo se quedaba allí, aún continuaría en la bruma, incluso cobijado en una acusación gremial que podía ser soslayada. Nadie se atrevería a echárselo en cara directamente. Lo malo es si, como sabía que sucedía otras veces con las exclusivas periodísticas, lo que estaban haciendo era guardar pólvora para días sucesivos. Si tenían las fotos, aunque no las publicaran, podían dar los nombres de los asistentes. Podrían demandar al medio y al periodista por intromisión en su intimidad. ¿Lo harían los González-Weimar? Ellos sí que podían hacerlo. El nombre de Enrique era el único que aparecía. No obstante, era el nombre de un muerto y el honor de un muerto. Un tema complejo. También podrían alegar que afectaba a su imagen como empresa y marca. No sabía mucho de todo aquello. Podría preguntarle a su abogado, si bien eso era tanto como escribir su nombre a continuación del titular. Lo mejor era aún hacerse el loco. Eso ante los demás pero ¿y ante él mismo? Al día siguiente tenía sesión con Irene. Con ella sí podría hablar aunque tuviera que reconocer que le había mentido un poquito. Muy poquito en realidad. No era una mentira. Sólo que no le había contado toda la verdad. Ella lo entendería.

Con ese mínimo consuelo se pudo empezar a adormecer.

Como un niño.

Un niño que había sido malo y que se exponía a que mamá y papá se enteraran.

Irene le protegería.

Sólo tenía que contárselo al día siguiente y el miedo cesaría.

Marc Ribas nunca había pasado más jodido frío en Madrid que en aquel caso. La condenada manía de Nogales de que quedaran en la puta Castellana ya anochecido le tenía *matao*. Hubiera podido hacer un censo de todos los corredores que cada noche se lanzaban a respirar dióxido de nitrógeno y ozono troposférico a pleno pulmón. El caso es que esta vez el periodista se estaba retrasando. No podía sentarse en un banco so pena de perecer. Este asunto estaba durando ya demasiado. Las bombillas que entre tanto habían crecido entre los árboles de la gran arteria madrileña hacían que el paisaje fuera menos hosco que en las semanas precedentes. Un asesinato siempre lo complicaba todo. A él no le habían contratado para eso, pero sus clientes tampoco querían perder posiciones frente a las consecuencias de una muerte así. Tampoco tenía claro Marc, que no estuvieran mezclados en aquellas otras cositas que Nogales iba publicando sin que él supiera de dónde salían.

Alguien le dio un golpetazo en la espalda.

La camaradería le jodía un poco.

—¡Hola, Nogales! ¡Llegas tarde, compañero! —le devolvió el saludo.

—¡Caminemos! —le respondió el otro.

Sólo cuando iniciaron por enésima vez su peripatética conversación, Nogales le dio una excusa para su informalidad. Ribas la tomó porque tampoco había otra.

—¡Joder, tío! ¡He leído tu artículo! Una bomba. Supongo que estás cubierto porque van a ir por ti a degüello, tío —le aclamó el pelirrojo.

—Lo sé. No te preocupes. No querrán que tenga que demostrar la veracidad de la noticia. Por otra parte, ¿quién va a querellarse para dejar claro que era uno de los participantes en la orgía? No, Ribas, tranquilo. No pasará nada —explicó el periodista.

Ribas se dio cuenta de que llevaba razón. No obstante insistió:

—¿Y los Weimar? Porque a la mujer y al hijo sí que les deja en mal lugar.

—¡Oh, sí, ya ves! Yo pisoteo su honor. ¿No lo pisoteó su marido y padre? Además, hablo de personalidades públicas. El derecho a la información ampara que sepamos hasta qué punto son hipócritas e incoherentes con su discurso público. Hay políticos bien conservadores entre los folladores. ¡Vaya, mira que me ha salido una rima! —Nogales estaba verdaderamente risueño.

—Tienes las fotos…

—No las tengo yo. Sería peligroso. Las he visto y sé dónde están y eso me basta —le dijo Nogales.

—¿Me darías alguna información si te la pido?

—No creo, pero prueba.

—¿Alguno de mis clientes está mezclado en eso? Necesito saber por qué me mantienen en la historia ahora que no saben bien ni quién tendrá que tomar las decisiones. Mi labor consistía en intentar buscar mierda para bloquear a Weimar. Ahora la mierda fluye sola, así que… no sé en realidad qué es lo que me van a pedir. ¿Pueden querer que recupere algo para alguno de ellos?

—No lo sé, Marc, no lo sé.

—Vale, Arsenio, entiendo tu postura. Tú ya te has coronado. No hay nadie que tenga ningún dato en este asunto excepto tú. O eso te gusta creer. Eso te va a llenar los bolsillos en pocos días, pero también te pondrá en peligro —le dijo, suave, el experto en seguridad.

—No creas que mucho. Sé de dónde vienen mis datos y no estoy temeroso.

—Era sólo una advertencia de colega —le dijo Ribas.

—Lo sé. Aun así, te digo que creo que voy a llegar al fondo antes que la propia Policía. Los veo desnortados. Están recorriendo los lugares de ambiente *sado*, ¡cómo si Weimar hubiera andado por sitios tan terrenos! —le informó riéndose.

—Y tú, ¿hacia dónde sitúas el norte?

—Yo voy detrás de la tía. Mira, Ribas, sabes como yo que le pagaran o no le pagaran, o fuera porque ella misma estaba hasta los cojones de un tipo de esta calaña, la clave está en la chica. No sé si ella misma apretó la cuerda o si dejó entrar a alguien en el último momento, cuando ya Weimar estaba cegado y atado, pero no cabe duda alguna de que el inicio de la sesión fue voluntario y que sólo ella sabe lo que pasó. Todo lo demás son *babiecadas* —explicó el periodista, accionando sus brazos como un molino.

—Supongo que casi todo el mundo va tras ella. No queda otra —dijo reflexivo Ribas.

—Pues no creas que es tan claro. Mis fuentes de homicidios me dicen que andan buscando a esta mujer, pero también que están muy centrados en las relaciones comerciales de Weimar. Ahora mismo están siguiendo la pista a sus viajes a ver cuándo y dónde se vio con los rusos y con qué rusos. Y también intentan desentrañar otras cosas, aunque lo van a tener difícil. Ellos no tienen las fotos, ¿sabes? —dijo pícaro Nogales.

—¿No las tienen? ¿Se han enterado los de homicidios por ti?

—Tú lo has dicho —y sonó triunfante.

—O sea que ellos llegaron y no encontraron nada, pero alguien sí lo encontró. Hubo una brigada de limpieza esa noche, ¿no, Nogales?—. Ribas ya empezaba a ver la luz.

—Como no podía ser de otro modo, Ribas. ¡Desde luego que la hubo! —El periodista parecía a punto de entrar en ebullición.

—¿Y por qué les han alertado? Si te lo dijeron a ti es porque los que hicieron el trabajo querían que se supiera. Eso ya me despista un poco —dijo, más reflexivo, su interlocutor.

—Querían mandar un mensaje, sí. Ahora me tocará hablar con los de homicidios, aunque pienso preservar mis fuentes, evidentemente.

—Evidentemente. Y a mí tampoco me las vas a revelar; pero, sin embargo, me lo estás contando, y eso que no está claro que tengamos intereses tan coincidentes en esta historia, ¿a cuento de qué, Nogales?

—A cuento de pedir tu ayuda, tu colaboración. Llámalo como quieras. Estás en esto hasta las trancas y todavía no sabes ni si vas a terminar el encargo que te hicieron. Puede que ayudarme a mí no te venga mal —le espetó Nogales, parándose en el centro de la acera del bulevar de Castellana.

Por el carril bus pasó desenfrenado un conductor al que la EMT hubiera hecho bien en llevar a terapia. Ambos vieron interrumpidos sus pensamientos por su temeraria aparición.

—¡Vaya *pirao*! —exclamó Ribas.

—No te despistes, Marc. ¿Qué me dices a mi propuesta? —le recondujo el reportero, al que pocas cosas le importaban más allá de sus fines.

—¿Qué tipo de ayuda buscas?

—La que sólo tú puedes darme. Ahora hay un montón de sabuesos buscando pistas rancias de la vida de Weimar, pero tú llevabas meses detrás de él mientras aún era posible seguir sus pasos, ¿no es así, Ribas?

—Así es, Nogales.

—Pues esa ayuda es la necesaria. No van a encontrar a la mujer tan fácil ahora. Hasta se ha podido largar del país. Tiempo, desde luego, le están concediendo y, por las informaciones que yo tengo, tampoco sería raro. Tiene sitios en los que seria bienvenida —le respondió y se respondió a sí mismo.

—No se ha ido, Arsenio, ni creo que lo haga al menos por su propio pie.

El correoso periodista lo miró entre la estupefacción y la desconfianza.

—Eso es puro voluntarismo, Ribas.

—Eso es información, Nogales.

La mirada retadora del catalán era la que triunfaba en ese momento.

—¿Cuánto, Nogales? ¿Qué estás dispuesto a dar?

—¿Qué tienes, Ribas? ¿Cuánto de valioso es?

Ambos se miraban parados en la noche. Un *runner* les esquivó dejando a su alrededor una fría cola de aire que se enroscó en su desafío.

—La conozco —dijo por fin Ribas.

Nogales sintió como si los ángeles del infierno le hubieran distinguido con sus esfuerzos. Le dio una palmada en la espalda que sonó amortiguada por el buen paño del abrigo del otro. Ribas miró a su alrededor. Estaban muy cerca de la esquina del Punk Bach. Vio la luz que se filtraba por sus ventanas de mármol negro y pensó en el pelo pulido de Claudia.

—No va a ser tan fácil, Nogales, pero podemos hablar —le dijo finalmente el pelirrojo—. ¡Ven, te invito a una copa! A ella no te la voy a servir, pero podemos ir tomando algo mientras decidimos qué podemos hacer el uno por el otro, ¿no crees?

Marc Ribas ya había comenzado a encaminarse hacia el bar. Estaba hasta los huevos de pasar frío. Como dos sombras que buscaran un espejo en el que reconocerse, los dos hombres atravesaron el lateral del Paseo de la Castellana en busca del lugar en el que sellar su pacto.

***

La mañana amaneció fría, traslúcida y brillante, bajo un cielo de un azul eléctrico tan perfecto como sólo Madrid sabe ofrecer. Ni un asomo de nube. Sólo un azul puro e inabarcable. Un cielo que no dejaba resquicio en el que esconder un ánimo apesadumbrado. Bajo él se afanaba un enjambre de millones de almas.

Irene salió zumbando del gimnasio. Dolorida pero feliz. Hacía unas semanas que había vuelto a boxear. Se sentía plena. El día se le aparecía como una alfombra mágica y perfecta que la llevaría hasta el descanso de la noche. Estaba invitada a cenar en casa de Mauricio y en un rato comenzaría su consulta con la visita de Leo. Silbaba un himno guerrero cuando se metió en la boca de metro, enojada por perder momentáneamente aquel derroche de vida que el sol dejaba caer sobre ella. Ya en el suburbano, dejó desgranarse las paradas. En algún momento, la trayectoria agusanada y veloz del convoy pasó bajo el edificio donde tres hombres hablaban sobre el paciente especial que la estaba esperando en su consulta.

Los dos capitostes estaban sentados en los confidentes de la alambicada mesa de despacho del Excelentísimo Señor Ministro del Interior del Gobierno de España. La claridad invadía el despacho, pero no sus corazones. Los tres se conocían bien. Demasiado bien si se ponían a valorarlo. Marcelo Soto les observaba tamborileando con sus dedos sobre el cuero verde, a guisa de escribanía, que cubría la mesa oficial. Un silencio denso se había posado sobre ellos durante los minutos que siguieron a su entrada en el sanctasanctórum de la seguridad nacional. Eran hombres poderosos y no estaban acostumbrados a la sensación de vulnerabilidad que les atenazaba. Querían saber. Estaban dispuestos a exigir explicaciones y a obtener seguridades. Todos estaban igual de blindados o igual de comprometidos. Eso al menos creían. No iban a dejar que Soto jugara con ellos. El compadreo tenía un límite y ese límite lo había marcado en este caso la muerte. No podían entender que España fuera tan jodida para aquellas cosas. No les cabía en la cabeza que la imagen de sus cuerpos desnudos sometidos al placer pudiera acabar en una comisaría o en la mesa de un juez de instrucción. Habían acudido allí para asegurarse de que no fuera así.

Habían leído el artículo de Nogales y sabían que el hijo de puta del periodista no hablaba de oídas. ¿Por qué había hecho aquellas fotos el cabrón de Weimar? y, sobre todo, ¿cómo no se habían dado cuenta?, ¿cómo no se les ocurrió pensarlo? Tal vez por la seguridad que daba saber que él era el mayor libertino de todos. ¿Hablaría alguien? No se fiaban mucho del jovencito. A fin de cuentas él no tenía gran cosa que perder. Era soltero y un campeón. A los artistas hay cosas que les confieren un aura de rebeldía y excentricidad. Alguien tendría que asegurarse de que no constituía un riesgo. Nadie mejor que Soto, ¿o no? Soto tenía que darles seguridades. El ministro tenía que darles explicaciones. ¿Dónde estaban las fotos?, ¿por qué un periodista había tenido acceso a ellas? Estaban dispuestos a poner pasta sobre la mesa si era preciso soldar las adhesiones y sellar las bocas. ¿No saldrían ahora las putitas a la palestra a intentar conseguir sumas importantes de las televisiones o los programas escandalosos? ¿Sabían ellas quiénes eran ellos? En todo caso, si salieran sus nombres podrían identificarlos.

Aquello era una pesadilla.

El señor ministro les estaba tranquilizando, aunque, evidentemente, no les estaba dando toda la información. Les contó que un equipo de *limpiadores* había hecho su trabajo y que ni siquiera los investigadores del crimen tendrían acceso al material. ¿Y si hubiera más?, ¿si el cabrón de Weimar hubiera escondido más fotos o videos en algún otro sitio?, ¿si se los había entregado a alguien para su custodia?

Marcelo Soto les reconoció que no podían estar seguros al cien por cien.

Era una sensación ignota para ellos. Desagradable. Ellos, buscadores de nuevas experiencias, que agotaban una tras otra, no sabían paladear el sabor de ésta.

***

Había decidido hacer él mismo la compra. El magnífico día empujaba a ello. Mauricio no tenía clase en la universidad, y sabía que a sus invitadas sí les esperaba por delante una jornada llena de escollos que deberían sortear antes de sentarse ante una copa de vino blanco junto a su chimenea.

Escoger un puerro de una blancura y un diámetro perfectos; negociar con el pescadero el tamaño de la lubina salvaje que pensaba meter en el horno, observar cómo le miraban aún algunas señoras del barrio de toda la vida. Vivir el presente. Pensaba dejar el pescado macerando antes de que llegara Irene para la sesión. Luego sería un momento el ponerlo a hornear. Quería que fuera una velada festiva. Iba a agasajar a dos de las mujeres que más apreciaba. No quería un reto de gatas entre ellas. Parecía un mito pero, aunque no acertaba a atinar el porqué, a veces se enrarecía el ambiente cuando se juntaban. Ambas sabían cuál era el lugar exacto que ocupaban en su corazón y, lo que era aún mejor, ninguna quería ocupar el de la otra. ¿A qué venía pues aquel conato de rivalidad que sentía nacer alguna vez cuando se juntaban para pasar un buen rato? Tal vez se tomaran la medida en el aspecto meramente profesional. Las dos eran magníficas psicólogas, muy competitivas, y él había sido el maestro de ambas. Apartó aquella nube de su cabeza. El cielo que le contemplaba no estaba dispuesto a soportar ni una. Él, tampoco. Aunque para ello tuviera que hacer algunas elisiones mentales.

Mauricio sabía que se estaba convirtiendo, por mucho que le desagradara, en el vórtice de una situación que podía complicarse desde el punto de vista deontológico y también del personal. No iba a negarse a sí mismo que sabía, por las confidencias de Irene, que ésta tenía un paciente que era amigo y protegido de un hombre que había sido asesinado. Tampoco podía obviar que su novia estaba participando en la investigación de esa muerte. Si hubiera sido posible crear compartimentos estancos o trazar un cortafuegos, su mente no habría tenido ningún problema en hacerlo y mantenerlo, pero dudaba de que a la larga esto fuera a ser posible.

El psicólogo, por serlo, no vivía al margen del mundo. También había leído la prensa y visto la televisión durante los últimos días. Mauricio asía extremos de hilos que algún día habría que trenzar, no sólo por el bien de la justicia y la equidad, sino también por el bienestar de algunas de sus personas más queridas. El cliente de Irene había participado en orgías que la prensa había desvelado ya, incluyendo datos que apuntaban hacia él. ¿Cómo le desestabilizaría esto? Sin olvidar la siguiente pregunta lógica: ¿cómo le desestabilizaría a Irene que, sin lugar a dudas, estaba sufriendo una fijación con él, que iba más allá de un fenómeno de contratransferencia? También sabía que ambos hombres eran masoquistas. Tenía además el dato robado por Irene, en una falta de profesionalidad que sólo podía achacar a ese desequilibrio que le inquietaba. El ama de su cliente Leopoldo se llamaba Claudia. Un cliente que era el niño bonito del financiero. ¿Cómo se llamaba el ama de Weimar? ¿No estaban dirigiéndose hacia ella las sospechas, fuera cual fuera el móvil del asesinato? Todo eso le interesaría mucho saberlo a Marta. Y él amaba a Marta, pero no podía darle ni una pizca de toda aquella información.

No era la primera vez que Mauricio se veía implicado en una investigación policial. Había sido requerido para asesorar a la policía o para realizar peritajes judiciales en momentos anteriores de su carrera profesional. Fue así como conoció a Marta. Querida Marta. Este caso, sin embargo, le pillaba en una situación muy diferente. Una semiactividad añorada. Se prometió a sí mismo que, si era posible, no volvería a jugar a los detectives.

Si era posible. El subconsciente le había traicionado. Mauricio se había autoconvencido de que era una decisión irrevocable y de que se sentía terriblemente feliz tras haberla tomado. Sus clases, pocas pero escogidas, y la investigación calmada que se unía a la publicación de artículos destilados en el alambique que le proporcionaba su abundancia de tiempo rico y productivo, le colmaban. Apenas veía ya pacientes y sólo supervisaba a aquellos profesionales que ya habían comenzado a hacerlo con él mucho tiempo antes. Irene entraba en ese cupo, pero además habitaba en el lugar donde lo hacen los amigos. Donde quiera que éste estuviera.

Picó algo en un bareto próximo al mercado. Al llegar a casa se puso manos a la obra. Tenía una cocina amplia y luminosa en la que daba gusto moverse mientras los rayos de luz invernal penetraban con una lejana promesa de veranos por venir. Preparó aceite virgen con limón y pimienta para dejar macerando el pescado. Comenzó a picar las verduras con las que haría la salsa sin dejar de pensar en Irene y el estado de ánimo que traería cuando, en un par de horas, llegara hasta su consulta para hacer la sesión de terapia que había aceptado retomar.

Cuando Irene llegó a la acogedora casa de La Guindalera, Mauricio la condujo directamente a su consulta. Se sentaron casi sin hablar en los lugares que les correspondían en un rito que tenían muy interiorizado. Irene estaba especialmente hermosa aquella tarde. Era una mujer bonita que sólo en momentos muy tasados dejaba que la coquetería la transformara en bella y deseable. Aquella tarde había elegido que así fuera. No llevaba sus habituales y neutras ropas de profesional. Se había puesto un vestido blanco que resaltaba sus formas sin llegar a ser escandaloso. Poseía unas bonitas piernas que se presentaban con unos inhabituales zapatos de tacón extremadamente alto, y tenía unos bonitos pechos. Cuando se quitó la prenda de abrigo, dejó a la vista también un par de torneados brazos que, para el gusto de Mauricio, lucían quizá un poco demasiado musculados. Irene estaba allí, sentada frente a él, y estaba hermosa. El psicólogo no intentó contener un análisis que como hombre se había instalado en él hacía una inmensidad de años ya.

No dejaba de ser heredero de su tiempo. Así que allí estaba, un hombre maduro y aplomado sentado ante la belleza. Cuánto daño nos hace la belleza, se dijo. Hace daño a quien la contempla y la identifica platónicamente con lo bueno. Cuánto dolor no habrá creado en el mundo tan absurda presunción. Y también daña a quien la posee, que nunca sabrá hasta qué punto habría cambiado su vida sin gozar de ella. La belleza es un don que te acompaña, al principio de puntillas y después como una explosión de poder y de bienestar. Otros se ocupan de que el bello se sienta así. La inteligencia también acompaña a sus poseedores desde la cuna hasta la tumba, si bien exige de los demás un esfuerzo especial para reconocerla. No así la belleza, que es dado apreciar a todo ser humano. Todo hombre y toda mujer tienen la capacidad de quedarse adheridos a ella como una polilla a una lámpara. Sí, todos corremos el riesgo. Daña también cuando indefectiblemente nos abandona tanto por la pura experiencia de su pérdida como por los efectos en la mirada de los otros. Mauricio nunca había sido un hombre excepcionalmente bello. Interesante, si acaso. No era bajo ni feo ni gordo, ni sus facciones tenían grandes defectos, excepción hecha de la ligera bizquera de uno de sus ojos. Esa que, precisamente, hacía que las mujeres lo vieran sexi. Lo prefería así. Pero Irene, cuando no hacía por esconderlo, era una mujer guapa. Sin lugar a duda.

Tuvieron una sesión bastante previsible. La agitación que la psicóloga llevó hasta allí entraba dentro de todas las expectativas de Mauricio.

—Verás, Mauricio, como cada semana voy a tener que hablarte del caso de Leo. Se está complicando por cuestiones ajenas a la terapia que ya puedes imaginar, puesto que has tenido que enterarte de que su mecenas ha sido encontrado muerto en unas circunstancias muy particulares —dijo Irene.

—Lo sé, Irene. He visto todo lo que se ha publicado. Y sabía que tú habías averiguado datos fuera de la práctica clínica —dejó caer sin malicia.

—Nada más conocerse los hechos, se puso en contacto conmigo para tener una sesión. Cambié la agenda y lo recibí. Entendí que entraba dentro del marco de lo que podíamos considerar una asistencia urgente.

—Lo estaba, desde luego —reforzó Mauricio.

—Estaba muy afectado. No voy a darte muchos datos sobre su malestar, pero tenía más que ver con el hecho de haber descubierto la faceta masoquista de su mentor que con el crimen en sí mismo —explicó la psicóloga.

—¿No lo sabía entonces?

—No, no lo sabía. De hecho, hasta se mostró convencido de que había sido una especie de accidente en un juego límite y sólo después le quedó abierta la posibilidad del crimen —dijo.

—¿Crees que infantiliza o minimiza para evitar el malestar o la culpa?—. Mauricio iba indicándole sendas terapéuticas para explorar.

—No, no lo creo, pero tendré que abrir esa vía de trabajo —respondió, pensativa, Irene—. Pero yo ya me encargué de dejarle claro que un hombre como él tendría muchos enemigos. Creo que Leopoldo siente que algo malo se cierne sobre él y lo cierto es que hay riesgos que me gustaría ayudarle a evitar. ¡Me mira con esos ojos tan adorables y tan llenos de admiración!

—Irene, creo que ya estamos llegando de nuevo a las arenas movedizas.

—¿En qué sentido, Mauricio?

—Lo has vuelto a decir. Desearías evitarle cosas en la vida real. No en su elaboración psíquica o en su manejo del dolor sino en la vida real. Cuidado con eso porque, como sabes, eso no entra dentro de tus atribuciones.

—Es cierto, ha vuelto a pasarme.

—Vas a tener que manejar a partir de ahora un montón de emociones y materiales que serán variados y entremezclaran el propio mundo interior de Leopoldo con hechos externos a la terapia que tanto tú como él vais a conocer. ¿Te ha hablado de su *dómina*?

—Sí, me habló de ella y efectivamente se llama Claudia como yo adiviné por el teléfono —le respondió.

—Adivinaste no, Irene, cotilleaste. Ya quedamos que fue una invasión ilegítima en la intimidad de tu paciente.

La psicóloga se removió en el *chester* de cuero visiblemente molesta.

—Puede que lo fuera, aunque ahora ya no importa, porque él mismo me habló de ella. Indirectamente me dijo que no es una mujer pagada sino una mujer a la que concede el carácter dominante que él desea adorar, pero es evidente que describe una idealización.

—¿Por qué dices eso? —le preguntó, no sin un timbre de alarma, Mauricio.

—Porque lo intuyo. Es una sensación que el terapeuta puede tener si está lo suficientemente entrenado, ¿no? —le respondió con viveza.

—Sí, pero también muy difícilmente separable de la propia intuición o incluso de los propios deseos del terapeuta.

Irene hizo caso omiso de aquella última frase.

—Va siendo hora de dejarlo, Irene —remató el psicoterapeuta—. Ya fuera de sesión voy a contarte algo que puede que acabe por obligarnos a dejar estos encuentros.

Esta última frase sí fue acusada como un golpe por la mujer.

—¿Y eso? ¿Qué ha pasado?

—No es que haya pasado nada, pero se da la circunstancia de que Marta participa en la investigación del crimen de Weimar. Está haciendo la autopsia psicológica. Esto te lo puedo contar a ti porque no es un secreto. Es evidente que lo que tú y yo hemos hablado hasta ahora sí está protegido por el secreto profesional. Como verás, para mí esta situación podría llegar a ser una fuente de problemas y, en ese caso y sólo en ese caso, te diría que abandonáramos la supervisión y la terapia —le expuso serio.

Irene se quedó un momento en silencio.

—Es lógico, Mauricio, pero sabes que no va a pasar. Yo no voy a preguntarte nada que no me puedas contar y confío plenamente en tu profesionalidad respecto a nuestras sesiones. En realidad, para ti casi será divertido, ¿no? Sabrás más que nadie y sólo tu criterio ético marcará qué puedes y qué no puedes trasladar de una parte a otra. Sé que Leo y yo estamos seguros contigo —le dijo.

—No es un juego, Irene. No va a haber trasvases. Eso puedes tenerlo por seguro.

—Te creo. No te pongas tan serio que no es preciso —dijo Irene enviándole una sonrisa cálida y un poco pícara.

—¡Venga, dejémonos de hostias y vamos a meter la lubina al horno! ¿Te parece? —cambió de tercio Mauricio levantándose del sillón y dejando claro que aquella parte de su relación quedaba suspendida hasta la semana siguiente.

Los tacones de Irene repiqueteaban con fuerza sobre el suelo. Mauricio esperó que no fueran a dejar marca sobre la madera. Se estaba volviendo viejo. Le hubiera gustado sentir un pequeño escalofrío fetichista en lugar de haber conjurado aquel pensamiento casi de solterona de principio de siglo.

La cena estaba ya en marcha y la mesa del comedor puesta cuando se oyeron las llaves de Marta en la puerta principal. La novia de Mauricio entró en la cocina con el abrigo en la mano y el profesor pudo ver que no iba de uniforme. Tampoco llevaba ninguno de sus conjuntos cómodos de paisano que usaba para ir a visitar e interrogar a los testigos. Marta Carracedo, psicóloga de la Policía, había pasado por su apartamento antes de ir a la casa de su amante, donde permanecía habitualmente más tiempo que en la suya. Llevaba puesta una falda de cuero negra y una blusa deliciosamente transparente del mismo color. Su fortaleza se asentaba aquella noche también sobre un par de tacones de muchos centímetros. Mauricio analizó la situación en un pispás y sonrió para sus adentros. Era exactamente lo que pensaba que iba a suceder. Lo miró desde el mejor ángulo posible: allí estaban, dos mujeres preciosas e inteligentes que iban a llenar su vida durante unas horas de lo mejor de ellas mismas.

Sacó la lubina del horno y se dirigió al comedor, seguido por el repiquetear de dos pares de zapatos de tacón que habrían podido pisar el corazón que deseasen.

CAPÍTULO 15

Mauricio se acercó por detrás y se pegó al cuerpo de Marta. La dejó sentir su deseo y su calor. Irene se había ido ya a descansar y el trabajo de retirar la mesa y meter los platos en el lavavajillas tenía un potente poder estimulador para él. Como fetichista era un desastre, pero eran aquellos momentos en los que se acababa de recobrar la intimidad, al irse los invitados, cuando le parecía más sugerente plasmar que volvían a ser libres de amarse en cualquier lugar de la casa.

Sólo que esta vez no funcionó. Marta estaba revuelta. Picajosa. No estaba para gaitas, vamos. No es que la cena hubiera estado mal; aun así, había sido similar a una carrera bajo fuego enemigo, esquivando las minas contra persona. Eso podía ser exagerado, pero lo cierto es que Mauricio había tenido que andar con pies de plomo para no utilizar los conocimientos que tenía de cada una de ellas y que eran reservados, y ágil para evitar que ellas se metieran en sus respectivos campos. Estaba siendo injusto. Esa equidistancia la quería aplicar para no parecer subjetivo; sin embargo, lo cierto es que había sido Irene la que había estado más entrometida. Ahora que sabía en qué andaba ocupada Marta, parecía que se le había abierto una compuerta. Había intentado ser disimulada, cierto, pero a ojos de Mauricio era evidente que para Irene todo lo que tuviera que ver con su paciente Leo adquiría un plus de atractivo, al que no podía resistirse.

El psicólogo había estado callado casi toda la noche, echando capotes cuando era necesario. No era eso lo que esperaba del encuentro. Irene se había comportado de una forma atípica preguntándole a Marta cosas que ella misma como profesional sabía que la otra psicóloga no podría contestarle. El hecho de que los tres compartieran profesión no significaba que nadie fuera a saltarse las normas a las que estaba obligado por deontología y también por la estructura en la que desarrollaba su trabajo. Irene había sido militar. Tenía que entender perfectamente que dentro de la Policía también había un nivel jerárquico y de reserva que Marta no se podía saltar. Aun así, había insistido una y otra vez, con preguntas cada vez más abiertamente impertinentes, para ver si obtenía datos.

Él, debido a las sesiones de supervisión, creía saber de dónde nacía el interés desorbitado de Irene. Ella lo que quería saber es si la policía se aproximaba a *su Leo.* Ambos sabían que, más pronto o más tarde, tanto los investigadores como la propia Marta acabarían llegando hasta él. Formaba parte de la esfera más íntima del hombre asesinado y había participado en algunas de sus actividades sexuales en grupo. Leo tendría que hablar con la policía y su terapeuta parecía dispuesta a lograr ciertas ventajas que poder ofrecerle después. A Mauricio le había parecido intolerable, pero también estaba pillado por su propio deber de secreto. No podía pegarle dos cortes para reprocharle su actitud, porque esto le hubiera desvelado a Marta quién era el cliente de Irene. Complicado. Él sabía que lo iba a ser, aunque no había esperado que empezase tan pronto y con tanta belicosidad.

Así que Marta no estaba para festivales eróticos y había que entenderla. Se giró hacia él y le besó más con dulzura que con lujuria, apartándolo de ella cariñosamente.

—Mira, Mauricio, que tu amiga me ha puesto de una hostia regular… Ha estado superimpertinente, ¿siempre es así? —verbalizó finalmente.

—Te entiendo, amor. A veces Irene resulta un poco estresante. Puede ser que arrastre aún un efecto ansiógeno después de sus problemas en el Ejército y esto haga que se la perciba de ese modo. Es buena chica, Marta —exculpó el psicólogo.

—No digo que no, pero es evidente que intentaba sacarme información sobre el caso durante toda la cena. A mí lo que me ha parecido es una cotilla y eso, siendo del gremio, no me produce ninguna buena impresión —siguió mientras metía con una energía innecesaria los platos al lavavajillas.

—Mujer, no, seguro que simplemente echa de menos un ejercicio profesional más activo, como el que tú tienes, y por eso se apasiona con cosas como las que haces. No le des más importancia —bajó el nivel Mauricio.

—Bueno pues no voy a dejar que me perturbe más. Lo cierto es que hay un montón de cosas que sí me apetecía contarte a ti para ver tu opinión y delante de ella no he podido —terció la psicóloga policial.

—¿Nos ponemos un copazo y me las cuentas ahí junto a la chimenea? —ofreció Mauricio, que ya había pasado la página del deseo a la vista del panorama.

Marta asintió y una sensación de tregua recorrió la cocina. Fueron hacia el salón en el que aún quedaban rescoldos en la chimenea y Mauricio sirvió un coñac francés Napoleón, para ella muy corto, y otro para él, más generoso.

Se estaba bien notando el calor del licor en la garganta y el de las ascuas fuera. Marta se apoyó sobre el brazo del sofá, ya más relajada, y puso los pies despojados ya de sus tacones, sobre las piernas de Mauricio. Bonitos pies, pensó éste. Se desperezó como una gata y esperó unos momentos antes de arrancarse a hablar.

—Conseguí una cita con la mujer de Weimar, ¿sabes? He estado tres horas en su casa escuchándola y creo que tengo ahora una idea más aproximada de su personalidad y de por qué puede resultar *a priori* contradictoria, pero me gustaría saber tu opinión también.

—Dime, pues…

—Ante todo, contra lo que podría deducirse de la actitud de Weimar, tengo que decirte que eligió a una gran mujer. Estefanía es una mujer culta, sensible y con una gran fuerza interior. Digo *es*, aunque no sé si debería decir *era*. Ahora mismo está abatida, casi destruida. Son sus despojos los que me encontré al entrar en las salas personales que tiene en aquella preciosa casa —dijo Marta.

—No es poca cosa lo que le ha caído. Tendrá que hacer el duelo en medio del escándalo y eso lo complica mucho —murmuró Mauricio.

—No hay tal duelo, Mauricio. Creo que él había muerto para ella hace mucho tiempo. Hay otros muchos sentimientos: liberación, sobre todo; pero también vergüenza por haber esperado a que la muerte hiciera lo que ella no se atrevía. Se siente frágil y vacía, pero porque ese cabrón la ha socavado lo suficiente como para que ella se sienta una bayeta y piense que no podrá hacer nada sola. Weimar se había ocupado de aislarla en cuanto a relaciones emocionales. Ya sabes, todo vida social y de paripé, pero había roto o le había obligado a romper todo vínculo que pudiera haberla recargado de energía vital para resistirle. Sé que no te va a sonar muy profesional, pero se ha sincerado de tal modo que casi hasta yo me he alegrado de la muerte de tipo tan repugnante. Únele a eso lo que hacía fuera. Las humillaciones han sido constantes. Me ha contado cómo él se pavoneaba de sus constantes infidelidades delante de ella. No se lo ha contado jamás a nadie. Comprensible. Tú y yo sabemos de qué nos está hablando pero, eso aparte, mucha gente o no hubiera entendido la situación o la hubiera culpabilizado a ella. Terrible. Teóricamente conocemos el cuadro que me está describiendo, aunque yo personalmente nunca he tenido que abordarlo —le contó Marta.

—Un perverso narcisista de manual, ¿no es así? Nunca se les ve en consulta. Es otra de esas formas de personalidad que es casi imposible tener en terapia —diagnosticó Mauricio.

—¿Otra?, ¿en cuál más has pensado? —preguntó curiosa.

—En los masoquistas que tampoco acuden nunca a pedir ayuda, si bien por razones distintas. ¿Has visto a alguien que acuda a nosotros para contarnos cómo se divierte? No lo hacen tampoco los homosexuales. Sí sucede si se produce una deriva psicológica que resulte dolorosa. Por motivos de identidad, por ejemplo. Estaba pensando en un caso concreto que por reserva no puedo comentarte. Con el masoquismo pasa que es una actividad generalizada, como la homosexualidad, pero que a diferencia de ésta es una identidad no deseable, más en una sociedad que venera a los triunfadores, a los fuertes, a los invictos. En la mayor parte de la literatura, el masoquismo erógeno se atribuye al hombre, lo que para muchos lo convierte en aún más incomprensible. En muchos casos son hombres de éxito. De los masoquistas confesos ahí tienes a Sacher-Masoch, que era profesor en la Universidad de Viena o a Jean-Jacques

Rousseau —le respondió con una lentitud que denotaba que iba pensando sobre la marcha.

—¿Cómo podía ser Weimar ambas cosas? —se preguntó a sí misma Marta.

—Creo que era el narcisismo el que arrastraba a tu hombre. Es cierto que nunca vemos a perversos narcisistas en consulta, dado que ellos no sienten ningún dolor ni padecen, más allá de ese vacío existencial que buscan llenar con sus víctimas, lo que les impide pedir ayuda. Yo sí he visto a bastantes de sus víctimas. Conozco el tipo de destrucción moral que acarrean, pero también puedo asegurarte que, una vez consiguen sustraerse a la presencia y al influjo del perverso, se recuperan siempre y más bien rápidamente. La mujer de Weimar ha sido liberada del todo y eso es una suerte para ella. Le irá bien. Y respecto a él, yo creo que el masoquismo en su caso, aunque arrancara posiblemente de cuestiones de su infancia, era más una forma de romper los límites y ponerse por encima de ellos, más propia de una psicopatía narcisista que de otra cosa. Tengo bibliografía y trabajos sobre ambos temas. Supongo que conoces el de Traver sobre masoquismo y puedo pasarte los de Tayebaly y Racamier sobre la perversión narcisista; con este último me intercambié correos durante una temporada. Un tipo interesante —dijo Mauricio.

—Llevas razón. No temo por Estefanía. Tiene además posibilidades económicas para buscar ayuda. Lo cierto es que muero de ganas por bucear en la infancia de ese tipo, aunque no creo que mi tarea policial me deje. Me apremian para que presente un informe cuanto antes, que pueda ayudarles a centrar la investigación —confesó Marta.

—Sobre eso, sé que lo que voy a decirte no es novedoso, pero aun así me voy a permitir recordártelo: para que el masoquismo deje de ser una fantasía y se materialice, el masoquista debe encontrar a la otra persona. Debe haber alguien que disfrute de la actividad opuesta, que disfrute causando dolor o humillando y que conozca las características del juego. No sólo se trata de encontrar una buena actora que conozca el ritual sadomasoquista, que también es muy importante, sino alguien con quien haya una complicidad absoluta que interprete los síes y los noes.

En puridad, nada que tenga que ver con un psicópata que no discrimine el juego de la realidad.¿Qué es lo que pasó en el caso de Weimar? ¿Quién es esa persona y por qué pasó la línea? Yo creo que es hacia ahí hacia donde hay que avanzar. ¿Qué tipo de persona buscaría un hombre como Weimar para esa aventura? —le señaló Mauricio, que no pensaba revelar nada de lo que sabía por Irene, pero que tampoco quería perder la oportunidad de señalarle el camino a la mujer a la que amaba.

—Crees que debería hacer el retrato psicológico de la mujer y que me estoy perdiendo entre el bosque. ¡Anda, sé sincero! —le animó amorosa.

—No lo diría yo así. Estás aplicando el método que utiliza habitualmente tu unidad —le recordó.

—Sí, y además tengo que hacerlo por huevos. Sí o sí tengo que recorrer el entorno de la víctima. Si esa mujer forma parte del entorno, acabaré encontrándola; si no, serán los de homicidios los que al final den con ella.

—Tampoco será estéril. Un perverso narcisista se fabrica en un entorno familiar que, en el fondo, es un sistema perverso. Y en realidad, en el caso de Weimar, él jugaba los dos roles de alguna forma, aunque en el fondo siempre fuera el mismo.

Marta le miró confundida. Le gustaba oír a Mauricio perorar desde que era su profesor en la facultad. Sabía que al final todo quedaría claro.

—El narcisista que quiere apresar a su víctima, primero la seduce, la halaga, la hace sentir en las nubes y así la amansa para asegurarse su hegemonía. Es lo que hizo con Estefanía y seguramente con más personas de su alrededor. Las represalias y la destrucción llegan cuando el dominado empieza a rebelarse contra él. En su otra faceta, en la erótica, el dominado es él mismo, aunque no creas que eso cambia el juego. El mayor poder del sumiso es conseguir que el dominante haga exactamente lo que él quiere, incluso humillarlo. De hecho, el masoquismo masculino ni siquiera trastoca el sesgo de los roles de género ni el sistema del patriarcado y de dominación social, sino que lo confirma precisamente porque lo pone patas arriba de una forma algo grotesca, pero que confirma el rol final del dominio. ¿Lo ves, no? —preguntó suavemente.

—Sí, sí, claro que lo veo. ¡No sabes cómo me gusta oírte explicar una y mil cosas! Creo que me enamoré de ti por cómo lo haces, por el tono que usas, por cómo te explicas como si te estuvieras arrancando desde muy dentro el conocimiento —le dijo mientras se abalanzaba sobre él y le cubría el rostro de besos.

Mauricio se dio cuenta de que la Psicología le funcionaba mil veces mejor que las escenas culinarias de película. Se dejó envolver por el deseo de ella y le hizo el amor con dulzura y determinación. Justo como un hombre de la edad de ella no hubiera sabido.

Al terminar se quedaron dulcemente traspuestos, pero el frío que siguió a la extinción absoluta de los rescoldos terminó por despertarles. La cargó como un dulce bulto, aún estaba semidormida, y así desnuda la llevó y la metió bajo el nórdico. Él hizo lo propio y se dejó llevar por la temperatura que iba subiendo en torno a él.

Eran las seis de la mañana cuando sonó el móvil de Marta.

¡Qué pasa! ¡Es sábado!, pensó Mauricio aún semiinconsciente.

La inspectora Carracedo, sin embargo, descolgó una vez más sin alterarse. Sabía que sólo se producían las llamadas estrictamente imprescindibles. Debía serlo. Escuchó en silencio lo que le comunicaron y salió del edredón. Movió a Mauricio para asegurarse de que la escuchaba.

—Cielo, ha pasado otra vez. Me tengo que ir —le susurró.

Mauricio abrió los ojos sin dilación.

—¿Otra muerte? —preguntó.

—Otro asesinato, sí. Escúchame, te lo voy a contar porque te vas a enterar igual…

—¿Es gordo?

—Ahora tenemos una serie, me temo, Mauricio. No sé si esto lo cambia todo, pero un periodista, Arsenio Nogales, acaba de aparecer degollado en una mazmorra de Ciudad Lineal.

El psicólogo se tomó un poco de tiempo para procesar la información.

—Otro ritual de masoquismo…

—Otro y además esta vez han buscado hasta el escenario perfecto —contestó Marta—. Ese pobre hombre había estado informando sobre el tema de Weimar, así que la relación es hiperclara.

—En eso llevas razón, pero en lo de pobre hombre... Era una hiena, Marta, y hacía un tipo de periodismo propio de hienas. Eso lo sabe todo el país —le recordó.

—Pero que fuera un cabrón no significa que tuviera que morir asesinado...

—Conversación absurda. Claro que no. Te lo he dicho porque te acaban de avisar como psicóloga de la policía para que hagas una autopsia psicológica del personaje, y lo primero que debes recordar es que no era de Mensajeros por la Paz precisamente —dijo, serio, el psicólogo clínico.

Marta reprodujo su propio ritual de emergencia y salió zumbando para la dirección de Ciudad Lineal que le habían dado sus compañeros. Al llegar, se encontró con el mismo equipo que había realizado la inspección ocular y la recogida de muestras en el apartamento de Weimar. Era evidente para todos que ambas muertes estaban relacionadas. Ya sólo les quedaba saber el *cómo* y el *por quién*, pensó sarcástica.

Había entrado en el local tan deprisa que apenas había reparado en el contexto de decorado que emanaba de él. Un decorado tan perfecto que resultaba un poco grotesco, pensó ella. La sensación que le produjo el cuerpo sin vida de un Weimar emboscado en su máscara de látex fue más turbadora que la que estaba recibiendo ahora.

Había atravesado una entrada y un dormitorio con una cama de cuero negro que tenía signos de haber sido usada. Algo más allá, en lo que se podría denominar la zona de juegos propiamente dicha, estaba el cadáver del periodista.

Yacía amarrado sobre un potro boca abajo. Estaba desnudo excepto por un *bustier* rojo de encaje que estaba abrochado al tresbolillo, sin que coincidieran bien los enganches de un lado y de otro. La cabeza colgaba. Un corte certero. A degüello. A Marta le sobrevino un amago de arcada. Bajo el potro, en un gran charco, se podían ver litros de sangre llena de jirones viscosos y de coágulos. El rostro estaba hacia el suelo y no podía verse nada de él. La psicóloga se perdonó a sí misma por pensar que a ella tampoco le había caído nunca bien Nogales. No obstante, aquello era terrible.

Sus compañeros se afanaban metiendo en bolsas de pruebas todo aquello que veían. Preguntó al inspector que estaba al mando y supo que esta vez sí había un teléfono en el que rebuscar. Algo les diría sobre sus últimos movimientos. Ahora tendría que pensar en reconducirse al entorno del periodista, aunque en esta ocasión la escena del crimen tenía mucho que decir también.

Reinaba un cierto caos allí. Los policías parecían tramoyistas retirando los restos de una función. La inspectora Carracedo vio cómo en un rincón del vestidor en el que colgaban de forma incongruente ahora vestidos de colegiala y gorras nazis, sus compañeros rodeaban a una mujer que se mostraba aparentemente fría ante la muerte.

Se acercó para enterarse.

El Gordo estaba también por allí y le guiñó un ojo.

—¡Hola, gordo! ¿Éste estaba bien amarrado? —le preguntó recordando su ojo fino cuando en el caso de Weimar reparó inmediatamente en las extrañas bridas.

—Yo no diría que bien. Cuerdas de atrezzo —dijo.

—¿A qué te refieres?, ¿eran de aquí, de la mazmorra?

—Sí, pero no estaban ni bien apretadas. Creo que cuando lo tumbaron sobre el potro no estaba consciente. Digamos que la escenografía se la colocaron sin su consentimiento. Al menos, ésa es la sensación que nos da —le contestó el agente.

—¿Le drogaron? —preguntó Marta.

—Es lo más probable. Habrá que esperar al informe del forense y a los análisis de toxicología de las dos copas que había sobre la mesilla, aunque si quieres mi opinión de perro viejo, a éste le drogaron y después le colocaron en la guillotina y le rebanaron el cuello —dijo con esa ligereza que da el haber bregado con muchas muertes.

—¿Qué haría aquí? —murmuró la inspectora.

—¡Ah, eso se lo está aclarando la rumana que se encarga de gestionar el garito este a Bustos! Al parecer lo alquiló por unas horas, y cuando ella vino a recoger porque se había acabado el plazo, se encontró con el pastel —le informó el número.

Marta se puso un dedo sobre la boca y lo silenció amablemente.

Prefería acercarse hacía el lugar en el que tenía lugar la conversación.

—No, no, no, yo no sé con qué mujer vino. Puede que no estuviera solo porque a mí me dijo que iba alquilar para traer amigo —explicaba con aspavientos. La rumana estaba jodida porque esto podía estropearle un negocio saneado en el que ella ya no tenía por qué poner en juego su propio cuerpo.

—Vino solo —le dijo Bustos—, no hay señales de que nadie más haya estado esta tarde aquí, aunque supongo que aparecerá numeroso material biológico, porque por aquí ha pasado mucha gente.

—Yo limpio cada vez. Hay unas mujeres que vienen. Siempre las mismas —insistió la arrendadora.

—Lo que nos interesa es saber quién le ha hecho esa carnicería. En principio, puede que fuera una mujer o un hombre que llegó después, pero necesitamos encontrar a la mujer.

—Nada que decir sobre eso. Él me dijo que buscaba una *dómina* que fuera muy, muy especial. La mejor de Madrid, me dijo. Yo le pasé un par de teléfonos. Te doy ahora a ti si tú quieres. No creo que llamara a ninguna de ellas. Él buscaba alguien muy especial..

Bustos miró a Marta, que contemplaba en silencio como buscando apoyo y solidaridad para el bucle en el que se había metido aquella mujer.

—Todos los clientes buscarán algo especial, supongo. ¡Tú dame esos teléfonos y déjanos a nosotros las conclusiones!

—*Te doy a ti*, pero no *molestar* mucho a estas chicas que hacen buen trabajo aquí, porque yo creo que no vinieron con éste. Éste buscaba otra cosa y no sé si la encontró —dijo dubitativa.

—¿Qué quieres decir con otra cosa? ¿Alguien que hiciera servicios especialmente duros? ¿Te refieres a eso? —preguntó el policía.

—No, no. Éste no era cliente. Si yo te digo lo que creo, no le gustaba esto verdaderamente. Vino porque buscaba cosas.

—¿Qué buscaba?

—Buscaba a una mujer. Buscaba a la *mistress* más delicada y mejor del país. Yo le hablé de una persona que ni siquiera sé si existe. Mira, yo llevo mucho tiempo aquí. Es verdad que la mazmorra me la alquilan muchos hombres y grupos de hombres. Hay que buscarles a las chicas. No son sumisas de verdad, ¿entiendes? Sólo que ellos pagan bien por zurrarlas y a muchas les compensa. Tengo listado de chicas, así que traen luego a sus amigas a ganar un buen dinero, aunque no saben bien a veces dónde se meten. Lo de los tíos es distinto. Muchas mujeres aprenden que la *Femdom*, la Dominación Femenina, les va bien. Los golpes los dan ellas, no hay contacto sexual real y el dinero que están dispuestos a pagar los hombres por esto es increíble. Se lo conté a él cuando vino, pero no era eso lo que buscaba. Él *preguntar* y *preguntar* una vez y otra por mujer diferente a ésas y a todas...

Marta tenía claro ya lo que buscaba el periodista, aunque era evidente que había llevado demasiado lejos sus pesquisas. Pensó que era el momento de meter baza.

—¿De quién le habló? —preguntó con mucha dulzura en la voz para contrarrestar el tono de boca chancla de Bustos, que no estaba ayudando nada.

—Le hablé casi de una leyenda, en realidad —dijo la mujer mirando agradecida a Marta—. Hace algunos años que se dice en el mundillo que vive en Madrid una de las guardesas de la reina.

Marta puso una cara de póquer inmejorable.

—Perdona, tú. Empiezo por el principio. ¿Conoces tú el The Other World Kingdom? Es una especie de minirreino en el que la Dominación Femenina es la regla. El paraíso de un masoquista. Está en Cernà y tiene su propio pasaporte, bandera, himno y reina. La reina Patricia. Es un verdadero matriarcado en el que los hombres son dominados y sometidos por hermosas mujeres que son verdaderamente dominantes. Eso es lo que dice leyenda. Yo nunca he ido allí, claro. Pues bien, la reina tiene una guardia de *mistress* muy especiales, las mejores amas del mundo, las diosas que estos hombres buscan, y se supone que una de ellas vive en Madrid de incógnito —concluyó el cuento la mujer que no denotaba el más mínimo nerviosismo a pesar de que el cadáver sanguinolento estuviera aún allí.

Era evidente para Marta que el tal Nogales estaba tras la pista del ama que había fustigado a Weimar. Sólo una mujer así podía cuadrar con el retrato psicológico de un narcisista como él. La rumana seguía hablando sin que la preguntaran.

—No sé si la encontró o no. El llamó para reservar las horas y quedar en sitio para llave. Todo normal. Ahora, esto no. Esto no pasa así más veces aquí. Todo ha cogido ella de aquí. Corpiño encaje para feminizar estaba ya aquí en vestuario —explicó la mujer.

—¿Lo piden a menudo? Yo pensaba que sería para las *dominatrix* —expuso Bustos que, como estaba dejando claro, no tenía ni idea de por dónde le daba el aire.

—¡Oh, no! Es para los hombres, claro. Muchos esclavos adoran que les obliguen a vestirse de mujer. Lo usan para castigarles y a muchos *les gustar que* a la vez ama *insultar* y que digan cosas feas y mujer mee encima. Muchas cosas piden como ésa a veces —explicó la empresaria.

Esta vez a Nogales le habían castigado de verdad por meter las narices dónde no debía, se dijo Marta. La inspectora veía el móvil de este asesinato totalmente claro. El periodista se había acercado a algún sitio al que la policía no había llegado todavía o había tocado los cojones a quien no debía. No había otra. Lo que estaba viendo era la consecuencia de la investigación del periodista, que, conociéndole, no había tenido por qué estar exenta de mierda. Ahora sabía que se iba a ahorrar mucho camino en el entorno de Arsenio Nogales. Aquí sólo importaba con quién y cuánto se había aproximado a la verdad sobre Weimar.

Era posible que a través de los últimos movimientos de aquel desgraciado, llegaran hasta la inquietante presencia femenina que se dejaba entrever todo el tiempo en aquel asunto, o a lo mejor a otros sitios aparentemente tan poco sórdidos como el aparato del Estado. Seguía teniendo pendiente tirar del hilo de la amistad de Weimar con el ministro del Interior. Nogales había dado aquella exclusiva sobre las orgías. ¿Qué había llegado a descubrir?, ¿quién se había sentido amenazado? Por otra parte, también había insistido, en todos los programas de televisión a los que había ido, en el tema de la venta de no sé qué parte de la empresa que al Gobierno no le gustaba.

Alguno de aquellos hilos se había convertido en un cuchillo que le había rebanado cualquier expectativa de nuevas exclusivas. Esperaría a ver qué decían los informes sobre el arma empleada, el tipo de corte y la fuerza utilizada. No obstante, se abrían las mismas dudas, puesto que alguien podía haber recibido el encargo de quitar de en medio al periodista, mezclándolo de nuevo con un escenario masoquista para sugerir la existencia de una especie de ama psicópata que se ventilaba a sus sumisos.

Todo se había espesado un poco más como la sangre de Nogales.

Marta sabía que había que encontrar a aquella mujer. Andaría con cuidado pero andaría. Mientras sus colegas indagaban por aquí y por allá, ella iba a volver sobre sus pasos para intentar saber si los más próximos a Weimar sabían algo de aquella misteriosa ama.

Se dio cuenta de que no había intentado hablar con uno de los testigos más mudos de las costumbres depravadas de Weimar. Aquella mujer rumana a la que parecían haber dado cuerda se lo recordó. Había una limpiadora también en el picadero del empresario. Por fuerza tenía que saber algo, haber visto algo, intuir algo.

Mientras se alejaba de la escena, seguía oyendo a la rumana clamar por su negocio. ¿Hasta cuándo iba a tener que tenerlo cerrado?, ¿quién le resarciría a ella de las pérdidas? Le hubiera gustado volverse y decirle que con las cámaras de televisión haciendo guardia a su puerta su mazmorra estaba más cegada que la de un castillo derruido. Ni los vecinos iban a permitir que siguiera su actividad, ni sus viciosos iban a repetir en un lugar en el que uno había encontrado la muerte.

Marta, sin embargo, abandonó a su suerte lo que quedaba de Nogales y supo lo que tenía que hacer.

CAPÍTULO 16

Leo no daba crédito. Tenía que ser una alucinación. Mientras regresaba del despacho de Valèrie —en el que había estado viendo unas pruebas de prensa— al suyo, pasó cerca del espacio que ocupaba la recepción y entrevió a una mujer que le pareció Claudia. Era imposible. Había muchas mujeres esculturales con largas melenas negras. Era parte de su obsesión pensar que en Claudia convergían todas las diosas y que toda diosa sólo podía ser ella. Quizá era producto de la inquietante realidad de su ausencia, del vacío que dejaba su falta de respuesta a los mensajes o las llamadas que ya no atendía. Había una sima abierta en su interior, pero Leo no quería afrontarla. No en aquel momento.

Aun así, su corazón palpitaba con fuerza.

Cuando llegó a su estudio, se sentó en el sillón esperando a que aquella sensación pasara. Había aprendido con Irene cómo gestionar aquellos picos de pánico. Comenzó a respirar tal y como le habían dicho. Pasará. Intentó limitarse a vivir el instante presente. Allí no había nada amenazante. Objetos conocidos y amados. Sólo sus colaboradores se afanaban fuera. Estaba a salvo. Según iba recobrando el dominio de sí mismo, le iba asaltando la duda de por qué pensar en la presencia física de Claudia había estado a punto de provocarle un ataque de ansiedad. ¿Cuándo el deseo había dejado paso al miedo? ¿Qué le estaba pasando?

Unos nudillos sonaron contra la puerta.

Leo dio un respingo.

—¡Pasa! —le dijo a su asistente, seguro de que era él.

La puerta se abrió. No se había equivocado. Todo era cotidiano y previsible. Aun así, notó el temblor de sus manos que tenía apoyadas en la mesa precisamente para contenerlo.

—Leo, tienes una visita que no estaba programada. Insiste en esperar a que puedas atenderla —le dijo su asistente.

Su corazón se volvió a desbocar. Absurdo pero incontrolable. Leo estaba muerto de miedo.

—¿Quién dice que es? —consiguió vocalizar.

—Una abogada. Dice que ya te ha llevado otras cosas y que viene a ver si la necesitas.

—¿Una abogada? y ¿cómo se llama?, ¿quién es? No tengo ni idea... —dijo, más calmado, Leo.

—Claudia, Claudia Verín. Dice que ya ha trabajado para ti..., ¿la conoces?, ¿vas a verla?

Leo necesitó menos de un átomo de instante para saber que nunca podría negar ni una ni dos ni tres veces a Claudia. La certeza de que era ella la que le esperaba le devolvió una suerte de calma, basada en la irremisibilidad del encuentro.

—¡Ah, claro, Claudia! Sí, sí, sé quién es. Pásala ahora, *porfa*. Hace tiempo que no nos veíamos y me ha pillado de sorpresa.

Mientras su ayudante iba a buscarla, Leo se quedó flotando en una sensación de irrealidad absoluta. Claudia estaba allí. Claudia estaba en su estudio. Claudia iba a atravesar la sala en la que trabajaban sus colaboradores e iba a entrar en su despacho. Claudia salía de sus fantasías para penetrar en su vida cotidiana. No sabía qué podía significar aquello ni qué consecuencias tendría, pero una erección le evitó pensar mucho más. Permaneció expectante, concentrado en el rectángulo de la puerta.

Al abrirse, su ayudante se apartó y en el umbral, recortada contra el derroche de luz que se derramaba sobre la nave del estudio, apareció Claudia.

La luz rodeando el cuerpo de Claudia.

Los tacones de Claudia rebotando contra su suelo de caliza natural.

Se levantó para honrarla.

Su voz le provocó un estremecimiento en la garganta.

—Hola, Leo.

—Hola, Claudia.

Llevaba un vestido rojo de seda fluida. Ni siquiera era ceñido. No hacía falta. El movimiento del tejido contorneaba su silueta en momentos fugaces. Llevaba un abrigo sobre el brazo. La Venus de las pieles venía a visitarle. Con naturalidad la cogió del brazo y la llevó hacia la parte del despacho donde se encontraban el sofá y los sillones en los que instalaba a las visitas que merecían más que una fría mesa de despacho. Claudia, resueltamente, eligió uno de los individuales y tomó asiento. Leo se quedó mirándola, casi por primera vez dominando un plano picado. Se dirigió hacia el extremo del sofá que quedaba junto a ella y se sentó, no sin mirar de reojo sus pies y sus zapatos.

—No te esperaba por aquí, Claudia, y menos después de estas semanas de silencio. ¿Por qué no has contestado a mis mensajes o a mis llamadas? —le preguntó.

—Por el mismo motivo que he venido a verte, Leo. Escúchame. He venido a hablarte y no de cuestiones sentimentales.

El arquitecto sintió perfectamente cómo la mujer cogía las riendas y no opuso resistencia.

—Necesito tu ayuda, Leo. Por eso he venido. Tengo problemas, por eso no te he llamado. Pensaba que podría estarme tranquila hasta que escamparan, pero eso no va a pasar, así que recurro a ti.

—Haces bien, Claudia. ¿Qué te sucede?

—Empecemos por el principio

—Sí, suele ser lo mejor —animó Leo con una sonrisa.

—Enrique González-Weimar ha sido asesinado, como sabes —dijo, seca y resolutiva.

A Leo se le congeló la sonrisa. No veía la relación, pero si la había, eso iba a destapar la caja de los truenos.

—Perdona, pero no entiendo, Claudia. ¿Qué tiene que ver eso con nosotros?

—A estas alturas supongo que ya lo sabes, Leo. No te hagas de nuevas. Esto que me trae aquí es urgente…

—¡Claro que sé que lo han matado! —respondió.

—Sabes más cosas. Y tienes que saber por qué estoy en apuros…

—¿Lo estás?, ¿por ese tema? —Leo estaba perplejo.

—Leo, venga, dejémonos de niñerías. A estas alturas ya tienes que saber que yo conocía a Weimar, es más, que yo era el ama de Weimar. Has tenido que deducirlo porque no eres tonto y tienes todos los elementos. Deja de jugar. Pensaba que la insistencia de tus llamadas tenía que ver con ello.

Leo no había atado cabos, pero sentía que en aquel momento su mente era un puro caos de sensaciones.

—No, Claudia, no te llamaba por eso. No había pensado para nada en ello. Tranquilicémonos. ¿No quieres contarme con calma? Tenemos tiempo. ¿Te pido algo de beber?

Leo no sabía cómo quitarle hierro al temor de estar subyugado por una asesina.

—Sí, será lo mejor —asumió Claudia—, empezaré por el principio.

El crujido del cuero demostró que la hermosa mujer estaba tomando posiciones en el sillón para comenzar un largo relato. Leo, sin embargo, permanecía con un codo sobre la rodilla y su barbilla apoyada sobre su mano. Alerta. Atento. A la espera.

—Hace años que conozco a Enrique. Casi una década, diría yo. Nos encontramos por primera vez en una de las fiestas de *Les Chandelles*, uno de los clubs libertinos y de intercambio más selectos de París. Yo iba a menudo con una de mis amigas, con la que compartía ciertos fantasmas. Éramos eventualmente amantes. Algo esporádico. Allí era el pan de cada día encontrarte con gente guapa o como quieras llamarlo. Lo que tú eres, sin ir más lejos. Gente del *show business* francés y europeo, algunos norteamericanos, pero también grandes empresarios e incluso políticos franceses y de la Unión Europea. Eran noches salvajes en el centro del poder. No éramos muchos españoles, así que acabé conociendo a Enrique. No había nada similar en España, este país que será pacato hasta el fin de los tiempos. Entiéndeme, me refiero a que no hay nada tan libre ni tan aceptado, aunque sí mucha sordidez oculta. *Les Chandelles* estaba a dos pasos del Palais-Royal y era imprescindible acudir de etiqueta y con las cartas de recomendación necesarias. Tras un par de encuentros allí, comenzamos a vernos en Madrid.

Leo la escuchaba como hipnotizado.

—No voy a hacerte un recorrido por nuestros gustos sexuales. Piensa en todo lo imaginable y aún te quedará un camino por hacer. Enrique era insaciable. Nunca había suficiente sexo ni demasiado atrevimiento ni suficiente peligro. En *Les Chandelles* había una pequeña sala *sado* y él había hecho algunos pinitos. Sus relaciones con las mujeres eran normalmente descarnadas y, si no podemos llamarlas violentas, sí podríamos considerarlas bruscas. En la sumisión descubrió un nuevo reto. Algo que se apartaba de todo cuanto había imaginado jamás. Y él, ya sabes, buscaba siempre algo más allá, incluso más allá de lo que podía imaginar.

Claudia se quedó un momento pensativa, como si se regodeara en algunos recuerdos que en aquel momento rememoraba con mucha intensidad.

Continuó.

—Me quiso su ama. Yo era entonces todavía una diletante. Ni siquiera era una vertiente de mí misma que hubiera explorado más allá de la transgresión momentánea. Acordamos, y digo acordamos porque fue una decisión compartida, que si íbamos a hacerlo lo haríamos bien. Muy bien. Me decidí a ingresar por una temporada en OWK para conseguir convertirme en la *mistress* que Enrique deseaba y yo ansiaba darle...

—Perdona, Claudia, ¿estuviste realmente en The Other World Kingdom? Yo pensaba que no era sino una fantasía en la web. Un mundo con el que soñar y un sitio en el que encontrar vídeos que satisfacían las necesidades de morbo... ¡Tú estuviste de verdad! —exclamó, asombrado, Leo.

—Existe o al menos existía. Lo pusieron a la venta en un momento dado. No sabría decirte, porque me desligué de ellos. Mi intención real no era formar parte de la guardia de Patricia o perpetuarme allí, sino aprender y entender qué significaba ser una verdadera *dómina*. Tú sabes, porque los has probado, que lo aprendí.

—Lo hiciste, Claudia. No cabe ninguna duda —musitó el joven.

—Como casi todas las cosas en esta vida, sólo tiene un secreto: ser capaz de disfrutar con lo que haces. Allí aprendí la filosofía de la *Femdom* y descubrí el placer que hallaba en ella. Todo lo demás vino rodado...

—¿Cómo era aquello? ¿Qué hacías en el día a día? ¡Anda, cuéntame! —Leo, como un gato ante un plato de leche, se relamía, olvidado ya de asesinatos o problemas. Quería saber más allá de cualquier otra consideración.

—No, Leo. Otro día. Eso nos llevaría por un camino que no es el que debemos tomar ahora. He venido a hablarte en serio, no a ponerte cachondo, ¿vale?

Le miró con una cara cuajada de rigor que le impresionó. El silencio se hizo entre ambos.

—Continúo —volvió a iniciar su relato Claudia—. A la vuelta, toda nuestra pasión se desbocó. Fueron días muy felices. Días que duraron más de un año. Luego, la forma de ser de Enrique volvió a aparecer. Él no quería oír hablar de una suerte de amor que nosotros honrábamos de una forma diferente a otras parejas. Todo lo que yo había aprendido y todo mi amor comenzaron a incordiarle. Quería más. Enrique siempre quería más y era entonces cuando te podías dar cuenta de que sólo habías sido un instrumento para él. Sólo que yo entonces no quería darme cuenta. Así que empezó a pedirme cosas. Pruebas de mi amor, decía él. Acabe convirtiéndome en su proveedora de placer. Yo me encargaba de buscarle las mujeres y de preparar las escenas que él quería. Yo organizaba las orgías. Sí, esas a las que tú asistías...

Leo hizo ademán de protestar, pero Claudia lo calló poniéndole levemente la mano sobre la boca.

—¡Déjame terminar antes de decir nada! Sabía lo que quería y pronto encontré la forma de surtirle de las mujeres no profesionales que él buscaba. No había problema con el dinero, como puedes imaginar. Mientras, continuaban nuestros encuentros BDSM, que eran discontinuos. Unos meses muy abundantes y, luego, con intervalos de vacío en los que yo sólo servía para cazar carne nueva. El quería además más cada vez en el campo de la *Femdom.* Una de las cuestiones que le obsesionaba era la de compartir su sumisión con otro hombre. Quería ser visto en esa actitud humillante por otra persona que compartiera con él su humillación. Claro que Enrique nunca fue un hombre sencillo. Cuando me lo propuso, entendí que debía salir a reclutar un *partenaire* para esta nueva fantasía, pero él no estaba dispuesto a compartir esa escena con cualquier desconocido ni se conformaba con algo tan prosaico como eso. Así que, te elegimos.

La pausa fue profunda y dejó a Leo suspendido sobre sus dudas.

De hecho, Claudia calló dramáticamente, a la espera de una pregunta que era obvia.

—¿Cómo que me elegisteis? —murmuró Leo.

—Sí, Leo, te elegimos o más bien te elegí y Enrique dio su visto bueno. ¿Recuerdas la fiesta en la que nos conocimos? —preguntó de forma retórica.

—Claro, Claudia, ¿cómo no iba a recordarla? —le respondió Leo.

—Me gustaste. Había algo en ti que me atrajo desde el principio y que supongo que fue tu atractivo físico y mi seguridad en que eras un sumiso. Quise que fueras mi sumiso. No me equivoqué. Recuerda que me bastó sacar a relucir en la conversación aquellos guiños sobre mis pies, para que te dejaras ir y acabaras dejando totalmente a la luz tu tendencia sexual.

—Lo recuerdo como si fuera hoy, Claudia —reconoció.

—Entonces decidí tener las dos cosas en una. Yo necesitaba ya un sumiso real. Lo de Enrique había evolucionado a un punto que ya no me satisfacía. Tú eras perfecto para ser mi esclavo. Sólo necesitaba que Enrique te aceptara también. Al principio no estaba conforme, puesto que estabas aún demasiado lejos de su mundo. Me pidió que exploráramos más su mundo, que encontráramos a alguien como él, con poder y posición, al que yo fuera capaz de conducir a una situación de ese tipo...

—Entonces, Claudia, ¿era él el que estaba allí aquella vez? —le dijo con un deje de temor en la voz.

—Lo era, Leo, lo era, pero ya verás cómo hasta eso te parece poco relevante cuando termine —le espetó Claudia.

La mente de Leo estaba rememorando aquella escena. Recordaba al hombre con la máscara de látex en la otra habitación y recordaba las cosas que ella le había hecho hacer delante de él y con él. Una oleada de malestar le recorrió el tubo digestivo.

—¿Cómo me hiciste eso, Claudia? Sabes que yo confiaba, confío en ti de forma incondicional.

—Lo hice porque es lo que siempre habíamos pensado hacer, Enrique y yo. Lo hice porque yo deseaba hacerlo y, por último, lo hice porque sabía que tú lo ibas a disfrutar, como de hecho lo hiciste —le contestó imperturbable.

—Es cierto, Claudia. Lo disfruté aunque ahora no soporte reconocerlo.

—¡Déjame seguir, anda! —dijo, imperiosa, la mujer—. Como te he dicho al principio, no cuadrabas con la fantasía de Enrique, pero yo sí quería poder tenerte como sumiso sin que él pusiera pegas, así que te hicimos a medida de su fantasía.

Leo se quedó clavado, esperando oír lo que muchas veces había temido: que su carrera meteórica no se debía solamente a su genio. Sabía que era eso lo que Claudia le iba a contar en aquel momento y no hizo nada por impedírselo.

—Así que decidimos convertirte en alguien de su mundo. Tenías talento y condiciones para ello y yo lo sabía —le dijo dedicándole una sonrisa dulcísima—. Fue entonces cuando te hablé de un amigo que quería remodelar su piso frente a Los Jerónimos y te di todas las pistas necesarias para que tu proyecto fuera exactamente el que encantara a los Weimar. Tengo que decirte que es cierto que después Enrique quedó deslumbrado. Le maravilló la forma en la que habías plasmado sus necesidades y sus ideas y la novedad que le habías aportado a la reforma. Le encantó que todas las revistas de arquitectura la incluyeran como ejemplo de hacia dónde avanzaba la nueva arquitectura. Todo eso cuadraba a la perfección con la imagen que Enrique quería proyectar de sí mismo al mundo. Como todos los narcisistas, se alimentaba también de la gloria de los que le rodeaban y se debían a él. Además, como después has visto, personalmente le caíste muy bien. Dentro del plan inicial no se trataba de que te incluyera en su círculo personal o familiar, pero de hecho lo hizo. Ahí tuviste un privilegio que yo nunca pude disfrutar. Eras tan juguete sexual como yo, pero te distinguió como yo no conseguí jamás —dijo, pronunciando con un pesar que le hacía arrastrar las sílabas.

Leo no estaba tan anonadado como para no aprovechar el momento. Una punta de indignación iba repuntando sobre su vergüenza y sus dudas. Le habían utilizado y eso no era un plato fácil de digerir.

—Y tú qué sacaste, ¿pasta? —le lanzó a la cara a guisa de insulto y como tal fue recibido.

—¡Pero qué intentas ahora!, ¿llamarme puta? Sabes que no lo he sido nunca. Entiendo que estés dolido, pero no lo pagues conmigo o no sólo conmigo. Yo sólo busqué la forma de hacerte mío. Él no me hubiera permitido tener otro juguetito si no hubiera tenido interés en él. Y además, tu vida cambió. No puedes quejarte. No, yo no sacaba dinero. Es cierto que Enrique me regaló un millón de euros como prueba de amor hace ya mucho tiempo, pero eso para él sólo era calderilla y lo sabes. Si te pones a mirarlo, tú has ganado mucho más que eso con tu amistad con él y yo no voy a llamarte puto por eso, ¿no es cierto?

Las espadas quedaron en alto por un momento, pero ninguno de ellos se atrevió a dar un golpe mortal al otro. Sin embargo, la perturbación de Leo era profunda y dolorosa y en aquel mismo instante supo que no iba a ser fácil de sanar. Sin saber cómo, pensó en Irene.

—Pero no me desvíes de lo que he venido a decirte. Todo esto era sólo un prólogo para que entendieras hasta qué punto también estás concernido en este asunto —continuó la mujer—. Como sabes por los medios de comunicación, a nadie se le escapa que el día de la muerte de Enrique, tuvo que haber en aquella habitación una mujer. Buscan a la *dominatrix*, como dicen ellos. Bien, creo que se están acercando y necesito tu ayuda —dijo por fin.

—¿Mi ayuda? ¿Le mataste tú? —preguntó incrédulo.

—Eso no tiene importancia. Lo cierto es que ellos lo creen. Cuál fuera mi papel en aquel cuadro no es muy relevante. He notado que se acercan y, si quieres que te sea sincera, creo que algunos de ellos no son de la policía. Hay movimientos a mi alrededor. He notado cómo me siguen y creo que algunos se han hecho los encontradizos conmigo. Sea como sea, necesito una coartada porque no la tengo. Estaba en casa sola cuando sucedieron los asesinatos.

—¿Los asesinatos? —preguntó Leo.

—Sí, ambos. El otro individuo también iba detrás de mí. Me había estado rondando los días previos a su muerte…

—Y te lo cargaste también… —espetó Leo, que estaba empezando a ver una Claudia bien distinta.

—Eso a ti no te incumbe. Cuanto menos sepas menos tendrás miedo de revelar, porque a ti, pequeño, también te interrogará la policía más pronto o más tarde…

Leo la miró boquiabierto. Sabía que lo que decía Claudia era cierto y su sorpresa venía de no haber sido capaz de pensarlo él solo antes de que ella llegara. Formaba parte del círculo de Weimar. Aunque no supieran nada de las orgías o de Claudia, él estaba a su lado de forma pública, así que era cierto que más pronto o más tarde la policía aparecería por allí.

—¿Lo ves, no? Llegarán a ti a no mucho tardar. Incluso puede que te localicen antes que a mí. En mi caso sólo tienen rumores respecto a mi relación con Weimar, en el tuyo seguridades.

—Bien, pero yo no tengo nada que ocultar. Que vengan cuando quieran —atajó Leo.

—¿No tienes nada que ocultar? ¿Estás seguro, perrito? —y aquellas palabras en aquel momento dejaban bien claro que la crueldad de la que era capaz Claudia iba más allá de un látigo y unas pinzas de pezón. Sin embargo, en aquel momento, aquella muestra de sadismo no le satisfizo lo más mínimo.

—¿Qué pretendes, Claudia, me estás chantajeando? —le dijo subiendo inadvertidamente la voz.

—Yo no lo llamaría así, pequeño, es más bien un *quid pro quo* que no te perjudica y que, sin embargo, a mí me ayuda en una causa justa como es conseguir una coartada.

—¿Una coartada? —preguntó, incrédulo, Leo.

—Sí, voy a decir que en ese momento estabas conmigo. De hecho, si no es cierto, lo es por cuestión de horas. Ese día estuviste en mi casa, ¿recuerdas?, ¿qué mal haces fijando un periodo de tiempo que me de cobertura? —preguntó mirándole con sus más verde e inquietante mirada.

—¡No, Claudia, no me pidas eso! —clamó Leo—. Eso sería tanto como descubrir a la policía mi intimidad sexual y tanto como hacerla pública, porque éstos no se callan nada, y tú no puedes pedirme eso. No puedes pedirme que toda mi familia, mi madre, mi padre, mis amigos, mis colaboradores, mis clientes, que todos se enteren por la tele que soy sumiso. ¡De ninguna manera, Claudia!

—No veo el problema, Leo; a fin de cuentas, es una actividad perfectamente legal y lícita entre personas adultas y libres. ¿Qué problema hay? ¿No salen los gays del armario? Pues tú sales de la mazmorra y ya está —contestó Claudia con un tono que cada vez más se iba pareciendo a una orden.

—Sabes que no es lo mismo, Claudia. Socialmente no es lo mismo y lo sabes. Incluso, si yo tuviera tu rol sería más aceptable para todos. Creo que mi madre preferiría imaginarme con un látigo en la mano que a cuatro patas a los pies de una mujer. No sé, sabes que es un tabú social aun a pesar de la gran cantidad de hombres que comparten este gusto.

—No te voy a decir que no sea cierto, Leo, pero es que la otra opción no es que te imaginen sino que te vean.

Claudia le miró sin pestañear. Estaba decidida a todo.

—¿Cómo que me vean?, ¿qué me estás diciendo? —dijo Leo mientras saltaba del asiento y la cogía del brazo con toda la fuerza de la que era capaz.

La voz del arquitecto sonaba realmente agitada y la fuerza que aplicó era un termómetro de la rabia y el dolor que sentía.

La mirada de Claudia persistió. Leo no aflojaba.

—Lo que oyes, Leo. Tengo fotos. Tengo fotos de las orgías y de nuestras sesiones. Tengo fotos en las que se te ve perfectamente. No te pongas nervioso. Piensa que todo esto forma parte de nuestro juego. Estás en mis manos, ¿no es eso lo que te gusta, perrito mío? —le contestó con un tono susurrante que durante meses le había puesto muy cachondo, pero que ahora sólo consiguió desquiciarle—. Vamos a ver, que no es ningún drama. Sólo te pido que cuando la policía venga a hablar contigo y te pregunte por tu empleo del tiempo durante esas horas, digas que estabas conmigo. Nada más. Si lo que hacen es venir a comprobar mi coartada, porque me hayan interrogado primero a mí, sólo tienes que confirmar que sí, que estabas conmigo. Ya si quieres les cuentas todo eso de tu intimidad y tal y cual. A fin de cuentas, en este asunto hay tantos culos que salvar, y nunca mejor dicho, que ellos lo entenderán y te meterán en esa nómina desde el principio. Mira, Leo, hay centenares de fotos de las fiestas de Modesto Lafuente. Yo tengo muchas de ellas. Weimar era un cabrón integral y esto formaba parte de su juego. Tú sabes igual que yo quiénes eran los invitados. Ni la policía ni el juez tienen el más mínimo interés en airear la vida privada de ninguno de vosotros. Es más, puedes, si quieres, insinuarles que si la tuya se viera descubierta, podrías joder a gente que está más arriba. Te lo montas como quieras, que no es tan difícil, pero me cubres las espaldas, ¿me has oído? No es un ruego, Leo, es una orden —concluyó Claudia.

Leo aflojó la presión y cayó sobre el sofá de nuevo.

Lamentó descubrir de una forma tan brusca que las órdenes de Claudia sólo le gustaban en un contexto determinado, pero era un chico listo y sabía que todo lo que la *mistress* decía era cierto. No era el momento de la reflexión, aunque la rabia le rugía por dentro como un geiser en Islandia. Hielo y fuego. Así era Claudia, así había sido su relación y así estaba terminando. Lo estaba haciendo. Más allá del callejón sin salida al que le llevaba, Leo había visto desplomarse ante él todas sus fantasías. Para él Claudia, había sido una diosa porque era una mujer superior, a la que él deseaba adorar, que él era capaz de adorar. La mujer calculadora y posibilista que se le estaba mostrando ahora no reunía ni una de las características que él buscaba en un ama.

No dijo nada.

Se quedó en un silencio prolongado y tozudo que sólo podía querer decir que había entendido, pero que habían acabado.

Claudia se levantó y recogió su abrigo del sillón.

Aún osó darle un golpecito cariñoso en la nuca, como hacía en las sesiones.

Leo levantó el brazo y le dio un golpetazo en la muñeca, a la vez que la miró como ella nunca esperó que lo hiciera.

La mujer salió taconeando del despacho sin que mediara una palabra más.

Detrás dejaba las fantasías rotas y la vergüenza de un buen tipo. Un tipo que no sabía por qué deseaba que una mujer le sometiera. Algo tan sencillo y que, como a veces temía, había acabado por complicarle la vida. Eso si no se la destruía. Aunque, pensó, lo tendría bien merecido. No debería haber aceptado ninguna ventaja para triunfar. Él no conocía el juego entre Weimar y Claudia, aunque sí había sabido que concurría al concurso de ideas llevando ventaja al conocer muchos de los gustos y necesidades del potentado. En aquel momento no se planteó por qué Claudia sabía aquellas cosas. La leve explicación que le dio sobre unos conocidos comunes le bastó. Le bastó porque no había querido indagar más. Le dieron una pértiga para saltar y, simplemente, la asió. Todo lo demás, ¿qué le importaba a él? Desde luego que nunca hubiera podido imaginar algo tan tortuosamente cruel como el plan que habían forjado entre Claudia y Enrique, pero, aun habiendo seguido haciéndose trampas al solitario, siempre supo que había algo que hubiera debido preguntar y que no preguntó.

Ahora todo se agolpaba en un remolino de miedo pero también de irremisibilidad. No había nada que hacer. La suerte estaba echada. Era posible que todo se descubriera. ¿Qué pensarían todos? ¿Qué pensaría Valèrie? ¿Por qué pensaba ahora en su colaboradora? ¿Por qué se preocupaba tanto? A fin de cuentas, Irene lo sabía y no había variado ni un ápice su relación con él. Irene era el único punto fijo al que podía acudir ahora. Claro que ella era su terapeuta. Aunque en el fondo de ella hubiera tenido cualquier tipo de rechazo moral por sus tendencias, nunca se lo habría dicho. En todo caso, creía saber que no era sólo por profesionalidad. Había una ternura real en el trato que la psicóloga le daba. No, no le había importado ni había cambiado su consideración por él. Quizás al resto de las personas que le conocían les sucediera lo mismo. Si era así, sólo quedaban los extraños y ésos, ¿qué podían importarle?

Por otra parte, el análisis de Claudia había sido frío y certero. Había muchas personas poderosas que estarían intentando que los datos sobre las fiestas de Weimar no salieran a la luz. Él sabía bien cuán importantes eran. Quizá tuviera que ponerse en contacto con ellos. Algunos eran sus clientes y, en todo caso, todos sabían que habían estado juntos metidos en aquello. Sí, definitivamente, si no le quedaba otro remedio que aceptar las exigencias de Claudia, iba a tener que intentar protegerse a la sombra de los verdaderamente poderosos. Si ellos conseguían salvar su intimidad y su nombre, Leo también lo lograría.

En ningún momento se planteó desafiar a Claudia. Sabía con cruel certeza que haría lo que le había dicho si no se plegaba.

Ella no tenía mucho que perder. Parecía claro que ella había asesinado a Enrique o, al menos, había tenido que ver con ello. No podía ser de otra manera. Y después de lo que le había contado, Leopoldo aún lo veía con mayor nitidez. Claudia, a su manera, se había enamorado de un hombre que no era capaz de enamorarse de nadie. Había hecho todo lo que él deseaba sólo por continuar a su lado y, al final, había descubierto que no era sino otra pieza, otro engranaje, en el mecanismo que movía la vida de Weimar: la satisfacción de su propio ego. Eso le había tenido que doler. Tenía que haberse sentido utilizada y humillada, y cuando una mujer como Claudia se sentía así no era probable que lo aceptara sin más. Era posible que llevara tiempo urdiendo su venganza. Ser la proveedora de putas más o menos finas para los festines del hombre que en el fondo amaba no tenía que haber sido plato de gusto para ella. Al menos, pensó, según su relato, él, Leo, había sido una decisión de ella. Bien mirado, uno de los pocos engaños que Claudia se había permitido con el que era el amo verdadero.

Constató cómo unos minutos llenos de frases podían darle la vuelta al universo.

Le iba a costar poner orden en su interior. La imagen de Irene se iba filtrando cada vez con más fuerza en la maraña de pensamientos obsesivos y desordenados que le abrumaban. Supo que ése iba a ser su primer destino. Tenía que aclarar todo aquello en su interior antes de hacer frente al exterior y ese exterior incluía, claro está, a la policía.

CAPÍTULO 17

La carne ardía allí donde Leo había presionado con sus dedos. Claudia salió a la calle con el recuerdo de la violencia que había desatado marcado en su piel. Un giro copernicano, que aún la hacía ser más consciente de cómo toda su vida se había vuelto del revés. No quedaba tiempo para los remordimientos y era consciente de ello. Caminó justo el tiempo de meterse en el siguiente portal que encontró abierto. Abrió el bolso y sacó sus deportivas para cambiarse y quitarse aquellos putos tacones. Habían sido imprescindibles para la escena con el arquitecto, pero ahora sólo podrían ponerla en desventaja. Mayor aun de la que de por sí tenía. Le dio también la vuelta a su abrigo de visón reversible, de modo que la piel ya sólo asomaba en el cuello y los puños. No le cabía duda de que estaban allí. Se los encontraría en cuanto empezase a andar o parara un taxi. Durante los días pasados les había echado el cebo de diversas maneras y ya había comprobado que siempre acababan por volver a aparecer. No se llamaba a engaño sobre su posición, pero iba a pelearla duro.

Salió otra vez a la fría mañana de febrero y comenzó a caminar a paso vivo. Procuró no ir girándose a cada momento para ver si la seguían. Sabía que lo estaban haciendo. Lo que no era tan seguro era sí siempre eran los mismos. Tampoco quiénes eran ni qué esperaban obtener de aquella actividad. Si hasta el momento nadie se había dirigido a ella, ni oficial ni extraoficialmente, era seguro que sólo tenían barruntos sobre su identidad. Eso estaba bien. Indudablemente, la policía no podía citarla porque algunos rumores apuntaran a ella como una de las relaciones de Weimar. Necesitaban encontrar algún hilo que condujera hasta ella y Claudia estaba segura de que eso era completamente imposible, excepto que el gilipollas de Leo hablara o la pusiera en un compromiso.

No había rastro de ella en la vida de Enrique. Sus comunicaciones siempre habían sido seguras. No había registro de sus correos, que se enviaban siempre a través de rutas de servidores fantasma, y los mensajes de Enrique, que ella jamás contestaba, estaban sellados a través del terminal seguro de que él disponía. Con la garantía del Estado. Así que por allí no había nada que hacer. Los únicos puntos de conexión eran aquellas mujeres que habían sido captadas por ella, pero que ni conocían su identidad ni habían sabido a quién iban a servir. Tal vez podían haberse dado cuenta, una vez que la dirección del apartamento se hizo pública en los medios; mas no creía que se dedicaran a ver los informativos ni había grandes posibilidades de que fueran a llamar a la puerta de la policía. No, por aquel lado estaba blindada. O eso esperaba.

Caminaba a buen paso y esquivando los alcorques de los árboles y los perritos que defecaban ante la mirada maravillada de sus amos. Otra caquita, mi amor. Qué vidas. Aunque, ¡qué sabía ella!, si había logrado deshacer la suya como un azucarillo en un magma hecho de flujos y sangre, lágrimas y gotas de líquido seminal. Idiota, Claudia. Siguió adelante, aunque le había parecido percibir una respiración dificultosa detrás de ella, a su derecha. Loca, Claudia. A veces pensaba en cómo la vida te determina en función de los talentos que te da. Quizá si ella sólo hubiera sido inteligente y voluntariosa, como de hecho era, su vida habría ido por otro lado. Pero no había sido así. Además de aquello, la naturaleza la había hecho muy hermosa. Se había dado cuenta de ello mucho después de saber que su trabajo en la escuela era mucho mejor que el del resto de los niños. Había hecho falta que el tiempo fuera dejando su metamorfosis lenta para que un día se hubiera descubierto en la mirada de un hombre. Tal vez ése era el problema. Nunca fue consciente de su atractivo hasta que lo leyó en el deseo de un hombre. Recordaba muy bien cómo ese cambio la había hecho sentirse poderosa. Poderosa por primera vez. Antes de eso, la chica despierta y lista que era sólo había producido una especie de espacio de descompresión a su lado. Nadie le daba la espalda, pero tampoco nadie estaba demasiado cerca. Las chicas, porque no terminaban de entenderla. Los chicos, tal vez por miedo.

Allí se empezó a gestar su cadena de errores y malentendidos. ¿Cómo pudo percibir aquello como una forma de poder? ¿Cómo no había reparado en la trampa que suponía? Aquello la había llevado muy lejos. Demasiado lejos. Y aún tendría que ir más allá. El dinero estaba en el paraíso, pero sabía lo difícil que resultaba desaparecer aunque fuera en la otra cara de la Tierra.

Eran dos. Lo dedujo porque era una respiración asmática y un taconeo con talonera reforzada los que se dejaban oír. Uno detrás, en la derecha. Otro a la izquierda, más en diagonal. No podía saber si los hombres trabajaban juntos o se estaban haciendo la competencia, pero sí intuía que ella era el trofeo de aquella carrera. Casi ni le importaba. Estaba segura de que aún no estaban en condiciones de tomar ninguna decisión. Ella, sí. Ella ya la había tomado.

Siguió caminando, mientras su cabeza casi cabalgaba. ¿Y si el enigma no tenía solución? Recordaba a su hermosa madre acostando en un moisés precioso a su hermana pequeña. «Mira, Claudia, ya he traído a otra desgraciada a sufrir a este mundo», le dijo. Lo hizo sin rabia y sin reproche, y por ello le impactó aún más. Lo dijo con la calma de quien revela una verdad que no admite ser rebatida. No era un desahogo ni una venganza. Era una información. Su madre le había transmitido lo que ella había descubierto, y mirando a su minúscula hermana y a su bella madre, Claudia entendió de qué iba a ir la vida. Había luchado contra ello. Había intentado demostrarse y demostrar que aquello no era una ecuación irreversible... y había fracasado. Sólo había conseguido engañarse y engañar. Su madre le legó su belleza y su determinación, y también una sabiduría que sólo ahora estaba llegando a descubrir.

Toda su vida había sido una carrera para desmentir la profecía de su madre. Ella no iba a sufrir por el hecho de ser mujer. A ella no la iban a controlar ni a oprimir ni a utilizar. No. Ella, Claudia Verín, no sería una desgraciada más. Ahora, ironías de la vida, lo era más que nadie.

Pasaba en ese momento junto al escaparate de una reputada esteticista y, en un quiebro, casi sin pensarlo, empujó la puerta y entró. Respiró un segundo mientras miraba a la chica de la recepción con una sonrisa. Sabía que les iba a obligar a esperar como perros en la acera hasta que ella terminara. Sólo por eso comenzó a repasar los rituales que se ofrecían, paladeando el tiempo que cada uno de ellos le ocuparía. Hacía frío. Que se jodieran. Otros hubieran pagado por una experiencia así. Ella se iba a tumbar ahora en una caldeada cabina de masaje para pensar con calma en cómo iba a salir de aquello. Con un poco de suerte, si no trabajaban juntos, acabarían por ponerse nerviosos. Iba a ser demasiado evidente que ambos buscaban el mismo premio. Que se las arreglaran.

Eligió un masaje tailandés relajante y pasó a la cabina que le mostraron. Oscuridad y unas velas de aroma la acogieron en un ambiente adecuadamente caldeado y con una anónima música oriental, sonando como si fuera sustrato para que creciera la calma. Claudia se desnudó dejando sólo su braguita tanga y se tumbó boca abajo. Una de las mujeres orientales la cubrió con una toalla y salió de puntillas, dejándola con todo aquel maremágnum de sensaciones agradables. Mientras le pasaban las toallitas calentadas al vapor por la planta de los pies, pensó de nuevo en el jodido frío que estarían pasando los esbirros de quién sabía quién, que la aguardaban fuera.

La tailandesa sacó una de sus piernas de la toalla que la cubría y empezó a masajear. La mente de Claudia pudo ya desatarse sin problema de aquel instante y comenzar a volar. No como una huída sino como un suave deambular, movida por las diferencias térmicas de la atmósfera, planeando sobre todo lo que estaba sucediendo y sobre lo que iba a suceder.

Nueva Zelanda era un decorado natural que podía pasar a ser el nuevo escenario de su vida. Sólo tenía que ponerse en contacto con Mary, comprar un billete únicamente de ida y arreglar algunas cosas, no demasiadas. La vida le había enseñado a viajar ligera de equipaje y así, cuando tocaba hacerlo de verdad, sólo había que aplicarse a ello. Nada material la amarraba allí. Enrique ya no estaba y a Leo lo acababa de perder para siempre. Pequeño Leo. Le hubiera gustado poder contarle sus planes y llevárselo con ella a la otra punta del mundo. Empezar allí una vida basada en un amor en el que él sí creía y que ella le hubiera podido dar si se hubiera topado con él cuando era más inocente, cuando Weimar no había emponzoñado aún su corazón. Porque lo había hecho. Weimar corrompía todo lo que tocaba. Era uno de sus placeres y de sus desquites. Con ella lo había hecho a la perfección y enfangar la vida aún blanca de Leo había sido uno de sus últimos entretenimientos. Ser el ama perfecta y divina que Leo quería adorar hubiera sido una forma ideal de empezar una nueva vida. No iba a ser así. Después de todo, iba a tener que desaparecer y comenzar de nuevo totalmente sola.

Contaba con Mary para ello, pero sólo quería que fuera un primer apoyo logístico. Luego iba a empezar de cero de verdad. A Mary la había conocido durante su estancia en The Other World Kingdom. Mary también se estaba entrenando como ama, pero no tenía ninguna de las prevenciones de Claudia ni ninguno de sus romanticismos. Mary era una anglosajona práctica e higiénica. Había ido allí porque quería ser la mejor en algo, como habría ido a Harvard si sus intereses hubieran sido de otro tenor. Quería ganar dinero muy pronto y para ello montar un negocio eficaz, competitivo y excelente. Su anhelo liberal hubiera colmado a la misma Thatcher. De hecho, era gracioso, si la había vuelto a localizar era por los datos que tenía sobre sus ambiciones empresariales, pero también por una broma que realizaba siempre mientras se adiestraban en el sanctasanctórum de la Dominación Femenina. Cuando superaban un aprendizaje especialmente duro, siempre decía que con un solo cliente de aquello se iba a comprar su bolso más deseado. Era un Dior. Por eso no le extrañó cuando supo por Internet que la mazmorra más eficiente, cara y mejor montada de Auckland era la regentada por Mistress Dior. ¡Qué cachonda! A tenor de los precios que marcaba en su web, debía tener ya toda una colección de *diores* y *pradas* y *chaneles*. Mary se lo había montado bien. A Claudia le chocaba el descaro con el que publicitaba todas las prácticas que habían aprendido juntas y, no tanto por su contenido, sino por la forma objetiva, fría y casi médica de presentárselas al eventual consumidor. Ella iba a ser su cabeza de puente en aquel nuevo mundo. Se había mostrado muy contenta de ayudarla. Incluso le había ofrecido *empleo* en su negocio. Sabía que Claudia era muy buena y ella buscaba lo mejor, le había dicho. No obstante, cuando le explicó que no iba a ejercer de *dómina* en Nueva Zelanda, creyó percibir una especie de suspiro de alivio que se escondió bajo un torrente de palabras de apoyo incondicional.

No, Claudia iba a ser una nueva Claudia en Nueva Zelanda. Quizá la maldición de la que hablaba su madre no rigiera en las antípodas. Tenía su MBA y su experiencia profesional y ésa era la base sobre la que iba a construirse una nueva vida. Bueno, tenía también su belleza. No iba a negar que era un activo más que la acompañaría cuando se bajara del avión en una ciudad y en un país totalmente desconocidos para ella. La belleza, su belleza, era un lenguaje universal, un certificado homologado en todo el mundo, una carta de referencias que servía para cualquier empleo.

El masaje ascendía ahora por su brazo izquierdo, trepando sobre el aceite aromático que ya la envolvía por completo. Tenía que decidir si volaba vía Dubai, vía Seúl o vía Bangkok, aunque al final lo que primaría sería más el día de la semana en que hubiera vuelos desde Madrid en cada una de las compañías. Iba a pasarse un día entero volando para acabar con lo que había sido su vida hasta ese momento; por qué lado diera la vuelta al mundo no le preocupaba demasiado. Andaba ya escasa de tiempo, pero eso no significaba que no hubiera aún un margen de una o dos semanas. Nada tenía que tener el aspecto de una huída. Leo no iba a aguantar indefinidamente, lo sabía; pero sí se pelearía consigo mismo lo suficiente como para darle ese margen. Debía, eso sí, asegurarse de que el dinero estuviera disponible para volver a empezar. ¡Qué poco había imaginado Enrique para qué iba a servir su pasta!

La menuda tailandesa había concluido con su brazo y con toda seguridad había visto los morados que se empezaban a formar en el lugar en el que los dedos de Leo la habían presionado bestialmente. El miedo saca al animal que nos habita. La profesional no hizo ningún comentario, sólo le pidió susurrando que se diera la vuelta. Claudia obedeció laxa y desmadejada. Adoraba que la tocaran. El simple contacto de unas manos humanas la transportaba, como si su piel fuera una pantalla táctil que podía encender así todo tipo de sensaciones, incluidas las sexuales. Otra paradoja absurda de su vida. La sexualidad que había vivido en estos últimos años no tenía nada de eso. En la dominación femenina una de las condiciones más comunes es que el sumiso no pueda tocar al ama sin permiso y, desde luego, rara vez se le permite penetrarla. Es verdad que a cambio había obtenido algunos de los mejores *cunnilingus* que ninguna mujer pudiera desear pero, no obstante, eso no le hacía olvidar la necesidad de unas manos que adoraran cada poro de su piel al recorrerla. Tampoco aquella ya casi anacrónica sensación de sentir penetrar en su interior al hombre amado. Dentro de poco, tendría que explicar ese rapto de delicia y entrega como algo perteneciente a un mundo acabado y decadente. Por eso tampoco Leo había terminado nunca de colmar sus expectativas, o tal vez fuera que, en el fondo, el rol que había asumido no estaba hecho para ella. Tal vez los esquemas de una educación tradicional la acababan llevando, siquiera en sueños, a una normalidad de la que todos sus actos llevaban huyendo una vida entera. Los ramalazos placenteros que la profesional arrancaba de su nuca iban bajando por sus nervios, como hilos conductores, hasta enervar agradablemente su clítoris. Ni siquiera era una sensación puramente sexual, sino bestialmente sensual. Eso, probablemente, era lo que le faltaba a su existencia. Eso es lo que el mundo había perdido.

Cuando la profesional acabó su trabajo ejerciendo diversas presiones sobre su cuello cabelludo y su cabeza en general, salió como un soplo de aire del recinto. Claudia se incorporó a duras penas. La laxitud de sus músculos propiciaba un agradable y leve mareo. Comenzó a vestirse pensando en que apenas había logrado retrasar un rato la realidad, aunque había sido suficiente para recomponerse. La escena con Leo había sido muy dura para ambos, pero al abandonar la cabina y acercarse al mostrador para pagar, ya era de nuevo la mujer con la que buscaba reencontrarse.

Al salir a la calle, el frío aire contrastaba deliciosamente con el calor que había dejado en su cuerpo el masaje. Era un pequeño sucedáneo del placer de pasar una tarde entre los vapores de los baños Geller mientras la nieve azotaba Budapest y el hielo navegaba por el Danubio, y luego salir y atravesar el Puente de las Cadenas con la mente y el cuerpo revitalizados por el contraste. Echó una mirada en derredor y no vio a nadie con aspecto de ser alguno de sus perseguidores. No necesitaba, pues, dar más rodeos para llegar a casa. Se acercó al borde de la acera y paró un taxi levantando la mano. Tuvo suerte. Era nuevo y limpio. Tal y como ella se sentía. Le dio la dirección y se arrebujó en el abrigo con deleite. Nadie hubiera dicho que era una mujer acorralada a punto de dejar atrás más de treinta años de su vida para siempre. Al llegar pagó con una propina. Rumbosa. Todo parecía también calmado en el entorno de su domicilio.

Pronto se encontró saliendo del ascensor y abriendo la puerta de su hermoso piso. Lo haría pocas veces más. No le producía ningún sentimiento especial. Hacía tiempo que había aprendido a no apegarse a nada. Empujó la puerta y dejó caer las llaves en la bandeja de la entrada mientras se iba quitando las pieles. El abrigo se le cayó de la mano en la que lo llevaba al ver el estado en el que habían dejado su salón. No había nada dentro de nada ni nada sobre nada. Todo yacía. Objetos desperdigados, revueltos, lanzados en una baraúnda silenciosa provocada con método y sin conmiseración.

Claudia no se inmutó. Nada de lo que buscaban estaba allí.

De cualquier forma, ella tenía que haber sacado las cosas necesarias de cajones y armarios, pensó con una sonrisa cansada. Se acercó a las ventanas del mirador y, como una dama decimonónica, apartó levemente el estor para otear la calle. Efectivamente, en la acera de enfrente había un hombre parado fumando un pitillo. Su silueta le resultó levemente familiar. Hacía ya semanas que la seguían, unos y otros.

Volvió a ponerse el abrigo y a deshacer el camino andado. Según se iba acercando al hombre, notó un movimiento de indecisión en él, relativo a si era mejor hacerse el loco o era preferible abandonar el lugar. No sabía a cuál de los grupos pertenecía, aunque algo instintivo le decía que era policía. Nunca habían sido santo de su devoción. Sacó un pitillo del bolso y se acercó a pedirle fuego. Le daba igual que ellos fueran los culpables de lo de arriba o que fueran los otros, o los de más allá. Era demasiado trabajo intentar atar cabos. A sus efectos, la conclusión era la misma.

Mientras el hombre le acercaba la llama al cigarrillo y antes de succionar para encenderlo, le dijo con voz grave:

—Dile a tus jefes que lo que buscáis no está aquí ni en ninguna parte de este país. No lo encontrareis jamás. Sólo mi voluntad puede mantenerlo oculto para siempre. Díselo. Diles que no les conviene hostigarme ni oficial ni extraoficialmente. ¿De acuerdo? —dio una chupada profunda, como si quisiera con ella sustraerle la vida a los jefes de aquel esbirro.

El tipo se quedó pasmado mientras ellas se daba la vuelta y volvía a dirigirse hacía su ahora destrozado apartamento. Había sido una idea perfecta enviarle los *usb* y las demás cosas a Mary en un paquete hacía ya días. Las pruebas que buscaban destruir, y las que hubieran querido poder exhibir, se encontraban ya en una mazmorra de las antípodas, esperando a que su legítima dueña fuera a recogerlas.

A Claudia le entraron unas ganas locas de reír.

CAPÍTULO 18

No le gustaba aquel catalán con el pelo del mismo color que el de Judas. Ya cuando acudió a Barcelona a contratarlo, lo hizo arrastrando su descontento minoritario. Perdió la votación pero la gestión le fue encomendada. Goyo entendió que al tratarse de algo que afectaba directamente a Weimar Corporación era lo más apropiado, pero ni se sintió a gusto entonces ni se sentía a gusto ahora. Todo había dado un giro tan inesperado como suele serlo la muerte, y las circunstancias se habían ido haciendo cada vez más complejas y desagradables; con todo y con eso, el catalán no era santo de su devoción.

Gregorio Valbuena, sin embargo, era un hombre de palabra y llevaba sus obligaciones a término siempre. Así que allí estaba, sentado frente a un Marc Ribas al que percibía nervioso y algo desencajado, pero con ese aplomo profesional que sólo los que se dedican al lado turbio de las cosas saben sacar de alguna oculta faltriquera cuando llega la ocasión. Febrero soplaba con ganas. Era absurdo permanecer, a apenas dos grados de temperatura, sentados entre unas lonas de plástico y una corte de estufas cuyo aliento se acababa a pocos centímetros. Les habían traído un par de mantitas con el *gin-tonic* y, en aquellos prolegómenos de cordialidad social, el pelirrojo se había fumado ya dos cigarrillos. Era evidente que necesitaba espacio para soltar humo, sólo por eso el todavía vicepresidente de industrias Weimar y miembro del consejo rector de *Los Berones* se arrebujó en el cobertor y dio un trago a su bebida, mientras el camarero terminaba de rodearles de bandejitas con *amuse-gueule*, como se estila en las cafeterías más pijas de la capital y aquélla, con nombre de cardenal conspirador, lo era.

—Faltan aún dos miembros del consejo que van a acompañarme hoy por si es preciso tomar nuevas decisiones, pero, si le parece, puede ir poniéndome en antecedentes de alguna cosa que ya les resumiremos después —le dijo, una vez quedaron solos.

—No sé ni por dónde empezar y mire que esto no es algo que me suceda habitualmente; sin embargo, tengo que confesarle que el asesinato de Arsenio Nogales me ha sorprendido y me ha dado mucho que pensar. No es que no supiera que una muerte puede acarrear otras, no soy tan ingenuo, pero en ningún caso habría pensado que la víctima fuera a ser ese hijo de tal que tan bien nos venía —le soltó el catalán.

—Parece claro que se había acercado demasiado a lo que otros aún siguen buscando, ¿no? —le respondió el empresario, sarcástico.

—Si lo dice por la mujer, tengo que decirle que yo llegué primero —le respondió rápido Ribas como si le fuera la vida en ello.

—No es ésa la información que tenemos. Según todas las fuentes, incluidas las oficiales, lo que ha sucedido es que ese gacetillero infame se había acercado hasta quemarse al objeto de las pesquisas de todos los que buscan a la asesina de Weimar. Es decir, que resolvió el caso y no pudo disfrutar de ello. Eso nos reafirma en quién está materialmente detrás de la muerte de mi socio y presidente, aunque no termina de aclararnos si ella fue la ejecutora material o, simplemente, cobró por dejar el camino expedito a quienes debían de hacer de verdugos. Lo que ahora tiene que explicarnos, Ribas, es qué ha hecho usted durante todo este tiempo y a qué hemos dedicado nuestro dinero, dada la cuestión de que hemos terminado por ver resuelto el enigma por la intervención de un tipo al que no le habíamos tenido que dar un duro. Eso no deja en muy buen papel a la tan cacareada consultoría estratégica a la que usted representa —dijo y sus palabras no eran ya tanto un reproche como un puñetazo directo al bazo.

Ribas echó el humo, largo y tendido, hasta alcanzar la cara de su interlocutor y lo hizo con todas las ganas. Aquel vejete con maneras de tipo honorable, que no había dudado en envolverse en la bandera para hacerle una faena a su socio, le estaba tocando los cojones a base de bien. Intuyó que estaban buscando cómo ahorrarse el segundo plazo de la pasta pactada. Iban dados. Omitían que siempre que investigas algo, se te quedan migajas de datos entre las uñas. Datos que bien pueden servir para soltárselos en el regazo a los cabrones que no quieren cumplir su parte de los tratos.

—Era infame, pero no un simple gacetillero, sino uno de los truhanes mejor considerados de Madrid. Incluso le diría que sus mañas habían trascendido los límites de la Villa y Corte. Yo, de hecho, le busqué. Sepa Valbuena que parte del dinero que engrasaba sus movimientos procedía de sus propios bolsillos. Siento no haberle hecho llegar aún la nota de gastos. Me pareció más elegante y tampoco me corría tanta prisa. También les diré que hay una pequeña parte del montante comprometido que se han ahorrado. Ya no tengo a quién entregarlo y no voy a buscar a sus herederos, ¿no? —le dijo socarrón.

—¿Me está diciendo que, de alguna manera, trabajaba para nosotros?

—No diría yo tanto. Nogales siempre trabajó sobre todo para él mismo —le espetó.

—¿Y entonces? No se haga el interesante y cuénteme lo que sea que debo de saber. No tenemos mucho tiempo, ni usted ni yo —le respondió Valbuena mientras se metía en la boca un canapecito de sobrasada de una sola tacada.

—Pagué a Nogales para que hiciera ciertos comentarios en los medios de comunicación y tertulias a las que asistía. Nos interesaba a todos que quedara clara la intención de Weimar de llevar a cabo lo que ustedes consideran una suerte de traición para conseguir vender unas acciones y recaudar. Yo, particularmente, hubiera hecho como él, pero lo cierto es que era conveniente abrir la puerta a esa teoría tan bonita y sugerente para los medios como la del contenido sexual. Las dos juntas, espías y orgías, eran ya la polla. Irresistible para ellos, a pesar de todo el empeño que pusiera la familia de Weimar y demás fuerzas vivas por amortiguar el caso ante la opinión pública. Arsenio no defraudó y lo hizo a la perfección. Eso no significa que no siguiera además su propio camino —le explicó.

Gregorio Valbuena, menos retador, asintió levemente con la cabeza, como dando un permiso diferido y ya innecesario para llevar a cabo aquella operación de intoxicación.

—Es cierto, yo le escuché y le vi en varias ocasiones, y pensé que resultaba muy adecuado que se viera que no sólo una sexualidad escabrosa ponía en entredicho la actuación de mi socio. Le felicito por su iniciativa. En todo caso, su propio camino le llevó más lejos que nadie, puesto que encontró a la mujer incluso antes que la policía —apostilló.

—Negativo en todos los puntos. No ha dado ni una, querido Valbuena. No llegó más lejos que nadie ni, desde luego, llegó antes. Lo que parece es que llegó de peor manera o en peor momento. Al menos vistas las consecuencias —continuó Ribas— y no crea que no llevo sobre mí una cierta sensación de culpabilidad. Leve, claro. Alguien de mi oficio y condición no puede permitirse mucho más. Lo cierto es que fui yo quien le llevó hasta la mujer. Hacía tiempo que yo la tenía localizada. Puedo decirle que incluso antes de aquella reunión en la que *Los Berones* me encomendaron oficialmente el caso, yo ya había puesto mi maquinaria en marcha. Sabía quién era ya e, incluso, he cambiado algunas palabras banales con ella. Luego simplemente intercambié esta información con Arsenio Nogales a cambio de otra que no sabía si iba a servir para protegerle a usted o a alguno de los suyos, pero que, en todo caso, a mí me estaba matando de curiosidad.

—¿Qué información que tuviera Nogales iba a protegerme a mí? —le dijo serio Valbuena.

—A usted o a otros próximos —insistió Ribas.

—Pero, ¿cuál?, ¡dígame! —instó el viejo empresario.

—Nogales había visto parte de las fotos de las orgías que habían sido grabadas por el propio Weimar. De hecho, publicó un artículo al respecto, ¿no?

—Sí, es cierto.

—Bien, pues yo quería saber si alguno de ustedes aparecía en esas fotos y por eso intercambié la información. A fin de cuentas, nosotros no estábamos interesados en llevar a la mujer ante la policía sino, simplemente, en tenerla controlada para ver si los rusos o cualquier otro posible instigador del crimen se ponía en contacto con ella —le respondió el consultor estratégico.

—No está mal visto, pero le habría bastado con preguntármelo y hubiera sabido que yo jamás me he puesto en riesgo en ese sentido. Soy un hombre aquietado por la vida y, supongo, por mis propias hormonas, cuya escasez esperemos que no acabe desembocando en un cáncer de próstata en cualquier momento —le explicó con un deje algo fúnebre en la voz. Era un tema que, como perfecto hipocondríaco, siempre le había desazonado.

—No sólo existe usted en el mundo de Industrias Weimar y tampoco en el de *Los Berones*... No estaba de más —adujo Ribas— Y sí puedo decirle que en tales bacanales estaban algunos empresarios que trabajan con usted y, cómo no, el pequeño arquitecto amigo de su socio.

El empresario no se inmutó y Marc pudo proseguir su relato.

—Ni siquiera eso era lo más interesante de todo. Lo mejor fue comprobar que los muchachos de homicidios no han tenido acceso a ese material, porque una brigada de *limpiadores* pasó por la escena del crimen antes de que ellos llegaran. ¿Eso ya le suena más, Valbuena? —le espetó en medio de una sonrisa sarcástica.

Valbuena concedió con un leve movimiento de cabeza.

—El caso es que yo le llevé hasta la mujer. Le dije quién era y dónde podía encontrarla. De lo demás, ya no puedo darle más información. No sé ni cómo ni por qué se produjo la cita que terminó en su muerte. Ni yo ni nadie sabíamos de las tendencias sexuales de Nogales, aunque un periodista de su calaña es fácil que acabe resbalando por todas las pendientes posibles, y en su descargo diré que la mujer es un *bellezón*. Mirarla casi duele y no sólo por la intensidad de una erección, sino por algo mucho más único e indescriptible —suspiró el catalán.

—¿Entonces, Nogales también tenía ese tipo de perversión? —le preguntó tras un leve silencio en el que se contenían todos los interrogantes posibles sobre qué otras personas que él consideraba decentes se aliviaban entre cuerdas y trajes de látex, en cuanto la buena sociedad se daba la vuelta.

—No estoy seguro. No lo afirmaría. Según he podido saber de mis confidentes policiales, se están analizando las bebidas que se encontraron junto a la cama porque sospechan que la del periodista pudo contener algo. No me han dicho si burundanga o cualquier otra cosa. Lo cierto es que podría haber sido feminizado y amarrado al potro sin casi ningún esfuerzo. Luego, todo lo resolvió un corte limpio en la carótida y un poco de tiempo. Un crimen fácil para una mujer tan seductora como ella. Yo hubiera bebido cianuro si me lo hubiese dado de su mano, ya se lo digo —terminó de explicar.

—Algo tenía que tener para que Enrique aceptara que ella le hiciera ciertas cosas —murmuró el financiero—. ¿Todo eso lo sabe la policía?, ¿por qué no la han detenido ni interrogado aún? —reflexionó en voz alta.

—Creo que aún no la han localizado y, si lo han hecho, no tienen más prueba que su imaginación. Si no encuentran nada que los relacione y se plantan a interrogar a esa mujer, ella negará la relación y ellos tendrán que volver con el rabo entre las patas. Todas las referencias que hemos tenido han sido indirectas hasta ahora. Es cierto que yo, que soy un profesional —dijo con retintín—, las comprobé en aquellos lugares donde era posible hacerlo, pero estoy absolutamente convencido de que los de homicidios no han llegado hasta allí. Otra cosa son los chicos de Interior que tan solícitos se mostraron con usted aquella noche, ¿no? Pero eso no va a hacer falta que se lo diga yo. Tiene mejores fuentes a las que acudir.

No había mucho que Valbuena pudiera alegar a eso. Ribas continuó hablando. A él no le movía mayor sentimentalismo que tener claro qué misión le quedaba por hacer y mantener satisfechos a sus clientes. Ahora que habían mudado las cosas, él no se quería quedar descolgado.

—¿Cuál será nuestro papel a partir de ahora? Somos actores en este drama; pero creo que el guión ha cambiado de forma evidente. ¿Queremos entregar a la tal Claudia a la policía? ¿Son pruebas de su relación con Weimar lo que debemos buscar? Este camino, que no sé en qué beneficiaría a su patriotera organización, está minado y las cargas las ponen sus propios amigos de Interior y las brigadas oscuras de sus maderos. No quiero que se llame a engaño. Por otra parte, podríamos intentar aclarar quién estaba detrás de la mujer. A mí es la perspectiva que me parece más sugerente. Los rollos de culos empalados y orgías sudorosas ya dejaron de ponerme *palito* hace mucho tiempo —concluyó el pelirrojo, dando una calada tan profunda que casi le quema los bronquiolos.

—Esa mujer no nos interesa nada. No significa nada. Sólo es una fuente de información. Ahora está acorralada y tiene que ser consciente de ello.¿Podríamos invertir en ella para obtener el dato que deseamos? Enrique está muerto. Yo ya no puedo hacer nada por él, pero sí por Weimar Corporación y por los miles de personas cuyos salarios paga. En muy poco tiempo vamos a saber quién se convierte en la cabeza visible del negocio. Si, como es de prever, es el chaval de Enrique, con toda probabilidad yo me convertiré en una especie de guía y tutor para él en el proceloso mundo de los negocios. Me será más fácil convencerle del error que cometía su lascivo padre si puedo presentarle una secuencia clara de los sucios intereses que existen tras los compradores que él consideraba tan golosos. No te niego que yo piense que detrás del asesinato haya una lucha de poder entre servicios de inteligencia o, incluso, sicarios pagados por alguno de los compañeros de parranda que podían sentirse chantajeados. No hay que desestimar que el bueno de Enrique hubiera utilizado el material de que disponía para forzar su ánimo de apoyar la venta de las acciones o para quitarles las ganas de impedírselo. A mí el papel de Marcelo Soto no me parece aún nada claro. Sabes que está enfrentado en el Consejo de Ministros a su colega de Defensa, que es nuestro mayor apoyo en la campaña para frenar la venta —manifestó el financiero, que más parecía estar pensando en voz alta que haciéndole un encargo directo.

—Entonces, ¿quiere que intente que ella nos diga quién le pagó por su colaboración o quién le encomendó la muerte de Enrique González-Weimar? No va a ser una mujer fácil de comprar. Entiendo que su socio habrá engrasado ya suficientemente sus engranajes como para que ahora tenga que confesarnos su participación en dos crímenes. No se olvide del pobre Nogales, al que la tierra acoja con precaución.

—El dinero no es problema, aunque puede que no sea lo que ella necesita. Hay que ofrecerle algo que le resulte ahora especialmente atractivo. ¿Qué podría desear esa mujer en este momento? Huir es complicado y usted lo sabe. ¿Tal vez infraestructura? No me cabe duda de que usted y su empresa están en condiciones de prestar servicios de estas características con una inestimable eficiencia, ¿o me equivoco? —le contestó, muy calmado, Valbuena.

—Somos unos profesionales y damos a nuestros clientes servicios integrales. Usted lo sabe de sobra —le respondió con tono ligero el catalán—. Puede que lleve razón. Si ésas son sus instrucciones no tenemos inconveniente en proporcionarle tal servicio, aunque ya puede suponer que el precio de la consultoría se incrementará. No nos importa cruzar la línea, pero no es barato.

—El dinero no es problema, insisto.

—En ese caso, no mareemos más. Yo le traeré su relato sobre el asesinato de su socio y usted nos pagará generosamente; colateralmente, la mujer conseguirá ponerse a salvo. Entre usted y yo, tampoco me aprieta en la conciencia que la muerte de su amigo quede más o menos impune. Tanta investigación no me ha llevado precisamente a empatizar con él.

—Era un hijo de puta y podría haberle matado cualquiera. No sé cuánta vida me quedará aún, pero procuraré dejar al menos a una persona que me llore. Una. No me hacen falta más. Una que lo haga de corazón. En el caso de Enrique, casi puedo asegurarle de que esa lágrima no existió. Bonito colofón para una vida. En fin.

—¿No me dijo que vendrían otros miembros de *Los Berones?* —inquirió Ribas.

—Vendrán. Más tarde. He quedado con ellos en el interior. Soportar esta temperatura sólo es una concesión graciosa a sus vicios. No hace falta que usted esté ya en ese encuentro. Les trasladaré lo que hemos decidido.

—Le agradezco el gesto. Sabe que sus idearios no son de mi agrado y prefiero no tener demasiado roce con gente tan de orden. Lo de usted es otra cosa, ya casi me estoy acostumbrando a su sorna de ancianito respetable. —Ribas se rió sin ganas mientras apartaba la silla para salir zumbando de allí—. El dinero en el sitio y en la forma acostumbrada. Le haré llegar mis cálculos. Vamos a concluir esto cuanto antes.

—Los plazos se acortan, es cierto. La empresa no puede estar sin rumbo por demasiado tiempo porque sería letal. *No em demori* —concluyó Valbuena.

Ribas le estrechó la mano y echó a andar para atravesar la calle Eduardo Dato y encaminarse hacia su piso de alquiler. En realidad no estaba demasiado lejos del bar de Claudia. Tendría que comprobar si la bella osaba aún hollar los taburetes de la barra con aquel culo que él mismo escalaría, aferrándose tan solo a la esperanza de poder culminar la hazaña hundiendo una boca feroz en su pelo. ¡Ay, Marc, que ya no es tiempo!, pensó. No lo era. Y aun así estaba contento con su encargo. Intentar que aquel prodigio de carne crujiente y firme no fuera arrojado en el catre de una celda era misión propia de caballero andante, y ésa era la vocación perdida que desde niño había estado matando en cada encargo que había llevado a efecto.

Lo pensó mejor. Más valía tener preparada la vía de escape antes de sentarse ante aquella mirada subyugadora. Ponerle sobre la mesa, como si arrojara una flor a sus pies para que la pisara, el camino hacia su libertad. No era mala encomienda.

***

La noche era fría, a despecho del calentamiento global y el deshielo de los polos. Marta estaba incómoda con el uniforme, pero tenía claro que aquella reunión había sido más efectiva al presentarse con él. A fin de cuentas, la mujeruca todavía no había visto un uniforme de policía desde que se viera implicada en el asesinato. Lo que era menos imaginable es que no hubiese visto a un policía ejerciendo propiamente de ello hasta que la psicóloga del cuerpo se hubo sentado a tomar café con ella en un local de su barrio vallecano.

La psicóloga caminaba a paso vivo con sus botas militares. Había dejado el metro en Conde de Casal. Prefería remontar Doctor Esquerdo hasta llegar a casa de Mauricio. Bueno, a su casa. ¿Era su casa? Aquél era un bucle mental en el que no podía engancharse ahora. Hablar con Mauricio la iba a ayudar a frenar los sentimientos encontrados que la poblaban desde que dejara a la limpiadora en la puerta de su casa. Ella era la primera persona que de verdad estaba trabajando para aclarar el asesinato con la que un testigo primordial había hablado. Rocambolesco. Por supuesto, se había cuidado de no intranquilizarla exponiéndole aquel extremo, pero era evidente que la descripción que hacía del policía que la había interrogado en el picadero de Weimar y que luego la había acompañado en coche hasta su casa no cuadraba con la de ninguno de los miembros de la Brigada que habían acudido aquella noche a la escena del crimen. Las horas en las que, según su relato, se habían producido las cosas, tampoco. Había un tiempo muerto. ¡Qué ironía!

La conversación había transcurrido en una calma bañada en la ignorancia que la mujer tenía de los métodos policiales europeos. Todo le había parecido normal e incluso agradable. No estaba acostumbrada a tantos miramientos. Aun ahora le perseguía el sobresalto que le produjo la visión del cadáver. «Aquello parecía, usted sabe, como una película de esas que te hacen morderte los dedos en vez de las palomitas. ¿Sabe qué le digo? No te das cuenta ya de lo que haces porque te dejan la vista fijada del todo. Pasé mal rato en el coche, eso ya se lo digo, con aquel tipo tan estirado y el chófer que me miraba de vez en cuando por el retrovisor como si le fuera a manchar la tapicería, pero eso no me asustó. Si quiere que le sea sincera, me enrabietó. Nunca me ha gustado que marquen las distancias de esa manera. ¿Qué se creerán que son? Comen y cagan como todo bicho viviente».

La mujer le había relatado el impacto que le produjo aquel escenario, que para ella era tan habitual como para cualquiera su puesto de trabajo, convertido en algo teatral y monstruoso. Había dos cosas que a la limpiadora se le habían quedado enganchadas a las pupilas. Una, las cortinas batidas por el viento procedente de las ventanas abiertas, y otra, le había costado decírselo, lo que el cadáver tenía metido en el culo. «Era tan..., cómo le diría a usted, tan poco digno para un muerto, tan...». «Sórdido», le había ayudado Marta. «Sí, eso, sórdido y no sé, no me gustaría que nadie querido por mí muriera así». La inspectora comprendía el impacto psicológico que se había producido en aquella mujer. Casi en cualquier persona hubiera tenido el mismo efecto. Ejerció su tarea de apoyo con ella en modo automático, porque por dentro había hecho una conexión que la estaba crispando. La veta cotilla de las secretarias de Weimar Corporación tenía pues un referente claro. Lo del culo... lo del culo que le habían oído murmurar a Valbuena en su despacho era aquel juguete sexual que alguien había retirado antes de la llegada de Homicidios. Alguien. No parecía que hubiese sido Valbuena, la mujer no había hecho ninguna referencia a que se hubiera alterado nada en el tiempo que ambos estuvieron solos esperando a la policía. A esa policía de la que no formaba parte ni ella ni los compañeros de la Brigada. ¿Quiénes habían sido requeridos para ejercer de *limpiadores*?, y, sobre todo, ¿qué más habían alterado de la escena del crimen?

Le gustaba sentir el aire contra la cara mientras caminaba a paso vivo. Estaba demasiado claro que Interior o las cloacas o en todo caso algo no ortodoxo había metido cuchara en aquel asunto. La cuestión era cuál iba a ser su actitud al respecto. Era esa desazón la que la llevaba a paso de marcha hasta su pareja. Mauricio era el hombre para sopesar algo tan inquietante, y no sólo porque fuera su hombre, sino porque él ya había vivido la experiencia de ser represaliado por haber cumplido con su deber ético. Cuando tras su intervención en un caso, su peritaje ante el tribunal había perjudicado gravemente a un político, todas las fuerzas del averno se habían dado cita para decretar y ejecutar su muerte civil. Mauricio había perdido su puesto de asesor en un programa gubernamental y había visto cómo se ponían todas las trabas a su carrera universitaria. Era agua pasada. Todo se había remansado, y él había sobrevivido, pero no sin dejar heridas ciertas en su interior con cicatrices que raramente mostraba. Ella, Marta, había tenido el privilegio de alcanzar a acariciar alguna de ellas cuando aún molestaba un poco.

Carracedo sabía lo que tenía que hacer. No tenía ninguna duda al respecto y presentía que Mauricio sólo iba a reafirmarla en aquella determinación. Lo que no estaba tan claro era cómo llevarla a cabo. Una cosa era cumplir con su deber y otra dinamitar su vida. La tensión insoslayable por la proximidad del momento de adoptar decisiones se levantaba en forma de bolo firme en su esófago.

Cuando enfiló la calle de casas unifamiliares con jardín en la que vivían —porque ella vivía allí, aunque se empeñara en mantener un apartamento al que iba de pascuas a ramos— vio en la semipenumbra que creaban las escasas farolas, cómo una figura de mujer cerraba la verja de Mauricio y se encaminaba en dirección contraria a la que ella misma llevaba. Podía equivocarse, pero se formó la idea de que sería Irene que salía de su sesión. Había algo en aquella tía que no terminaba de convencerla. Y no, no eran celos, era evidente que Irene y Mauricio se conocían desde antes de que ella llegara a la vida del psicólogo, así que, de haber querido tener algo, lo hubieran tenido. No, era algo más indefinible. Tan difuso que no podía verbalizarlo. Así que, comoquiera que su pareja lo notaba, seguía achacándoselo a una especie de rivalidad femenina que para nada existía. Al menos para Marta. En todo caso, si era ella, se alegraba de que se hubiera largado ya. Esta vez por un doble motivo: no le gustaba verla dando vueltas por allí y necesitaba descargar sus temores con una conversación larga y privada.

Al entrar en la casa, encontró a Mauricio sentado junto a la chimenea haciendo bailar en la mano un vaso con güisqui en el que tintineaban unos hielos. Era un síntoma inequívoco de que él también había soportado una jornada tensa. No era hombre hedonista sino más bien ascético. Notó que se sobresaltaba un poco al oírla entrar y verse obligado a salir de golpe del ensimismamiento con que miraba las llamas.

—¡Hola, inspectora! —le dijo risueño—. ¡Vaya, hoy venimos de una misión oficial! Sigue resultándome chocante verte de uniforme, pero, ¡qué bien te sienta!

Marta se llegó hasta él y le besó con ternura los labios.

Se sentó en la alfombra, junto a sus pies, y se quedó mirándole a los ojos. Quería ver en ellos la experiencia dolida que atesoraban y de la que ella iba a intentar extraer un camino para sí misma ahora.

—Me ha parecido ver a Irene salir. Estaba demasiado lejos para asegurarlo —dejó caer.

—Sí, era ella. Se acaba de ir hace un momento —contestó sin avanzar ni una palabra más, aunque con un tono que distaba de ser el que se da a una frase de cortesía.

—¿Ha pasado algo? Te noto raro.

—Nada importante, tranquila. Ha sido una sesión complicadilla y... ya sabes que no puedo comentarte sobre el contenido, pero me ha dejado una cierta preocupación que no he sabido apartar al verte llegar. Perdona, amor.

—No tienes que disculparte por nada y tampoco tienes que contarme nada que no puedas contar y lo sabes —le dijo con una sonrisa.

—En realidad, creo que Irene está teniendo problemas con algo más que la contratransferencia con un paciente y que debería dejar de verlo. No se lo he dicho. Sé que se pondría como una fiera. Quizá es eso lo que me tiene ahora mismo pesaroso. No puedo dejarlo correr y tengo que planteárselo. Pero, ¡dejemos mis cosas y cuéntame qué tal te ha ido tu día de inspectora uniformada!

—Me lo he puesto para ir a visitar a la limpiadora que acompañó a Valbuena en el descubrimiento del cadáver de Weimar. He pensado que le haría perder resquemores respecto a mi posición oficial en el caso —explicó Marta.

—¿Y lo ha hecho? En realidad era una visita de rutina, ¿no? —Mauricio dio el primer trago a su bebida desde la llegada de Marta.

—¡En absoluto! En realidad ha sido el detonante de toda una serie de cuestiones que tengo que hablar contigo. Mauricio, ya no es que lo sospechemos, es que tengo pruebas de que el ministro ha metido baza en el asunto y ha sustraído elementos de investigación a la gente de la Policía Judicial que lleva el caso; a nosotros, vamos.

—Eso es grave y te pone en una situación delicada —respondió reflexivo el psicólogo clínico.

—Lo sé. De ahí mi necesidad absoluta de consultar contigo, querido Mauricio —le contestó apoyando su frente en su regazo.

De forma sosegada y tranquila, Marta fue exponiendo los hechos objetivos que le habían llevado a tener la seguridad de que no se estaba jugando limpio en el esclarecimiento del asesinato de Enrique González-Weimar. Era Valbuena el que había realizado la llamada a la policía. ¿A quién había llamado antes? Sabiendo por la conversación con Estefanía que uno de los elementos que no fueron hallados en la escena del crimen, el teléfono, había sido localizado en la sede del Ministerio del Interior del Paseo de la Castellana, ¿qué otra cosa cabía pensar sino que el vicepresidente de Industrias Weimar había llamado al propio ministro del Interior y que éste había enviado a sus *fontaneros*?

Mauricio se mostró de acuerdo. No cabía pensar otra cosa. La cuestión era qué hacer ante una evidencia de ese calado.

—¿Crees que el jefe de la Brigada está también en el asunto?, ¿sabe lo que hicieron? —preguntó finalmente.

—Tiendo a pensar que no. Lo conozco un poco y no es muy amigo de la tropa de fieles que rodean al ministro. No, no creo. Creo que le están mareando para lograr llevarle donde quiere. Anda como loco cruzando datos de llamadas de móvil y revisando el contenido de los ordenadores y no ha hecho sino perder el tiempo. Han interrogado al entorno más evidente de Weimar pero, hasta donde yo sé, no se han movido ni un paso en la dirección que apunta el tema de las orgías y demás. Al final puede que no lo sepa, pero le están manejando como a una marioneta —concluyó Marta.

—Es cierto que hay testigos que deberían haber interrogado ya y no lo han hecho.

—¿Por qué lo dices tan tajante? ¿Sabes algo que yo no sepa? —preguntó incisiva la inspectora.

Mauricio se dio cuenta de que estaba entrando en un terreno pantanoso. Sabía por Irene que aún nadie de la policía se había acercado a Leo y que éste era consciente de que, tarde o temprano, deberían interrogarle, sobre todo después de que Nogales hubiera publicado aquel artículo. Sin embargo, nadie había ido aún a verle.

—Lo digo, Marta, porque tú misma me lo estás dando a entender. Entiendo que estés nerviosa, pero no es momento para suspicacias, al menos conmigo. Créeme, amor, siento más que nadie en el mundo que una cuestión de este tenor se haya cruzado en tu carrera profesional. Sé por experiencia que las decisiones que tengas que tomar a partir de ahora no van a ser fáciles y pienso estar contigo en todo momento. No es tiempo para desconfiar de quien no tenemos motivo, ¿no crees? —le contestó con un tono de voz entre tierno y pesaroso el psicólogo, pese a ser consciente de que había una parte de la realidad que no iba a poder revelarle.

—Sí, Mauricio, claro, perdona. No era mi intención que te sintieras sospechoso de nada. Sólo es que me encuentro...

—Descentrada y temerosa, es normal y es transitorio. En cuanto tomes decisiones se te pasará.

—Es cierto. Me conoces bien. Sé absolutamente lo que tengo que hacer, pero lo que no quiero es perjudicarme más de la cuenta haciéndolo torpemente, o sin la suficiente malicia como para preservarme lo más posible a la vez que cumplo con mi deber; eso no es cobardía, ¿no crees? —le preguntó a su pareja con una voz algo aniñada que hablaba de los temores que afloraban a cada instante de la conversación.

—No, claro que no lo es, Marta. Es instinto de conservación, ¿qué hay más humano y más básico?

—Llevas razón, como siempre. Bien, pues mi idea es no contarle nada de esto a mi jefe ni al de la Brigada de Homicidios. Podrían asustarse con las consecuencias y quitarme de en medio de la investigación, con lo que ya quedaría neutralizada del todo.

—Me parece correcto, ¿y entonces?

—Entonces, creo que voy a utilizar un subterfugio que en su día dejé sembrado sin saber que me iba a ser de utilidad...

—Dime.

—Desde la primera reunión dejé claro que una de las personas que mejor conocía a Weimar era su amigo el ministro y que me iba a ser imprescindible hablar con él para hacer la autopsia psicológica de la víctima. El tiempo ha ido avanzando. Creo que si lo pido ahora, aun si saben lo que hay detrás del telón, pensarán que es más práctico dejarme tener una conversación con él que intentar disuadirme de forma que sea demasiado notoria.

—Así lo creo yo también. Incluso si están al corriente de las tareas sucias que se llevaron a cabo en este caso, creerán que el ministro se defenderá fácilmente de una inocente conversación con la psicóloga de Análisis Criminal, que sólo va a sacar de él lo majo e inteligente que era su amigo Weimar —reflexionó Marcelo.

—Pues bien, una vez que lo tenga delante, podré hacerle a quemarropa las preguntas. Estaremos solos. Incluso si se muestra esquivo podré comprobar cuál es su actitud gestual y extraer consecuencias de ello, ¿te parece?

—Me parece, Marta. Eres una gran profesional y era evidente que ibas a encontrar el camino, pero no olvides que las consecuencias pueden venir después. Él sabrá zafarse, con mayor o mejor fortuna, y lo hará de una forma aparentemente afable, pero luego pueden venir las represalias cuando y donde menos las esperas. Sabes ya que así funcionan las cosas —le contestó mientras acariciaba su cabello e iba enrollándolo en uno de sus dedos con una delicadeza que años antes hubiese refrenado o le hubiera avergonzado, y que ahora desplegaba con una consciencia total y feliz.

Marta le miró con la confianza y el amor colgados de unas pupilas que, no obstante, mostraban toda la firmeza y la valentía de la que era capaz. Se incorporó sobre las rodillas y le besó. Todo eso sería al día siguiente. Ahora tenía ganas de cerrar las contraventanas de la casa y ocultarse del mundo. Dejarse abrazar, y abrazar. Al día siguiente pediría hablar con el ministro. Al día siguiente, se la jugaría lo que hiciera falta. Todo eso sería, pero al día siguiente.

CAPÍTULO 19

Leo nunca había vuelto a poner los pies en aquel apartamento desde el día de la inauguración triunfal que Weimar le dedicó y en la que se dejó retratar, una y otra vez, junto a la materialización de su creatividad, para todo tipo de revistas profesionales y hasta del corazón. El tiempo se había dilatado como si fuera un material nuevo para el que no cupieran cálculos exactos. Había transcurrido una inmensidad, que era casi tan profunda como el hoyo que se había creado en su vida. Para el joven arquitecto, todo aquello giraba en un registro lejano y pudiera ser que incluso doloroso.

Había sido la propia Estefanía, la viuda de Enrique, quien se había puesto en contacto con él para rogarle que pasara a visitarla. Esa llamada había sonado en su interior como un toque a rebato. Hacía unas semanas que se había quitado de encima el trámite del pésame, con una llamada educada y de circunstancias, y ahora se veía subiendo las escaleras de la finca de Los Jerónimos casi arrastrado por un sentimiento de emergencia que, de alguna forma, la voz de la mujer le había transmitido. Antes de tocar el timbre, deslizó la mano por la jamba de la puerta cuya madera de secuoya él mismo se había encargado de buscar en las mejores plantaciones norteamericanas. La acarició como su mente no le dejaba hacer con una mujer. Llamó y, mientras esperaba, no pudo cesar en aquel movimiento uniforme hacia arriba y hacia abajo de la pulida superficie. Materiales naturales. La nobleza de la naturaleza puesta al servicio de la forma. Sus ideas que allí, por primera vez, habían eclosionado libremente, sin miedo a presupuestos o a límites convencionales.

La doncella que le abrió, le recogió el abrigo y le explicó que la señora le esperaba en su saloncito privado. Inconscientemente,

Leo giró para dirigirse a él, sin esperar a que la sirvienta se le adelantara para conducirle. Vio su cara de perplejidad. Ella no tenía por qué conocer los motivos por los que aquel extraño podía moverse por aquella casa casi con los ojos cerrados. Paró un momento para dejar que fuera ella quien le dirigiera. Era un bonito proyecto. Verlo a esa primera hora de la tarde, con la luz de finales de invierno que presagiaba la orgía de cielos azules en que había de convertirse Madrid, le permitía reafirmarse en ello, aunque ahora fuera para él también un dolor y el recuerdo de cómo había sido utilizado.

Estefanía le estaba esperando sentada en un orejero de diseño nórdico, situado delante de una de las ventanas. El sol la atacaba por la espalda, dándole al visitante una imagen de ella casi similar a la de una santa en un éxtasis místico. Bordes de luz la enmarcaban y hacían que algunos de sus cabellos que se habían independizado del peinado, lucieran como cintas de luciérnagas. Se levantó para besarle.

—¡Hola, Leopoldo! ¡Muchas gracias por atender a mi llamada! No hemos tenido mucho contacto personal pero, aunque te parezca una tontería, para mí es como si llevara años viviendo muy cerca de ti. Hay algo de tu persona en cada rincón de esta casa, ¿no es cierto? No sé si lo hiciste conscientemente, pero yo así lo he sentido —le dijo con una sonrisa.

—No hay de qué, Estefanía. Estoy a tu disposición siempre. No pensaba que hubiera algo de mí que pudiera consolarte o ayudarte; de haber sido así, cree que me habría presentado espontáneamente sin necesidad de que me hicieras llamar. Siento no haber sido más sensible. La muerte de Enrique nos conmocionó a todos. A mí también. Sabes que tras terminar este proyecto él se volcó en ayudarme y que tuvimos mucha relación. Ha sido un *shock* para todos.

—Sí, un *shock*. Algo impactante. No has dicho algo doloroso o un golpe de la vida o una injusticia o una pérdida. Has dicho un *shock*, y no te culpo porque ésa es la misma impresión que todos los que nos hemos visto afectados de un modo u otro hemos tenido. Yo, también. No voy a mentirte, Leo. No soy una viuda triste y doliente. Fui una esposa triste y doliente y ahora, en todo caso, soy una mujer liberada que se reprocha a sí misma que el azar y el vicio se hayan tenido que confabular para devolverle la libertad. Eso sólo habla de mi cobardía, ¿no crees, Leopoldo?

Leo no estaba preparado para aquella eyección de sinceridad. Intentó mantener su inexpresividad sin que pareciera que no mostraba ninguna empatía hacia los sentimientos de la mujer. Lo más pornográfico de la vida de Weimar no era nada de lo que él había visto, sino la exhibición descarnada de que no había nadie que hubiera llorado su pérdida.

—No creo que seas una mujer cobarde, Estefanía —acertó a decir.

—Pues lo soy. Ya te lo he dicho. Pero también quiero contarte que voy a dejar de serlo. Que ahora me siento liberada, que en estas semanas sin Enrique estoy volviendo a sentir cómo brota en mi interior la persona que fui y que él había ido machacando y agostando hasta dejarla reducida a una raíz hundida en una parte de mí que pensé que ya no existía.

Leopoldo se removió inquieto en su asiento. No terminaba de entender por qué Estefanía, una mujer con la que nunca había tenido más que un contacto meramente social, le estaba haciendo aquellas confesiones. Era cierto que la había tenido más de una vez en mente cuando asistía a los desfases y pasadas de Enrique. Le parecía un poco indigno que, siendo un hombre casado, hubiera mostrado tan poco cuidado en proteger la imagen de su mujer. Se comportaba como si fuera tan libre como lo era él, Leo, para ir y venir con mujeres, con hombres, con travestis o… con amas. Aquella idea se le clavó en el corazón como un tacón de aguja.

—Eres joven, guapo y listo —prosiguió la mujer—; tienes mucha vida por delante y, créeme, será mucho mejor ahora que no vas a tener la sombra de Enrique planeando sobre ella. Pienso lo mismo de mi hijo Andreas, ¿sabes? Puede que sea más difícil para los dos no contar con el respaldo y la energía de que él disponía a la hora de abrir puertas y trazar rumbos. No importa, muchachos, cualquier esfuerzo que hagáis para suplirlo será un motivo de alegría para ambos y, sobre todo, algún día me daréis la razón cuando descubráis el maravilloso efecto que tiene sacarse el mal de al lado.

Leo ladeó la cabeza y no realizó ningún gesto que indicara que iba a responder. Quería saber a dónde iba a parar todo aquello.

La mujer prosiguió.

—Yo voy a hacerlo también. Voy a sacar todo el mal de mi lado. Todo aquello que pueda recordarlo. Todo aquello que esté contaminado siquiera por los recuerdos, ¿entiendes lo que te quiero decir, verdad?

Leo asintió. Sabía a qué se refería. Probablemente era esa sensación la que él estaba desarrollando también en relación con Claudia. Como si de alguna manera quisiera sumergirse en el Jordán y desprender de la piel todo lo que ella había dejado adherido. Lo que no entendía es qué tenía que ver la catarsis de aquella mujer con la suya y por qué se había empeñado en llamarle para hacerla ante su vista.

—¿Aún hoy te gusta la casa? Fue un proyecto muy importante para ti, ¿te sigue gustando? No me contestes por contestar. Sé que has hecho grandes cosas después, sólo me gustaría que me dijeras con sinceridad qué espacio ocupa en tu corazón este proyecto que te catapultó a la fama y sobre el que se asienta tu vida profesional.

Leo la miraba sin verla. Sólo oía latir en su mente las frases de Claudia: «decidimos convertirte en alguien de su mundo», «eras tan juguete sexual como yo». Machacaban. Llevaba razón Estefanía, había que limpiarse de todo aquello para siempre. De la forma que fuera.

—Si te soy sincero, Estefanía, creo que es un gran trabajo. Veo todo el esfuerzo que puse y toda la ilusión en cada forma de este inmueble. No obstante, no nos equivoquemos, hay mucho de tu difunto marido en esta casa. Más de lo que quizá hayas visto nunca.

—Él eligió tu proyecto, de eso no cabe duda, pero hasta ese momento tú lo habías creado libremente. Eso es lo importante para ti o lo que debe serlo —le respondió.

—Hizo más que eso. No voy a darte ahora detalles, pero era un gran mixtificador y, por simplificar, consiguió que se hiciera lo que él quería pensando que uno hacía sólo lo que deseaba —le dijo con amargura.

—Manipular no tenía secretos para Enrique, Leopoldo.

—No, no los tenía —le reafirmó el arquitecto.

—Todo esto no es charla vana. Si te pregunto lo que te pregunto es porque, como te he dicho, estoy decidida a expurgar mi vida. Nada va a hacerme cambiar de opinión. He tomado ya algunas decisiones. Una de ellas es salir de esta casa. Es primordial tanto para mí como para la estabilidad de Andreas. Si te he preguntado todo lo anterior es porque quería saber si para ti tenía un significado especial. Si lo tiene, estoy dispuesta a regalártela o a vendértela por un precio simbólico, si eso te parece más aceptable. Ésa era al final mi pregunta y mi propuesta. ¿Qué me dices, Leopoldo?

Leopoldo no se apresuró en la respuesta. Era una oferta tan sorprendente que necesitaba asimilarla para poder responder lo único que sabía que podía responder.

El silencio se convirtió en una burbuja que los protegía de sus pensamientos.

—Eres una gran mujer, Estefanía. No sólo por la generosidad que demuestras, ésta es una casa de precio prohibitivo incluso para mí, sino sobre todo por la sensibilidad de que das muestra sobre mi trabajo. No te creas que muchos clientes la tienen. Te estaré siempre agradecido por haber pensado en mis sentimientos con respecto a una obra que, desde luego, irá ya siempre indisolublemente unida a mi historia profesional y personal. No puedo aceptarla, Estefanía. No creas que es por chulería o por lo que podrían decir. No, no es eso. Vas a entenderlo perfectamente. No la quiero porque para mí supondría la misma carga que hoy día supone para ti. Yo también necesito limpiarme. Puede que no haya nadie que haya estado cerca de Enrique que no lo necesite. No quiero nada suyo. Ni siquiera sus contactos. Muchos de mis actuales clientes me los presentó él. Voy a terminar los trabajos que están a medias, pero no voy a hacer ninguno de los que aún eran simplemente proyectos sin acometer. No quiero nada de él. No quiero que en mi vida quede ninguna sombra de él. Me parecía doloroso decirte esto, mas ahora que he comprobado que nuestros sentimientos son parecidos, me quedo mucho más aligerado si te lo expongo tal cual lo siento.

—Eso te honra, Leopoldo. Eres aún mejor persona de lo que suponía. Saldrás adelante y saldrás muy bien. No te va a faltar trabajo. Tienes tu obra detrás para respaldarte. ¿Sabes?, una de las cosas que Enrique hacía a la perfección era hacerte sentir cuánto le debías por esta cosa o aquélla. Al final conseguía convencerte de que tu fortuna o tu desdicha le estaban tan intrínsecamente ligadas, que era como si tu vida no fuera ya sino una extensión, como si fueras uno más de sus epígonos. No es cierto. Ninguno lo somos. Muy por el contrario, piensa en ello, él se nutría de nosotros, de nuestra sustancia humana, de nuestras emociones y nuestra afectividad, porque para él los sentimientos eran incógnitas que no podía resolver. Sólo era una cáscara vacía buscando permanentemente un reflejo suyo en el mundo que le hiciera sentirse real.

—Eres sabia —musitó.

—Mi tragedia me ha costado —respondió ella suavemente.

Leopoldo podría haberle hablado de la suya, pero no tenía esa intención. Ni siquiera podía transmitirle la ansiedad que le generaba la petición de Claudia de dotarle de una coartada. Aquella mujer tenía derecho a no saber nada ni de Claudia ni de la espiral de decadencia y negrura en la que su esposo había entrado y con la que, sin duda, había contribuido a mancillar también su vida. A él no le habían ahorrado algunas decepciones, si bien tenía la suficiente humanidad como para preservar a otros de aquel cáncer que terminaba por corroerte el alma.

Aun así, sentía cierta curiosidad que creyó poder saciar sin hacer daño.

—¿Qué sabes de la investigación? Quizá hay novedades que no se han publicado y que la policía sí te ha comunicado a ti. Supongo que es absolutamente necesario que puedas cerrar ese agujero para poder avanzar. Cuanto antes puedas ponerle nombre a la asesina o asesinos, mejor para tu paz, ¿no es así?

—No han avanzado gran cosa. Están buscando a la mujer con la que compartía la sesión sexual ese día. Eso es lo último que me dijeron y no creo que haya noticias nuevas. Al parecer no han encontrado rastros de correos o llamadas telefónicas que tuvieran que ver con la tipa y siguen sin disponer del móvil de Enrique, así que por esa vía va a ser difícil que den con ella.

Aun así, supongo que hay métodos de búsqueda en los bajos fondos o donde sea que se encuentren esas cosas de las que disfrutaba, que puedan conseguir algún dato. Pero no te equivoques, Leo, a mí no va a hacerme más feliz que me digan el nombre de la mano ejecutora que le quitó la vida. No está bien que te lo diga pero, tal y como yo lo veo, es la mano de mi libertadora o mi libertador. Va a pagar con su libertad la mía. No, no es un tema que me quite el sueño. Vivir es mi objetivo ahora. Enrique y su muerte son algo que me está empezando a resultar terriblemente ajeno. ¿Y tú, Leo?, ¿te ha citado ya la policía a declarar?

Leo se estremeció y esperó que la mujer no lo hubiera notado.

—No, aún no y me parece raro porque es de sobra conocido que Enrique era mi mentor, aunque supongo que pensarán que no puedo aportar gran cosa y, de hecho, puede que no tenga nada que aportar —le respondió.

—Porque, ¿a ti no te invitaba a las juergas que montaba? —dijo Estefanía sin disimular su cara de estupefacción.

Leo enrojeció.

—No creo que sea algo para hablar aquí, contigo. No merece la pena, de verdad.

—No me duele, Leo, no me duele. Si no han hablado contigo es probable que sea porque no piensan hacerlo con *los otros*. Tú sabes como yo que *los otros* son un bocado muy grande hasta para la policía.

—Es cierto, Estefanía.

—Pues a lo mejor eso te protege también a ti del escándalo. Me divertiría mucho ver la cara a sus mujeres, esas que pinzaban una sonrisa maligna cuando me veían, porque pensaban que mi humillación era la comidilla perfecta. Sería un broche de oro que se enteraran de las andanzas de sus mariditos, pero si el hecho de que los oculten a ellos te va a beneficiar a ti, casi me alegro, Leo. Siento por ti una ternura parecida a la que siento por Andreas. Podéis aún saltar sobre su influencia. Tenéis derecho a ello —sentenció la viuda de Weimar.

No quiso enredar más. La explicación que le planteaba Estefanía era la misma de la que Leo se había servido una y mil veces: la investigación no se acercaba a él porque tampoco quería hacerlo con el resto de los tipos. Claro que ella no sabía..., ignoraba que había otro cabo de la cuerda —y era muy apropiado decirlo así— que podía conducirles: Claudia. Maldita y bella y ahora odiada Claudia. Sabía que ese sentimiento tenía que salir fuera como un pus hediondo que le permitiera drenarse, pero aquél no era el lugar. Sólo en la profesionalidad de Irene podría encontrar la comprensión necesaria para salir de aquel atolladero en el que se encontraba.

Cuando abandonó aquella casa, que ya le parecía un panteón para su inocencia, pensó en hacer tiempo hasta que llegaran las ocho de la tarde, que era la hora de su cita con Irene. Se lanzó sobre las calles. Agotarse contra la ciudad era una opción que siempre terminaba por apaciguarle y en aquel instante tenía mucho en lo que pensar.

Un hombre joven y esbelto con las manos metidas en los bolsillos de un elegante abrigo negro, mientras sus ojos, de expresión soñadora y sosegada, miraban hacia adelante para prever el próximo movimiento. Eso es lo que podía ver cualquier viandante que se cruzara con él en aquellos momentos.

No obstante, Leo era una hoguera.

Leo tenía miedo.

Su cerebro no hacía sino analizar una y otras vez las consecuencias de que se supiera oficialmente y se filtrara que conocía y visitaba a Claudia, el ama de Weimar. Había vivido ya decenas de veces en su cabeza la reacción de su madre y la mirada de estupor de su anciano y enfermo padre, que ya no estaba en condiciones de entender nada y, mucho menos, de juzgarle. Aun así captaría la decepción de todos con su comportamiento.

Era cierto que Irene lo sabía y no por ello había cambiado su actitud hacia él, pero Irene era una profesional. Tampoco lo hubiese hecho si un paciente le hubiera confesado cualquier otra debilidad o tendencia fuera de la norma. Todo quedaba cubierto por el secreto profesional. ¿Todo? Leo ignoraba si los psicólogos estaban obligados a comunicar el estado de sus pacientes si pensaban que podría derivar en daños para la sociedad. Recordaba haber leído algo sobre el piloto que estrelló el avión en los Alpes. Al parecer, sus psicólogos no tenían obligación de reportar a nadie, ni siquiera a la compañía aérea, las perturbaciones anímicas e ideaciones suicidas que habían percibido en él. Era posible que en España fuera otra cosa. En todo caso, él, Leo, no era un problema social. Claudia podría destrozarle y el mundo seguiría adelante. Lo apartarían y seguirían en marcha. ¿Cómo sería estar fuera? o ¿cuánto de fuera quedaría? Nunca había manifestado un comportamiento social respecto a su parafilia, pero quería imaginarse si tendría suficiente repercusión en el mundo *sadomaso* su *salida de la mazmorra* obligada, como para nutrirle de clientes el resto de su vida. O quizá aparecerían bellas mujeres dominantes a encargarle preciosos chalés en los que someterlo.

Tenía que contarle a Irene todo este pánico que le atenazaba. Sentía que una vez que lo hubiera soltado sobre ella, pasaría a ser más doméstico, menos salvaje, algo que se podría manejar con un poco de terapia. Era un poco absurdo recordar cómo al principio se negaba a contarle a su psicóloga la verdad. Ahora sentía como si ella fuera a librarle de todo problema. Sólo tenían que dar las ocho. Sólo tenía que sentarse en aquel sillón y hablar. Irene sabría cómo hacerle encontrar la calma. Estaba tan seguro que casi se serenó sólo con pensarlo. Contarle a Irene el chantaje de Claudia. Ése era ahora el objetivo prioritario. Liberarse de aquella carga. Entregársela a ella. Todo iba a estar mejor después.

Cuando entró en el portal del centro en el que pasaba su consulta Irene, Leo había tomado el aspecto de un kamikaze cuando tiene al fin a la vista su objetivo.

Leo era todo determinación y miedo.

La del joven arquitecto no era la única visita que Estefanía, viuda de González-Weimar, tenía prevista para aquella tarde. ¡Eran tantas las cosas que quería dejar concluidas antes de empezar una nueva vida! Y, sin duda, había conversaciones que iba a ser mejor dejar que se quedaran entre aquellas paredes. El mal parece impregnarlo todo como una mala peste. Nada quería llevarse con ella. Nada, excepto a su hijo Andreas.

Gregorio Valbuena llegó puntual a la cena temprana a la que había sido invitado. Le sorprendió ver que, tras despojarle del abrigo en el *hall*, le conducían hacia el comedor grande. Pensaba que Estefanía quería un *tête à tête* más íntimo. No se le había ocurrido pensar que hubiera más invitados, entre otras cosas porque no le interesaba. Las cuestiones relativas a la herencia de Enrique y al control de Weimar Corporación se estaban dilatando ya un poco más de la cuenta. Entendía que aquella mujer estuviera desarbolada; a fin de cuentas le acababan de desmontar no sólo su vida material sino también toda la pantalla que sin duda había logrado construir en torno a la disoluta vida de su marido para poder sobrevivir, pero todos no podían perecer con ella. De aquel encuentro no pasaba. Valbuena pensaba irse a dormir con la llave para comenzar a gestionar el negocio en la mano. Incluso si la opción era Andreas, él sabría hacerle caminar por los senderos que más interesaban a la empresa y al país y, cómo no, al propio Valbuena. Era un buen chico Andreas. No daría problemas. Incluso tenía pensado ofrecerle que, antes de nada, se fuera a hacer un largo viaje. Recorrer el mundo le serviría para olvidarse del fango que la vida de su padre le había echado encima. Aunque el asunto era la comidilla de la City y de Wall Street, Andreas no tenía por qué pisar la sociedad económica. No. Pensaba hablarle de paraísos, de experiencias, de un vagabundeo liberador que a un chico joven siempre le venía bien. Que agarrara a un amigo o dos y se fuera a vivir la vida una temporada. Era lo mejor, y seguro que Estefanía, como madre, no se opondría a un plan así. Tampoco tenía opción.

Cuando la doncella se hizo a un lado de la puerta del comedor para dejarle pasar, Valbuena vio ya a Estefanía de pie junto a una de las esquinas de la gran mesa de cristal templado y madera de ébano. Sólo se habían colocado dos servicios en el centro, uno frente a otro, equidistantes de unas cabeceras que se apreciaban así como más anacrónicas y lejanas. Goyo reconoció de nuevo la tarea que había hecho el joven arquitecto con aquella casa. Precisamente por ser un clásico y un aburguesado, no dejaba de sorprenderse por cómo el profesional había logrado maridar aquellos artesonados y aquellos frescos que recorrían paredes y techos de la zona noble de la casa, con materiales y elementos de una modernidad absoluta. El viejo carcamal en que se estaba convirtiendo se sentía extraño a todo aquello, pero no dejaba de admitir que estaba bien hecho.

Estefanía resultaba algo fuera de lugar allí. Parecía frágil y desvalida en aquella inmensidad de pieza. Ambos se desplazaron hacia el otro para estrecharse la mano. Goyo se sorprendió de la firmeza del apretón que recibió. No tenía ante él a una viuda lánguida y abandonada como había previsto. El vicepresidente de Weimar Corporación tuvo un primer aviso de que quizá sus planes iban a precisar de algo más de persuasión de la que había preparado.

Sentados uno frente al otro, fueron discurriendo los entrantes y los dos platos principales. Picotearon comentarios sin entrar en ningún tema que pudiera considerarse crucial. No hablaron de la investigación del asesinato. No hablaron de la situación anímica y personal de ninguno de los dos. No introdujeron el futuro ni se recrearon en el pasado. Simplemente, hablaron. Hay una sorprendente cantidad de conversaciones de ascensor cuando uno es culto y se ha criado en el ambiente adecuado.

Estefanía depositó finalmente sus cubiertos juntos atravesando el plato y tocó el timbre para que viniera la doncella. Una vez allí, le dio permiso para desembarazar la mesa de los servicios y para servir los postres. Una vez cumplidas aquellas órdenes, le dio instrucciones para dejar allí mismo los servicios de café y de licores y le pidió que los dejara solos hasta nueva orden.

Había llegado el momento.

Goyo Valbuena sólo esperó a que la puerta se cerrara tras la muchacha para ensillar su caballo ganador y culminar su carrera hacia la presidencia de Weimar Corporación.

Bueno, Estefanía, se acerca el momento en el que tendremos que ser capaces de superar el dolor que nos ha producido la injusta muerte de Enrique, para pensar en un futuro que no sólo nos compete a nosotros sino a los miles de personas que lo han ligado a nuestras empresas. Por ellos, y no sólo por nosotros, deberíamos ser capaces de poner fin a la situación de interinidad al mando de la corporación que, si bien no era evitable, es ya de todo punto insostenible —le dijo con seriedad circunspecta.

Estefanía dejó ver un rictus sardónico. No contestó.

—¿No lo ves así tú también? Eso sin olvidar que el futuro de Andreas está también por definir y eso es algo que no dudo que te tiene preocupada —insistió Valbuena.

—Dices bien, Goyo. Es el futuro de mi hijo lo que se me aparece como prioritario desde que supe del asesinato de mi esposo en las circunstancias que ambos conocemos y en las que no voy a insistir. No voy a dar un paso que no sea en su absoluto interés —remarcó.

—Es lo que me imaginaba. No puede ser de otra forma en una madre de la entereza moral que tú tienes —dijo el empresario a la par que se daba cuenta del desliz, puesto que cualquier referencia en aquel contexto a la moralidad de la madre no podía sino resaltar la terrible ignominia que había sembrado sobre ellos la muerte del padre.

—No creo que, finalmente, nadie pueda cuestionar la moralidad de mis decisiones. Ya lo verás, Goyo, ya lo verás.

—No lo dudo. El testamento de Enrique va a leerse en los próximos días, aunque tú y yo sabemos perfectamente su contenido. Entiendo que estarás de acuerdo en seguir los designios que él había manifestado en reiteradas ocasiones y que, sin duda, están contenidos en el testamento, para que sea yo quien acompañe a tu hijo en el camino que aún le queda para poder ponerse al frente de la empresa. Es cierto que el chaval ha ido dando pasos por diferentes departamentos del conglomerado y que apunta maneras, pero sabes como yo que no está en condiciones de convertirse en presidente de Industrias Weimar.

—En eso estoy totalmente de acuerdo —indicó Estefanía, aunque no le explicó que no se trataba de la capacidad formal de su hijo para ocupar el puesto de un depredador como su padre. Eso no era lo que a ella le inquietaba, sino el hecho cierto de que ése fuera el futuro que todos habían diseñado para Andreas sin que él hubiera tenido ninguna intervención.

En ese caso, sólo nos queda una cosa por hablar y es si formalmente vas a querer convertirlo en cabeza de la compañía, sometido a una especie de tutoría por mi parte hasta que domine el intrincado mundo en que nos movemos, o si prefieres directamente que yo me haga cargo durante unos años del timón mientras Andreas se termina de forjar como un hombre. Ahora mismo entiendo que es exigirle mucho que se ponga a pensar en estas cosas. Comprendo su dolor, su desconcierto y, aunque queramos evitar hablar de ello, su vergüenza o su pudor ante la parte de la historia de su padre que ha quedado al descubierto…

Dejó la frase en suspenso a la espera de una intervención de la mujer que no se produjo. Tampoco hubo ningún signo de aquiescencia. Sólo el vacío en el que se pesa el silencio. No era ésa una cosa que arredrara a Valbuena. Tampoco le hizo plantearse, ni por un segundo, que no estuviera pisando terreno firme. Para la ambición del vicepresidente, que Estefanía callara ante estos temas era sólo una muestra del oprobio en el que había sido hundida por su exsocio.

—¿Qué te parecería que Andreas tuviera tiempo ahora para vivir un poco su propia vida? Ha concluido sus estudios y ha sufrido un golpe demoledor. Tal vez sería bueno para su estabilidad emocional, para que se llenara de ganas de comerse el mundo, el que le mandáramos una temporada a recorrerlo y a disfrutar. Así, sin pensar en nada más. Sólo a vivir. Nosotros nos ocupamos de mantener su patrimonio y su futuro en forma para que lo recoja cuando esté dispuesto. ¿No encuentras que sería bueno para él después de todo esto? —terminó y frenó, esperando expectante una respuesta afirmativa.

¿Nosotros o tú, Valbuena? —le espetó fríamente la mujer.

Gregorio alcanzó a darse cuenta de que no era una buena señal que le llamara por el apellido en aquel momento.

—Mira, Gregorio, no hace falta que disimules tu codicia tras esa supuesta preocupación por Andreas. Andreas tiene una madre que va a velar por él. Creo que voy a tener que explicarte unas cuantas cosas para que seas capaz de ver cuál es realmente la situación a la que nos enfrentamos —continuó con voz firme la mujer—. No hace falta que te diga que tu treinta por ciento de Weimar Corporación no es suficiente para hacerse con el control de la compañía, ¿cierto?

—Estefanía, no sé a qué viene esa referencia. Es evidente que conozco cuál es mi posición en la compañía y sabes que, para mí, Andreas es también casi como un hijo. Lo único que pretendo es seguir caminando junto a él como lo hice junto a su padre.

—Sí, caminar en el Consejo mientras él camina por el mundo. Lo has expresado meridianamente —le informó.

—No entiendo la hostilidad que percibo en tus comentarios, Estefanía —dijo Valbuena, ya algo alterado.

—La vas a entender enseguida, querido Goyo. Sabes que las acciones de Weimar Corporación son detentadas realmente por nuestra empresa *holding* familiar, Arequipia, ¿verdad, Goyo? —Era una pregunta retórica—. Bien, lo que es probable que no sepas es que hace unos años, en plena crisis, vuestra permanente carrera hacia adelante en un contexto de escasa liquidez hizo que Enrique necesitara *cash* en un momento dado, y no quería deshacerse de patrimonio en tal mal momento; ¿a quién iba a acudir para que aquello no fuera la comidilla del mundo financiero? —le dijo con retintín la mujer.

La pregunta quedó suspendida entre ambos, pero por la mueca que se le instaló a Valbuena en la cara, era evidente que su socio del alma nunca le había hecho el más mínimo comentario relativo a ello.

Estefanía cogió delicadamente un papel que tenía en la silla de al lado y lo deslizó hacia él sobre la mesa.

—Acudió a su papá político, Valbuena. Mi padre le dejó el dinero a cambio de la pignoración de los derechos sobre el veinte por ciento de las acciones de Arequipia. Total, todo quedaba en familia. Tan en familia que Enrique se olvidó de cumplir los requisitos de devolución que habían suscrito. Total, su querido papá político no le iba a montar un escándalo, ¿no crees?

El hombre le escuchaba subyugado, como esperando el desenlace de una novela de la que ya no te puedes apartar. Ni siquiera echó un ojo sobre el documento notarial.

—Y era cierto que mi padre no iba a montar ningún escándalo, pero también lo era que nunca fue ciego para ver qué estaba sucediendo en nuestra relación y la clase de mujer en la que Enrique me estaba convirtiendo. Nunca me animó a divorciarme o a dar un paso que me permitiera volver a vivir con dignidad, pero sí que puso en mi mano el único instrumento de poder sobre Enrique que él tenía a su disposición. Mi padre me hizo una cesión de ese crédito, por lo que, sin saberlo mi marido, yo era su verdadera acreedora. Eso no tenía mayor importancia hasta el mismísimo momento en el que una llamada me alertó de que había aparecido muerto después de que una mujer le diera de palos mientras él se arrastraba a sus pies. En ese mismo momento, bueno, al día siguiente, insté al abogado de mi padre, que ahora lo es también mío, a que acudiera al juzgado para realizar el derecho de ese crédito. En cuanto se resuelva el pleito, y ahora será bien sencillo, estará en mis manos ese veinte por ciento de las acciones de Arequipia. A eso debes sumarle el usufructo del tercio de libre disposición que aparecerá en la lectura del testamento de Enrique. ¿Sabes sumar, no, Valbuena? —Estefanía se regodeaba—. ¿Sabes lo que es una cascada societaria, no? Pues ahora vas a comprobar cómo eres arrastrado por una de ellas —dijo finalmente.

Gregorio Valbuena estaba demudado. Todo aquello era un error. El producto del nerviosismo de una mujer que había sido sometida a demasiadas pruebas. Tenía que intentar amansarla y reconducir aquello. Se jugaba demasiado.

—¿A dónde quieres llegar, Estefanía? Hablemos como personas civilizadas —musitó.

—No se puede ser más civilizado que yo. A fin de cuentas, no te voy a sacar de la empresa a garrotazos sino mediante la civilizada utilización del derecho societario. Te insisto porque te veo atorado. Tienes frente a ti a la persona que controla el cincuenta y tres por ciento del *holding* familiar de los Weimar, que a su vez posee el cincuenta y un por ciento de las acciones de Weimar Corporación. Yo controlo la empresa ahora, Valbuena, y te estoy despidiendo como vicepresidente. Eso es todo. Sin ningún tipo de resentimiento personal. Yo tomo ahora las riendas. Ésa es la conclusión.

Estefanía golpeaba con el dedo sobre el documento notarial que había quedado en el centro de la mesa, para reafirmar sus palabras.

—¿Te das cuenta de lo que dices? ¡Tú no puedes arrastrar a la ruina a miles de familias que dependen de nosotros! ¡Una empresa es algo más que el capricho de una mujer despechada y aturdida! Olvídalo, por favor. Yo, por mi parte, no voy a tener en cuenta este rapto nervioso y te vuelvo a ofrecer mi ayuda para garantizar el futuro de tu hijo —insistió.

—Estás fuera, Valbuena, es un hecho. Nadie va a perder su puesto de trabajo. En todo caso, podrán mostrarse orgullosos de que éste se asiente en presupuestos sociales y morales algo mejores que los que tú y mi difunto marido practicabais. Andreas está al corriente y se muestra de acuerdo con darle un viraje fundamental a la empresa hacia otro tipo de formas de negocio. Tu tiempo ha pasado. Se escapó por el sumidero a la vez que la vida de Enrique y su dudosa reputación.

La mujer se puso de pie y empezó a recorrer el inmenso comedor mientras no paraba de hablar.

—No me interesan nada vuestros juegos, así que puedes informar a tus amigos de que no voy a continuar adelante con la venta del paquete de acciones de Global de Satélites a los rusos o a quien sea que Enrique se lo hubiera prometido. No tengo miedo; sin embargo, quiero que les digas que sí voy a deshacerme de ello, así que espero que algún patriota se decida a comprar ese paquete. Allá él, los servicios y vosotros mismos con los rusos, los ucranianos o los que sean. Ni siquiera sé si eso le ha costado la vida a Enrique. En ese caso me caerían hasta simpáticos, para qué te voy a engañar, pero no es algo que me cause ni siquiera curiosidad. No voy a meterte prisa. Puedes ir recogiendo tus cosas y pensando sobre tu futuro. Quizás tus amigos de la sociedad secreta —aquí Estefanía le dedicó un guiño— te ayuden a encontrar un nuevo puesto desde el que seguir bailando con el poder y estableciendo sus designios. Por mí, perfecto. También entendería que quisieras deshacerte de tu paquete en Industrias Weimar. Sería lo mejor para todos, ¿no crees? Ahora ya puedes ir e informar a tus amigos del Gobierno que has conseguido frenar la venta. Era lo que te habían encomendado y hecho está. Lo que no sabías es que el precio del encargo iba a ser tan amplio y que iba a correr de tu cuenta, pero en la vida se sabe cómo se empieza pero no cómo se termina. Ahí tienes a Enrique. Si hubiese sabido aquella tarde que iba a morir, quizá hubiera decidido gozar de otra forma.

Gregorio Valbuena volvió a ver la escena ante sus ojos pero no dijo nada. Estaba inflamado e iracundo, aunque sabía darse cuenta de cuándo las cosas no admitían otra opción.

Se levantó de forma brusca y casi tiró la silla.

No respondió nada.

No hizo ningún ademán de despedirse de la mujer que le acababa de ajusticiar.

Mientras le observaba salir airado de aquella casa, que nunca había sido la suya, la mujer se sintió más dueña de su vida de lo que lo había sido jamás

CAPÍTULO 20

Había algo en sus ojos realmente inquietante. Mauricio no quería diagnosticarlo, ni etiquetarlo siquiera, pero la determinación que se alojaba en las pupilas de Irene le hacía estar tenso y alerta. Tenía motivos. La sesión se estaba desarrollando de una forma tempestuosa y harto difícil de conducir, y él sabía que había llegado el momento de plantearle a su discípula que abandonara aquel caso. La implicación personal que se derivaba de sus palabras saltaba ya sobre las normas de prudencia y de deontología de su arte. El reflexivo psicoterapeuta sabía que no iba a ser fácil poner a Irene frente a sus contradicciones, pero también que no le quedaba otro remedio. De momento, ella seguía haciendo restallar las frases como látigos que azotaba contra una injusticia que, en su opinión, sufría su paciente. Ahí residía parte del problema. Justo o injusto no eran palabras que un terapeuta debiera relacionar con el sufrimiento emocional de sus pacientes. Decidió entrar ya en la procelosa cuestión.

—Veamos, Irene, no termino de comprender a qué viene tu perturbación con la sesión de la que me estás hablando. Tu paciente, Leo, se muestra atemorizado e inseguro ante nuevas circunstancias que han entrado en su vida. No opone ninguna resistencia a proporcionar material a la sesión, es más, está en una excelente disposición para que le puedas ayudar a explorar esa vía, ¿por qué no hacerlo en vez de hacerte partícipe de su inestabilidad? ¿No entiendes que así no le puedes ayudar?

—No me vengas con martingalas, Mauricio. No se trata ya de una cuestión psicológica o no. Se trata de que esa mujer le está chantajeando. El chantaje no es un problema psicológico sino real. Yo no puedo responder como terapeuta a una cuestión que es un delito que se produce en la vida real... —le contestó, agitada, Irene.

—Lo que sucede, Irene, es que no tienes que responder. No es una respuesta o una solución lo que se espera de ti. Sabes que sólo puedes guiar a ese chico para que la encuentre. Su respuesta, Irene, no la tuya —insistió Mauricio.

—¡No quieres entender! Él ya no me lo cuenta para que le proporcione ayuda psicológica. Él confía en mí y busca mi apoyo y mi ayuda. ¿Hasta qué punto tenemos que ser exclusivamente figuras hieráticas ante la vida y sus peligros? Hay muchísimas consideraciones que un terapeuta debería hacer. Si, ya sé, ya sé, estáis los que no confiáis en ningún tipo de acción. No sé si es pura teoría. ¿De verdad has sabido con anterioridad alguna vez que un paciente tuyo se iba a suicidar realmente? De haberlo sabido, ¿no habrías pasado a la acción? ¿Qué es lo que hacéis?, ¿convertirlos en un papel que se archiva cuando transcurre la hora que te han pagado?

La agitación de Irene iba en aumento. Mauricio ya no prestaba demasiada atención a lo que le decía, porque estaba registrando uno por uno los gestos, los movimientos, la forma de mover las manos, que Irene estaba desplegando ante él de forma automática. Aquello no pintaba nada bien. Aunque ella no quisiera reconocerlo, no era supervisión lo que necesitaba. Algo había desatado en ella los viejos fantasmas que había traído de Afganistán. Tenía que hacer que parara o poner los medios para ello. Si la propia Irene no quería dejar a aquel paciente, tendría que actuar él, pero no quería complicarle la vida o ponerla en problemas ante el Colegio. Tal vez iba a tener que usar métodos poco ortodoxos, como recomendar directamente a aquel Leopoldo que cambiara de terapeuta. No le gustaba nada la idea, pero menos le gustaba el cariz que estaba tomando aquello.

—Tranquilízate, Irene, querida. No, yo nunca he hablado de la cosificación de los pacientes ni de que no debas prestar atención a posibles riesgos reales para ellos, que se puedan colegir de los relatos e ideaciones que traigan a consulta. Sabes que no se trata de eso. Tengo que decirte que creo que tu implicación personal en el caso de este chico es excesiva. No sé, piénsalo, quizá porque tiene una edad similar a la de Rubén o porque te lo recuerda de una u otra manera. ¿No puede ser que tu parte dañada esté recibiendo demasiado impacto de este caso? Piénsalo, Irene, querida. Sabes que no te deseo sino lo mejor. Si no pensara que reflexionar sobre ese extremo es necesario, no te lo diría y lo sabes.

Mauricio cruzó los brazos en un gesto cotidiano y familiar y le dedicó una sonrisa tan cálida como próxima. Irene se sintió concernida por aquel despliegue de cercanía personal y soltó un poco la tensión muscular que se había ido acumulando en ella durante la perorata que había soltado. La psicóloga sonrió a su vez.

Viendo el trabajo de neuronas espejo que había conseguido, Mauricio aprovechó para seguir deslizándose suavemente bajo aquel manto de irracionalidad que había cubierto a una de sus mejores discípulas.

—Piensa en dejar el caso, Irene. ¡No, no me respondas ahora ni te indignes! —le dijo aplacando con la mano un movimiento levantisco y reflejo que había comenzado ya a surgir en la mujer—. No hace falta que digas nada ahora. Sólo quiero que, pausadamente y en soledad, reproduzcas la idea de abandonar la terapia de Leopoldo. Revive la idea de vez en cuando, sólo para ver qué sentimientos te provoca y cómo eres capaz de controlarlos desde un punto de vista profesional. No tendrías por qué dejarle desasistido. Incluso yo, si eso te deja más tranquila, podría hacerme cargo de él. A fin de cuentas, conozco el caso debido a estas tareas de supervisión.

—¡Pero no es necesario, Mauricio, y es en mí en quien ha puesto su confianza! —La exclamación de Irene fue viva, pero menos crispada de lo que había sido el resto de la sesión. Su maestro se dio cuenta y empezó a pensar que quizá sí iba a haber una solución para aquello sin necesidad de que él tuviera que tomar decisiones que no le gustaban.

—Vamos a dejarlo aquí, Irene. Sólo prométeme que harás durante la semana el ejercicio de pensar en dejar de tener a Leopoldo Requero como paciente. Es sólo una gimnasia. Necesitamos a veces tomar distancia, Irene. Todos lo necesitamos. Este caso, no te lo niego, es de una potencia emocional muy grande. A cualquiera nos podría haber afectado y tú no eres distinta a los demás. ¿Me prometes que lo harás?

—Sí, claro, Mauricio. Siempre eres muy sabio. Quizá es lo que necesito. Te dije que ese sentimiento que él ha desarrollado por mí no me entorpecería en mi tarea y a veces parece que sí lo hace. Muchas gracias por saber cuándo ponerme freno, Mauricio.

Irene sonrió y Mauricio volvió a ver en su rostro la belleza franca y luminosa que se derivaba de su alegría de vivir y su determinación. El hombre se sintió gratificado como profesional pero, sobre todo, como amigo.

Mientras la acompañaba al exterior, no sin antes ofrecerle una cerveza que ella declinó tomar porque tenía prisa, no dejó sin embargo de contemplar las implicaciones que para el caso que investigaba Marta tenía la información que acababa de recibir de Irene. La vio salir por la verja de la casa y se dio cuenta de que tenía en sus manos un extremo de la madeja que a la policía se le estaba enredando cada vez más. La mujer que buscaban, más o menos infructuosamente, era conocida, por así decirlo, de aquel arquitecto. Además, estaba buscando una coartada. Si él, Mauricio, quería ayudarles a llegar a rematar con éxito su búsqueda, sólo tenía que insinuarle a Marta que quedaban amigos del extinto Weimar a los que preguntar. ¿Podría llevarla hacia allí sutilmente? Es decir, poder podía, era la cosa más sencilla del mundo. ¿Estaba legitimado para hacerlo? Ésa era la cuestión que debía analizar con mayor profundidad. Lo más seguro era comportarse como si hubiera compartimentos estancos entre ambas realidades de su vida. Igual que no le contaría a Irene los pasos que Marta y la Brigada tuvieran pensado dar, incluso si incluían a Leopoldo, tampoco veía claro que estuviera bien influir en el transcurso de las investigaciones. Además, si la policía no había llegado al arquitecto, ¿no era porque alguien lo estaba evitando? La trama oscura de aquel caso que Marta le había apuntado, no dejaba de inquietarle también. ¿Quién era él para interferir en nada? Sus tiempos de colaboración con la Policía habían quedado atrás y no podía sino alegrarse de ello. Nadie le había dado vela en aquel entierro. Había aprendido a no irritarse al ver cómo otros avanzaban lentamente y a trompicones por caminos que él habría hecho con una carrera limpia hasta llegar a la meta.

No haría nada. Seguiría sentado al borde del camino viendo cómo unos y otros se agitaban y corrían en diversas direcciones sin ser capaces de encontrar un sendero claro hacia la resolución de aquel enigma. Por lo pronto, era suficiente con ir iluminando a sus seres queridos sobre los puntos concretos que le iban planteando. Mauricio sabía que todo lo demás pertenecía a una faceta de su vida que había terminado no sin dolor.

Entró en la cocina y se sirvió, él sí, aquella cerveza que Irene había rechazado. Se la bebió asiéndola del gollete mientras miraba a través de los visillos la soleada mañana que se había quedado al levantar la niebla.

***

La luz rebotaba contra los escaparates de las enormes tiendas y refractaba en los cristales de las gafas de sol de Claudia. La mujer caminaba a paso vivo sobre unos tacones irrenunciables por las calles de Madrid, ya de vuelta a su apartamento. Había estado arreglando pequeños detalles para aligerar lo espiritual y lo material un poco más antes de largarse. Tenía el rostro distendido pero lleno de determinación, a pesar de haber dormido tan pocas horas durante la noche. La conversación con el tipo aquel en el Bach se había ido un poco de duración, aunque no había dejado de ser divertida. Era curioso el pelirrojo aquel. Si la hubiera pillado en otro momento de su vida, no habría dejado de verle el puntito morboso. No estaba en eso, pero su mente de depredadora no podía dejar de funcionar ni en momentos tan peligrosos como aquél.

Querían abrirle pista. ¡Aquello sí que no se lo esperaba! Pensándolo bien, era lógico. No sabía con certeza quién o quiénes eran los mandantes de aquel sujeto, pero lo cierto es que tenía que haber muchos tipos deseando que nunca se viera sentada ante un tribunal contestando a molestas preguntas sobre las actividades a las que le había destinado su común amigo Weimar. No estaba mal que quisieran, pues, facilitarle la salida del campo de juego. Por supuesto, Claudia no le había contado al pelirrojo nada sobre sus intenciones reales. Simplemente se había mostrado dispuesta e interesada con aquel plan que le ofrecían para salir de España y tener protección durante determinado tiempo mientras se instalaba en otro lugar del planeta. Ellos, le había dicho, se encargarían de borrar sus trazas. ¿Cuánto tiempo debía pasar fuera? Claudia había hecho esta pregunta con verdadero interés. Quería saber qué opinaban aquellos caguetas para tener algún criterio sobre si, en realidad, podría volver alguna vez a su patria. No era algo que le quitara el sueño, pero no estaba de más tener opciones. El pelirrojo había resultado sumamente evasivo. Tanto que a Claudia le extrañaba que hubiera aceptado la docilidad con que ella parecía estar dispuesta a ponerse en sus manos para borrar su vida entera, sin tener siquiera esperanza de poder recuperarla algún día. En cualquier caso, se había mostrado interesada y lo había puesto a trabajar. En tanto ellos se ocuparan en prepararle una huída, a ella le sería más fácil poner en marcha la que ella ya se había gestionado. En todo caso, cuando desapareciera, se iban a pisar el rabo entre ellos para saber qué coño había pasado. La idea era divertida. Por su parte ya tenía mucho avanzado. El billete no iba a comprarlo hasta el último momento, pero ya se había asegurado de la baja demanda que había en aquellas fechas, por lo que, ya fuera en dirección Este u Oeste, siempre encontraría un asiento. Había expedido ya algunos bultos y maletas a casa de Mary y apenas aguardaba un pequeño impulso para dar el salto. Era absurdo cuánto peleaba uno por adquirir y amontonar cosas de las que luego era capaz de zafarse sin ninguna pena. Sería que estaba madurando. Quizá sólo hubiera algo que le causara cierta nostalgia y que la retenía del adiós final y ese algo sólo podía ser Leo. Hermoso y pequeño y sumiso Leo. Había tenido que sacrificarlo como un peón, pero de todos sus sacrificios había sido el más cruento.

Cuando entró en el ascensor de la finca, no se dio cuenta de que otra persona que aguardaba en el portal también quería pasar. Se hizo a un lado y sonrió para paliar su falta de educación. Había espacio para bastantes más. Había sido un despiste, pretendía transmitir con aquel gesto amistoso.

No lo vio llegar.

La violencia del impacto del golpe sobre su cuello fue brutal, absoluta, eterna y a la vez consumió un espacio de tiempo infinitesimal.

Nada.

Claudia cayó fulminada.

El ascensor llegó a su piso y la figura lo abandonó sin aspavientos, dejando en el suelo del montacargas el cuerpo grotescamente vencido de una hermosa mujer. La muerte apenas había alterado sus rasgos para dejar en ellos una expresión dolida de sorpresa. Uno de los pies, del que no se había desprendido el alto zapato de tacón amarrado al fino tobillo, quedó atrapado por la puerta que intentaba cerrarse sobre él sin éxito.

No pasaron ni quince minutos antes de que una vecina se diera cuenta de que el ascensor no atendía a su llamada. Estaba bloqueado en uno de los pisos. Justo uno por debajo. Descendió dispuesta a hacerse con él y, si era preciso, a regañar a aquella gente que se pensaba que los elementos comunes eran suyos. Seguro que habían colocado una caja de botellas de leche o cualquier otra cosa para impedir que nadie lo usara hasta que hubieran terminado de sacar las cosas. Pues ella tenía prisa y no iba a bajar siete pisos con aquellos tacones.

Comenzó su descenso lento por las escaleras, notando a cada escalón un poquito el menisco. ¡Menuda forma de llegar a una comida! Al llegar al descansillo del sexto, empujó la puerta y se dirigió hacia el ascensor sin dar el automático de la escalera. Al aproximarse, la luz que salía de la caja iluminaba ya aquel pie calzado que sólo podía corresponder a una persona que estuviera tirada en el suelo de la cabina. Se asomó con zozobra y vio el rostro de la muerte. Entre el impulso de correr y el de gritar, triunfó el último. Gritó. Gritó. Volvió a gritar. No por eso se olvidó de sacar el móvil y marcar el 091. Ella era una buena ciudadana.

Esta vez, el aviso le pilló a Marta en la Brigada. Un nuevo homicidio requería su atención. De forma automática se formó el equipo para acudir al lugar de los hechos y Marta se subió a un coche patrulla de los que estaban dispuestos a partir sirena en ristre. Los de la Científica se habían abierto camino ya. En la baraúnda de personas y coches que se movilizan en una llamada por un crimen, los efectivos tienden a acoplarse en los diferentes medios de transporte sin seguir un orden muy establecido. Cuando Marta reparó en algunos de sus compañeros de coche, se dio cuenta de que uno de ellos era Bustos, un policía que no pertenecía a Homicidios. Nadie pareció extrañarse de que les acompañara en aquella salida. Puede que estuviera supliendo a alguien. La inspectora se percató de que se estaba volviendo tan suspicaz que casi parecía una histérica, mas ahora que tenía la seguridad de que había elementos de la propia Policía haciendo cosas no demasiado claras, cualquier movimiento que se saliera de la más estricta rutina le parecía sospechoso.

Cuando llegaron, el acceso al inmueble ya había sido encintado para impedir el paso de los curiosos. En el portal de la finca también había un tapón de policías y profesionales. El crimen se había producido dentro de un ascensor y en tanto en cuanto los de la Científica no dieran el visto bueno para mover el cadáver, toda la investigación se debía producir en el angosto espacio de una caja de elevador y un descansillo de escalera. Marta se armó de paciencia. Esperaba poder acceder al lugar justo después de que la Brigada Científica y el forense hubieran realizado su trabajo. Quería ver la escena. Quizá no era una de las muertes en las que finalmente tendría que trabajar. Todo dependía de si se estimaba que la complejidad y las características del caso lo precisaban. Si se trataba, por ejemplo, de un ajuste de cuentas, la Sección de Análisis de Conducta no se implicaría. No a menos que hubiera que establecer algún día un mapa de este tipo de delitos o algo similar. Sólo quedaba esperar que solicitaran su acceso.

Fue un inspector de la Científica el encargado de pasarle el testigo. «¡Ya puedes subir, Carracedo, puede que estemos ante una serie y eso te incumbe!».

Marta tuvo un leve estremecimiento. ¿Una serie? Ella sólo estaba trabajando en una y era la del crimen de Weimar. Subió por las escaleras como una flecha hasta el sexto piso. Allí todavía se encontraban algunos compañeros y el forense.

El cadáver de la mujer continuaba en el lugar en el que fue hallado. Sólo habían actuado mecánicamente sobre la célula de la puerta para que ésta cesara en su continua intención de cegarles aquella visión.

La inspectora alcanzó, nada más asomarse, a comprobar la belleza de aquellas facciones que habían sido congeladas para siempre. Ya no ha de temer a la vejez, pensó, a la par que se recriminó por dejar paso a sus fantasmas en un momento como aquél.

Hizo una pregunta para la que creía tener ya la respuesta. Otra escena del crimen se estaba dibujando en su memoria y podía imaginar perfectamente a aquella mujer ejecutando una sesión de Dominación Femenina con Weimar. Daba la talla, desde luego.

—¿Por qué me dicen que puede que sea una serie?, ¿qué habéis encontrado que la relacione con otros casos? —dijo en voz alta.

Uno de los inspectores que ya trabajaban allí la tomó de la mano y la hizo acercarse al cuerpo. Con una delicadeza apreciable, el forense giró con una mano ligeramente el cuerpo y apartó los largos cabellos negros que cubrían gran parte del mismo. El inspector le señaló un pequeño tatuaje que la finada lucía sobre las cervicales.

—¿Lo ves?

Marta Carracedo hubo de hacer algunos equilibrios para agacharse y acercarse un poco más.

—¿Es un *trisquel*, no? —preguntó de forma retórica.

—Es un *trisquel*. Eso nos sitúa ante una eventual serie de la que ya te estás ocupando.

Marta asintió. El tatuaje minúsculo que la mujer llevaba en el cuello era la evolución de un antiguo símbolo celta que hacía ya décadas que la comunidad BDSM utilizaba como signo distintivo y quizá como amuleto. La psicóloga recordó que la mujer que llevaban meses buscando parecía haberse adiestrado en lo que se consideraba la meca de la *Femdom*, la Dominación Femenina. Era probable que fuera allí donde se hubiera tatuado. No obstante, podría haber otros miles de mujeres que se hubieran hecho tatuar un símbolo al que se le había dado muchos significados. Los que se movían en el ambiente decían que el círculo exterior que rodeaba los tres brazos en giro, representaba la unidad, el poder y el respeto compartido por una comunidad cerrada que protegía a sus miembros, como era la

BDSM. La inspectora había leído mucho sobre aquel mundo en los últimos meses. Todas las interpretaciones sobre el número tres de brazos y de puntos que se derivaban de aquel símbolo las tenía demasiado frescas: los tres rayos curvados representarían la dominación, la sumisión y el *switch*, las tres formas de participar de aquella parafilia sexual. Todo era en realidad más o menos una convención inventada sobre un signo que ya existía desde la Antigüedad, si bien lo cierto era que no era tan extraño que el dominante regalara al sumiso uno de aquellos amuletos —en forma de anillo o de colgante— para simbolizar su unión. Eso era más común que los contratitos que había popularizado un libro de consumo masivo y que poco tenían que ver con la realidad de aquellas prácticas.

Aun así, eso no demostraba nada.

—Ya sé que sería mucha casualidad, pero, ¿no podría tratarse de alguien que también tiene prácticas sadomasoquistas sin más? Es demasiado poco para establecer una relación como la que quieres hacer con el crimen de Weimar y el del periodista, ¿no crees?

El inspector sonreía mientras balanceaba delante de los ojos de la psicóloga una bolsa transparente, de las destinadas a las pruebas, que contenía lo que visto así, con prisa, parecía un trozo de metal.

Marta levantó una mano para detener el movimiento pendular y poder mirar con detenimiento el contenido.

—¡Toma, no te pongas nerviosa! —le dijo socarrón el hombre.

Cuando pudo mirar con calma la bolsita, comprobó que en el interior había una llave de seguridad que pendía de una cadenita de plata u oro blanco.

—¿Qué es? —preguntó inquisitiva.

—Es la tercera llave.

Marta recibió así su respuesta. Desde el inicio de la investigación del crimen de Enrique González-Weimar, había faltado una de las tres llaves incopiables de la cerradura de seguridad del apartamento en que fue hallado. Siempre habían sospechado que la *dómina* de Weimar debía tener en su poder la tercera. Si aquélla era, en efecto, la llave que faltaba del apartamento, aquella hermosa mujer sólo podía ser la que llevaban buscando desde entonces: la *dómina* que había sometido a Weimar.

Marta no sabía si sentirse aliviada o sumergirse en la zozobra.

¿Qué significaba todo aquello? Era como intentar coger un copo de nieve tras perseguirlo largamente. Al contacto con la mano se deshacía dejándote totalmente frustrado. Tras tanta investigación para intentar localizar a la que parecía ser la asesina tanto de Weimar como de Nogales, ahora encontraban a la mujer, pero ella misma era ya un cadáver. ¿Significaba eso que ella no los había asesinado? ¿Había sido ella y alguien la había liquidado a su vez antes de que la policía, que se estaba acercando, la identificara?

—¿Tenéis la filiación?

—Sí, ya hemos podido identificarla. Se llama Claudia Verín. 38 años. Aparece como autónoma en la Seguridad Social. Vivía en ese apartamento de ahí. Los chicos lo están registrando ya. Ahora, como ya has visto la escena, el forense va a ejecutar la autorización judicial para trasladarla al Anatómico Forense a fin de realizar la autopsia.

—Claro, claro. ¿No hay sangre, no? ¿La han estrangulado?

—No, como verás, no hay rastros de ello en la parte trasera de cuello. Haciendo la inspección es como hemos encontrado el tatuaje. No, el forense cree que le han partido el cartílago cricoides o el tiroides, o ambos, de un golpe tremendamente fuerte y certero sobre la traquea. Nada de primerizos, ¿me entiendes?

Marta asintió. No, aquello no era obra de un aficionado. Fue despejando el campo no sin echar un último vistazo a la figura esbelta y perfecta que yacía descompuesta como un *lego* sobre el terrazo del suelo del ascensor. Pensó, como en una ráfaga, que a veces hay mujeres a las que la belleza condena desde el primer momento y, cuando las ves, sabes que no podrán sustraerse a tan cruel destino. Esta Claudia había sido, sin duda, una de ellas.

La perfiladora comenzó a descender lentamente las escaleras, haciéndose a un lado para dejar pasar a los que subían con camillas o con otros aparatos para completar el estudio de la escena del crimen. Ella ya no tenía mucho que hacer allí. Al llegar al cuarto piso se sentó en uno de los rellanos y sacó el teléfono móvil. Marcó el número de Mauricio. Necesitaba hablar con alguien.

—¡Hola, cielo! —respondió el psicólogo al ver el nombre de su compañera en la pantalla del móvil.

—¡Mauricio! ¡No sabes lo que acaba de pasar! Estoy totalmente confundida. No sé si nada de mi trabajo ha servido hasta ahora para algo ni si va a servir...

—Tranquilízate y cuéntame...¡aún no me has dicho nada! —la recondujo el psiquiatra.

—Estoy en una escena... y con toda probabilidad, ¡estoy ante el cadáver de la mujer que sometía a Weimar! ¿Ves lo que eso significa? Me he quedado tan planchada... No lo hubiera sospechado nunca, lo que quiere decir que todas mis investigaciones sobre los aspectos psicológicos de esta serie han sido una mierda —le confesó.

—A ver, Marta, que tu trabajo es ayudar a interpretar lo que aparece en las investigaciones y, en su caso, abrir algún camino que se haya pasado por alto, pero en ningún caso la responsabilidad de que la tardanza en resolver los casos produzca nuevas muertes es tuya. ¿Eso lo tienes claro, no?

—Sí, sí, no es tanto un tema de culpabilidad como de sensación de inutilidad. Algo hemos hablado de este caso y sabes que yo estaba bastante convencida de que habría que encontrar a la mujer que llevó a cabo la sesión con Weimar. Ahora, ella está muerta. Eso sólo puede significar dos cosas: o que detrás del crimen está un grupo o persona que lo encargó y que estaría relacionado con las actividades empresariales de la víctima, como siempre han defendido algunos en la Brigada, o que fue ella quien les mató, como yo creo, pero la han eliminado antes de que caiga en manos de la Justicia, para silenciarla. Y ahí es donde me entra una preocupación aún mayor. Mauricio, los de las cloacas no habrán llegado tan lejos, ¿verdad? O sea, tú que conoces por experiencia la mierda que puede moverse en este campo, ¿tengo que pensar que han sido capaces de ejecutar a esta mujer para que en una comisaría o en un tribunal no se oiga un relato más o menos pormenorizado de la sexualidad del empresario y, quizá más importante, de sus amigos? ¿Es eso lo que está pasando? Hay un tipo del grupo de Rominguera que se ha colado en el operativo y no pintaba nada aquí. Creo que fue uno de los que estuvieron aquella noche en el apartamento por orden del ministro, antes de que llegara la Brigada. Cuadra con la descripción que me hizo la limpiadora... ¿Me estoy volviendo una *conspiranoica*?

La línea quedó en silencio unos instantes. Mauricio no contestó a las preguntas que le estaba haciendo Marta sino que la interrogó a su vez.

—¿Quién es esa mujer, Marta? ¿La han identificado?

—Sí, se llama Claudia Verín y es, era, realmente hermosa...

Mauricio digirió como pudo el nombre de mujer que ya conocía y a la que Irene se había referido también como la compañera de sesiones de su paciente Leopoldo. Claudia, Enrique y Leopoldo. Dos de ellos ya estaban muertos. Una conexión neuronal rápida y cegadora trajo esa evidencia a la consciencia de Mauricio. De aquel triángulo sexual sólo una persona continuaba con vida, el arquitecto Leopoldo Requero, al que nadie había aún interrogado.

Mauricio se había prometido a sí mismo dejar atrás la época en la que se dedicaba a estas cuestiones, pero la luz estaba allí, brillando inequívocamente dentro de su cabeza. ¿Quién era él para apagarla? La vida a veces venía como venía. Siempre había tenido la impresión, mientras trabajaba para la Policía incluso, que muchas de las casualidades y fortunas que en ocasiones encauzaban los casos nunca hubieran tenido ningún éxito en una novela de detectives. El caso es que cuando sucedía, había que tener el entrenamiento para darse cuenta y él lo tenía. No podía renunciar a ello.

—¡Escucha, Marta! ¿Has terminado ahí? ¿Puedes acercarte a mi casa a no mucho tardar? No puedo explicarte ahora, pero he tenido una idea y necesito que hagamos un par de gestiones en las que me debes ayudar. ¿Confías en mí, verdad? —le dijo con voz imperiosa pero llena de ternura.

—¿Sabes quién lo ha hecho? —le preguntó su novia con una voz que pisaba de puntillas, como si fuera a romper el hilo que se había formado en el cerebro de Mauricio.

—Desearía que no fuera así, pero no puedo quedarme en la inacción por si acaso. Marta, esto es muy complicado para mí. Nunca te he comentado que hay datos que yo tengo de este caso de los que jamás he podido hablarte, puesto que están protegidos por el secreto profesional…

—¿Del caso de Weimar? —Ahora sí que la estupefacción de Marta fue manifiesta.

—Sí, indirectamente. No perdamos el tiempo, por favor. Necesito que me ayudes con unas comprobaciones. Si quieres, no hace falta que vengas. Sólo te voy a pedir que me des el teléfono de la secretaria de Enrique González-Weimar y que me dejes poner unos wasaps en tu nombre. ¿Te importa? Sólo si tengo esta confirmación podré ponerme en marcha y luego decirte todo aquello que me sea dado contarte. Confía en mi, Marta, sabes que sólo me comporto así porque no tengo más remedio.

—Mauricio, sé quién eres y te seguiría con los ojos vendados, sobre todo en una cuestión en la que has sido el maestro de tantos. Te paso el contacto de Pilar y, sí, escríbele y dile que eres mi ayudante o algo así, ¿te parece?

—Así lo haré, Marta. Nos vemos luego, pues. Tengo mucho que pensar. Mucho. Sobre lo que he visto y entendido hace un momento, pero también sobre cómo manejarlo. Creo que luego estaré listo para hablar contigo. Un beso, mi amor.

—¡Suerte!

Mauricio se quedó solo con la verdad. Una verdad odiosa a la que iba a tener que hacer frente. No obstante, aún le quedaban aquellas pequeñas comprobaciones, aunque sabía que iban a resultar positivas y que toda la enormidad del daño que la vida hace en el espíritu de algunas personas se iba a precipitar sobre él de forma inexorable.

CAPÍTULO 21

La tarde había empezado a declinar cuando Mauricio se puso su gruesa chaqueta de punto y enroscó una bufanda a su cuello. Cerró con urgencia la puerta de su casa de La Guindalera y se dirigió hacia una de las calles aledañas, más concurrida, para parar un taxi. La seguridad de que el tiempo podía volverse contra sus intenciones le hacía caminar presuroso y con ganas casi de intentar echar a correr, pero nadie que lo contemplara desde fuera podría detectar la agitación que vivía en su interior.

Los coches descendían veloces por la avenida, pero sólo bajaban taxis ocupados.

Mauricio empezó a sentir algo parecido a los nervios. Miró el reloj. Aún no eran las siete. Creía que llegaba a tiempo. Se alegró de ir a hacer aquello solo. Todo el ímpetu de Marta sólo hubiera sido un estorbo en aquel momento. Le pareció ver una pequeña luz verde al fondo entre un tráfico cada vez más denso. Falsa alarma. No era sino el reverbero de un semáforo lejano que se abría para aligerar de carga a las calles adyacentes.

Golpeteó con los pies el suelo. Una, dos, tres veces. Podría parecer que intentaba entrar en calor pero él sabía que era ansiedad. Le desagradó. Era un sentimiento que hacía tiempo que había aprendido a controlar y que sólo se despertaba como un monstruo herido en momentos muy puntuales. Aquél, desde luego, era propicio.

Finalmente, levantó la mano y vio cómo un vehículo le hacía guiños con las luces para anunciarle que, finalmente, había conseguido capturar un taxi. Entró y sin preámbulos le dio al conductor una dirección no demasiado lejana del Barrio de Salamanca. Decidió olvidarse de los trompicones a los que se veían sometidos al avanzar. Ahora era difícil que no lo consiguiera, aunque, a aquellas horas y en Madrid, todo podía pasar. Sabía que ya sólo le quedaba esperar que no se torciera nada. Estaba poniendo en marcha todos los mecanismos necesarios para lograr detener la rueda del mal y nada más podía hacer. Sólo esperar que fuera suficiente.

Finalmente, el chófer frenó frente a un local revestido de piedra y cuya puerta de acero ya proclamaba a las claras que no se trataba de un negocio convencional. Pagó y quedó detenido frente a lo que, ahora visto con perspectiva, le parecía una ciudadela que debía asaltar, si bien sabía que no lo haría sin dificultad.

Tocó el timbre. La enorme puerta se deslizó como si alguien estuviera practicando magia en el interior para deslumbrarle. Intentó parecer calmado. Aun cuando su control de las emociones era total, él se sabía más urgido de lo que se había sentido en la última década. Se dio cuenta de que llevaba la pipa apagada colgando de la boca.

Entró frente a una recepción llena de luz y maderas claras. Preguntó sin más preámbulos:

—Por favor, necesito ver a don Leopoldo Requero, es urgente.

Vio cómo el recepcionista se preparaba para someterle al habitual filtro. Insistió.

—No tengo cita. Vengo por una cuestión de extrema urgencia para don Leopoldo. Avísele, por favor. Dígale que el jefe de Irene espera para hablar con él.

Mauricio sabía el efecto que su aplomo podía tener en un muchacho joven como el que estaba controlando el acceso y, aun así, comenzó a sentir desesperadamente que podía llegar demasiado tarde.

Lo miró de forma conminatoria.

—¡Avísele, por Dios, que es urgente!

Al parecer, ver perder levemente los nervios a un señor tan aplomado, despertó de su entrenado letargo al cancerbero.

—No está en el estudio, señor. Esta tarde no ha venido —le informó con un tono que parecía querer decir, ya ves, no es culpa mía ni lo vas a solucionar por muy serio que te pongas.

—Llame a su domicilio. Sé que está en el ático de este mismo edificio. Si no le responde allí, llame inmediatamente a su secretaria o asistente para que yo pueda hablar con ellos. ¡Rápido!

El chaval empezó a pensar que, en efecto, había algo de verdad atemorizante en la posibilidad de no localizar a su jefe, que se apreciaba en el tono de aquel señor. Series había visto muchas, así que, por si acaso, descolgó un teléfono interior y se volvió de espaldas al visitante para susurrarle bajito a Valèrie: «Hay aquí un señor que tiene mucha prisa y me pide que localice al jefe como sea, porque dice que es muy importante. No parece ningún loco...». Al otro lado de la línea le preguntaron por la identificación del apresurado visitante. No parecieron quedar satisfechos, pero le dieron la solución. Se volvió hacia el señor del pelo gris y aleonado.

—Espere un segundo, señor, su asistente va a salir un momento.

Mauricio volvió a mirar el reloj. Los minutos se le estaban escapando como por un sumidero. Valèrie llegó educada y modosa al recibidor y le estrechó la mano. La rueda de las preguntas y las respuestas se puso en marcha de nuevo. No podía tirar mucho de la cuerda porque era evidente que ninguno de los empleados tenía por qué saber que su jefe acudía a una psicóloga ni mucho menos el nombre de ésta. Cuando ya se estaba desesperando, Mauricio levantó la vista del rostro de Valèrie para resoplar por su mala suerte y, a través de la ventana, vio la silueta de Leo que salía de la puerta colindante de la parte residencial de la finca.

Dejó a Valèrie plantada y salió, esta vez sí, corriendo a la calle. Se precipitó sobre Leo y logró asirle del brazo. Éste, que iba abstraído y apresurado, se sobresaltó e intentó repeler el contacto.

—Tranquilo, Leo, no se sobresalte. Soy el jefe de Irene. Tranquilo. Estaba en su estudio intentando dar con usted y le he visto salir...

Leo sólo pareció reaccionar a una de las palabras.

—¿Le envía Irene, me dice?

—De alguna manera —le respondió ya totalmente aplomado Mauricio.

—Precisamente iba ahora mismo hacia allí. Tengo cita a las ocho y media. Han pasado cosas que...

Mauricio se alegró de haberse dado cuenta de la urgencia que corría aquello.

—Lo sé, Leo. ¿Puedo tutearte? ¿Te parece que charlemos en otro sitio que no sea la calle? —le dijo Mauricio que, mientras, había sacado del bolsillo una cartera en la que figuraba su carné de docente de la Facultad de Psicología de la Universidad Complutense y que puso delante de Leo para que no le cupiera ninguna duda.

—¿Entonces es que Irene no va a poder verme hoy? —repitió inquieto.

—Algo así. ¿Subimos a tu casa? Creo que estaremos más tranquilos allí que en un sitio público. ¿Te parece?

Leo había sucumbido ya a la calma madura y sabia de Mauricio. Asintió con la cabeza mientras iniciaba el movimiento de regreso hacia la puerta de la finca, que abrió colocando su huella dactilar en un lector.

—Adelante, profesor, vivo en el ático. Allí estaremos todo lo tranquilos que sea preciso.

Según subían, Mauricio fue apreciando rasgos de la personalidad del Leopoldo en las elecciones estéticas que había hecho para el que era su hogar. No había visto la casa de Weimar, pero Marta se la había descrito entusiasmada. Ahora comprobaba que, en efecto, la maestría con los materiales y la luz de aquel joven no eran un espejismo de nada, sino que existían con toda la contundencia con la que se mostraban en aquella obra también.

Entraron en lo que podría haber sido un recibidor *loft* en el que había grandes sofás de cuero azul marino montados sobre armazones de acero cromado. Era un espacio de una profundidad y una altura inmensas y, sin embargo, Mauricio se sintió de pronto tan cómodo como ante su chimenea en zapatillas. Por deformación profesional, se sentó en uno de los sofás e invitó con un gesto a Leo a hacerlo en el otro. Éste entró dócilmente en la liturgia de la terapia aún sin saber muy bien qué estaba sucediendo. Estaba aturdido. Acababa de enterarse de la muerte de Claudia. Dentro de él los sentimientos colisionaban como placas tectónicas. Al parecer no iba a poder calmar toda esa fuerza telúrica contándoselo a Irene. Se quedó mirando con cara de estupor a Mauricio y acertó a decir:

—¿Y bien? Ya estamos cómodos. ¿Me puede explicar qué le trae con tanta urgencia y por qué no me ha dejado dirigirme a la cita que tenía con Irene a las ocho y media? ¿Viene realmente de parte de Irene?

—Escucha, Leopoldo, ésta va a ser una larga historia. Necesito que me dejes contártela con calma y con todos los detalles. Como te he dicho, soy Mauricio Larrea, el jefe de Irene, en el sentido de ser socio del consultorio, al que tú acudes; aunque por otra parte he sido durante años su profesor y también su supervisor y su amigo. Espero que esa tarjeta de presentación te permita confiar en mí.

Leo le miró con calma y, aunque no lo dijo, se dio cuenta de que estaba frente a un hombre en el que hubiera confiada en cualquier tesitura. Toda la calma que le estaba invadiendo, todas las ganas de poner su vida en manos de aquel desconocido —tales eran los sentimientos que solía provocar Mauricio— se mostraron en un simple monosílabo.

—Sí.

—Bien. Me alegro, porque antes de tener respuestas vas a tener que ver y oír palabras para las que no vas a encontrar ninguna explicación, pero es así como han de ser hechas las cosas.

—Adelante, pues —acertó a musitar Leo.

Mauricio sacó de su bolsillo el móvil y marcó un número. Dejó puesto el *manos libres* sin que Leo protestara. Irene no tardó en contestar.

—¡Hola, Mauricio, tú llamando! ¡Qué gran honor! ¿Qué te cuentas? ¿No me irás a invitar a cenar, eh? —la voz de Irene sonaba desenfadada pero algo impostada.

—Hola, Irene. No. Te llamo para decirte que no esperes a Leo. No va a ir a la cita que tenías con él en un rato.

—¿Y tú cómo sabes eso? No entiendo nada, Mauricio.

—Irene, Leo no va a ir ni esta tarde ni nunca más —le dijo de forma contundente.

La cara de sorpresa de Leo era un poema, aunque tuvo el suficiente control como para seguir en silencio y escuchar. Todo lo que sucedía desde hacía meses era tan surrealista que una escena como ésta casi resultaba totalmente dentro de guión.

La voz de Irene sonó sumamente irritada.

—Insisto, Mauricio, ¿cómo sabes eso?, ¿por qué llamas tú y no él?, ¿qué ha pasado?

—Irene, ni Leo ni ningún otro paciente va a ir ya nunca a tu consulta. Yo me encargaré de ello, ¿lo entiendes? Ha pasado lo que tenías que haber sospechado desde el principio que iba a pasar. Me conoces, Irene. Conoces cómo funciona mi cabeza. El juego parecía divertido, y puede que para ti lo fuera, pero se ha terminado ¿Lo entiendes ya? Estoy ahora con Leopoldo. Voy a tener una larga, larguísima conversación con él. Llegará la noche y puede que incluso la madrugada. Cuando terminemos de hablar de todas las cosas que tenemos que hablar, no vamos a separarnos. Aun después de que yo acabe de contarle todo lo que tú sabes que tengo que contarle, aun después, nos daremos más tiempo para pensar qué hacemos con todo eso que los dos sabremos ya. Quizá transcurra, no sé, un periodo cercano a las veinticuatro horas antes de que tengamos claro qué hacer y cómo hacerlo. No tenemos prisa. No vamos a separarnos. Voy a protegerlo. No voy a decirte dónde estamos. No malgastes el tiempo buscándonos, Irene. Te estoy dando una oportunidad. Dentro de veinticuatro horas ya no existirá. ¿Lo entiendes, Irene?

Sólo se oía una respiración agitada.

—Lo entiendo, Mauricio. Gracias.

La línea se cortó abruptamente. Mauricio dejó el teléfono sobre la mesita baja que había entre ambos y se quedó frente a Leo sin regatearle ni un segundo la mirada. Se dispuso a comenzar una larga, larguísima conversación con aquel muchacho que era el único sobreviviente de una espiral de amor que se había convertido en mortal.

El psicólogo se aprestó a comenzar su relato, aunque antes le pidió a Leo que sirviera un par de güisquis o cualquier otra cosa que pudiera valerles. El arquitecto, obediente, se levantó y obtuvo lo necesario del imprescindible bar que campaba a sus anchas en una de las esquinas de la inmensa sala. Volvió con los dos vasos llenos de hielos y se sentó frente Mauricio a escuchar sin temores. No sabía por qué pero se sentía un superviviente y eso siempre es un éxito de salida.

—¿A qué ha venido? —preguntó al fin.

—He tenido que venir a buscarte porque la lógica de las cosas me llevaba a pensar que podrías estar en riesgo. ¿Desde cuándo estás enamorado de ella? —le preguntó a bocajarro.

—¿De Claudia? No sabría si ése es el nombre de un sentimiento que no alcanzo aún a calibrar...

—De Claudia, no. De Irene.

—¿Enamorado, yo, de Irene? ¿Pero de dónde sale eso? ¡Nunca he estado enamorado de ella! Me parece una gran profesional y he avanzado mucho con ella, pero jamás he estado ni de lejos interesado por ella de ninguna otra manera —le dijo sobresaltado.

El psicoanalista dio por realizada la última comprobación de sus sospechas.

—Ella piensa que sí. No me preguntes aún ni por qué ni cómo, pero para que entiendas lo que voy a relatarte necesito que comprendas que ella sí cree que tú la amas. Todo gira en torno a esa cuestión...

—Pues siento haber causado esa impresión sobre todo si ha desencadenado un infierno, pero... no entiendo nada. Por favor, explíquese. Tenga piedad de mí. Estoy en un estado psíquico penoso. Acabo de enterarme de que han matado a una mujer muy próxima a mí y usted llega para decirme que mi psicóloga está convencida de que la amo y que corro algún tipo de riesgo. No podemos seguir así. Tiene que darme una explicación lógica, ya.

—Llevas toda la razón, Leo, perdona. Yo también estoy bastante afectado por lo que ha sucedido y por lo que me voy a ver obligado a hacer. Para empezar necesito que sepas cuál es mi papel en toda esta historia. Hace tiempo que Irene es amiga mía, casi desde que fue mi discípula. Irene es una mujer que ha sufrido mucho. Dejamos de trabajar juntos cuando aprobó la oposición para psicóloga militar. Ella estaba llena de ilusión por ese trabajo. Muy pronto llegó a estar implicada en las tareas de selección de personal más exigentes del Ejército. Eso la llenaba de satisfacción y además le permitía saciar sus ansías de acción. No sólo seleccionaba al personal operativo que podía participar en las misiones internacionales más peligrosas, sino que acudía con ellos a los teatros de operaciones para continuar con la supervisión de su estado psíquico. Durante aquella época le perdí un poco la pista. Pasaba demasiado tiempo fuera de España y, cuando volvía, andaba como loca preparando su próximo contingente.

—Lo encuentro muy interesante, profesor, pero, ¿qué tiene que ver todo eso conmigo? —le dijo un Leo que estaba deseando poder entrar en materia de todo lo que le estaba royendo por dentro.

—Me has prometido paciencia, Leo. Ya has oído lo que le dije a Irene por teléfono. Esto nos va a llevar horas. No puedo resumirte toda una vida ni tantas muertes en menos tiempo, ni tú querrás quedarte con la sensación de que no lo entiendes.

—De acuerdo —dijo sin relajarse el joven arquitecto, dispuesto a seguir confiando en aquel tipo.

Mauricio le llevó, con su voz pausada y grave, de regreso a aquella misión de la Agrupación Libertad. Le explicó cómo Irene se había enamorado perdidamente de uno de los oficiales que la componían y cómo, durante el periodo de pruebas previas, había descubierto que su amor no era apto psicológicamente para desempeñar aquel trabajo. Lo cogió de la mano y lo guió a través de los sentimientos de una mujer sensible y solitaria que no quería ni pensar en marcharse medio año a un lugar de conflicto sin aquel hombre en el que había reconocido a su compañero ideal. Siguió explicándole cómo se prometió a sí misma velar por él cuando estuvieran en territorio hostil. Nada más fácil. Ella conocía cuáles eran sus quiebras psicológicas y podría estar atenta para controlarlas. Leo asistió desolado al relato de cómo ninguna de aquellas precauciones fue suficiente y de cómo aquella trampa que el corazón le hizo a la profesionalidad de Irene le costó la vida no sólo al objeto de su amor sino también a dos personas más. No hizo falta que le hiciera hincapié en el profundo sentimiento de culpabilidad que se había instalado en la que había sido su terapeuta.

—Fue terrible. Como había mantenido la relación en secreto, puesto que el Ejército veda hacer informes sobre personas próximas, no pudo siquiera expresar su luto ni hacerse cargo de su cadáver. Volvió a España con la sensación de estar muerta y de no haber sido capaz de cuidar de la única persona por la que ella hubiera dado su vida —le resumió el psicólogo.

—Me lo puedo imaginar. Realmente no había nada en ella que hablara de un trauma de esta especie —rememoró Leo.

—No fue el único trauma que trajo de aquella misión. En el transcurso de la misma tuvo que asistir profesionalmente a ciertos soldados que habían estado con anterioridad en una conflictiva misión en Irak, en la que participaron en episodios de torturas. No sé si recuerdas unos vídeos que se hicieron públicos a través de un medio de comunicación pero que, finalmente, la Justicia militar diluyó afirmando que no era posible establecer la identidad de las personas que participaron en los hechos. Irene siempre supo quiénes eran. Tuvo que ayudarles después en Afganistán a vivir con aquello, pero, a su vuelta, también tuvo que callarse eso, puesto que estaba cobijado por el secreto profesional —terminó Mauricio.

—Eso es precisamente lo que me está sorprendiendo, y disculpe, porque, ¿usted cómo sabe todo esto?, y, sobre todo, ¿cómo me lo está contando a mí?, ¿no vulnera usted mismo algo con esta acción? —razonó el arquitecto.

Mauricio suspiró.

—Sí, estoy probablemente vulnerando el secreto profesional y las normas deontológicas de mi profesión, pero escucha, Leopoldo, si algo me ha dado la vida es capacidad de juicio. Créeme si te digo que he sopesado bien lo que estoy haciendo y que he decidido que es lo más apropiado. Asumo las consecuencias de mis actos. Quedaré en tus manos cuando acabe. Has adivinado bien. Todas estas informaciones las tengo porque fui el terapeuta de Irene durante años a su regreso de la misión de Afganistán. Fui su psicólogo cuando dejó el Ejército. Lo fui y la acompañé cuando decidió ejercer la profesión de nuevo de forma liberal. Sí, como verás, lo estoy traicionando todo, pero si me escuchas durante algo más de tiempo, entenderás sin duda por qué he asumido tan enorme responsabilidad.

Leo quedó tan impresionado por el dramatismo que destilaban aquellas palabras y por el tremendo desgarro interior que traslucían, que apenas acertó a asentir con la cabeza.

—¿Continúo pues? —y sin darle tiempo a responder, Mauricio lo hizo—. No acaban ahí mis vulneraciones. Lo que me ha traído aquí proviene, sin duda, de otra decisión igual. Tengo que contarte que Irene acudió a mí de nuevo al tiempo de haberse convertido en tu psicoterapeuta. Vino a buscar lo que nosotros denominamos *supervisión* y que viene a ser una forma de buscar otra opinión de un profesional en el que confiamos para garantizarnos que nuestra praxis y nuestras decisiones en algunas terapias, que se convierten en más complejas, son las adecuadas. Acepté ser su supervisor para tu caso.

—¿Eso significa que ella le contó cosas sobre mi? —se sulfuró Leo.

—Sí, Leopoldo, me las contó. Cuando se hace así, se entiende que el secreto profesional del supervisor garantiza la confidencialidad de los datos que es preciso desvelar...

—¡Pues no sabe lo que me tranquiliza, viendo el valor que tiene para usted esa confidencialidad! —dijo indignado y revuelto porque la parte más sagrada de su intimidad hubiera sido objeto de consultas ajenas completamente a él.

—Mira, Leo, tienes que intentar aceptar que no podrás juzgar mis decisiones hasta que no haya llegado al final de mi relato. ¿Me puedes conceder ese plazo? Sólo el beneficio de la duda. Recuerda que he venido aquí voluntariamente a contarte mis transgresiones y con el único objeto de protegerte.

—Tampoco me queda claro de qué ni por qué se cree habilitado para conseguirlo.

—Por eso tienes que dejarme continuar —zanjó el profesor.

Leo concedió de nuevo con el silencio.

—Retomo, pues, el hilo. Conozco tu caso pero también las emociones, los cambios y transformaciones que se iban produciendo en Irene. No obstante, no es la única información que he manejado durante estos últimos meses que tenga relación con el caso del asesinato de tu mentor, Enrique González-Weimar.

Mauricio hizo un gesto con la mano para frenar el intento de Leo de volver a interrumpir.

¡Espera! Sí, además de conocer a través de Irene tu caso y tus relaciones con Weimar, he tenido acceso a datos de la investigación policial debido a que mi pareja es psicóloga perfiladora de la Policía. Tuve todo el tiempo buen cuidado de no realizar ningún trasvase de información entre ambas. Eso te lo puedo jurar. Lo que no he podido evitar es que mi cerebro procesara información que le iba llegando. No te he contado tampoco que, durante años, yo también fui colaborador en las investigaciones de homicidios complejos de la Policía. Lo dejé hace tiempo, pero tienes que entender que, cuando has entrenado a tu cabeza para procesar determinado tipo de datos, por mucho que la frenes termina por atar cabos si se dan las circunstancias.

Eso sí que puedo entenderlo —murmuró el joven.

El aplomado profesor se preparó para adentrarse en la parte más complicada de su historia. Sabía que tenía ante sí a un joven que acababa de afrontar el asesinato de la mujer con la que había mantenido una relación tan íntima como sólo puede darse entre sometido y dominante. Una mujer que, sin embargo, le había chantajeado y amenazado. Sabía que Leo acababa de ser golpeado también con la evidencia de que había otra persona que conocía su parafilia sexual y muchas de las actividades a que se había entregado en compañía de otro hombre, al que también habían asesinado. Mauricio era consciente de la descarga psicológica que se iba produciendo en su interlocutor. Como profesional intentó ser empático a la hora de expresar lo que aún quedaba por decir.

—Leo, ese proceso que subterráneamente mi mente ha llevado a cabo durante meses, se me desveló en un instante hace unas horas. Mi pareja, Marta, me llamó desde la escena del crimen en el que se analizaba el cadáver de Claudia. Tranquilo, voy a ahorrarte los detalles. Sólo necesito decirte que tu *dómina* murió de un golpe en un *dim mak*. No sé cómo lo habrán explicado en las noticias. Una rotura de tráquea, supongo.

—Sí, algo así dijeron —convino Leo, que no pudo reprimir un fugaz pensamiento sobre aquel cuello enhiesto que él recordaba en un plano contrapicado inmenso, como un algo inalcanzable que sustentaba el adorado rostro de Claudia.

La descripción del golpe produjo un efecto similar en mi cabeza. Fue un *flash* de luz. Supe entonces quién lo había hecho y, sobre todo, supe por qué. Fue en ese momento en el que me di cuenta de que era posible que corrieras peligro, así que, sin reflexionar mucho más, me vine hacia aquí.

¿Qué coño es un *dim mak*? —preguntó Leo.

Es un punto vital. Por abreviarte, es uno de los puntos en los que un golpe preciso o una maniobra de artes marciales puede causar bien una disfunción fisiológica, bien la muerte. Marta me aseguró por teléfono, aunque yo ya lo sabía, que no se trataba de un golpe que alguien no profesional pudiera dar por azar. A Claudia le dieron un golpe de lucha muy certero y destinado a acabar con su vida. Un golpe profesional.

Continúe, por favor.

Ése fue el dato que debió provocar un cortocircuito en algún lugar de mi cabeza y que me hizo verlo todo claro. No sé si lo sabes, Leopoldo, pero Irene es una consumada practicante, no sólo de artes marciales mixtas y de *krav magá*, sino de otras muchas disciplinas adaptadas de lucha, procedentes en muchos casos de fórmulas de defensa utilizadas por unidades militares de élite, servicios secretos o, incluso, grupos de mercenarios superentrenados.

—No sabía nada, claro.

Leo volvió a rememorar en su cabeza los recuerdos que guardaba de aquella psicóloga guapa pero aparentemente reservada y poco extrovertida. Volvió a verla con sus pantalones negros y sus botines planos, con sus vestidos sueltos de estampados menudos y no demasiado favorecedores. Le costaba ver en ella a la poderosa luchadora que el profesor le estaba pintando ahora.

—¿Cree que fue ella? ¿Irene? ¡Pero si no la conocía de nada! Por favor, le suplico que no me suministre la información con un gotero, porque está incrementando mi ansiedad hasta límites que comienzan a resultarme insoportables.

—Fue ella, Leopoldo. Fue ella para salvarte —le dijo como quien administra una inyección de golpe para evitar el sufrimiento de la entrada sinuosa del líquido.

—¿Salvarme? ¿De qué coño tenía que salvarme?

—De Claudia, Leo, de Claudia. ¿Tú no le habías contado que te había llegado a chantajear si no le proporcionabas una coartada? ¿No sabía Irene de tu miedo a relacionar tu nombre con ella de forma oficial, porque sería tanto como confesar públicamente tus gustos sexuales? ¿No le confesaste que, si no aceptabas, ella estaba dispuesta a hacer públicas fotos de vuestras sesiones de dominación?

La verdad se desplomó sobre el arquitecto como un muro de materiales devastados.

La voz templada y serena de Mauricio seguía flotando a su alrededor.

—Tienes que relacionar eso con el hecho de que Irene creyera que estabas enamorado de ella. No podía aceptar no ser capaz, por segunda vez, de proteger al hombre que le había entregado su amor. Salvarte a ti era como conseguir salvar a Rubén, al capitán Azpiroz; era como enmendar el pasado trágico del que no había logrado desprenderse del todo, aunque tengo que arrostrar aquí mi culpa, yo creí en su día que habíamos culminado con éxito una terapia que fue larga y dura.

—Pero, ¡joder!, ¿cómo pudo saber quién era?, ¿cómo accedió a ella y al lugar en que vivía? —preguntó el confuso joven.

—Tampoco puedo darte todos los detalles, como si esto fuera el final de una novela de detectives en la que se aclaran todos los puntos. Yo no he hecho una investigación sino una deducción de los datos que sí obraban en mi poder. Apenas he hecho ninguna gestión más. Lo que deduzco es que fue el periodista el que le dio los datos necesarios para encontrar a una mujer de cuya existencia sabía desde que, casi al principio de vuestra terapia, te entró una llamada en el móvil que ella, sin ninguna reserva ética, se preocupó de mirar de reojo para leer el nombre. Después le hablaste tú mismo de tu relación con Claudia, así que sabía a quién buscaba. Sólo necesitaba algunas indicaciones sobre su ubicación física. Nogales sabía cómo encontrarla y se lo diría.

—¿Nogales? —Leo seguía la explicación ahora ya entre estupefacto e hipnotizado—. ¿Qué tenía que ver mi psicoterapeuta con Nogales?

—Creo que a veces voy un poco deprisa, Leo; creí que habías entendido que Irene también mató a Nogales y, por supuesto, a González-Weimar. Irene fue acabando uno por uno con los que ella creyó que amenazaban tu bienestar, tu tranquilidad o tu estabilidad. Quiero que entiendas bien que no hay ninguna responsabilidad tuya en este proceso, pero sí que ella decidió salvarte como no había podido hacer con Rubén, y te libró primero de cómo Weimar te violentaba y violentaba tu inocencia y tu intimidad, haciéndote participar en aquellas orgías y convirtiéndote en parte de sus perversos juegos sexuales, y después de todos los que amenazaban con perjudicarte.

—¿Irene mató a Enrique? Perdóneme, profesor, pero es posible que usted se haya montado una película que no responda a los hechos. Nada nos asegura que sus deducciones sean ciertas, ¿no?

—Lo cierto, Leo, es que una vez tuve claro que Irene era la única persona con un motivo y con la oportunidad y los conocimientos necesarios para llevar a cabo esta serie de crímenes, sí realicé algunas comprobaciones externas. Pocas. No eran necesarias demasiadas. En primer lugar, comprobé que Irene había tenido acceso en algún momento a Enrique González-Weimar. Le mostré por mensajería a su secretaria Pilar una foto y me confirmó que, efectivamente, esa mujer fue a visitar a su jefe en Industrias Weimar unas semanas antes de su muerte. Esa visita coincidió, según mis notas, con las revelaciones que le hiciste a Irene sobre los verdaderos motivos de tu fobia social y las perturbaciones anímicas que te producían, no sólo las orgías, sino el trato que se daba en ellas a algunas prostitutas que jugaban el rol de sumisas. ¿Lo recuerdas, no?

Leo asintió con la cabeza. El *lego* se iba armando a duras penas en su cerebro, aunque aún había piezas sin identificar y otras muchas que no sabía dónde colocar.

—De acuerdo, fue a ver a Weimar, ¿y cómo hizo que la recibiera?, y sobre todo, ¿cómo tuvo la oportunidad de matarle?

—Me consta, ya te lo he dicho, que fue a verle a su oficina y fue recibido. Dijo que iba de tu parte. Tu amigo Enrique la recibió. El resto sólo puedo imaginarlo. Irene es psicóloga, no lo olvides, y tú le habías dado todo tipo de datos sobre la personalidad de Enrique González-Weimar. Creo que entró en contacto con él y, de la manera que fuera, le fue llevando hasta un punto en el que le ofreció transgredir cosas que nadie le había ofrecido transgredir. Pilar me ha confirmado que la mujer que acudió a ver a Weimar era muy atractiva e iba vestida de una forma sexi. Irene se trabajó bien el rol que pensaba llevar a efecto. Todo estaba milimétricamente planeado.

—Entonces, ¿Enrique aceptó tener una sesión de sumisión con Irene?, ¿cómo supo ella comportarse de forma que él no detectara que era una impostora? —siguió insistiendo el arquitecto, escéptico.

—Mira, Leo, no era una impostora. Irene, como te he contado antes, ha estado expuesta en muchas ocasiones a relatos pormenorizados de todo tipo de crueldades. No la afectaban. Eso lo hemos hablado ambos muchas veces. Hay otro dato objetivo que me ayudó a reconstruir el crimen: las bridas. ¿Tú recuerdas alguna sesión en la que el sumiso se deje hacer un *bondage* con bridas? Supongo que no. Las bridas de plástico, una vez cerradas, no tienen forma de retirarse si no es cortándolas. En las sesiones de tortura de Irak, los soldados usaban bridas para inmovilizar a sus víctimas, según me contó la propia Irene. Ésa es una prueba más, pero no es la mayor de ellas. Creo que ella le ofreció practicar juegos de límite. En la autopsia quedó probada la utilización de torturas con electricidad y juegos de asfixia. Recuerda que al principio se pudo incluso pensar que había sido un accidente en un juego consentido. La asfixia sexual tiene que ver con el control y el miedo. Tú sabes mejor que nadie que el miedo es un afrodisíaco potente. En ese tipo de juegos la excitación es extraordinaria por la pérdida total de control, me consta que eso lo entiendes perfectamente, pero precisan de una capacidad de control psicológico y real muy fuerte en el dominante. Hay pocas personas dispuestas a asumir ese rol. Cuando Irene le planteó el reto a Weimar, éste, como hacía siempre cuando se le planteaba un desafío, aceptó. Ésa fue la baza psicológica que usó Irene porque sabía que era infalible.

Leo le escuchaba embobado y perturbado, porque la verdad se iba haciendo paso a pesar de todas sus reticencias. Sonaba creíble y, según estaba empezando a aceptar, tenía muchos visos de ser la realidad. Aun así, todo tenía un halo inexplicable que esperaba que, en algún momento, se transformara por fin en una certeza.

Mauricio continuó hablando, casi para sí mismo.

—Con la muerte de Weimar pensó haberte liberado de la terrible influencia de una personalidad tan tóxica y destructiva como la que tenía tu mentor. No creo que en ese momento pensara ir más allá. Supongo que había llegado a convencerse de que lo que hacía Weimar con todo el mundo era tan vil, que no suponía un gran problema moral acabar con él. Eso ya lo analizaremos más tarde. ¿No tienes hambre? —le preguntó.

La cuestión pareció tan fuera de lugar que Leo estuvo a punto de protestar. No obstante, miró el reloj y se dio cuenta de que, de nuevo, aquel hombre sereno llevaba razón. La madrugada iba avanzando y aún les quedaba tanto por decirse que no era ningún disparate ocuparse de las necesidades más terrenales.

—Sí, la verdad, bastante, pero no creo que haya en casa nada que podamos preparar rápidamente. ¿Pedimos algo?

Mauricio asintió mientras se incorporaba del sofá, desperezando las piernas.

—No te compliques —dijo—, pide cualquier cosa que suelas pedir. Lo mismo me da unos burritos que una *pizza* o *sushi*. Lo cierto es que creo que vamos a pasar toda la noche en vela y no vamos a estar bebiendo güisqui con el estómago vacío.

A Leo el pragmatismo y la tranquilidad con la que el hombre afrontaba aquella tragedia le insufló una calma que no era la normal en él, pero que hizo suya con total naturalidad. Cogió su móvil y, utilizando una aplicación, eligió de forma rápida unos burritos y unos tacos de un establecimiento cercano, que no tardarían demasiado en llegar. Mientras, vio como el psicólogo se había dirigido a la puerta que daba a la terraza del ático y había salido fuera. Estaba encendiendo su pipa, cobijando la cazoleta de la ligera brisa que casi siempre corría a aquella altura. Había vuelto a ponerse la chaqueta y la bufanda.

Leo cogió un ligero anorak de plumas y salió a reunirse con él. No podía esperar a que terminara de fumar. Las preguntas se le anudaban entre el cerebro y la garganta y hacían presión por salir a borbotones. *Sólo la verdad os hará libres.* No supo explicarse cómo aquella frase evangélica le había acudido a la mente. Veleidades del cerebro.

—Podría fumar dentro —le dijo—. Yo no lo hago, pero estamos viviendo circunstancias que se salen de cualquier rutina, ¿no cree?

Mauricio aprovechó para distender el ambiente.

—¿Por qué no me tuteas? Las circunstancias también se salen de cualquier convención social. Podrías considerar que se han quemado muchas etapas en aras de lograr una intimidad personal, ¿no crees?

—Sí, Mauricio, lo creo.

Leo observó la calma con la que el psicólogo chupaba la boca de la pipa y cómo las volutas de humo se dispersaban dejando un extraordinario aroma a tabaco holandés. Aquel hombre era jodidamente anacrónico, pero su personalidad templada le atraía con una fuerza difícil de definir.

—¿Y Nogales? —dijo de pronto—. Ese pobre hijo puta se cae siempre de todos los análisis. Quiero decir que ni los medios de comunicación le han dado demasiada importancia a su asesinato. Es como si hubiera sido una marioneta en este asunto, pero no creo yo que fuera un hombre tan prescindible…

—Y llevas razón. Nogales no sólo no era una marioneta sino que fue proactivamente un hijo de puta durante la mayor parte de su vida. No creas que es la primera vez que aparece en la mía, pero ésa es otra historia que no viene a cuento. Si los medios no han entrado a cebarse con su muerte es porque analizar la figura de Nogales en público significa remover mucha mierda de los medios de comunicación que dirigió, que le emplearon, a los que utilizó y que le utilizaron. La audiencia que pudiera dar no les compensa del daño que puede producir al sector el lavar semejante colada en público —le explicó Mauricio—. De hecho, puedo decirte que en la investigación policial de su entorno, tampoco se han hallado grandes dolidos por su muerte. Es paradójica la existencia de estas personas, como Nogales y Weimar, aparentemente triunfadoras y aclamadas por todos que, cuando desaparecen, sólo dejan un suspiro de alivio que se extiende por todos los ámbitos en los que se movieron. Nogales era un solitario, su vida personal era un desastre y no ha sido posible encontrar compañeros de profesión que se llamen sus amigos o que se duelan de su muerte.

El silencio es la respuesta más respetuosa que ha producido su desaparición.

—Ya. Eso no me produce una gran sorpresa si te soy sincero. Entiendo perfectamente a qué fenómeno te refieres, pero quizá se pudiera resumir diciendo que, una vez muertos, desaparece la atmósfera de miedo y coerción que desarrollan a su alrededor y que no sé si ellos en vida confunden con respeto o admiración.

—Puede ser —reflexionó Mauricio dando una nueva chupada.

—Aun así, en vida era un tío suspicaz y habituado a moverse en el filo de la navaja; ¿cómo entró una mujer como Irene en contacto con él?, ¿también tienes una teoría al respecto?

—La tengo. Nogales publicó su artículo en el que hablaba de las orgías y fue muy claro en diversos programas de televisión, afirmando que había que buscar a la *dómina* de Weimar; eso lo recuerdas, ¿no?

—¡Joder, cómo no iba a recordarlo si para mí fue el inicio de una pesadilla! Orgías con políticos, jueces... y arquitectos. ¡Aún me golpea el corazón en el pecho al recordarlo!

—Era periodista. Irene sólo tuvo que ponerse en contacto con él y prometerle información. Es más, sólo tuvo que insinuarle que ella era la mujer que buscaba o que sabía cómo encontrarla. En los informes forenses de su asesinato se apunta claramente a la posibilidad de que se le hiciera ingerir en su bebida una droga anuladora de la voluntad. Nogales no se sometió a una sesión de BDSM, no, Nogales quedó con una *dómina* en una mazmorra, se tomó una copa y ya no volvió a poder pensar ni decir nada. Irene sólo tuvo que feminizarle para crear la escenografía con material que encontró allí, llevarle sobre el potro y cortarle la arteria. En realidad, ya te he dicho que si contemplas mi tesis, luego toda la información que se tiene cuadra con ella. Recuerda que no estoy haciendo un informe para el fiscal sino dándote una explicación de cómo creo que sucedieron las cosas.

En la lejanía retumbó el timbre del portero automático. Leo hizo un gesto con la mano y se adentró en el apartamento para recoger la comida que habían encargado. El psicólogo dejó que la pipa se apagara y espero un poco para poder vaciar la cazoleta en una de las jardineras que Leo tenía en la terraza. Escogió una donde las plantas se habían agostado hacía tiempo. Le pareció un curioso descuido por parte del propietario, que era perfectamente explicable a tenor de los acontecimientos en los que se había visto inmerso.

Mauricio entró y se quitó la ropa de abrigo.

Los dos hombres se aplicaron con la comida que Leo había dispuesto sobre la mesita baja que acompañaba a los sofás. Fueron básicos y prácticos. Comieron y bebieron en silencio, hasta que el hambre quedó calmada y la comida volvió a ser un acto social. Sólo en ese punto, la conversación se reanudó.

Fue el psicólogo el que rompió el silencio recuperando el hilo de su discurso.

Eran las dos y media de la madrugada.

—Supongo que te has dado cuenta de que toda esta secuencia de hechos necesita de un punto de arranque..., ¿no?

—Bueno, desde mi perspectiva, que no sé si ya es muy lógica porque tengo la cabeza a punto de explotar, lo que no es muy lógico es por qué y cómo mi psicóloga acaba teniendo esa necesidad de, como dices, protegerme, que le lleva a un acto tan extremo como convertirse en una asesina. Eso es algo que no me entra en la cabeza...

—Exacto. Hemos llegado al punto que te permitirá entender por qué es a mí a quien se me desvela lo que está sucediendo mientras que hay por ahí decenas de investigadores, dándole vueltas al asunto sin encontrar la clave, incluida mi novia. La clave está en haber tenido acceso a la psique de Irene, no sólo cuando se produjo su trauma sino durante estos últimos meses. Yo he sido la única persona que se ha hallado en esa posición. Verás, Irene vino a mí cuando notó que se estaba desestabilizando. Creo que una parte de ella era consciente de que su mente estaba entrando en territorios peligrosos. En aquel momento todavía conservaba parte del control, aunque yo fui constatando, en el transcurso de nuestras propias sesiones, que había un desequilibrio y una disfunción en su forma de tratar su caso que estaba rozando lo patológico. Aquí tengo que reconocer que o bien estuve falto de reflejos o bien fui demasiado cobarde...

Calló de forma brusca en un movimiento de introspección que fue perfectamente perceptible. Aunque el joven estaba ansioso por conocer el resto de la explicación, respetó aquel momento de recogimiento íntimo que el profesor estaba teniendo en su presencia. En aquellos instantes, Mauricio no estaba en aquella sala sino buceando en lo profundo de su propia conciencia. Las arrugas que surcaron su frente hablaban mejor que nada de la angustia que estaba sintiendo al rememorar su íntimo fracaso. Al cabo de la larga pausa, levantó la vista y clavó sus pupilas sombrías y dolidas en los ojos del joven que le miraba expectante.

—Fui un cobarde. Hace meses que sé que Irene no podía seguir tratando tu caso. Debería de haberle conminado a dejarlo. También debería de haberme dado cuenta de cómo, cuando compartía conmigo y con Marta una cena o unos momentos de relax, intentaba sonsacar información sobre la investigación que mi pareja llevaba a cabo para la policía. Quise interpretar que era sólo curiosidad malsana y cierta preocupación, objetable desde la ética profesional, por saber si la policía pensaba o no interrogar a su paciente. En aquel mismo momento tenía que haber hecho saltar todas las alarmas y no lo hice. Ya ves, creerse más listo que nadie es un riesgo que nos acecha a todos y que tiene consecuencias irreparables en muchos casos. Ése es un peso que llevo sobre mí. Quizá podría haber evitado dos muertes. Aun así, voy a intentar quedarme con la idea de que, al menos, reaccioné a tiempo de evitar la tuya.

—Aún no me has explicado por qué insistes en que yo estaba amenazado. No creas que no soy agradecido, pero me inquieta mucho la simple idea de que creas que mi terapeuta me hubiera podido asesinar. Además, no cuadra con tu teoría. Si mató para protegerme, y solamente repetirlo me sigue sonando absurdo, ¿por qué hostias iba a querer eliminarme? —dijo irritado Leo.

—Porque Irene mató por el hombre del que estaba convencida que la amaba pero, tarde o temprano, iba a llegar la confrontación con la realidad, es decir, ella iba a comportarse ante ti como la mujer que estaba persuadida de tener una relación amorosa contigo —frenada por cuestiones profesionales— y tú ibas a desmoronar ese delirio poniéndole ante la realidad, es decir, que nunca has estado enamorado de ella. ¿Cómo crees que una persona enferma iba a responder a eso?

Un escalofrío recorrió la espalda del joven arquitecto.

—¿Enferma? Entonces, ¿crees que Irene está loca?, ¿es eso lo que me estás intentando explicar? —dijo Leo, a quien una nueva puerta a la verdad se le iba abriendo poco a poco. Mientras escuchaba, su espíritu iba reseteando uno a uno sus recuerdos, las conversaciones con ella, las respuestas y las actitudes en busca de ese punto de insania que el psicoanalista iba planteando ante él.

Mauricio supo que había llegado el momento de explicarle su diagnóstico. El hecho de que no fuera psiquiatra de formación, no le impedía reconocer en Irene señales claras de una patología mental. Tarde. Infinitamente tarde. Como quien se obliga a cumplir una penitencia, el profesor comenzó a relatarle al joven las conclusiones a las que había llegado. Lo tenía que hacer con paciencia y con mucha pedagogía. Lo tenía que hacer paso a paso, aun cuando esto le supusiera fustigarse, como en un *spanking* mental, con la cantidad de indicios que había dejado correr con demasiada ligereza. Mauricio comenzó a explicarle a Leopoldo en qué consistía el Síndrome de Clérambault.

—Voy a intentar simplificar y ser claro porque esto va a parecerse a una clase de la Facultad. Lo siento, Leo, pero no te lo puedo ahorrar. En la clasificación del ICD 10-DSM IV, el listado oficial de las enfermedades mentales para que nos entendamos, la erotomanía o síndrome de Clérambault se incluye dentro de lo que llamamos trastornos delirantes. En realidad consiste en una convicción delirante por parte del sujeto de que existe una comunicación amorosa con otra persona. En el caso que nos ocupa, Irene desarrolló la convicción delirante de que existía amor entre vosotros. Tenía que haberme dado cuenta desde el momento en el que ella empezó a introducir en nuestras sesiones la idea de que tú te estabas enamorando y constituía un problema profesional para ella deslindar eso de vuestra relación clínica. Lo cierto es que existen delirios erotomaníacos constitutivamente diferentes. Por abreviar te diré que hay un primer tipo en el que el objeto del delirio es una persona normal con la que se tiene contacto y en ella se produce un delirio crónico; y un segundo tipo, en el que el objeto del amor es una persona poderosa y lejana, que puede cambiar periódicamente y ser fluctuante. Por último, hay autores que proponen una tercera forma *borderline*, que no llega a ser delirante, caracterizada por la unión tumultuosa del sujeto a un amor no correspondido y en la que usualmente se producen contactos con el objeto de ese amor. Es muy posible que esta forma teorizada por Meloy sea la que ha cursado en Irene.

Leo comenzó a darse cuenta de las dimensiones del problema mental al que había estado expuesto. Todo le giraba alrededor como un baile de sombras y fantasmas. Su relación con una personalidad perversa como la de Weimar, la locura de la mujer que buscó para ayudarle y su propia sexualidad compleja y enredada en el fondo de su psique, que le había abocado a rendirse ante Claudia. No sabía si desentrañar aquellos misterios le ayudaba o incrementaba su temor. Había estado asomándose a abismos insospechados. Había estado en contacto con tres cabezas que podían haberle hecho perder la razón. Y él sabía que había sido el deseo y el sexo como fuerza irracional, los que habían borrado los límites de la precaución. Sintió vértigo. Tenía la boca seca, muy seca, y ninguna gana de hacer preguntas.

Mauricio había hecho una pequeña pausa para dar un pequeño buche a su copa y, a la vista del silencio de su interlocutor, prosiguió su exposición.

—Los criterios diagnósticos más claros pasan por la convicción delirante de la persona de estar en comunicación amorosa con el objeto de su amor, de que ha sido ese objeto de amor el primero en enamorarse, más la cuestión técnica de que no se produce normalmente ningún tipo de alucinación, o de haberlas, son táctiles y difíciles de apreciar por terceros. Todos ellos se producen en el caso de Irene y debes creerme cuando te digo que he repasado mis notas tomadas en nuestras sesiones de supervisión, a la luz de este diagnóstico, y he encontrado confirmaciones claras de mis sospechas. La erotomanía puede darse de forma pura o estar asociada a un trastorno delirante previo. Necesitaría hacer un examen ya concreto con ella para concluir si hay una patología mental que se nos escapó cuando regresó de Afganistan. En ese caso yo volvería a ser plenamente responsable, puesto que fue mi paciente... —terminó Mauricio con evidente dolor.

Leo no supo qué decir.

Leo no tenía nada que decir.

Sólo necesitaba centrarse en la ambigua sensación de haberse librado por los pelos de peligros ignotos a los que jamás pensó haber estado expuesto.

El alivio y la angustia pugnaban en su interior.

Se levantó y esta vez fue él el que se encaminó a la terraza. Necesitaba sentir el aire en su cara. Necesitaba mirar a lo lejos y ver el mapa de charcos luminosos que Madrid rendía a sus pies. Necesitaba constatar que estaba vivo y a salvo y que, cuando amaneciera, todo continuaría en su lugar para que él pudiera continuar su camino.

Estaba acodado sobre la barandilla y notó tras de sí la presencia del profesor que estaba de nuevo trasteando con su pipa.

No sintió ninguna necesidad de acompañarle o mantener el contacto con él.

Estaba solo frente a la realidad. Estaba en proceso de digerirla.

Mauricio no intentó romper su aislamiento. Ambos permanecieron callados en el exterior del apartamento, frente al incongruente silencio de la noche en la gran ciudad, que sólo se rompía a los lejos con la presencia de una lejana sirena que no sabían si transportaba la esperanza de la vida o la certeza de la muerte.

Eran más de las cinco de la madrugada. Aún faltaba para el amanecer, pero no tenían todo el tiempo del mundo.

El psicólogo se acercó al joven por detrás y le tocó delicadamente en el hombro. Le bastó con hacer un gesto indicándole que le siguiera para que Leo, obediente, le acompañara de vuelta al interior de la casa. Mauricio permaneció de pie paseando por el amplio salón. Finalmente, dejó oír su voz.

—¿No me vas a preguntar qué debemos hacer, Leopoldo, no te lo preguntas a ti mismo?

La pregunta quedó entre ellos como un burladero.

Mauricio entendió que era a él a quien correspondía tomar el toro por los cuernos. Comprendió que la situación psicológica del joven era extraordinariamente delicada en aquellos momentos. Cuando estaba a punto de hacerlo, fue inopinadamente Leo quien rompió el silencio.

—¿Por qué la has llamado al llegar? Quiero decir, ha sido como alertarla de que sabías la verdad…

—Sí, exactamente eso es lo que he hecho —le respondió lentamente, como dándole tiempo para que lo asimilara—. Si recuerdas la conversación, le he dado incluso un plazo, veinticuatro horas. No es demasiado, pero sí suficiente para poder coger un avión y salir de España. También lo es para que tú tengas tiempo de pensar si acudes a la policía con esta historia para intentar evitar que se vaya. *À toi de choisir!*

Leo se revolvió. Aquello le parecía intolerable.

—¿Cómo que yo acuda a la policía? ¡Joder, la responsabilidad es tuya! ¡Tú eres el que has llegado a las conclusiones y manejas los datos! ¿Qué mierda es esa de que yo tenga tiempo de llamar a la policía para impedirlo? ¿Te has vuelto loco tú también?

La voz de Leo ascendió en forma de grito al techo del *loft*.

La expresión de su acompañante, sin embargo, no se alteró sino que, por el contrario, mostró un gesto casi de alivio y aquiescencia.

—Sí, Leopoldo, la decisión es tuya por dos razones que vas a ver de forma inmediata. La primera es que para explicar todo esto y conseguir la detención de Irene, es imprescindible dejar al descubierto buena parte de tu intimidad. Nada de este relato es coherente si falta el dato de tus prácticas sumisas, del hecho de que compartías *dómina* con Weimar o que asistías a las orgías que organizaba en Modesto Lafuente. Precisamente todo lo que tú temes y lo que Irene intentaba evitar que saliera a la luz asesinando.

El arquitecto se quedó lívido al comprobar la realidad del conflicto que le estaban poniendo por delante.

—La segunda razón por la que todo queda en tus manos es que yo ya he transgredido esta noche todas las normas de la praxis correcta de mi profesión. No tengo más diques que dinamitar. Lo he hecho animado por una causa de orden mayor que era salvar una vida. Yo no voy a acudir a la policía a desvelar mis conversaciones con mi paciente Irene Melero ni a reconocerles que la inspectora Marta Carracedo me ha mantenido al corriente de sus investigaciones porque confía en mí y duerme a mi lado. Antes de venir a verte, ya sabía que no iba a hacerlo. Por eso le dije a Irene que, tras hablar, tendríamos aún que ponernos de acuerdo sobre qué se iba a hacer. Como verás, ha llegado ese momento...

—¡Pero tú, es increíble, no me cabe en la cabeza! ¡Tú le has dado a una triple asesina la posibilidad de huir! ¡Eres su cómplice! No yo, que no sabía nada de esto cuando has hablado de ella. ¡Tú, un respetable catedrático de universidad, tú eres su cómplice! —aulló Leopoldo, ya sin control.

—Sí, Leo, yo, un modesto psicólogo clínico y perito de la Policía en su día, soy consciente de que mi antigua paciente, Irene, es lo que jurídicamente se conoce como una persona inimputable penalmente, es decir, que no es responsable de lo que hizo. La enfermedad que sufre Irene supone que legalmente le será de aplicación una eximente de alteración psíquica del artículo 20.1 del Código Penal. ¿Ves cómo recuerdo mi época ante los tribunales? El delirio erotomaníaco anulaba su voluntad, la condicionaba completamente, por lo que un tribunal acabaría concluyendo que vivía una realidad paralela que invadía su pensamiento y su comportamiento hasta llevarla a límites totalmente irracionales, lo que imposibilitaba cualquier comprensión y volición normales. Casi podría avanzarte los términos de una sentencia. Diría algo así como «el delirante llega sin error, certeramente, a conocer las intenciones de los actos de los demás y sabe cuál es el significado de cada cosa, de cada gesto, porque cada uno significa en última instancia lo que él quiere que signifiquen», o algo similar. Finalmente declararían su ausencia de responsabilidad penal y decretarían su ingreso en un hospital psiquiátrico penitenciario. Lo cierto es que no quiero ver a Irene sometida a eso. Conozco los psiquiátricos penitenciarios de este país. En todo caso tú tienes en tu mano hacerla pasar por todo ese proceso, a sabiendas de que no es responsable de lo que ha hecho. Yo no te estoy impidiendo que tomes tus decisiones, sólo te estoy avanzando las mías.

—¡Me estás crispando! ¡Sabes que yo no voy a poner mi yo más íntimo y todos mis secretos ante el escaparate de la opinión pública si puedo evitarlo! ¡Así, lo que haces es descargar en mí la responsabilidad!

—No, tranquilízate Leo, no lo hago. Yo asumo íntegramente la mía. Sólo quiero que asumas tu parte y la compartamos. En cualquier caso, te diré que te estoy haciendo una pequeña trampa…

—¿Una trampa? ¡Es la hostia! —clamó.

—Sí, cálmate, una trampa pequeña que enseguida te desvelo y que se basa en el hecho de que conozco profundamente a Irene.

—¿Y? No se ha notado mucho…

—No te cebes conmigo. Lo cierto es que la conozco e intuyo lo que va a hacer. Puedo casi asegurarte que no supondrá un riesgo para nadie más.

—¿Va a suicidarse?, ¿a qué coño te refieres? —bramó el joven.

—No haré de augur. Dejémoslo en que tome el camino que tome, Irene ya no volverá a ser un riesgo. Créeme.

Las primeras luces del alba empezaban a filtrarse por los amplios ventanales. Todo tornaba a cobrar otro sentido una vez que las sombras empezaban a disiparse. Incluso, Leo comenzó a apaciguarse y a ver la cuestión de una forma más pragmática. El profesor llevaba razón. Para él, como profesional, era una papeleta plantarse ante la policía para iniciar un procedimiento legal que iba a acabar sin culpable. Para Leo, también era un suicidio moral entregarse desnudo ante las instancias oficiales, que no tendrían ninguna oportunidad de garantizarle su intimidad durante un proceso judicial que iba a acabar en una absolución.

Tuvo la certeza de que el acto de libre sumisión moral que le estaba pidiendo aquel hombre era la única opción realista y práctica que tenía ante sí.

Las hormonas comenzaron a bajar en sangre y las pulsaciones comenzaron a normalizarse. Dueño ya de sus acciones, Leo miró de frente al maduro psiquiatra y le dijo con tono ya firme.

—Cuenta conmigo, Mauricio. Esta noche sólo será en el recuerdo una sesión de terapia entre nosotros. Quizá, incluso, podríamos tener otras. No estoy seguro de poder recobrarme yo solo de todo esto.

El hombre se levantó, sin decir nada, del sofá. Se sentía anquilosado. La edad le pasaba factura en ocasiones extremas y aquélla había sido una de ellas. Agarró la chaqueta y la bufanda, dispuesto a marcharse.

—No creo que fuera buena idea, Leopoldo. Si necesitas ayuda profesional, te animo a buscarla, la ciudad está llena de magníficos terapeutas. Tú y yo no nos habíamos visto nunca y tampoco debemos volver a vernos nunca más. En estas horas hemos consumido casi una vida, ¿no crees?

No esperó respuesta.

Leopoldo oyó el golpe seco de la puerta al cerrarse.

Los rayos del sol empezaban a llenar ya de color los rincones de su casa. Sintió que siempre podía volver a amanecer. La vida aún le llamaba.

CAPÍTULO 22

Cuando la mujer veía las espinas de sus rosales, podía perfectamente no pensar en clavarlas en una carne masculina. Mary estaba en el jardín, cogiendo algunas rosas de entre las que se agolpaban en la parte trasera de su casa de dos plantas, con tejados afilados y bajos que se proyectaban más allá de las esquinas de los muros, dando la sensación de que el viento podría elevarla en cualquier momento. El número 8 de Sea View Terrace compartía con el resto de las viviendas de la calle unas vistas sobre las playas de Maraetai que ningún ser humano dejaría de calificar como privilegiadas. Si Nueva Zelanda era el paraíso, Mary había conseguido tener una porción de él a sus pies cada vez que abría sus ventanas. A sus pies. Mary no era allí la *dómina*. Allí era Mary, la afable y cantarina vecina cuyo pequeño Mike hacía alguna travesura más de la cuenta. Mary y John, los simpáticos vecinos del número 8. Un poco alternativos, pero eso poco importaba en una sociedad tan joven y diversa como la neozelandesa. John era un magnífico tatuador y en las playas de la zona había mucha gente que lucía su arte.

El cartero bajaba silbando en su bici por la calle cuando la vio haciendo su recolecta. La saludó con la mano y frenó con un chirrido en la puerta de la verja.

—¡Hola, Mary! Ya que estás aquí te dejo el sobre que te traigo en mano. ¡Vaya cómo se te han dado esta temporada!, ¿eh?

Charlaban muchas veces sobre jardinería. Mary era extrovertida y simpática.

Cogió el sobre que le tendía y la sonrisa se le congeló.

Recibir correspondencia de una muerta era una experiencia inquietante.

Rasgó el sobre con cierta urgencia. En contra de lo que esperaba, no contenía una misiva larga y explicativa. Sólo pudo ver dos *pendrives* y una nota en la que no supo reconocer la letra de Claudia. Siempre se escribían por correo electrónico y en The Other World Kingdom habían manejado instrumentos muy distintos a las plumas.

«¡Guárdamelos hasta que llegue! Un beso».

Nada más y nada menos.

Era la nota de una mujer que pensaba llegar hasta allí desde las antípodas. Resultaba cruel verla, ahora que ya había leído en Internet todos los detalles de su asesinato. Se dio inmediatamente cuenta de que no tenía en las manos un envío inocente. Estaba segura de que había gente que estaba matando por aquello; si no, no tenía sentido que Claudia lo hubiera enviado antes de su llegada. Mary no sintió miedo. Estaba al otro lado del globo y era imposible que nadie supiera de su existencia. Pero era consciente del valor de lo que tenía entre manos. No era algo para inspeccionar en el hogar.

Entró en la casa y buscó su bolso. Metió allí los *pendrives* hasta poderlos abrir por la tarde en su trabajo en Dungeon Place. Aquello era un material que Mistress Claudia enviaba a Mistress Dior. Negocios. Una vez guardados, volvió a salir al jardín para acabar el ramo y aguardar a que volviera Mike del colegio. ¡Pobre Claudia! Le parecía terrible que una mujer tan lista y tan voluntariosa, tan vital, hubiera terminado muerta de un golpe en un ascensor. Las europeas eran unas tías curiosas, siempre lo había pensado. Cuando durante su entrenamiento en República Checa, Claudia le contó que había ido allí por un hombre, a Mary ya le pareció que estaba confundiendo los conceptos. No dejó de explicarle a su amiga por qué, en su opinión, no había ninguna forma real de que el sadomasoquismo funcionara para crear parejas estables. Si lo que Claudia buscaba, convirtiéndose en una experta en dominación, era que su hombre permaneciera siempre a su lado, estaba cometiendo un error. Un error que había resultado fatal, según se veía ahora. A Mary le hubiera gustado equivocarse, pero sabía por experiencia que el sadomasoquismo era un hecho que sucedía fuera de la pareja y de forma clandestina. De eso vivía ella. Los rituales *masosádicos* son difíciles de mantener en una pareja estable. La pareja estable apacigua. Es burguesa. Una pareja estable es conservadora por definición y por ello tiende a un sexo sosegado. Por mucho que en círculos BDSM mantuvieran otras teorías, la práctica era muy tenaz. Una pareja *sadomaso* es liberal y si su sexualidad se estanca, se rompe. Se lo había explicado a Claudia muchas veces sin éxito. Y ahora Claudia era sólo polvo, aunque fuera polvo enamorado.

Ella, sin embargo, tenía claras desde el principio las dos razones que la llevaron a convertirse en *dómina* profesional. La primera era la más íntima y manaba de aquella fuente interna de poder que ahora estaba bajo su control, y la segunda era tan sencilla como lo es el placer que todos buscamos. A Mary le encantaba dominar a los hombres. Hombres que acudían a ella con sus deseos más secretos. Sentía placer al poner a su alcance las fantasías que les poblaban.

Nunca pretendió llevarse aquel placer a casa. Aunque la Dominación Femenina la hubiera revestido de una cualidad indefinible que hacía que su potente lado oscuro se percibiera, aunque era evidente que los hombres la sentían como alguien diferente, nunca dejó que aquello afectara al mundo doméstico que quería compartir con los suyos.

Entró en casa y le preguntó a John si necesitaba ayuda para la comida. La llegada de Mike era inminente y ella tenía una primera cita temprana. Ahora quería llegar a Auckland antes, con tiempo para ver los *pendrives* en el ordenador de su negocio. Estaba ansiosa, pero no iba a usar el ordenador de su casa.

Consiguió conducir sin problemas de Maraetai a Auckland por la State Highway 1. No había tráfico y no tardó ni tres cuartos de hora en tener aparcado el coche. Cuando llegó a la mazmorra decidió vestirse en primer lugar. No sabía el tiempo que iba a requerir la inspección de lo que le había enviado Claudia y prefería no arriesgarse a no estar puntualmente preparada cuando llegara su sumiso.

El proceso de ponerse un mono de látex o de vinilo es lento y precisa de infinito cuidado, sobre todo si se utiliza para ello polvos de talco o lubricantes íntimos. Mary era el pragmatismo anglosajón personificado. Hacía mucho que sometía a un proceso de cloración a todas sus *catsuits* y prendas de látex. Tenía una empleada muy profesional que se encargaba de hacerlo al aire libre en su pueblo para evitar cualquier riesgo de intoxicación. Modificados los polímeros, su adherencia a la piel era similar a la de una prenda normal y su manejo mucho más sencillo.

Lista. Hasta que sonara el timbre y la recepcionista preparara a su cliente, tenía tiempo para estudiar el contenido de la última voluntad de Claudia en su despacho. En cuanto abrió el primer *pendrive* se dio cuenta de las intenciones de su amiga. Las imágenes mostraban sesiones explícitas con un hombre, que podía ser su millonario, pero también de otras en las que eran dos los sumisos. Claudia había querido poner a salvo aquel material. En el segundo de los dispositivos había más fotografías y videos. Eran éstos de un *gang bang* y también de otras orgías más convencionales. A pesar de que estaban realizados desde cámaras instaladas en sitios altos, los rostros de los participantes eran perfectamente visibles. El lugar no era para nada sórdido ni tampoco era un entorno profesional. Más bien parecía un palacio o gran mansión por las chimeneas y las grecas que se apreciaban en las escayolas de las paredes y los altos techos. Hombres calvos, hombres de mediana edad, hombres que aun desnudos apestaban a poder.

Claudia no quería que aquello continuara en sus manos, pero tampoco destruirlo.

Mary era descendiente de escoceses. Su mazmorra era un negocio saneado que no sólo recogía a los clientes de Auckland o Wellington sino que era destino de algunos hombres procedentes de Australia y hasta de Indonesia. El viaje era además fácil de cobijar bajo la apariencia de un inocente turismo amante de los espacios libres y de la naturaleza virgen, o de una apertura de mercados exóticos y aún sin saturar. Aun así, las cosas podían cambiar. Y tenía un hijo. Aquello que tenía en la entrada del ordenador era, en realidad, el testamento y la herencia de Claudia. No iba a destruirlo. La caja de seguridad de su banco sería un destino mucho más adecuado. No tendría ninguna dificultad en identificar a aquellas personas si la necesidad acuciara. No es que Mary compartiera la idea de violentar la intimidad que le entregaban cada día. Ella no hubiera planeado nunca algo así; sin embargo, ahora se lo estaban dando hecho. Nada perdía por guardarlo.

Dejó los dos dispositivos electrónicos sobre la mesa. No era preciso seguir viendo más. Salió a la sala y se dirigió al armario de fustas para elegir una idónea. El cliente era un viejo conocido. Pensó en Claudia, a la que acababa de ver en aquellos vídeos como una diosa envuelta en cuero, y sintió un escalofrío intenso pero breve. Ella la vengaría.

El asiduo cliente se preguntaría más tarde qué le había pasado a Mistress Dior en aquella sesión en la que había estado particularmente espléndida.

Al otro lado del globo, los protagonistas del tesoro que había descubierto Mary dormían tranquilos el sueño de los ignorantes, excepto Marcelo Soto, que había madrugado porque tenía una cita muy temprana en su despacho. Cuando a las siete de la mañana las gotas de agua de la ducha resbalaban por su espalda, los latigazos seguían cayendo inclementes sobre la del cliente de Mistress Dior.

***

El ministro había quedado a primera hora en su despacho con el comisario Rominguera, antes de que comenzara la afluencia cotidiana de funcionarios y trabajadores al palacete del Paseo de la Castellana. Mientras se enjabonaba lentamente, era un placer al que no iba a renunciar por mucha prisa que tuviera, pensó en los últimos flecos de la conversación que mantendría. La mujer había muerto. Muerto el perro, se acabó la rabia. Adiós a los miedos que mantenían en vilo a un grupo de personas muy relevantes para el país, entre las que él mismo se incluía. Merecían calma. Había cosas muy importantes de las que debían ocuparse por el bien de todos los ciudadanos. Sólo quedaba asegurarse de que en el registro de su apartamento no aparecieran nuevas fotografías comprometedoras. El resto las guardaba él en su caja fuerte. La mujer estaba muerta y lo más probable es que se la hubieran cargado los mismos que le encargaron el trabajito. Habría que encontrarlos, pero ya sin prisa. Nadie iba a armar revuelo por aquel tema.

Ya le habían hecho llegar el desinterés de la viuda de Weimar por agilizar el caso. Si le ponían sobre la mesa que se trataba de una cuestión de servicios secretos, ella iba a quedarse tan conforme. El hecho de que hubiera desistido de la venta a los rusos remansaba también las cosas. *Los Berones* de los huevos dejarían de andar por ahí jugando a los agentes secretos y eso incluía al catalán aquel que habían contratado.

Se le escurrió la pastilla de jabón al suelo. Odioso. Cuando se agachó a recogerla recordó aquella ignominiosa circunstancia de la muerte de Weimar. Sintió un estremecimiento de desagrado.

Tampoco había mucho que temer de la prensa. Los grandes grupos habían tenido las suficientes historias oscuras con Nogales como para no querer que se metiera el morro en aquella madriguera. Nogales era un cabrón que sólo jugaba en su propio beneficio, pero les había rendido grandes servicios trabajando como un papa negro que llevaba y traía encargos, que muñía acuerdos y solicitaba favores aquí y allá por encargo de unos y otros. No, los señores de la Comunicación tampoco verían raro que el asunto quedara en manos del CNI para que buscara a los servicios extranjeros que habían hecho aquello. Y a los pequeños, con unas migajas de publicidad se les convencía rápido. El asunto desaparecería de la agenda informativa. Estaba claro, la tía se había cargado a Weimar por encargo y a Nogales porque se había acercado demasiado a la verdad. Cuando la policía estaba a punto de llegar a ella, los agentes extranjeros se habían acojonado y se la habían cargado. Punto.

Tenía que saber parar. Podía pasar horas bajo el agua hirviente.

Salió para secarse con energía y con una toalla de magnífico algodón egipcio.

Al bueno de Valbuena no le habían ido tan bien las cosas. Habría que encontrarle acomodo. Ahora que lo habían dejado fuera de Industrias Weimar, no podía quedarse a la intemperie. No sólo sabía mucho de la vida privada de su socio sino que, y eso era lo que verdaderamente pesaba, había estado en la escena del crimen y había conocido a sus hombres de la limpieza. La frustración no era buena. Habría que buscarle algo. Le debían favores, le encontrarían unos consejos de administración.

Del protegido de Weimar no había nada que temer. Y al chaval le iba bien. No precisaba de ayudas de momento.

También había pensado Soto que no iba a hacer partícipe a Rominguera de su decisión de destruir el teléfono de Weimar. Lo inutilizaría sin que nadie en el ministerio supiera nada. No quería correr riesgos. Tenía a aquella chiquita de la Policía que solicitaba hablar con él. Había pensado en recibirla para no dar la impresión de sentirse concernido por aquel caso, aunque ahora no sabía si tenía sentido. Eso se lo consultaría al comisario; a lo mejor era más efectivo que el propio ministro le explicara que ya su trabajo no era necesario y que los servicios secretos se hacían cargo. Una deferencia con un inferior siempre lo predisponía a tu favor. Era mejor condescender y atender estas minucias. Sabía por experiencia que negativas o desplantes aparentemente inocentes acababan generando consecuencias a largo plazo muy difíciles de manejar. Vería a aquella chica.

Despejada la posibilidad de que aquello afectara a su carrera política, sólo quedaba salvaguardar del todo la imagen y la tranquilidad de sus poderosos amigos. Rominguera le había entregado la caja de fotos en papel que había aparecido en el apartamento. Serían destruidas pero, ¿cómo asegurarse de que no se hubiera quedado con alguna como plan de pensiones?, ¿cómo de que tuviera la boca cerrada? Tenía un cebo para él suficientemente goloso. Había tres vacantes de agregado de seguridad en magníficas embajadas y con un sueldo que un policía nunca conseguiría de otra forma. Bastaría y sobraría. Que eligiera.

Escogió una corbata de seda de Hermès. Sobria pero con un punto de osadía.

Entró un segundo en el dormitorio y le dio un casto beso en la frente a su mujer.

Le gustaba el ligero chirriar del cuero de los zapatos según bajaba deportivamente las escaleras desde la residencia privada hacia la zona administrativa del Ministerio. Saludó a su jefe de escoltas que estaba ya montando guardia para conocer de primera mano qué instrucciones había para el día.

Cuando acometió la entrada a su despacho, comprobó que el comisario Rominguera ya le estaba esperando. En un rato todo estaría atado y bien atado. Como debía ser.

***

Era una chiquillada. Mauricio no podía contemplar de otra manera el gesto de Marta de darse la vuelta en la cama y embozarse en el edredón cuando intentó darle un beso de buenos días. Estaba enfadada. Incluso podía comprenderlo. No terminaba de creerse que la gestión que su pareja había hecho y aquel súbito despertar de una idea en él, un tipo brillante que nunca se equivocaba, no hubieran fructificado. No le creyó cuando le dijo que finalmente su hipótesis no era buena. Estaba cabreada porque su trabajo había llegado a un callejón sin salida con el asesinato de la *dominatrix* de Weimar. Estaba de mala hostia porque todo había salido mal y además tenía la regla. Mauricio la miró con ternura. Llegaría el día. Ahora todo consistía en dejar pasar el tiempo, esperar a que Marta fuera capaz de mirar con distancia un asunto en el que no era ella la que había fracasado sino él.

No se sentía dolido. Quizá era un poco cínico que nunca le hubiera explicado a su joven compañera que no tenía capacidad para hacerle daño con pequeñas cosas como aquélla. Prefería que siguiera pensando que unos morros o un espalda contra espalda a la hora de dormir le suponían un castigo que ella necesitaba infligir. Pensó en el hecho de que el masoquismo es una transformación de la agresividad natural del ser humano, vuelta hacia el propio yo. Si Marta necesitaba castigarle, podía hacerlo.

La dejó en la cama y se levantó para arreglarse y seguir trabajando en su nuevo libro. La paciencia siempre debía ser infinita.

La estupidez estaba en querer terminar.

CAPÍTULO 23

Algunos meses después en Madrid

El bedel no podía reprimir el instinto que le llevaba a emitir silbiditos según avanzaba con el carrito de la correspondencia por los pasillos de la Facultad. Le habían abroncado una y mil veces. A algunos profesores les desquiciaba que rompieran así su concentración. Aun así, él silbaba. A ratos, sin darse cuenta, pero silbaba. Por las ventanas del pasillo veía los esqueléticos arbolitos que ornamentaban el edificio central de Psicología en el campus de la Complutense.

Casi había terminado su tarea, que había sido especialmente agotadora. Libros y libros y más paquetes con libros que entregar. No lo valoraban ni lo tenían en consideración, pero aquello, día tras día, era un esfuerzo que a su edad se empezaba a notar.

Llegó a la altura del despacho del catedrático Larrea y tocó la puerta.

—¿Se puede, don Mauricio?

El *sí* le llegó lejano y como mascullado. Don Mauricio estaba sin duda escribiendo. Era amable el hombre aquel. Tenía buen trato.

Entró en el despacho y le dejó el sobre que tenía a su nombre sobre la mesa.

Una mujer.

¡Menudo pillín! Ya nadie escribe cartas. Una amante secreta sería. Aunque la novia que tenía era una mujerona. A ver si por liarse perdía a la una y a la otra. ¡Si él pudiera explicarles de qué iba la vida a estos intelectuales que se complicaban tanto y no entendían nada!

Mauricio levantó la vista sobre las gafas y le pagó el servicio con una sonrisa. El bedel se olvidó de todas sus suspicacias. Aquel hombre no podía engañar a nadie.

Cuando la puerta se cerró, Mauricio cogió intrigado el sobre. No parecía correspondencia comercial y las cuestiones de las administraciones y suministros le llegaban a su casa. Una dirección escrita a mano le retrotraía a tiempos que era seguro que fueron mejores. Tiempos en los que las noticias, el amor y la amistad viajaban lentos y esperados. Momentos en los que el espíritu reflexivo se volcaba sobre el papel en una tarea de introspección que no hacía más bien al receptor que al emisor de las misivas. Otros tiempos en los que la comunicación tenía un algo más de íntimo y personal, o sea, de humano.

Una carta con sellos y matasellos.

La rasgó sin demasiadas contemplaciones y extrajo unos folios no demasiado tersos ni demasiado limpios. Unos folios algo rurales cubiertos con frases a bolígrafo, con la letra de Irene.

El psicólogo dio un incontrolado respingo.

Miró el matasellos. Málaga. No podía sino constatar cómo los problemas siempre acaban volviendo como un bumerán cuando uno cree haberlos resuelto.

Desplegó aquellos papeles doblados en cuatro y se aprestó a leer.

Mi siempre muy querido Mauricio:

Supongo que esperabas no volver a tener noticias mías. A fin de cuentas, en tu decisión de darme tiempo para huir había toda una confesión por tu parte. No temas. No voy a causarte problemas, pero no podía apartar de mi mente la idea de que te debía una explicación. Probablemente no será ni tan larga ni tan profunda ni tan buena como la que tú tuviste con mi Leo, pero sé que le hará bien a mi mente y que no perturbará la tuya.

Te escribo desde un lugar seco y terroso en el que los hombres han vuelto a sus instintos más básicos. No daré muchas pistas por si interceptan la carta. Cuando te colgué el teléfono, no me cupo ninguna duda de que habías averiguado que yo había eliminado a Weimar y a los demás, ni tampoco de que sabías mis motivos. Estarás conmigo en que esta vez sí lo conseguí. Protegí a mi hombre. He estado mirando todo este tiempo en Internet y sé que nada le ha pasado, que ningún escándalo le ha rozado y que las cosas no le van mal. Me ha gustado la idea de que esté construyendo ese proyecto de viviendas sociales de calidad que ha puesto en marcha la mujer de Weimar. Eso le hará bien a su carrera. Lo conseguí, aunque haya sido con el precio de mi renuncia a él. También lo hubiera hecho por Rubén, aunque no tuve la oportunidad. Yo sólo buscaba tener la oportunidad. Saber. Poder velar por ellos e intervenir. Esta vez no me dejé engañar, como has visto.

No podía fallarle también a Leo. Aun cuando es seguro que su dolor por mi pérdida es terrible, lo superará. Es joven y creo que después de esta experiencia conseguirá, algún día, crear una pareja estable y saludable. No te voy a pedir que le digas que estoy bien. Será mejor para él pensar incluso que he muerto. Él no se queda con la desesperación, sino con el consuelo de lo que yo hice por su amor. Tú te encargaste de explicárselo. Por eso no he entrado en contacto con él ni lo haré.

Me quedó muy claro en tu llamada que sólo disponía de veinticuatro horas. Si te soy sincera, creo que entonces ya sabía que no ibas a ser capaz de delatarme y, desde luego, mi Leo no me iba a entregar después de tal sacrificio por nuestro amor. He comprobado en las informaciones que hay en la red que han decidido cubrir con un velo de olvido todo lo sucedido. Espías. ¡Qué malos son y qué bien vienen siempre! ¿Lo ves, Mauricio? Ninguno de los tres merecía ni dolor ni llanto. ¿Quién ha sufrido por ellos? Nadie. En el fondo, era una contribución a la limpieza de este mundo. El amor siempre barre al mal. Es lo que hice.

Pero me estoy dispersando. Lo sopesé y llegué a la conclusión de que ya no me iba a ser posible ser feliz en España con Leo, así que seguí lo que casi eran tus instrucciones y volé con lo más imprescindible a Miami aquella misma madrugada. Durante las misiones conocí a muchos marines norteamericanos con los que nunca he dejado de tener contacto. Antes de subir al avión les alerté de mi llegada. Me estaban esperando. Hay hermandades que sólo se gestan en los límites en los que ronda la muerte.

La mayoría de ellos dejó el Ejército. Como a mí, una profunda sensación de vacío les invadió a su vuelta a casa. Así que al final han tenido que buscar trabajo en lo único que saben hacer. Me han ayudado a enrolarme en Amincroft. He venido con ellos a luchar contra el mal que nos asuela ahora. Entrenamos a elementos locales en la lucha contra ISIS. Somos muchos y de muchos países. No sólo norteamericanos y exmilitares europeos sino africanos, argelinos, tunecinos o libaneses. Las primaveras árabes *dejaron también muchos huérfanos cuya patria es la batalla.*

Aquí estoy bien. Hay polvo y algo parecido a uniformes y camaradería. Los días son agotadores, pero me gusta llegar por las noches al catre molida pero satisfecha de haber sobrevivido un día más. Es una sensación singular. Al principio me reclutaron para tareas de apoyo, como psicóloga, pero ahora además de eso participo en los entrenamientos de lucha y estoy empezando a entrar en patrullas y en grupos de escolta. La gente es estupenda. La carta se la he dado a un exlegionario español que pasó también doce años en la Legión Francesa. Volvía a casa a pasar los diez días de descanso preceptivos cada cuatro meses. Yo nunca salgo de aquí. Mi descanso, la paz de mi espíritu, está en estas noches de estrellas, llenas de miedos terribles en las que yo puedo servir de guía y de sostén a tanta gente.

Son gente sana. Gente que mata por ideales, por convicciones, por dinero o simplemente porque han hecho de la guerra su profesión, pero que no lo esconden. No soy quién para juzgarlos. Mis motivos no son ni mejores ni peores que los suyos. Yo he llegado hasta aquí por amor, pero el amor y la muerte son dos caras de la misma moneda. No he renunciado a él. Aquí, esquivando la muerte, es posible que vuelva a cruzarse conmigo en cualquier momento. Hay algunos compañeros en cuyos ojos veo cosas que me hacen mantener la esperanza. Aquí no es prudente mezclar los sentimientos con el trabajo, pero, ¿quién sabe? Mientras, velo en mis noches por Leo y su amor, que para mí fue un regalo espléndido al que mi corazón no sabrá renunciar.

Hay una cosa que, sin embargo, me da vueltas a la cabeza incluso en sueños. Es una tontería, pero es uno de los motivos por los que te escribo. No quiero que me juzgues mal por haber tenido aquella sesión de sexo con Weimar. Entiéndeme. Siempre te respeté mucho. Perder en tu consideración es un castigo tan severo que no quiero ni planteármelo. Yo sé que tú sabes perfectamente por qué hice lo que hice, pero también sabes que antes de acabar con el hombre tuve que desempeñar mi rol. Fue algo muy racional. No me impliqué en aquello. Pensaba en Leo y en mi necesidad de protegerle. Pensaba en aquel tipo y en el daño que le estaba haciendo a mi amor sometiéndolo a aquellas perversiones.

Sólo quería que lo supieras.

Y a ti, maestro, amigo y confidente, sólo te deseo felicidad. Sé que tienes el secreto para procurártela, así que no me desvelo por ello.

No echo de menos nada ni a nadie excepto quizá volver a ver aquella mirada de alivio y reconocimiento de Leopoldo, pero como la guardo en mi corazón no me causa desconsuelo.

Siempre tu discípula y siempre tu amiga,
Irene

Cuando llegó a la última línea, el catedrático colocó cuidadosamente los folios uno sobre otro y los alineó de forma perfecta. Calmosamente los fue haciendo trozos. Primero cuadrados, y luego, más y más pequeños hasta convertirse casi en virutas. Se levantó y fue hasta el ficus que tenía en una esquina del despacho. Le quitó el plato de debajo del tiesto para recoger el agua del riego, y que estaba seco, y lo llevó hasta la mesa. Echó dentro los papeles y les prendió fuego con el mechero.

Sintió una especie de placer infantil al hacerlo.

Después, volvió a ponerse las gafas y se sumergió de nuevo en el libro que estaba escribiendo.

Madrid, febrero de 2017

AGRADECIMIENTOS

Esta ficción nunca se hubiera podido construir sin los hombres sumisos y las mujeres dominantes que me han dejado asomarme a lo más oculto de su intimidad. Mi agradecimiento absoluto por su confianza, su comprensión y su disponibilidad.

Estoy en deuda con el profundo conocimiento de estas cuestiones del doctor Francisco Traver y su magnífico trabajo *Un estudio sobre el masoquismo.* Gracias por haber aceptado mis preguntas de profana y haberlas respondido con la claridad del erudito. Lo mismo que hizo en persona el doctor en Psicología y psicoterapeuta, Carlos Rodríguez Sutil, que me regaló su tiempo, su experiencia y su libro *Psicopatología psicoanalítica relacional,* aun con el temor no expresado conscientemente de cómo saldrían parados los psicólogos de este envite. Espero que sepa perdonar las licencias de la escritora. A Manuel Aburto, por haber inspirado con su profesionalidad la presencia de sus colegas en este libro.

Mis aplausos al general que supo comprender en cada momento las preguntas que le hacía dentro de un contexto literario y por no intentar darme respuestas correctas sino útiles, sin importarle cómo iba a usarlas en la ficción.

A mi apreciado Juan Manuel de Prada por haber sabido ser inspirador en los momentos en los que el ánimo decae. Sólo alguien con tanto amor a la literatura puede impulsarte a entregarle lo mejor de ti misma. Por su generosidad a la hora de compartir secretos de autor que otros guardarían.

A tantos otros a los que pregunté, incordié o simplemente ocupé con mis dudas y mis entusiasmos.

A los lectores que me han apoyado pidiéndome insistentemente otra novela durante todo este tiempo y a los que me hayan acompañado hasta aquí.

A la vida, por los libros.

Este libro se terminó de imprimir el 31 de marzo de 2017. El mismo día, de 1889, se inauguró la Torre Eiffel, diseñada por los ingenieros Maurice Koechlin y Émile Nouguier y construida por el ingeniero francés Alexandre Gustave Eiffel para la Exposición Universal del mismo año.